INTERNATIONAL GUY

MADRID – RIO DE JANEIRO – LOS ANGELES

Ce livre est une fiction. Toute référence à des évènements historiques, des personnages ou des lieux réels serait utilisée de façon fictive. Les autres noms, personnages, lieux et évènements sont issus de l'imagination de l'auteur, et toute ressemblance avec des personnages vivants ou ayant existé serait totalement fortuite.

Première publication Montlake Romance, Seattle

www.apub.com

Collection New Romance ® créée par Hugues de Saint Vincent
Ouvrage dirigé par Bénita Rolland
Traduit par Robyn Stella Bligh
Photo de couverture © GettyImages
Couverture : Raphaëlle Faguer

Pour la présente édition :
© 2020, Hugo Poche, département de Hugo Publishing
Collection dirigée par Franck Spengler
34-36, rue La Pérouse
75116 - Paris
www.hugoetcie.fr

ISBN : 9782755647600
Dépôt légal : avril 2020
Imprimé en Espagne par Black Print

AUDREY CARLAN

INTERNATIONAL GUY

MADRID – RIO DE JANEIRO – LOS ANGELES

Roman

Hugo Poche

NEW-ROMANCE®

INTERNATIONAL GUY

#10 MADRID

À Maria Guitart,
mon éditrice espagnole,
et à toute l'équipe de Grupo Planeta.
« Madrid » est pour vous.
Je n'oublierai jamais votre engagement,
votre soutien, et tout l'amour
dont vous avez fait preuve
pour mes histoires.
Je suis ravie de travailler
avec vous sur ce projet passion.
Besos.

CHAPITRE 1

SKYLER

Quand j'entends la sonnette de l'ascenseur, je souris jusqu'aux oreilles.

– Papa est rentré ! je crie aux chiots qui jouent à mes pieds pendant que je prépare à manger.

Parker adore que je sache cuisiner, et s'il ne l'admet pas, il me le montre en dévorant tout ce que je prépare comme s'il n'avait pas mangé depuis des semaines. Maintenant que j'habite à Boston, j'ai pris l'habitude de faire son petit déjeuner aussi. Je ne sais pas avec combien de femmes il est sorti par le passé, en dehors de cette garce qui l'a trompé. Je suis soulagée qu'on ait surmonté cet obstacle : Kayla et Johan font désormais partie du passé, et parler de nos anciennes relations n'apporte rien de bien, car Parker et moi sommes tournés vers l'avenir.

Lorsqu'il entend les portes de l'ascenseur s'ouvrir, Midnight, le fiston de son papa, se lève d'un bond et court en direction de l'entrée.

– Parker, chéri… je dis en m'essuyant les mains sur un torchon. Allez viens, Sunny, allons chercher papa.

Sunny me suit, collée à mes chevilles, lorsque j'entends Midnight grogner.

J'arrive dans l'entrée et tombe non pas sur Parker mais sur Tracey, les mains en l'air, comme si elle venait d'être prise la main dans le sac.

– Trace, qu'est-ce que tu fais ici ? je m'exclame, surprise de voir ma meilleure amie là, en chair et en os.

Elle ne m'a pas prévenue de sa visite et, surtout, elle est censée être à New York.

– Euh, chérie, tu pourrais rappeler ton chien de garde ? demande-t-elle d'une voix tremblante en faisant un pas en arrière.

Midnight grogne davantage et montre les crocs. Je commence à rire en prenant mon chien dans les bras.

– Midnight, c'est Tracey. C'est ma meilleure amie, espèce d'andouille, je dis en câlinant le chien. Tu vois, bébé, elle n'est pas dangereuse. Tracey, tends la main vers lui, paume tournée vers le bas.

Elle s'exécute et je rapproche Midnight en tapotant la main de mon amie.

– Tu vois, ça va. C'est la meilleure amie de maman, et c'est ta tatie, maintenant. Ne t'en fais pas, on adore Tracey.

– C'est vraiment nécessaire ? ricane Tracey.

Midnight se concentre sur mes gestes. Il renifle sa main, mais il grogne de nouveau comme s'il ne me croyait pas. Bizarre.

– Mon bébé, je reprends d'un ton plus ferme, Tracey est notre amie. Tu n'as pas besoin de me protéger. Elle fait partie de la famille.

Je le garde dans mes bras et j'ouvre le pot de friandises situé dans le hall d'entrée. J'en sors du bacon séché pour chiens, bio bien sûr, et le donne à Tracey.

– Tiens, donne-lui ça. Ça t'aidera à l'amadouer.

Elle lève les yeux au ciel, mais prend quand même la gourmandise.

– Tiens, petit chien, dit-elle d'une voix aiguë, plus exaspérée que gentille. Prends ton bacon.

Elle lui tend la friandise en même temps que Sunny me saute dessus pour avoir sa part. Midnight finit par tendre le cou pour attraper le bacon, mais il continue de grogner. C'est vraiment étrange.

– Je ne comprends pas, il ne semble pas t'apprécier.

– T'en fais pas, rouspète Tracey, je ne l'apprécie pas beaucoup non plus. Je ne suis pas très chien, tu sais. Je préfère les chats. Ils font ce qu'ils veulent et te laissent tranquille tout en étant très mignons.

Je hausse les épaules et donne un morceau de bacon à Sunny, qui l'avale en tortillant son arrière-train.

– Si tu le dis. Bref…

Je pose Midnight, qui s'enfuit en courant avec Sunny à ses trousses, puis je me tourne vers Tracey, les bras ouverts. Elle sourit et m'attire contre elle.

– Je suis contente de te voir, ma fleur, mais je suis surprise. Je ne t'attendais pas à Boston, qu'est-ce qui t'amène ?

– Tu ne m'attendais pas ? dit-elle en fronçant les sourcils. Sky, je vais tout le temps venir te voir, maintenant que tu habites ici. Et puis Geneva James prévoit d'arriver d'ici deux semaines, et on doit rencontrer les producteurs pour ses films.

– Dans deux semaines ? Euh…

Je regarde derrière elle et remarque non pas une ni deux, mais trois énormes valises.

– Alors, pourquoi tu es déjà là ?

– Ça ne te fait pas plaisir ? s'étonne-t-elle en reculant, blessée.

– Si, si, bien sûr, je bégaie en secouant la tête. Tu es toujours la bienvenue, évidemment, c'est juste que… enfin, Parker et moi allons tantôt chez l'un, tantôt chez l'autre, donc ça va… changer nos plans, d'avoir une invitée surprise, j'explique en regardant le balcon où j'ai préparé un dîner aux chandelles. J'étais en train de faire à manger, mais… ce n'est pas grave. On n'a qu'à sortir. Je peux t'accompagner à ton hôtel.

Tracey fronce si fort les sourcils qu'une énorme ride se creuse au milieu de son front, elle me répond d'une voix très grave.

– L'hôtel ? Sky, c'est moi, Trace. Ta seule amie. Je n'ai pas réservé d'hôtel. Je m'installe chez toi ! dit-elle comme si c'était évident.

Elle avance dans le salon en riant et se laisse tomber dans le canapé.

– La journée a été tellement longue… J'ai hâte de me détendre dans ton énorme jacuzzi et de passer la soirée avec ma meilleure pote.

Je me mords la lèvre en réfléchissant au meilleur moyen d'aborder la situation. Quand j'habitais avec Johan, avant, je me fichais que Tracey passe à l'improviste. D'ailleurs, il était toujours ravi de l'accueillir, je ne sais pas pourquoi. Il disait qu'il aimait sa présence. Or, je sais que Parker ne va pas voir les choses de la même façon. Il tient énormément à sa vie privée. Il n'aime même pas que Nate et Rachel soient ici, quand il est à la maison. Le soir, il aime qu'on soit tranquilles avec nos chiots pour faire ce qu'on a prévu, que ce soit regarder un film, lire, parler, jouer avec nos boules de poils, prendre un bain, ou un peu de tout ça. Et aucune de ces activités n'inclut un visiteur surprise avec qui il va devoir me partager quand il a besoin de se détendre.

– Hmmm, eh bien, étant donné que le jacuzzi est dans ma chambre, ça va être compliqué. Parker devrait arriver d'une minute à l'autre…

– Et alors ?

– Ben, Trace, je te l'ai dit. On vit ensemble, maintenant. On va parfois chez lui, mais on est surtout ici. Il pense que ça perturbe les chiens qu'on change toujours d'endroit, et comme on cherche à acheter quelque chose, on devra bientôt déménager pour de bon. Ce sera plus facile pour les chiens de ne pas changer tout le temps de maison.

– Qu'est-ce que ça a à voir avec le fait que je vienne passer du temps avec toi et que je prenne un bain ? demande-t-elle d'un ton légèrement hargneux.

– La baignoire est dans notre chambre, Trace. J'ai beau vouloir passer du temps avec toi, la dernière mission de Parker a été compliquée et l'a épuisé. Il est différent ces derniers temps. Il est tendu. Il remet tout en question. En plus, il n'arrive pas à mettre la main sur ce taré qui nous harcèle. Ça le rend fou.

– Pourquoi ? Tu n'es pas vraiment en danger, si ? demande-t-elle, soudain inquiète.

– Je ne sais pas. Peut-être. C'est stressant, en tout cas. Quoi qu'il en soit, Parker en a gros sur la patate, surtout avec notre futur déménagement et avec les chiots.

Tracey s'appuie sur l'accoudoir et pose son menton dans sa main.

– Est-ce que tu as envisagé qu'il était peut-être trop tôt pour emménager ensemble et adopter des animaux ?

Ses paroles me font l'effet d'un seau d'eau glacée.

– Pourquoi tu dis ça ? je dis en m'asseyant à côté de ma meilleure amie.

– Sky chérie, répond-elle en prenant ma main dans les siennes, ça ne fait même pas un an que vous êtes ensemble, et vous prévoyez déjà d'acheter une maison. Vous avez adopté des chiens. Ce sont des décisions sérieuses. Il n'y a pas si longtemps, il t'a jetée comme une vieille chaussette alors qu'il embrassait une autre femme à Montréal. Ne l'oublions pas, ma chérie.

– Tu es injuste, Trace. C'était de ma faute. D'ailleurs, tout ça n'était qu'un malentendu.

– Ouais, mais tu n'avais rien fait de mal. Il a supposé que tu l'avais trompé. Un homme qui te pense capable de ça ne te mérite pas, c'est tout.

Mon estomac se noue soudain.

– Où tu veux en venir, Tracey ? C'est insensé.

– Non, chérie. Ce qui est insensé, c'est le fait que tu emménages avec ton mec après une minute de bonheur. C'est dingue, si tu veux mon avis.

Je me retiens de lui crier que je ne lui ai pas demandé son avis, justement, mais ses paroles me font trop souffrir.

– Tu n'aimes pas Parker ? je demande alors qu'elle pose une main sur ma cuisse.

Elle reste silencieuse un long moment, et j'ai l'impression que tout s'effondre autour de moi.

– Je l'appréciais pour le boulot qu'il a fait pour toi. Il t'a encouragée. Il t'a aidée à retrouver ton inspiration. Il est doué pour son travail, c'est indéniable…

– Mais tu ne le trouves pas bien pour moi ? je dis d'une voix rauque.

– Ce n'est pas que je ne le trouve pas bien, c'est juste qu'il n'y a que toi qui changes et qui fais des compromis. Qu'est-ce qu'il a fait pour te prouver son engagement ? demande-t-elle en me prenant dans ses bras.

– En dehors d'accepter d'emménager ensemble, d'acheter une maison et d'adopter des animaux ? je dis d'un ton sceptique.

Je me blottis contre elle car j'ai besoin de sa chaleur, de sa compassion et de son approbation. Je n'ai jamais supporté d'être en désaccord avec les gens que j'aime.

– Je m'inquiète pour toi, c'est tout. Je suis ton amie. Je le suis depuis longtemps. Depuis la mort de tes parents, c'est moi qui m'occupe de toi et qui m'assure que tu es la meilleure dans ton domaine. C'est à moi de te protéger et d'éloigner les menaces, que ce soit un fan, un producteur qui cherche à te sous-payer ou un homme qui s'immisce dans ta vie au point que tu plies bagage sur un coup de tête et que tu achètes une baraque à Boston. À Boston, bon sang ! s'exclame-t-elle d'un ton dédaigneux. C'est une ville, certes, mais ce n'est pas la ville. Tu as toujours dit que c'était New York ta maison.

– Ben oui, parce que beaucoup de tournages et de producteurs sont là-bas, et que tu y es aussi.

– Exactement. Or, maintenant, tu es ici et je dois prendre l'avion pour venir te voir. C'est le bout du monde, ma chérie. Je n'aime pas être aussi loin de toi, mais je ne peux pas abandonner mon entreprise trop longtemps, même pour rendre visite à ma meilleure amie.

– Et à ta meilleure cliente, j'ajoute en souriant.

– Oui, ma meilleure cliente, répond-elle en souriant à son tour. Mais revenons à nos moutons. Est-ce que c'est vraiment ça, toi ? Tu tiens vraiment à rester chez toi pour cuisiner des plats à ton mec ? C'est quoi la suite, tu vas m'annoncer que tu l'épouses ?

Le mariage. Je dois avouer que j'y pense de plus en plus ces jours-ci. J'ai toujours rêvé de trouver mon âme sœur et de construire un avenir à deux, un avenir avec des enfants. Ma propre famille.

– Si Parker me demandait en mariage, je n'hésiterais pas une seconde à dire oui, je dis d'une voix rêveuse, et j'imagine immédiatement Parker en costume, tenant ma main et disant « oui » devant ses amis et sa famille.

– Il t'a demandée en mariage ! s'exclame-t-elle avec des yeux horrifiés.

– Non, je ne l'ai pas demandée en mariage. Mais j'imagine que quand on sautera le pas, tu seras la première au courant, dit Parker en entrant dans la pièce.

Il est à croquer dans son costume bleu à fines rayures blanches, avec sa chemise blanche juste assez déboutonnée pour laisser voir sa peau hâlée. Il vient vers moi en reluquant ma robe courte et légère, et mon sang s'embrase. Je me lève pour passer mes bras autour de son cou et il baisse la tête pour m'embrasser.

C'est le meilleur moment de la journée, quand Parker rentre du travail et m'embrasse avec une passion qui me fait frissonner des pieds à la tête. Dans ces moments-là, j'ai l'impression qu'il est parti depuis un mois, pas dix heures.

Lorsqu'il a eu sa dose, il recule et effleure mon nez avec le sien.

– Salut bébé. Comment s'est passée ta journée ?

Je souris et lève la tête vers lui, laissant tomber mes cheveux dans mon dos.

– Bien. Comme tu peux le voir, Tracey nous fait une visite surprise ! je m'exclame en me forçant à paraître excitée.

Or, pour la première fois depuis que je la connais, je ne le suis pas. Elle aurait dû m'appeler avant, surtout si elle prévoyait de séjourner chez nous. Il est vrai que, par le passé, je vivais seule. Les choses ont changé à présent, et je dois trouver un moyen de clarifier la situation sans la vexer.

– Ah, c'est sympa. Bonjour Tracey, ça fait plaisir de te revoir, dit-il en passant un bras dans mon dos.

– Ouais, je pense rester ici une quinzaine de jours avant que Geneva James n'arrive, dit-elle froidement.

Le visage de Parker s'illumine. Apparemment, il n'a pas compris qu'elle prévoyait de vivre avec nous pendant deux semaines. Il a adoré passer du temps avec Geneva à Londres. Il promène ses doigts sur mon bracelet en cuir où est écrit le mantra « VIS TA VÉRITÉ », puis il se tourne pour s'asseoir sur le canapé, m'entraînant avec lui. J'imite son geste et caresse le bracelet portant son mantra « FAIS CONFIANCE À TON CŒUR ». Je veux qu'il sache que j'ai compris ce qu'il voulait me dire et que j'ai moi aussi adoré notre séjour à Londres.

– Tu vas rester ici deux semaines, Trace ? Ça ne va pas être dur pour ta boîte et tes autres clients ? je demande, espérant qu'elle comprendra qu'elle dérange.

– Oh, ne t'en fais pas, ma chérie, répond-elle en souriant. Je n'ai besoin que de mon ordinateur et de mon téléphone. Je peux travailler n'importe où, et il n'y a pas de plus bel endroit sur terre qu'aux côtés de ma meilleure amie. Ça fait trop longtemps qu'on n'a pas passé de temps ensemble, et avec tous les changements dans ta vie, j'ai pensé que tu avais peut-être besoin de moi.

Bon sang, comment suis-je censée lui dire que je ressens tout le contraire ? Que Parker et moi tenons à notre vie privée et que nous en avons besoin à ce stade de notre relation ? Je soupire contre le cou de Parker, il me rassure en me serrant contre lui.

Je trouverai un moyen. Tant que Parker est à mes côtés, je surmonterai tous les obstacles, même si ceux-ci prennent la forme d'une meilleure amie qui ne comprend pas où est sa place.

CHAPITRE 2

PARKER

– J'ai pensé que tu avais peut-être besoin de moi, dit Tracey.

– Excuse-moi, bébé, j'ai raté quelque chose ? je demande à Skyler en étudiant son visage, essayant de comprendre ce qu'elle ne me dit pas.

Elle se lèche les lèvres et tripote ses doigts, ce qui n'est pas bon signe : elle est nerveuse, ou elle me cache quelque chose.

– Sky… je dis en penchant la tête sur le côté.

– Je vais rester ici quinze jours. Je vais passer du temps avec Skyler, rencontrer les producteurs et les investisseurs, et m'assurer que tout est en place pour le début du tournage. On veut que tout soit prêt quand Geneva déménagera ici.

Le ton de Tracey et son langage corporel sont arrogants, voire méprisants, mais pourquoi ? Je me tourne pour voir les deux femmes en même temps.

– Tu viens de dire beaucoup de choses… Tout d'abord, Geneva déménage ici ?

La mine torturée de Skyler disparaît et son visage s'illumine. Mon Dieu, qu'elle est belle quand elle est heureuse ! Enfin, elle est toujours sublime, mais elle est angélique lorsqu'elle sourit ainsi.

– D'après Amy Tannenbaum, son agent, elle a déjà loué un appartement à Boston. Pas loin d'ici, ajoute Tracey.

– Je me demande si elle prévoit de rester ici à long terme ou si ce n'est que pour le film ? dit Skyler d'une voix tout excitée.

Je caresse son bras et recule dans le canapé, ravi d'apprendre la nouvelle. Beaucoup de ses amis sont d'abord les miens, ce serait bien qu'une amie à elle soit dans les parages.

– Maintenant, revenons au fait que tu vas rester ici quelques semaines, je dis en désignant Tracey.

– Ouais, répond-elle en étudiant le salon, j'ai pensé que ce serait marrant de faire des soirées pyjama avec ma meilleure amie.

Tracey sourit, mais je sens Skyler se crisper à mes côtés.

Je hoche la tête et continue de caresser son bras pour la détendre.

– C'est sympa, Tracey, mais j'aurais aimé que tu nous passes un coup de fil avant. Hélas, nous partons dans deux jours.

Tracey fronce les sourcils tandis que Skyler s'exclame :

– Ah bon ?

– Ouais, je voulais t'en parler ce soir, au dîner. Le client dont Royce s'est occupé pendant qu'on était à Washington a besoin de nous tout de suite. La chanteuse a signé le contrat avec le label pour son premier album, mais ils souhaitent qu'on la prépare à affronter la presse, la scène, sa tournée, la télé, et ainsi de suite. Elle est jeune, ma puce. On pensait qu'elle avait la vingtaine, mais elle n'a que dix-neuf ans, en fait. Elle doit être morte de trouille. J'ai peur que Bo et moi soyons trop brusques, alors j'ai pensé que tu pouvais venir et lui faire partager ton expérience du show-business. Tu pourrais lui donner des conseils. Et puis, on pourra passer du temps en Espagne, en amoureux, je conclus en jouant des sourcils.

– T'es sérieux ? demande Skyler d'une voix suave qui me fait bander aussitôt.

Si sa meilleure amie n'était pas là, je remonterais sa robe sur ses hanches et je la prendrais immédiatement sur le canapé.

– Je suis on ne peut plus sérieux, ma pêche. J'ai besoin de toi là-bas, je dis en caressant sa cuisse. Je n'ai pas envie de repartir, mais je n'ai pas le choix. C'est trop tôt et… je… je…

Je ravale le nœud qui se forme dans ma gorge en repensant à tout ce qu'on a affronté durant la dernière mission. La cruauté dont était capable cette entreprise envers ces pauvres animaux m'a profondément chamboulé et, au risque de passer pour une mauviette, je ne suis pas encore prêt à me séparer de Skyler. Elle est un peu comme un doudou, et il est hors de question que je la lâche tant que j'aurai encore peur des monstres qui se cachent dans l'ombre. Sky est la seule à pouvoir chasser mes pensées lugubres.

– Chut, ne t'en fais pas. Je suis là, chuchote-t-elle en caressant ma joue.

Ses yeux caramel brillent sous la lumière tamisée du salon.

– Tu as besoin de moi, je suis avec toi. Tu le sais, chéri.

Je souris en embrassant son pouce lorsqu'elle caresse ma lèvre supérieure. Elle glousse et Tracey se racle la gorge, nous rappelant qu'elle est là.

– Désolée, Trace. Tu peux rester ici si tu veux, mais j'ai besoin de ma nana pour ma mission, je déclare en prenant Skyler sur mes genoux pour la serrer contre moi.

– Je suis sûre que Tracey a plein de choses à préparer pour le tournage : elle doit trouver les cascadeurs, aller voir les lieux de tournage, choisir les garde-robes, et tout le reste. Rick et moi, nous nous sommes vus tous les deux jours pour préparer le scénario et je n'aurai qu'à continuer à répéter avec lui au téléphone.

Skyler m'embrasse sur la joue alors que le cliquetis de petites griffes se fait entendre dans le couloir. Sunny et Midnight viennent de réaliser que je suis rentré. Je me penche pour les prendre dans mes bras et les laisser me lécher le visage.

– Salut les gars, je vous ai manqué, alors ? je demande alors qu'ils se frottent à ma main pour que je les caresse.

Tracey se lève, les poings fermés, tandis que Sky et moi jouons avec les chiens.

– Je suis fatiguée. Je vais aller me coucher. Sky, la chambre d'amis est prête ?

– Carrément, dit Sky en se levant. Tu es sûre ? Tu parlais de prendre un bain…

Tracey me regarde et je vois sa mâchoire se contracter, comme si elle m'en voulait. Sincèrement, c'est elle qui est venue ici sans prévenir, donc je me fiche qu'elle se sente de trop… et elle l'est.

– Non, ça va. Je vais juste me doucher et me coucher. Je suis fatiguée et j'ai du travail de toute façon. On petit-déj ensemble, demain ? demande-t-elle d'une voix à la fois frustrée et pleine d'espoir.

– Carrément !

Skyler sourit et serre son amie contre elle. Quand Tracey tourne la tête vers moi, quelque chose traverse son regard, un éclat que je ne saurais décrire et qui disparaît avant que je n'aie mis le doigt dessus.

– Tu me prépares ce que j'aime ? demande Tracey en se dirigeant vers le hall d'entrée.

– Du pain perdu ? Ça roule !

– Tu es la meilleure amie du monde, répond Tracey d'une voix douce.

– Je te renvoie le compliment ! s'exclame Sky en souriant jusqu'aux oreilles.

Tracey me regarde, puis elle regarde Skyler.

– Bon appétit.

– Merci, dors bien, je réponds en la regardant trimballer ses valises jusqu'à sa chambre.

Je lui aurais bien donné un coup de main, mais sa froideur me déroute.

– C'est quoi son problème ? je chuchote lorsqu'elle s'est éloignée.

Skyler se tourne vers moi, faisant voler sa robe et me laissant voir le haut de ses cuisses, ce que la bête ne manque pas de remarquer.

– Elle est bizarre, répond Skyler en faisant la moue.

– J'avais remarqué, ma pêche. Qu'est-ce qui se passe ? Vous avez parlé avant que j'arrive ? La tension était palpable et vous parliez de mariage, or c'est un sujet qui doit rester entre toi et moi, si tu vois ce que je veux dire ? je dis avec une moue pour qu'elle comprenne que je préfère que cela reste privé.

– Bien sûr, répond Skyler en prenant ma main. Allons chercher les assiettes que j'ai mises au four et allons manger sur le balcon.

Je suis Skyler en lui tenant la main, nos chiots à nos pieds. Elle sort deux assiettes du four et les met sur un plateau, que je prends pendant qu'elle sert un verre de vin blanc et une bière. Ensemble, nous allons sur la terrasse où je découvre qu'elle a préparé un dîner romantique.

– Apparemment, tu n'attendais pas vraiment d'invitée ce soir, je dis en posant nos assiettes sur la table.

– Non, pas du tout, admet-elle d'un ton las. Honnêtement, c'est bizarre.

– Qu'elle débarque sans prévenir ? Carrément, je concède en dépliant ma serviette.

– Ben… oui et non. Elle faisait tout le temps ça quand j'habitais avec Johan et même après, à New York. Mais là, elle a carrément dû prendre un avion pour venir. Elle aurait pu appeler avant pour s'assurer qu'on était à la maison et qu'on n'avait rien prévu.

Je bois une gorgée de bière et pousse un gémissement en découvrant son goût exquis. Skyler est très douée pour choisir les bières, et je ne parle même pas du dîner qui a l'air délicieux. Elle a préparé des blancs de poulet dans une sorte de sauce, du couscous et des asperges braisées.

– Tout d'abord, bébé, le repas a l'air succulent. Merci d'avoir pris la peine de cuisiner et d'avoir sorti les bougies.

Elle sourit jusqu'aux oreilles, et une mèche dorée tombe sur son épaule.

– Ensuite, je pense que tu dois parler à ton amie. Elle doit comprendre que tu ne vis plus toute seule et qu'elle peut te rendre visite, mais qu'elle doit t'en parler avant pour être sûre que ça ne nous dérange pas. Sunny et Midnight trouvent tout juste leurs marques, j'ai encore une fichue mission…

Skyler me caresse le bras de haut en bas.

– Je sais, chéri. Et je suis désolée. Je vais lui parler. C'est juste que…

Elle se mord la lèvre et regarde le soleil couchant.

– C'est juste que quoi ? Elle a dit quelque chose ?

Elle soupire et déplace son poulet dans son assiette, sans le manger, alors que je coupe un morceau du mien. Le parfum d'ail et d'épices envahit délicatement ma bouche. La viande est recouverte d'une sauce aux herbes qui est tout simplement sublime. Sky me regarde et sourit alors que j'avale une autre bouchée du meilleur poulet que j'aie jamais mangé.

– Waouh, tu es vraiment douée, je marmonne, la bouche pleine.

– Je suis contente que ça te plaise. C'est une autre recette que m'a apprise ma mère.

Elle m'offre un sourire mélancolique, comme chaque fois qu'elle parle de sa mère. J'espère qu'un jour elle pourra en parler en éprouvant de la joie plutôt que de la tristesse.

– Eh bien, ta mère devait être une sacrée cuisinière, bébé, parce que tu es une super-chef, je dis en avalant un morceau d'asperge.

– Tracey pense qu'on va trop vite, déclare Skyler.

Je cesse immédiatement de mâcher et j'observe ma nana, qui me paraît très anxieuse.

– Tu es d'accord avec elle ?

J'attends patiemment sa réponse en me retenant de réagir au quart de tour.

– Je n'ai jamais été aussi heureuse, répond-elle en secouant la tête. Comment une relation qui m'apporte autant de joie peut-elle être trop précipitée ?

Je tends la main pour prendre la sienne et je la porte à ma bouche pour embrasser chacun de ses doigts.

– Parce que ce n'est pas le cas. On avance à la vitesse qui nous convient… à nous. Je suis heureux, et toi aussi. Ma mère est folle de joie. Les mecs t'adorent, Wendy est ta plus grande fan. Mon frère m'a dit que tu étais la femme la plus canon sur terre et que je devrais te passer la bague au doigt avant que tu ne m'échappes, je réponds en lui lançant un clin d'œil.

Skyler glousse et rougit légèrement.

– Ne pense pas trop à ce que dit Tracey. Il n'y a que notre avis qui compte. Elle est peut-être ta meilleure amie et elle te connaît depuis longtemps, mais ce n'est pas elle qui vit ta vie. C'est toi. Et moi. Nous sommes les mieux placés pour savoir ce qui est bon pour nous. Et pour l'instant, ce qui est bon, c'est d'habiter ensemble et de construire notre avenir avec nos chiots. Tu en as toujours envie ?

– Mon Dieu, oui, dit-elle d'un ton émerveillé. C'est tout ce dont je rêve. Un jour, Parker, je veux être une bonne femme et une bonne mère. J'aime être actrice, mais je n'ai pas besoin d'argent. J'en ai assez pour tenir toute une vie. Ta carrière marche bien. Ensemble, je sais qu'on aura une vie superbe, et c'est tout ce que je demande.

– Alors, cesse de t'inquiéter. Tracey pense sans doute bien faire. C'est normal qu'une amie te mette en garde, mais elle n'a pas à se faire de souci. On est solides, toi et moi, et je ne vois pas ce qui pourrait changer ça. Jamais.

Skyler sourit, prend mon visage dans ses mains et m'embrasse fermement sur la bouche.

– Merci. Tu trouves toujours les mots pour me rassurer.

– C'est mon job, ma belle. Ton bonheur est ma seule priorité.

Elle se penche de nouveau, mais cette fois son baiser est tendre.

– Je t'aime.

– Je t'aime aussi. Maintenant, est-ce qu'on peut finir ce délicieux repas avant que je te fasse grimper aux rideaux ?

Elle frissonne et m'embrasse sur la mâchoire.

– Absolument, répond-elle d'une voix suave.

– Super. Finis ton assiette. Tu vas avoir besoin de forces. Je crois qu'une longue nuit d'amour est au programme. Je veux te voir jouir en chevauchant ma queue, peut-être aussi en chevauchant ma bouche.

– Et si je te disais que je n'ai pas faim ? répond-elle en souriant.

Je secoue la tête alors que je suis sur le point de prendre une bouchée de poulet.

– Je répondrais que tu vas être affamée après.

– Chéri… murmure-t-elle d'une voix rauque alors que son regard s'embrase.

– Dépêche-toi de manger, j'ordonne.

Elle se lèche les lèvres, pique une asperge avec sa fourchette et en lèche la pointe lentement, sans me quitter des yeux. Ensuite, elle prend l'asperge dans sa bouche et la ressort délicatement en gémissant.

– Je n'ai plus faim, je grogne en laissant tomber ma fourchette. Plutôt, j'ai faim de toi, tu es bien plus chaude et appétissante que le plat que tu m'as préparé.

Je me lève brusquement puis je me penche pour prendre Skyler sur mon épaule et filer en direction de notre chambre, elle rit aux éclats.

***

– C'est ça… chevauche-moi, je gronde en empoignant ses hanches. Putain, oui, plus vite.

Skyler gémit, une main dans ses cheveux, l'autre sur mon épaule. Je suis adossé à la tête de lit, les genoux relevés, enfoui dans sa chaleur humide.

– Bon sang, tu es une cavalière hors pair.

Mes testicules se contractent et une vague de chaleur me parcourt pour s'accumuler au creux de mes reins.

Elle penche la tête en arrière, laissant tomber ses cheveux jusqu'à ses fesses, chatouillant le bout de mes doigts. Son souffle est rapide et je caresse son ventre avant de titiller son nombril avec mon pouce. Je remonte ma main jusqu'à ses seins puis sa gorge, que j'empoigne pour sentir le rythme effréné de son cœur. Je caresse sa joue en effleurant sa bouche, et elle l'ouvre pour sucer mon pouce et le lécher, me rappelant ce qu'elle sait faire avec mon sexe.

– Baise-moi… je grogne en l'enfonçant plus fort sur ma queue et en serrant la mâchoire pour ne pas jouir sur-le-champ.

J'ai envie que ça dure, toute l'éternité si possible.

Skyler suce plus fort mon pouce et elle soupire juste avant que les parois de son sexe ne se verrouillent. J'enlève mon doigt de sa bouche et je plonge ma main dans ses cheveux pour ramener son visage près du mien et l'embrasser fougueusement. Elle pousse un cri, son corps est parcouru de spasmes et elle serre les cuisses sur les miennes en frottant son clitoris sur l'os de mon bassin.

– Chéri… gémit-elle contre mes lèvres.

– Putain, oui, tu jouis. Tu me chevauches comme une championne et tu me fais atteindre le paradis, je grogne en continuant de la soulever sur mon sexe alors que son regard est perdu dans le vide. Maintenant, c'est mon tour, je chuchote dans son oreille.

Je passe mes bras dans son dos et la fais rouler sur le lit pour être sur elle, puis je remonte ses genoux jusqu'à ses oreilles, baissant la tête pour voir son sexe grand ouvert autour du mien, encore trempé par son orgasme.

Je m'oblige à ralentir pour ne pas perdre le contrôle, entièrement concentré sur mes gestes.

– Tu es sublime, Sky. Chaque centimètre de ton corps est parfait, et tout à moi. Pour toujours.

– Parker ! gémit-elle, déjà en route pour un autre orgasme.

Je vois son visage se transformer, et son regard s'embrase de nouveau.

– Baise-moi, dit-elle, répétant mes paroles.

Or, c'est elle qui tient les rênes. Elle contracte les muscles de son sexe sur mon gland alors que je me retire, laissant la pointe en elle.

– Alors comme ça, tu veux jouer ? je grogne en la pénétrant de nouveau.

– Absolument, répond-elle avec un sourire aguicheur.

– Qu'est-ce que je t'ai dit avant qu'on commence, ce soir ?

– Hmmm…

Elle s'étire autant que possible, essayant de baisser les jambes pour me prendre dans ses bras.

– Non, chérie. J'ai dit que j'allais te faire grimper aux rideaux et je tiens toujours parole.

C'est la seule mise en garde que je lui offre avant de m'enfouir brusquement en elle, accélérant mes va-et-vient, frappant ce petit mur de chair qui la rend folle et la fait jouir à chaque fois.

La chaleur de nos corps augmente encore et mon torse se couvre de sueur. Ses yeux sont fermés, sa tête monte et descend sur l'oreiller à chacun de mes allers-retours.

– Parker, chéri, je ne peux pas. Je ne peux pas…

Elle enfonce sa tête dans le coussin et lève le menton, la bouche ouverte, poussant un cri silencieux.

– Bien sûr que si, je réponds en redoublant d'efforts et en glissant ma main entre nous.

Avec deux doigts, je dessine des cercles autour de son clitoris enflé par son dernier orgasme.

– Par… ker ! s'écrie-t-elle.

Je m'empare alors de sa bouche pour me noyer dans son odeur et étouffer son cri.

Je continue de m'enfouir en elle jusqu'à ce que les muscles de mes cuisses et de mes bras n'en puissent plus. Je lâche alors ses jambes et la laisse m'entourer tandis que je passe mes mains sous son dos pour saisir ses épaules, plongeant mon visage dans son cou, sans cesser mes coups de bassin.

Continue.

Ne t'arrête pas.

Jamais.

– Je t'aime. Je t'aime. Je t'aime, je murmure, fou de désir et d'amour.

Je serre plus fort ses épaules et elle accompagne mes mouvements en me plaquant contre elle avec ses jambes.

– Oui, chéri, c'est ça. Laisse-toi aller.

Elle me tient contre elle alors que j'essaie de fusionner nos corps pour ne devenir plus qu'un. Mon orgasme embrase mon sang, remontant dans mon dos pour foncer dans mon bas-ventre puis dans mon sexe, se déversant en elle et la faisant mienne de la façon la plus primitive qui soit.

Elle est toute à moi.

Je pousse un long gémissement rauque et mes allers-retours ralentissent, mais Skyler ne desserre pas son étreinte, restant avec moi jusqu'à la toute fin. Je vide tout l'air de mes poumons en roulant sur le dos, emportant ma nana avec moi pour qu'elle s'allonge sur moi. Elle me laisse faire, épuisée, m'embrassant ici et là, partout où sa bouche peut m'atteindre sans qu'elle ne bouge. Elle caresse mon torse lentement, du bout des doigts.

– Comment ça va, ma pêche ? je demande en caressant sa joue.

Elle fredonne, lève la tête et me regarde droit dans les yeux.

– Tu avais raison. Je suis morte de faim.

J'éclate de rire et nous sommes bientôt deux adolescents, riant, gloussant, se murmurant des « je t'aime » et des promesses d'éternité.

Une dizaine de minutes plus tard, j'enfile un pyjama et file à la cuisine pour préparer à ma femme son plat préféré : un sandwich à la confiture et au beurre de cacahuète, avec un grand verre de lait froid.

CHAPITRE 3

SKYLER

– Bonjour ma belle, dit Tracey derrière moi.

Je souris en saupoudrant de sucre glace les tranches de pain perdu dégoulinantes de sirop d'érable.

– Tadam ! je clame d'un ton joyeux en me tournant vers mon amie et en lui présentant son petit déjeuner.

Tracey sourit et plaque ses mains sur sa poitrine.

– C'est pour moi ? Oh, il ne fallait pas ! Non, oublie ce que j'ai dit, t'as bien fait, c'est super !

– Je te sers un café ? je demande pendant qu'elle s'installe sur un tabouret.

– Avec plaisir !

– Ça arrive tout de suite.

Tracey semble de bonne humeur ce matin. Je n'ai pas oublié que je dois lui parler de mes projets avec Parker afin qu'elle comprenne que ces derniers n'ont pas changé. Elle a beau penser que nous allons trop vite, Parker et moi sommes d'accord sur les changements à venir. C'est tout ce qui compte, et en tant que meilleure amie, Tracey doit me soutenir ou, si elle continue de penser que je commets une erreur, elle doit se taire et me laisser faire.

Je me prépare à aborder le sujet lorsque mon téléphone vibre sur le plan de travail. J'y jette un coup d'œil, c'est Wendy. Son mariage est dans deux mois et l'organisation est passée à la vitesse supérieure. Je suis sa demoiselle d'honneur et je veux que tout soit parfait pour son grand jour.

– Salut meuf ! je m'exclame en décrochant.

– Devine quoi ! s'écrie-t-elle d'une voix aiguë et tout excitée.

– Quoi ?

– Tu vas être folle de joie ! C'est le destin !

– Je serai sans doute d'accord avec toi, mais il faut d'abord que tu me dises de quoi tu parles ! C'est à propos du mariage ?

Tracey hausse les sourcils, je couvre mon téléphone pour lui expliquer.

– Wendy et Mick.

– Ah ! Ouf, marmonne-t-elle avant d'avaler une bouchée de pain perdu.

Je fronce les sourcils et lui tourne le dos pour ne pas la voir grimacer.

– Pas du tout ! Je parle d'immobilier et de ton rêve d'acheter un bien dans ma résidence !

– Tu plaisantes ? je m'exclame alors que mon cœur bat la chamade. Quelque chose s'est libéré ?

– Aujourd'hui, oui ! Je promenais Lauren, tu sais combien elle aime les longues balades. Je suppose qu'après avoir vécu deux ans dans une cage, elle a besoin de liberté. Elle n'est satisfaite que si la route devant elle est longue et si l'herbe s'étend à perte de vue. Et comme je veux que mon bébé soit heureux, Mick et moi allons la promener à tour de rôle…

– Wendy… tu te disperses, là. Allez, crache le morceau !

Je lui coupe la parole, car Wendy est raide dingue de sa chienne et elle peut en parler pendant des heures. Cela dit, je la comprends, je fais la même chose avec Midnight et Sunny. Grâce à eux, Parker et moi formons une famille et ça, ça n'a pas de prix.

– Ah oui, pardon. Lauren et moi avons tourné à gauche au bout de la rue et on a croisé la voisine qui promenait son chien. On a discuté, et elle m'a dit qu'ils mettaient leur maison en vente d'ici la fin de la semaine. Et meuf, la maison est énorme. Elle ressemble à une ferme, avec un porche qui fait tout le tour de la maison. Elle n'a qu'un étage, mais elle doit faire entre mille deux cents et mille quatre cents mètres carrés, donc elle est loin d'être petite.

– Mon Dieu… je chuchote en imaginant Parker assis sur un fauteuil à bascule, sur le porche, son chien à ses pieds et ses enfants à ses côtés. Il y a beaucoup de terrain ?

– Cinq hectares. Il y a même une maison d'amis séparée, d'environ cent soixante-dix mètres carrés, avec une entrée et un garage privés.

– Mais non…

– Mais si ! Et attends, ce n'est pas fini… dit-elle d'une voix toujours plus aiguë.

– Arrête, Wendy, je suis déjà trop excitée !

– Chérie… elle est jaune, avec des moulures blanches. Je te promets qu'on dirait une ferme du Sud qui aurait été déplacée en banlieue de Boston.

La maison de rêve de Parker.

– Quand est-ce que je peux aller la voir ? Ils la mettent tout de suite en vente ? Parker et moi partons pour Madrid demain, je dis en me mordant la lèvre et en enroulant une mèche sur mon index.

– Dans ce cas, j'ai bien fait de prendre rendez-vous pour que vous la visitiez ce soir, après le travail. J'ai dit à la propriétaire que je connaissais un couple génial qui serait prêt à l'acheter tout de suite. Elle était ravie, parce qu'ils sont assez pressés : apparemment, son fils unique et ses trois enfants déménagent en Floride parce qu'il est dans l'armée. Elle veut être près de ses petits-enfants, et son mari leur a déjà trouvé une nouvelle maison.

– Ça semble trop beau pour être vrai ! je chuchote alors que mon cœur bat la chamade.

– Je sais. On va être voisines ! Nos chiens pourront jouer ensemble et quand on aura des enfants… et crois-moi, Mick fait tout pour qu'on en ait, ils seront meilleurs amis !

– Ce serait génial !

Je nous vois déjà déjeuner avec Mick et Wendy et nos enfants, le dimanche, ou avec les parents de

Parker pour les fêtes et les anniversaires. J'imagine les mecs venir avec leurs copines potentielles et jouer au football américain sur la pelouse ou au basket dans l'allée.

– Il nous faudra un panier de basket.

– Carrément, tout ce que tu voudras ! Tu auras tellement de place que tu pourras construire une grange et y mettre des chevaux, si tu veux !

Des chevaux.

– Waouh. Wendy, je ne tiens plus en place. J'ai hâte de le dire à Parker !

– Non, mais tu crois sérieusement que je serai capable de me taire quand il va arriver au bureau ? T'es folle ! J'ai déjà noté le rendez-vous dans son agenda. Sois là à dix-sept heures et on ira ensemble pour que je vous présente aux propriétaires.

– Merci, Wendy. C'est une super-nouvelle qui tombe à pic !

– Je sais. Oh, Parker vient d'arriver ! Faut que je lui parle ! Aaaargh !

Je raccroche en souriant jusqu'aux oreilles.

– Qu'est-ce qui se passe ? demande Tracey avec une mine étrange.

– Wendy vient d'apprendre qu'une maison se libère dans la résidence où elle habite. C'est hyper-sécurisé, mais c'est magnifique, avec des pelouses à perte de vue. Une de ses voisines déménage en Floride et met sa maison en vente. Comme elle l'a su avant tout le monde, on va la voir avant même qu'elle ne la mette officiellement sur le marché.

Tout ce dont j'ai toujours rêvé est en train de se réaliser ! je m'exclame en faisant un tour sur moi-même. Ah, et tant que j'y pense, il faut que je te dise que quand j'aurai fini les films de Geneva James, je vais faire une pause.

Tracey laisse tomber sa fourchette dans son assiette et s'essuie la bouche en me fusillant du regard.

– Je te demande pardon ?

– Je veux construire quelque chose en dehors de ma carrière au cinéma, je réponds en souriant. J'ai même envisagé d'ouvrir une école pour acteurs, ici, à Boston. Je travaillerai avec des enfants défavorisés et des adolescents qui semblent prometteurs et je les aiderai à lancer leur carrière.

– Mais de quoi tu parles, putain ? Des enfants défavorisés ? Tu peux donner au Secours populaire, bon sang, si tu veux aider les pauvres ! rétorque Tracey d'un ton glacial.

Je recule et pose mes mains sur le plan de travail, choquée par sa rage soudaine.

– Je t'ai dit il y a longtemps que quand le moment serait venu, je ralentirais pour me concentrer sur d'autres projets.

– Skyler, ce n'est pas du tout le moment. Tu es au sommet de ta carrière. Tout le monde se bat pour t'avoir. Tu as une idée du nombre de scénarios qui atterrissent sur mon bureau ? Je ne les regarde même pas s'ils ne te proposent pas au moins dix millions de dollars.

– Mais si un des rôles était sur ma liste d'envies ? Si c'est du théâtre ?

Quand ma carrière a commencé à décoller, j'ai donné à Tracey une liste de réalisateurs avec lesquels j'aimerais travailler ou de rôles que j'aimerais jouer, y compris au théâtre.

– Sky, les théâtres n'ont pas les moyens de t'engager, répond-elle sèchement. Ce serait une perte de temps.

– Pas si c'est un rôle qui me plaît. Tracey, tu sais que j'ai mis longtemps à dresser cette liste. En fait, maintenant que j'y pense, ça fait une éternité que tu ne m'as pas proposé quelque chose qui était dessus. J'ai fait les films de la série *Sauvage*, et c'était amusant, mais on ne peut pas dire que le rôle était difficile.

– Peut-être pas, ricane-t-elle, mais ils t'ont payé une fortune et tu es devenue une star. Il n'y a que les films à gros budget qui comptent. Ça nous offre à toutes les deux des penthouses et ça nous place en haut de la pyramide.

– Trace, je me fiche d'être au sommet. C'est le métier qui m'intéresse. Pourquoi tu crois que j'allais aussi mal quand tu as embauché Parker ?

– Ne t'en fais pas, c'est une erreur que je ne me pardonnerai jamais, dit-elle d'un ton malicieux.

– Quoi ? Tu es folle ? Parker est la plus belle chose qui me soit arrivée. Il est tout ce que je désire et tout ce dont j'ai besoin, et quand on se mariera – pas si –, je lui proposerai rapidement de fonder une famille. Quand je vois l'amour qu'il a pour la sienne, je sais que ça ne lui posera aucun problème. Les choses changent, Tracey. Je ne veux plus jouer dans des films à gros budget à moins que les rôles m'intéressent vraiment et qu'ils ne m'obligent pas à abandonner les gens que j'aime pendant des mois et des mois. Je ne le ferai plus.

– Tu n'es pas sérieuse, Sky ? Tu es au début de ta relation avec Parker et tout est encore rose, mais ça passera, comme c'est passé avec Johan.

– Non. Johan était un drogué et il me trompait. Parker n'est pas comme ça.

– Attends un peu et tu verras. Il me suffira de lui proposer du fric et un rail de coke, comme je l'ai fait avec Johan, et il montrera sa vraie nature, ne t'en fais pas.

– Comme tu l'as fait avec Johan… je répète d'une voix rauque, et ma gorge se noue.

Soudain, je revois Johan et Tracey chuchoter dans mon dos. Je me souviens qu'elle passait souvent sans prévenir, toujours avec un colis pour Johan. Quant aux femmes avec lesquelles il me trompait, elles avaient toutes des rôles secondaires dans mes films.

Mon cœur bat la chamade et je peine à respirer. J'inspire plusieurs fois pour calmer l'angoisse qui me glace peu à peu le sang.

– Trace, est-ce que tu…

– Est-ce que je fournissais à Johan sa coke et ses putes ? demande-t-elle avec un sourire machiavélique. Ouais, ma belle. Absolument.

– Mais pourquoi… pourquoi ? Il était tout ce qui me restait après la mort de mes parents.

– Il était tout ce qui te restait ! s'exclame-t-elle. Chérie, ce type était faible et il l'a prouvé chaque fois qu'il a sniffé les rails que je lui apportais. Il n'était pas assez bien pour toi. Il se jetait sur toutes les femmes qu'il rencontrait. C'était une mauviette, je te dis. Il fallait que tu t'en débarrasses, j'ai juste accéléré les choses. Je t'ai toujours protégée et je n'arrêterai jamais.

Mes yeux se remplissent de larmes tandis que je prends conscience de la trahison de ma meilleure amie.

– Tracey… je… j'ai du mal à le croire. Comment tu as pu me faire ça ? Je croyais… Je l'aimais !

– Et je t'ai aidée à voir qu'il ne méritait pas ton amour, répond-elle froidement. Tu ne vois pas que je t'ai évité une vie misérable ?

– Tu as été trop loin, je dis en secouant la tête. Je ne sais même pas quoi faire de ce que tu me dis. Tu as franchi la ligne… je murmure en sanglotant.

J'ai besoin de prendre l'air, d'aller quelque part sans elle.

Tracey se lève et fronce les sourcils tandis que je recule.

– Birdie…

– Ne m'appelle pas comme ça ! je m'écrie. Tu m'as fait souffrir ! Tu as détruit ma relation avec un homme bien !

Elle secoue rapidement la tête et continue de venir vers moi, mais je recule.

– Non, Sky, penses-y une minute. S'il t'avait méritée, s'il avait été digne de ton amour, il ne t'aurait jamais trompée. Il n'aurait jamais sniffé toute cette coke. Ce n'est pas parce que je lui en ai facilité l'accès que c'est moi qui suis en tort.

– Tu as contribué à son problème, à son addiction ! je m'exclame en me passant la main dans les cheveux et en les tirant pour me ramener à la réalité.

– Quand tu auras digéré ce que je t'ai dit et que tu seras raisonnable, tu comprendras, dit-elle sur ce ton maternel qu'elle emploie quand je panique. C'est à moi de te protéger, c'est mon travail. Je place toujours tes intérêts en premier. Depuis que je suis devenue ta manager, après la mort de tes parents dans l'explosion du bateau, je suis là pour toi. Je t'ai aidée à avoir les rôles les mieux payés et j'ai fait en sorte que tu sois fière de ta carrière. Qu'on en soit fières, toutes les deux. C'était moi, ça. Tu as toujours été ma priorité… toujours. Même quand tu as dit à ta mère que tu voulais arrêter le show-business. J'étais là pour m'assurer que tu prendrais la bonne décision. Je me suis bien occupée de toi et je n'arrêterais jamais, parce que c'est mon rôle, Sky, en tant que manager et meilleure amie.

Ses paroles m'émeuvent, mais je suis trop perturbée pour y voir clair. Je n'arrive pas à encaisser le choc, elle m'a menti pendant toutes ces années. Elle m'a trahie.

– Tu ne m'as rien dit pour Johan. Je l'ai découvert toute seule.

Elle hoche la tête, la mine triste.

– Parce que si ça n'avait pas été le cas, tu ne l'aurais jamais quitté. Je suis désolée que tu aies dû traverser cette épreuve, mais j'étais là pour toi, non ? Je t'ai prise dans mes bras quand tu pleurais, je me suis assurée que tu avais du travail pour que tu te concentres sur des choses positives, comme bâtir ta carrière et ton empire.

Ce qu'elle dit et vrai, elle s'est occupée de moi et m'a aidée à ne pas sombrer après la mort de mes parents et, de nouveau, quand j'ai surpris Johan en train de me tromper.

Toutefois, je n'arrive pas à concevoir qu'elle ait participé à son autodestruction. C'est insensé, je ne sais plus quoi croire ni penser.

– Je crois qu'il faut que tu partes, je dis froidement. Sors de chez moi.

– Tu me fous dehors ? s'exclame-t-elle.

– Tu n'habites pas ici. Tu es venue sans me prévenir. Tu n'auras aucun mal à trouver un hôtel ou à rentrer à New York. Honnêtement, Tracey, je ne veux plus te voir. J'ai besoin de réfléchir.

Elle vient vers moi en tendant la main.

– Sky, tu ne penses pas ce que tu dis. Et tu n'as pas besoin de temps pour réfléchir. J'ai agi ainsi pour te protéger d'un homme qui n'était pas digne de toi. Je savais qu'il finirait par te faire du mal, et c'est ce qu'il a fait. Au moins, il ne t'a pas épousée et vous n'avez pas eu d'enfants, sinon tu ne serais pas ici aujourd'hui.

J'écoute ce qu'elle dit, mais je n'arrive toujours pas à croire qu'elle ait aidé quelqu'un à se faire du mal et à me faire souffrir.

– Il faut que tu partes, je dis en ouvrant le tiroir pour prendre la laisse des chiens. Venez ici, vous deux !

Midnight et Sunny arrivent en courant dans la cuisine et sautillent autour de moi. Je retiens mes larmes, j'attache leurs laisses et me dirige vers l'ascenseur.

– Sky ! reviens, parlons-en.

Je tends le bras pour l'arrêter. Du haut de ses cinquante centimètres, Midnight se met à grogner et s'interpose entre elle et moi. Sunny couine et se cache derrière mes jambes et je suis encore plus furax contre Tracey de voir qu'elle fait peur à mon bébé. Cette chienne a vécu assez de choses affreuses durant sa courte vie, elle n'a pas besoin que quelqu'un qui est censé faire partie de la famille lui fasse peur.

– Je ne veux rien entendre, tu en as assez dit. Maintenant, je le répète : j'ai besoin de temps pour réfléchir et pour être seule. Fais tes valises et va à l'hôtel ou rentre à New York.

L'espace d'une seconde, je suis fière de moi de lui tenir tête et de parler franchement au lieu de me recroqueviller sur moi-même et d'ignorer mes sentiments pour protéger les siens. Parker serait fier de moi, aussi.

Parker.

J'ai désespérément besoin de le voir.

– Très bien, je vais partir, rouspète Tracey. Mais je reste à Boston. Je serai là quand tu rentreras de ton voyage et que tu seras prête à parler. Ça te laissera le temps de réaliser que tout ce que j'ai fait, c'était pour toi. Parce que je t'aime. Parce que je tiens à toi plus qu'à quiconque. Quand tu auras eu le temps de réfléchir, tu verras que c'est vrai.

Elle part en direction de sa chambre et je monte dans l'ascenseur pour descendre aux bureaux d'*IG*.

***

– Waouh, c'est une sacrée histoire, bébé, dit Parker tandis que nous marchons main dans la main dans le jardin public, près de son bureau.

Nous tenons chacun une laisse, et cette fois, Sunny est promenée par son papa tandis que je me charge de Midnight.

– À qui le dis-tu…

Je me concentre sur la brise qui agite mes cheveux et sur le rayon de soleil qui illumine ceux de mon homme, leur donnant des reflets cuivrés. Les Ray-Ban écaille qu'il porte vont parfaitement avec son style business-casual.

– Au moins, pour l'instant, elle n'est plus à la maison. Et puis on part en Espagne demain soir, ça te laissera le temps de réfléchir à tout ça.

– Au fait, est-ce que tu as parlé à Wendy ?

Il s'arrête pour attendre Sunny qui renifle un buisson, suivie de près par son frère qui décide de faire pipi dessus, par mesure de précaution.

– À propos de la maison ? Oui, répond Parker en souriant. Tu en penses quoi ?

– Que ça semble parfait pour nous.

– Je suis d'accord. Néanmoins, elle ne se vendra pas à moins de dix millions de dollars, et c'est sans parler des taxes foncières et de copropriété qui ne vont pas être négligeables.

– Chéri, si on aime cette maison, je veux l'acheter. On bâtit notre avenir ensemble, et j'ai vingt fois cette somme sur mon compte en…

– Chut, dit Parker en appuyant un doigt sur ma bouche. J'essaie de mettre de côté mon machisme et mon besoin d'offrir à la femme que j'aime tout ce qu'elle désire, explique-t-il en posant sa main sur ma joue.

– Mais je veux t'offrir tout ce que tu désires moi aussi, je chuchote en faisant la moue.

– Il m'a fallu du temps ainsi que de nombreuses conversations avec Royce et Bo pour accepter le fait que tu auras toujours plus d'argent que moi, c'est inhérent à la nature de ton travail. Toutefois, je veux quand même contribuer. Alors, voilà ce que je pense…

Je souris jusqu'aux oreilles, ravie qu'il soit prêt à faire des compromis pour notre avenir.

– Je paierai vingt pour cent du prix de la vente pour accélérer l'achat. J'ai la somme en liquide.

Tu pourras payer le reste, comme ça, on n'aura pas de crédit à rembourser.

– Chéri… je chuchote, et ma vue se brouille.

Je ne peux qu'être émue de voir ce qu'il est prêt à faire pour moi en dépit de ce que cela lui coûte.

– Chut, je n'ai pas fini, écoute-moi…

Je hoche la tête en souriant timidement.

– Tous les ans, je paierai l'impôt foncier et les taxes de copropriété. En revanche, tu es libre de meubler la maison et de la décorer comme tu le souhaites, du moment que tu n'oublies pas que je suis un homme. Je ne veux pas de rose dans ma chambre. Sur une cravate ou pour une chemise, pourquoi pas, mais pas de rose dans la chambre ou dans les pièces à vivre. Je sais que tu privilégies le confort plutôt que le coût, donc il ne devrait pas y avoir de problème. Cependant, c'est moi qui achète notre lit. Je veux te faire l'amour et te faire hurler de plaisir dans un lit que j'aurai payé. Point à la ligne. Voilà ma proposition.

– J'accepte !

Je saute dans ses bras. Je l'embrasse longtemps, fougueusement, jusqu'à ce que j'entende des cliquetis d'appareils photo quelque part derrière nous. Je recule la tête en souriant jusqu'aux oreilles. Je sais que je me donne en spectacle, et je m'en contrefiche.

– Tu sais qu'on va encore se retrouver en première page des magazines people, d'ici à Tombouctou ? fait-il remarquer, mais son regard pétille de malice.

– Tu viens vraiment d'accepter un compromis concernant l'achat de notre maison et de notre lit, pas ton lit ni le mien mais le nôtre ?

– Exactement, répond-il en m'embrassant sur la gorge avant de respirer mon parfum.

Je repose les pieds par terre, mais il ne lâche pas mes fesses, habitué à me peloter sous l'œil des caméras. Je commence à me demander s'il ne fait pas exprès, en fait, pour que le monde entier sache que je lui appartiens.

– J'ai hâte de voir la maison ! J'espère que c'est la bonne pour nous. C'est le timing parfait et on vivra juste à côté de Mick et Wendy, ce qui est encore mieux. En plus, ce n'est pas loin de ton travail et des lieux de tournage sur lesquels je serai pour les prochaines années.

– Ça semble parfait, en effet, répond Parker en m'embrassant sur le front. Mais ne t'emballe pas trop. Je ne veux pas que tu sois triste pendant notre séjour en Espagne.

– C'est impossible. Je serai avec toi, donc quoi qu'il arrive, on passera un super-moment.

– C'est vrai. Allez, viens, les chiots s'impatientent.

Je baisse la tête et découvre que les chiens ont emmêlé leurs laisses jusqu'à être complètement bloqués. Une fois que je les ai démêlés, nous reprenons notre balade et Parker passe son bras autour de mes épaules.

– Tu te sens mieux ? demande-t-il.

– Tu sais bien que je ne suis jamais triste quand je suis dans tes bras, chéri.

– Je parlais de Tracey, répond-il en riant.

– Je n'aime pas du tout ce qu'elle a fait pour me pousser à rompre avec Johan. Il n'était pas l'homme de ma vie, c'est vrai, mais qu'est-ce qui me dit qu'elle n'essaiera pas de faire la même chose avec toi ?

Parker éclate de rire et me serre contre lui.

– Oh, ma pêche… Qu'elle essaie seulement de s'immiscer entre nous. Elle y laissera sa peau, je te le garantis. Cela dit, elle a toujours été cordiale avec moi. Elle ne m'a jamais proposé de drogue, ni de femmes, ni d'argent.

– Peut-être parce qu'elle sait que tu ne succomberais pas à ces propositions-là, Dieu merci, je réponds en repensant à ce que j'ai enduré quand j'ai découvert que Johan me trompait.

Il m'a fallu longtemps pour me reconstruire après ça.

– Ce n'est pas faux. Je ne vois pas ce qu'elle pourrait faire pour nous séparer. Elle a beau penser qu'on va trop vite, elle n'a jamais laissé entendre que notre couple lui posait problème. Elle a organisé les interviews avec la presse, elle a écrit les communiqués, et ainsi de suite. Je ne pense pas qu'elle devienne mon amie parce que c'est à cause de moi qu'elle passe moins de temps avec toi. Néanmoins, elle sait que je n'essaie pas de m'immiscer entre vous. Je suis sûr que tout ça s'arrangera, que vous

vous rapprochiez de nouveau ou que vous vous éloigniez pour de bon. Quoi qu'il en soit, je serai à tes côtés et je te soutiendrai.

– Je regrette un peu qu'on soit dans le parc et qu'on soit suivis par des paparazzis, je rouspète.

– Ah, et pourquoi ?

– Parce que j'ai super envie de toi, tout à coup.

Son regard s'embrase, il se penche pour m'embrasser sur la tempe.

– Heureusement que j'ai un canapé confortable dans mon bureau et que les murs sont insonorisés, alors. Je ne serais pas contre te pencher sur l'accoudoir et te prendre par-derrière en titillant ton joli bouton de rose…

– Chéri… je chuchote en frissonnant.

– On dirait que ma nana a envie que je la prenne dans mon bureau ?

– Ouais… je réponds d'une voix rauque.

– On rentre, les enfants, dit-il en prenant les deux laisses dans ses mains et en partant d'un pas décidé vers son immeuble. Apparemment, je n'ai pas accompli mon devoir hier soir, ma belle. Je pensais que tu tiendrais au moins jusqu'à ce soir… rouspète-t-il en feignant d'être agacé.

Je souris durant tout le trajet jusqu'à son bureau, visualisant déjà son canapé. Ma culotte est trempée et mon cœur est si plein d'amour que je peine à respirer.

CHAPITRE 4

PARKER

– Elle est parfaite.

J'observe d'un regard émerveillé la façade jaune de la maison et ses moulures blanches. Un porche fait tout le tour de l'édifice, me rappelant tant celui de mes grands-parents que j'en ai le souffle coupé.

Skyler effleure mon bras avec son nez et me prend dans ses bras sans quitter la maison des yeux.

– Que penses-tu de l'intérieur ?

J'étudie le bâtiment dans le soleil couchant. Devant, une pelouse s'étend sur des centaines de mètres jusqu'à une haie d'arbres qui sépare la propriété de la suivante.

– Hmmm.

Le soleil illumine les brins d'herbe et je me vois déjà y lancer un Frisbee pour mes chiens. On jouera au foot avec les gars, puis avec nos futurs enfants. Skyler s'installera dans l'herbe sur une couverture, pour bronzer dans une petite robe légère.

– L'intérieur, Parker ? répète-t-elle en me faisant tourner la tête vers la maison.

– Il y a beaucoup de meubles anciens, je réponds en grimaçant, faisant glousser Skyler.

– Oui, et ils seront tous enlevés dans les quatre à six semaines à venir. Il y a sept chambres et quatre salles de bains. Il y a une salle de jeux, un sous-sol immense entièrement aménagé, une cuisine ouverte et une salle à manger. Il y a deux grands salons et une entrée, une piscine superbe, une cheminée, une fontaine et un potager. J'ai demandé à Rachel ce qu'ils pensent de la maison d'amis, ils l'adorent. Elle est plus grande que leur appartement et ils auraient la place pour des enfants, je sais qu'ils parlent d'en avoir.

Je prends Skyler dans mes bras et lève la tête vers moi pour la regarder dans les yeux.

– Est-ce que tu veux vivre ici avec moi, en faire notre maison, y construire notre avenir et y habiter avec nos bébés ?

– Humains ou à quatre pattes ? demande-t-elle en riant.

J'effleure le bout de son nez avec le mien.

– Les deux, je chuchote avant de l'embrasser tendrement.

– Je me sens bien ici et je sais que tu es amoureux de la vue, chuchote-t-elle d'une voix douce.

– Tu me connais bien, je réponds en l'embrassant de nouveau.

– Absolument ! Et quand j'aurai fini de décorer l'intérieur, je te promets que tu ne voudras plus jamais en sortir pour travailler.

– Alors, c'est décidé ? On achète la « ferme » ?

– Oui, chéri. C'est décidé, répond-elle en souriant jusqu'aux oreilles.

– Parfait. Alors, allons annoncer la nouvelle aux propriétaires et appelons notre notaire.

– On a un notaire ? demande-t-elle d'un ton surpris.

– Wendy a contacté celui de Mick et il s'occupe déjà des formalités, je réponds en riant. Wendy était sûre que c'était la maison parfaite pour nous.

– Tu es sérieux ?

– Ouais, on va vivre à côté d'une des femmes les plus folles et intrusives au monde.

– J'espère bien ! J'ai toujours rêvé d'avoir une sœur indiscrète et pleine de bonnes intentions. On dirait que mon souhait est sur le point de s'exaucer.

Je caresse son bras tandis que nous montons les marches pour parler aux propriétaires, qui nous ont laissés discuter en privé.

– Ma pêche, tu n'es plus toute seule. Tu as désormais une grande famille et une horde d'amis bien intentionnés.

– C'est la meilleure décision de ma vie, murmure-t-elle avant de mordre mon bras.

Je m'arrête et la prends par la taille pour l'attirer contre moi.

– Qu'est-ce que tu as dit ?

– Parker Ellis, te sauter dessus était la meilleure décision de ma vie.

– Je crois bien que c'est moi qui t'ai sauté dessus, je réponds en riant.

– Absolument pas, non, répond-elle en secouant la tête.

– Bien sûr que si.

– Je me suis jetée sur toi dès le premier soir !

– Oui, mais je n'ai pas profité de toi parce qu'on était saouls. Cela n'aurait pas été galant.

– Ah ? Mais attendre quelques jours pour que je n'aie d'autre choix que de te rejoindre sous la douche et t'obliger à me prendre, ça l'était ?

– Parfaitement.

Elle éclate de rire.

– Je crois qu'on devrait faire notre offre aux propriétaires et poursuivre cette conversation au penthouse. Mieux vaut régler ça sous la couette si tu veux mon avis, dit-elle en me lançant un clin d'œil et en entrant dans la maison.

Je la saisis par la taille et plaque ses fesses contre mon érection, baissant la tête pour chuchoter dans son oreille.

– Ça marche. Le gagnant aura le droit de ligoter l'autre et de lui faire tout ce qu'il veut.

Skyler gémit et frotte ses fesses contre mon entrejambe.

– Hmmm, je suis un peu fatiguée, je ne serai peut-être pas au top de ma forme, se moque-t-elle en continuant de m'exciter.

Je me mords la lèvre pour m'empêcher de bander complètement alors qu'elle gémit de nouveau. Elle tend le bras et empoigne ma verge à travers mon pantalon.

– Mais peut-être que j'aurai un second souffle… chuchote-t-elle.

Je l'oblige à faire un pas en avant, conscient que les propriétaires pourraient arriver à tout moment et nous surprendre dans une position délicate.

– Je crois que tu mérites une bonne correction… je gronde.

– On verra qui aura le dernier mot ! s'exclame-t-elle en souriant.

– J'ai hâte de le découvrir, ma pêche.

Je prends sa main et l'emmène dans la cuisine, où j'entends les propriétaires parler autour d'un café. Un jour, ce sera nous.

Lorsque nous entrons dans la pièce, ils lèvent la tête vers nous en souriant.

– On la prend, je déclare, les faisant sourire de plus belle.

Cependant, personne n'est aussi heureux que ma nana.

***

– Je n'arrive pas à le croire. Tu as loué un jet privé ? je grogne en m'asseyant dans un des fauteuils en cuir beige.

– Est-ce que ces sièges s'inclinent ? demande Bo à Skyler, qui arrive avec les chiens.

Elle sourit jusqu'aux oreilles tandis que je fronce les sourcils, furax qu'elle ait loué un jet pour nous amener à Madrid, tout ça pour que nos chiens puissent voyager avec nous.

– Oui, Bo, mais il y a aussi un canapé qui se déplie, si tu veux.

– Non, ça va, répond-il en choisissant un Chesterfield au fond de la cabine. Je préfère vous le laisser, au cas où vous en auriez besoin, ajoute-t-il en jouant des sourcils.

– Bo, calme-toi. On ne va pas baiser au milieu de tout le monde, je réponds d'un ton frustré.

– Comme tu veux, mec, c'était juste une proposition. J'ai mon casque antibruit, de toute façon. Faites ce que vous avez à faire.

Je gonfle mes poumons et expire lentement pour me calmer pendant que Skyler continue à argumenter.

– Chéri, je ne pouvais pas laisser nos bébés tout seuls pendant une semaine. J'aurais raté trop de choses dans leur vie.

Rachel et Nate arrivent à leur tour dans l'avion et s'installent à l'avant.

– Les valises sont en soute et le capitaine prêt à décoller, grommelle Nate avant de soupirer longuement.

– Et puis, poursuit Skyler, il fallait trois billets supplémentaires pour Rachel, Nate et moi, et je n'aurais pas pu emmener Midnight et Sunny.

– On avait parlé de demander à Wendy de s'en occuper, je lui rappelle pour la centième fois.

– Chéri…

Elle grimace en s'asseyant à côté de moi. Les chiens sautent sur le siège en face du nôtre et se mettent à l'aise, blottis sous la couverture que Skyler étend sur eux. Ils ferment les yeux, bâillent et s'endorment aussitôt. La journée a été chargée pour eux, et ils ont besoin de repos. Je dois avouer que les voir se détendre m'aide à me calmer… un peu.

– Je ne pouvais pas les laisser aussi tôt. Leur vie a déjà été assez rude comme ça. On ne peut pas les laisser penser qu'on les a abandonnés. Mick et Wendy s'habituent tout juste à Lauren. Je ne pouvais pas… je ne pouvais pas les laisser, admet Skyler en posant sa main sur mon bras. Pas maintenant. Je n'ai pas passé assez de temps avec eux, et je vais bientôt commencer le tournage du premier film. C'est pas grand-chose, tu sais. Techniquement, une partie de la compagnie aérienne m'appartient, de toute façon. Quand on y pense, c'est presque comme si on ne payait pas.

– Tu as des actions dans cette compagnie aérienne ? je demande en fronçant les sourcils.

– Ouais. J'en détiens quarante pour cent. Mon conseiller financier m'avait dit que c'était un bon investissement, il y a quelques années, et regarde… j'en profite enfin, et c'est sans parler de tout ce que je gagne avec la vente des billets.

– Waouh…

Parfois, l'étendue de sa richesse me donne le vertige, pourtant ce que je gagne chez *IG* est loin d'être misérable.

– Je t'ai déjà dit que j'avais plus d'argent que je n'en aurai besoin au cours de ma vie. Maintenant, détends-toi et profite d'un vol agréable. Si tu avais pris un vol commercial, tu n'aurais pas pu étendre tes jambes et caresser tes chiots en câlinant ta femme, dit-elle en me souriant tendrement, consciente qu'elle a gagné.

Je ne peux plus me retenir de sourire et ma frustration s'atténue. En fait, je n'ai pas de raison d'être agacé. Elle nous a réservé un jet privé, et alors ? C'est son argent et elle peut en faire ce qu'elle veut. Je respire lentement, puis je me tourne vers elle pour prendre son visage entre mes mains et l'embrasser fougueusement. Elle gémit, et j'en profite pour plonger ma langue dans sa bouche, savourant le parfum du chewing-gum à la cerise qu'elle a pris dans la voiture. Elle passe sa main dans mes cheveux, juste au-dessus de mon oreille, et sa langue danse avec la mienne, fouillant ma bouche jusqu'à ce qu'on doive se séparer pour reprendre notre souffle.

– Je suis pardonnée ? demande-t-elle en souriant.

– Il n'y avait rien à pardonner. C'est ton argent. Tu le dépenses comme tu veux.

– D'accord.

Elle m'embrasse rapidement sur la bouche, trois fois, puis elle recule dans son siège.

C'est aussi simple que ça. Le conflit est terminé.

Je prends sa main et elle soupire paisiblement tandis que je me dis que ma vie est géniale. Et elle le sera toujours, avec Skyler. Simple, belle et pleine d'amour.

Je porte sa main à ma bouche et l'embrasse en regardant nos chiens endormis.

***

– *Bienvenido*, Monsieur Ellis, Mademoiselle Paige. Entrez, entrez.

Notre client, Alejandro Rodriguez, nous fait entrer dans son bureau situé en plein cœur de Madrid. L'immeuble est moderne, avec des façades en acier et en verre, me rappelant celui d'*IG*, à Boston. Il est pris entre deux bâtiments bien plus anciens, ce qui est typique de Madrid, apparemment.

– Monsieur Montgomery, *bienvenido*. Merci d'être venu, ajoute-t-il avec son accent espagnol.

Cela lui donne un air exotique qui va très bien avec son style métrosexuel. Ses cheveux sont coiffés en arrière et ses vêtements bien choisis. Alejandro Rodriguez respire la classe et l'argent. J'ai l'habitude de travailler avec ce type de personne carriériste et tournée vers l'argent.

Je suis Skyler jusqu'à un canapé en cuir noir bordé de guéridons en verre. Elle s'assoit et je déboutonne la veste de mon costume avant de prendre place à ses côtés, passant mon bras autour de ses épaules, détendu mais professionnel.

Bo nous rejoint, vêtu de sa tenue habituelle : jean foncé, T-shirt noir, veste en cuir blanc. C'est sa version du costume-cravate, même s'il a remonté les manches de son blouson, laissant voir ses bracelets en cuir.

Alejandro tape dans ses mains et se dirige vers son bureau pour saisir son téléphone.

– Appelez Juliet et dites-lui d'être là dans cinq minutes, dit-il avant de raccrocher et de se tourner vers nous. Tout d'abord, je voudrais vous dire que le travail que vous avez fait sur le défilé de mon ami était *magnifico* !

– Merci. Nous avons lu le dossier que vous nous avez envoyé, mais il n'était pas très détaillé. D'après ce que nous avons compris, vous avez déniché un nouveau talent que vous voulez transformer en superstar. C'est bien ça ?

Alejandro sourit, et je me dis qu'il aurait sa place en une du magazine *GQ*.

– *Sí*. Juliet a la voix d'un ange.

Bo tripote son bouc et recule dans le canapé. Il croise une cheville sur le genou opposé en agitant son pied. Chez la plupart des gens, c'est un tic nerveux, mais chez Bo c'est juste la preuve qu'il s'ennuie. Il aime bouger en permanence, à moins qu'il y ait à manger, à boire ou un écran devant lui.

– Alors quel est son problème ? Elle manque de sex-appeal ? Elle a besoin d'apprendre à bouger ?

– *Sí*, répond Alejandro en croisant les bras. Mais c'est plus que ça.

– Expliquez-nous, je dis pour accélérer la conversation.

Je veux commencer la mission au plus vite pour pouvoir rentrer chez moi dès que possible.

Alejandro penche la tête sur le côté et dessine des ronds sur son fauteuil, l'air pensif.

– Elle a besoin… comment dire. De travail.

– De travail ? répète Bo en fronçant les sourcils. Vous voulez dire qu'elle a besoin d'un relooking ?

– *Sí*. Voire de chirurgie plastique. Et d'un régime. Un gros régime. Elle est trop grosse.

– Waouh, vous êtes dur ! intervient Skyler.

Je caresse son épaule, conscient qu'il y a quelque temps, les gens lui disaient aussi qu'elle avait besoin de maigrir pour pouvoir décrocher des rôles et être prise au sérieux. Je l'ai aidée à comprendre qu'elle était parfaite comme elle est, et elle n'a jamais été aussi belle qu'aujourd'hui.

– C'est vrai, répond Alejandro. Vous verrez.

Il vient de prononcer ces paroles lorsque quelqu'un frappe tout doucement à la porte.

– Entrez, ricane-t-il tandis que la porte s'ouvre sur deux jeunes femmes, l'une toute petite, l'autre fine et grande. *Hermosa* Violeta, dit-il à la grande en lui faisant une bise.

Il se penche ensuite vers la plus petite et en fait de même, la caressant sur la tête comme une enfant.

Cela dit, c'est justement ce dont elle a l'air, d'une enfant.

– Juliet, mon *ángel cantarín*.

Juliet serre fort la main de Violeta et se tient tout contre elle. Elles ont les mêmes cheveux bruns et la même peau mate, mais les similitudes s'arrêtent là. Juliet a les yeux noisette, ceux de Violeta sont marron foncé.

– Juliet, est-ce que tu veux que Violeta attende dehors pendant que je te présente à ton équipe de mentors ?

Des mentors ? Ça me plaît. Après la dernière mission, où j'avais été engagé pour ruiner la carrière de gens honnêtes, je suis ravi qu'on me demande de booster celle d'une jeune femme aussi timide.

Juliet répond à Alejandro en secouant la tête.

– Euh… est-ce que ça vous dérange que je reste ? demande Violeta. Comme vous le savez, Alejandro, JJ est timide.

– Bien sûr, pas de souci, répond-il avec un sourire pincé. Tout le monde, je vous présente Violeta et Juliet Jimenez. Violeta est la grande sœur de Juliet, c'est grâce à elle que nous avons découvert son talent.

– Ah bon ? Comment ça ? je demande en souriant, essayant de rassurer la jeune femme.

– Elle m'a laissée l'enregistrer pendant qu'elle chantait, mais c'était une ruse. Je lui ai dit que c'était pour moi, pour l'écouter lorsque je vais à Milan et à Paris pour les défilés.

Alors, elle est mannequin. Cela dit, ce n'est pas une surprise. Elle est naturellement belle et sûre d'elle : cela se voit dans sa façon de se tenir, de s'habiller et de regarder les gens directement dans les yeux.

– Sauf que j'ai envoyé l'enregistrement à un scout dont un ami m'avait parlé. Il l'a fait remonter à sa direction, et nous voici, dit-elle en serrant sa sœur contre elle. Je suis fière de ma petite sœur. Elle va être une immense star, j'en suis sûre !

Violeta sourit jusqu'aux oreilles, comme si le bonheur de sa sœur était la seule chose qui comptait pour elle. Bo se lève et Juliet rougit en le regardant tourner autour d'elle.

– Tu portes quelque chose sous ton énorme sweat, ma puce ? demande-t-il d'un ton à la fois doux et direct.

Elle hoche la tête, mais ne fait rien pour l'enlever.

– Un élastique à cheveux, peut-être ? J'aimerais voir ton joli minois, ajoute-t-il en se baissant pour la regarder dans les yeux.

Les cheveux de Juliet lui arrivent en bas du dos et cachent une bonne partie de son visage, comme un voile.

Violeta réagit aussitôt et enlève un élastique de son poignet, pour attacher les cheveux de sa sœur en queue-de-cheval très haute. Juliet lève une main pour se couvrir la joue, mais Violeta l'arrête et la baisse délicatement avant de se placer devant elle et de lui chuchoter quelque chose à voix basse. Juliet ouvre lentement son sweat à capuche, révélant une superbe silhouette en huit. La plupart des femmes rêveraient d'avoir un corps comme le sien, même s'il est vrai que l'industrie du showbiz a tendance à préférer les femmes grandes et filiformes.

– Houba houba ! s'exclame Skyler.

– Eh bien, voilà qui est mieux, dit Bo en me faisant un clin d'œil et en dégainant son sourire séducteur.

– C'est une enfant, Bo, je gronde.

– T'en fais pas, les mineures ne sont pas mon truc. Mais sans rire, ma puce, tu as des courbes divines ! Pourquoi tu les caches ?

Juliet baisse la tête et hausse les épaules en triturant ses doigts.

– J'ai dix-neuf ans. Je ne suis pas une gamine, dit-elle d'un ton qui manque de conviction.

– Je te l'avais dit, sœurette. Tout le monde aime les silhouettes comme la tienne, dit Violeta d'un ton enjoué en bousculant sa sœur.

– Euh, pas tout le monde, non. Notre équipe marketing préférerait que Juliet perde une dizaine de kilos avant sa première apparition dans les médias, déclare Alejandro.

Skyler se lève, les mains sur les hanches, parfaitement indignée. Elle ouvre la bouche pour parler, mais il lève la main et s'empresse de s'expliquer.

– Je ne cherche pas à manquer de respect à Juliet. Je ne suis que le messager. C'est moi qui prends les décisions finales, c'est vrai, mais je dois rendre des comptes aux investisseurs, et c'est l'équipe marketing qui décide comment présenter une nouvelle popstar au public. Nous avons déjà un gros désavantage avec sa petite taille. Et, bien sûr, elle devra faire disparaître sa cicatrice et la bosse sur son nez, poursuit-il d'un ton désolé.

– Hop là, je vous arrête tout de suite, je m'exclame en me levant.

– Je vous demande pardon ? dit Bo en même temps.

Alejandro nous regarde tous les trois, puis il tourne la tête vers Juliet qui a croisé les bras sur sa poitrine, comme pour se protéger. Ses yeux sont rivés au sol, comme si la moquette était la chose la plus fascinante qu'elle ait jamais vue. Je vois une larme couler sur sa joue et je décide que j'en ai assez entendu.

– Violeta, que diriez-vous d'emmener votre sœur dans la salle d'attente ? On vous rappelle dans quelques minutes.

Alejandro me regarde d'un air confus, mais il hoche la tête, autorisant les deux jeunes femmes à sortir. Elles ont à peine refermé la porte que Bo pète un câble.

– Vous êtes complètement fou, ou quoi ? grogne-t-il.

J'avance vers lui et pose une main sur son épaule pour lui dire de se calmer et de me laisser prendre le relais.

– Alejandro, cette fille est parfaite comme elle est. Elle n'a pas besoin de perdre de poids ni de chirurgie plastique. Tout ce qui lui manque, c'est une bonne dose de confiance en elle, une coupe de cheveux et des cours de maquillage pour qu'elle apprenne à mettre en valeur sa beauté naturelle.

– Ce n'est pas ce que le public est habitué à voir. Juliet sera une star si…

– Elle sera une star si elle a du talent et qu'elle est entourée de gens qui croient en elle. Juliet est justement ce dont le monde de la musique a besoin. Sky, bébé… aide-moi, j'interpelle Skyler qui bout de rage.

– Parker a raison. Écoutez l'avis de quelqu'un qui est au sommet de la pyramide. La dernière chose qu'il vous faut, c'est une fille qui sera oubliée après un tube. Ce qu'il vous faut, c'est une femme qui a tout ce qu'il faut pour rester au sommet, comme Taylor Swift et Selena Gomez. Elles sont toutes les deux très belles, c'est vrai, mais elles ne seraient pas là si elles n'avaient pas de talent. Leurs chansons et leurs personnages servent de modèle à des milliers d'adolescentes, sans que les mères de celles-ci s'en inquiètent. Ce sont des femmes fortes, avec des chansons fascinantes, et elles ne cherchent pas à aller contre leur nature. Si vous voulez que Juliet soit une star, aidez-la à devenir une version améliorée d'elle-même. Et *IG* peut faire ça pour vous.

Alejandro se frotte la mâchoire avant de secouer la tête.

– Ce serait un risque énorme. On sait ce qui marche dans l'industrie musicale, en ce moment.

– Mais ce qui marche dans l'industrie ne marchera pas pour Juliet, je réponds calmement. Ce n'est pas une diva. Laissez-nous révéler sa beauté extérieure pour qu'elle soit en accord avec sa beauté intérieure et sa voix d'ange. Quand on aura terminé et que vous verrez le résultat, vous pourrez décider. Vous devez nous faire confiance. Vous avez vu ce qu'on a fait à Milan, essayons de faire la même chose ici, à Madrid.

Alejandro nous regarde tour à tour, moi, Bo puis Skyler.

– Et vous serez là pour les aider ?

Skyler lui décoche un sourire sensuel, et le regard d'Alejandro s'embrase avant de s'éteindre lorsqu'elle vient à mes côtés.

– On forme une équipe. On travaille ensemble quand c'est nécessaire, et je sais déjà que Juliet va avoir besoin des conseils et de l'oreille d'une femme en qui elle peut avoir confiance. Je serai là pour elle.

– Elle a vraiment un talent incroyable, dit Alejandro en hochant la tête. Je suis prêt à vous donner une chance, dit-il avant de retourner à son bureau pour appeler sa secrétaire. Faites revenir Juliet, dit-il avant de raccrocher.

Une minute plus tard, Juliet et sa sœur entrent de nouveau, et je vois que les yeux de la jeune fille sont rouges et gonflés. Skyler avance tout de suite vers elle, relève sa tête et la regarde dans les yeux.

– C'est la dernière fois que tu pleures à cause de qui tu es, ma belle. Toi et moi, on a du travail à faire, mais ça va être amusant et excitant, d'accord ? Plus de larmes. Tu es parfaite comme tu es. On a juste besoin de temps pour te donner confiance en toi et faire ressortir ton côté séducteur. Mais pas de chirurgie ni de régime. On a besoin de musique, de maquillage, de danser et de rire autant que possible. Qu'est-ce que tu en dis ?

– Je ne sais pas danser, répond Juliet.

Skyler éclate de rire et la prend dans ses bras.

– T'en fais pas, je ne savais pas danser moi non plus, au début. C'est à ça que servent les chorégraphes. Tout va bien se passer. Mais d'abord, qui dirais-tu qu'on aille tous manger une glace pour apprendre à se connaître ?

Juliet sourit et hoche la tête alors que sa sœur sautille de joie à ses côtés.

– JJ, j'arrive pas à croire qu'on va manger une glace avec Skyler Paige !

Skyler éclate de rire tandis que Violeta les prend toutes deux dans ses bras.

– Je suis content que tu aies dit à Sky de venir, me dit Bo. Elle va nous être d'une aide précieuse.

– Ma nana est toujours précieuse.

– Je n'en doute pas, répond Bo en me faisant un clin d'œil.

– Allez les filles, on a du pain sur la planche. Mais d'abord… c'est ma tournée de glaces ! déclare Skyer en accompagnant les sœurs Jimenez vers la porte, ignorant Alejandro.

– On vous tient au courant, je dis à notre client qui n'a pas quitté Skyler des yeux, l'air émerveillé.

Ouais, elle me fait ça, à moi aussi. La différence, c'est qu'elle est toute à moi.

CHAPITRE 5

SKYLER

– Allez les filles, crachez le morceau. Pour quelle star avez-vous le béguin ? je demande en avalant une énorme bouchée de glace, laissant le parfum de la fraise chatouiller mes papilles.

– Moi c'est Justin Bieber, répond Violeta, et son regard s'illumine. Il est parfait.

Je grimace en riant, tout en pensant au minois enfantin du chanteur qui n'est absolument pas mon genre.

Parker croise les bras et m'observe, attendant ma réaction.

– Ce n'est pas mon style, je dis en le regardant dans les yeux. Je préfère les hommes plus… âgés et virils.

– Bonne réponse, bébé, dit-il avant de tourner la tête vers Bo, qui lui montre quelque chose sur son téléphone.

– Et toi, Juliet ? je demande en me rapprochant d'elle, au cas où elle préférerait chuchoter.

– Je ne sais pas, je n'y ai pas vraiment pensé.

Elle se concentre sur sa glace, qu'elle touille avec sa cuillère, laissant le chocolat fondre dans son gobelet au lieu de le savourer.

– Qu'est-ce qui te tracasse, ma belle ?

Sa lèvre se met à trembler et elle me regarde avec des larmes dans les yeux.

– Je ne serai jamais ce qu'ils attendent de moi. Je ne sais même pas si je peux chanter devant un public, et je ne parle même pas de danser en même temps. Que verront-ils ? Une petite grosse qui se dandine comme un pingouin, braillant des chansons qu'ils ne veulent pas entendre.

Je la regarde quelques secondes, bouche bée, avant de me ressaisir. Je rapproche ma chaise de la sienne alors que Parker grimace, aussi dégoûté que moi par ce qu'on vient d'entendre.

– Regarde-moi, ma puce. On a écouté ton enregistrement. Ta voix est sublime, c'est un don du Ciel. Est-ce que tu crois en Dieu ?

Elle hoche la tête et se mord la lèvre.

– Dans ce cas, il faut que tu croies qu'Il ne te donnerait pas un tel talent sans raison. Ton destin t'attend. Il ne nous reste plus qu'à te donner un petit coup de pouce. Et je te promets qu'on y arrivera. Moi, Parker, Bo…

– Et moi ! s'exclame Violeta. Je n'irai nulle part tant que tu ne seras pas heureuse dans ta nouvelle vie. Tu te souviens quand j'avais peur de me lancer dans le mannequinat et de défiler sur un podium devant des dizaines de gens ?

– Ouais…

– Tu te souviens de ce que tu m'as dit ?

Juliet baisse les yeux et hoche la tête.

– Tu m'as dit que la première fois serait forcément la plus difficile, mais qu'après, ça deviendrait simple. Chaque nouvelle aventure est angoissante. Mais une fois qu'on s'est lancé, ce n'est que du bonheur.

– C'est différent pour toi, répond Juliet d'une voix si fragile que je dois me rapprocher pour l'entendre. Tu es parfaite. Tout le monde veut te regarder. Tu es grande, fine et superbe.

Le regard de Violeta s'assombrit, mais je prends la parole avant qu'elle ne puisse répondre.

– Toi aussi, tu es parfaite. Tu es petite, fine, avec des courbes sublimes, et tu es ravissante. Attends un peu, je vais te montrer ce que tout le monde voit à part toi.

– Ah, et tu vois quoi, Skyler ? demande la jeune fille en plongeant son regard dans le mien.

– Je me vois, moi. La jeune femme que j'étais avant que ma mère ne me montre que j'avais du talent et que j'étais une bonne actrice, même si j'étais maladroite et excentrique. Elle m'avait dit que je trouverais celle que j'étais censée être à l'écran, et c'était vrai. Il m'a fallu du temps, mais avec l'amour et le soutien de ma mère, je me suis épanouie. Toi aussi, tu verras. Je vais m'en assurer.

Juliet me surprend en posant sa main sur la mienne.

– Merci. Même si ça ne marche pas, je suis touchée que tu sois prête à essayer.

– Est-ce que tu veux essayer, toi ? Est-ce qu'une carrière de chanteuse te plaît ?

Après tout, si elle ne le fait que par obligation, nous sommes voués à l'échec.

– Est-ce que tu veux devenir chanteuse, ma puce ? demande Parker.

– Ça a toujours été mon rêve, admet-elle en se tenant un peu plus droite.

– Ne cesse jamais de rêver. C'est ton occasion de briller et de montrer ton talent au monde entier. J'en suis convaincue.

Elle hoche la tête et soupire longuement alors que sa sœur la serre contre elle.

– Tu es prête à travailler avec nous pour que ton rêve devienne réalité ? je lui demande. Parce qu'il y a trois choses dont je suis sûre dans la vie : rien n'est gratuit, rien n'est garanti et il faut du travail et des sacrifices pour faire de ses rêves une réalité. Tu es prête à bosser ?

– Oui, mais j'ai peur, répond-elle.

– Le contraire me surprendrait. Nos rêves peuvent vite devenir des cauchemars si on ne s'efforce pas de les rendre beaux. Tu dois y croire. Tu dois croire en nous, car on ne te laissera pas tomber. Crois en l'amour de ta sœur et sache qu'elle te soutient. Crois en ton talent. Mais surtout, tu dois croire en toi.

Juliet prend une longue inspiration et coiffe ses mèches derrière ses oreilles, montrant la cicatrice qui entoure son œil.

Elle me voit fixer sa cicatrice et s'empresse de la couvrir.

– Comment tu as eu cette cicatrice ? je lui demande en repoussant ses cheveux derrière son oreille.

– C'est de ma faute… dit Violeta en grimaçant.

– Non, c'était un accident, répond Juliet en secouant la tête.

– Si je n'avais pas fait pas l'idiote avec ce type, en étant saoule, ce ne serait pas arrivé.

– Ce n'est rien.

– Ce n'est pas rien, puisque depuis que c'est arrivé, tu caches toujours ton visage, rétorque Violeta.

– Dites-moi ce qui s'est passé, j'insiste d'une voix douce.

Je ne veux pas raviver de mauvais souvenirs, mais à l'évidence, les deux sœurs ne sont pas d'accord.

– J'avais rencontré un garçon à la fac. J'étais idiote. Juliet m'avait prévenue de ne pas aller à cette fête avec lui et ses copains. Ils m'ont tellement fait boire que je tenais à peine debout. J'ai eu la présence d'esprit d'appeler Juliet pour qu'elle vienne me chercher et c'est ce qu'elle a fait. Le mec nous a suivies dans la ruelle derrière la maison, et quand Juliet lui a dit de partir, il lui a mis un coup de poing. Il portait une bague ornée d'une pierre saillante qui s'est accrochée à la peau de Juliet. Je l'ai frappé avec un tasseau de bois que j'ai trouvé par terre. On s'est enfuies en courant, mais Juliet était marquée à vie.

– Putain, grogne Parker.

– Tu connais son nom, à ce type ? Il est où ? demande Bo en serrant fort le bord de la table.

– C'était il y a trois ans, répond Violeta alors que les deux sœurs secouent la tête. Juliet n'avait que seize ans, moi j'en avais à peine dix-huit.

– Tu ne sais pas comment il s'appelle ? demande Bo.

– Non, je sais juste qu'il se faisait appeler Rico.

Je vois les deux garçons trembler de rage, de l'autre côté de la table, et j'essaie de les calmer.

– Détendez-vous, les mecs. C'est du passé.

– Mais… commence Parker.

– Mais rien du tout, chéri. C'est fini. De toute façon, je pense avoir une idée qui pourrait marcher. Je ne pense pas qu'il faille cacher la cicatrice. Au contraire, on devrait la mettre en valeur et raconter au monde entier que vous vous êtes entraidées pour vous tirer d'une situation périlleuse. Je pense que ça vous aidera à tourner la page sur cette histoire tout en mettant en garde d'autres jeunes filles qui pourraient prendre les mêmes risques que vous.

Violeta sourit jusqu'aux oreilles et je la trouve encore plus belle, je suis certaine qu'elle aura une longue carrière de mannequin.

– Tu dis que tu veux mettre en valeur ma cicatrice. Comment ? demande Juliet.

– Eh bien, on dirait un croissant de lune, alors je pense qu'on devrait tracer son contour avec de minuscules bijoux de peau. Si ça te plaît, ça pourrait devenir ta signature.

– Des bijoux, répète-t-elle.

– Carrément, c'est parfait ! s'exclame Bo. Je vois très bien des strass blancs, bleus et turquoise pour aller avec ses yeux. Je te vois porter du cuir blanc, aussi. Chérie, lève-toi, lui dit-il alors qu'elle semble soudain terrifiée.

– Fais-lui confiance, dit Parker. Bo a tout le temps des idées farfelues, mais elles sont toujours géniales.

Juliet recule sa chaise et se lève timidement.

– Enlève ton sweat, ma puce, ajoute Bo.

Je sais déjà à quoi il pense et je trouve ça génial.

Elle ouvre son énorme sweat à capuche et le donne à sa sœur. Dessous, elle porte un débardeur noir moulant qui ne peut rien pour cacher son bonnet C. Il faut dire qu'avec sa petite taille fine… waouh ! Les mecs vont être dingues d'elle !

Bo enlève son blouson en cuir et le met sur ses épaules.

– Roh, c'est génial, Bo. J'adore ! je dis, tout excitée.

Juliet enfile les manches de la veste et j'enlève un de mes sautoirs pour l'enrouler plusieurs fois autour de son cou.

– *¡Te ves caliente !* s'écrie Violeta en souriant.

Juliet regarde sa sœur, qui frappe dans ses mains comme une enfant le jour de Noël.

Je repère un grand miroir sur le mur, de l'autre côté de la salle, et j'y emmène Juliet. Lorsqu'elle se voit, elle écarquille les yeux et ouvre la bouche. Je coiffe ses cheveux en queue-de-cheval sur le côté et les attache avec un élastique.

– Je pense que c'est la coiffure qu'il te faut, avec de grandes boucles qui tombent sur ton épaule. Avec des bijoux de peau autour de ton œil, du maquillage rock et du gloss rose fuchsia… le monde entier sera à tes pieds.

Juliet caresse son buste de haut en bas en se tournant de droite à gauche, et je la vois réfléchir à toute vitesse.

– Tu aimes ce que tu vois ? Est-ce que tu arrives à imaginer la suite ? je demande en appuyant mon menton sur le dessus de sa tête.

Elle hoche la tête et renifle tandis que ses yeux deviennent brillants.

– Ah non, je gronde en souriant. Pas de larmes, tu te souviens ?

Je lui fais un clin d'œil et elle sourit jusqu'aux oreilles. En fait, lorsqu'elle sort de sa coquille, elle est aussi belle que sa sœur.

– Ça me plaît. J'aime ta façon de me voir.

– Ma puce, ce n'est pas ma façon de te voir. C'est ainsi que tout le monde te voit, sauf toi. Et je ne rentrerai pas aux États-Unis tant que tu n'auras pas ouvert les yeux.

– Tu promets ? demande Juliet en fronçant les sourcils et en se mordant la lèvre.

– Je te le promets, je réponds en la serrant contre moi.

– Merci, Skyler. Je ne te décevrai pas, déclare-t-elle en se tenant plus droite.

– Tu ne pourrais pas, de toute façon. Ensemble, avec notre équipe et ta sœur, on n'arrêtera pas tant que ton rêve ne sera pas devenu réalité.

Juliet ferme les yeux et lorsqu'elle les rouvre, son regard et sa détermination sont si intenses que j'en ai le souffle coupé.

– Je te crois.

Ses paroles sont si sincères et pleines d'émotion que je sais déjà que je n'oublierai jamais ce moment : le moment où j'ai choisi d'aider une jeune femme à transformer sa vie… pour toujours.

– Et moi, je crois en toi, Juliet.

***

– Ma pêche, tu as été super avec Juliet, aujourd'hui.

Parker me serre contre lui pendant que je me tiens devant le lavabo de la salle de bains. Je viens tout juste de me démaquiller.

– Tu trouves ? je demande en regardant notre reflet dans le miroir.

Il sourit et m'embrasse à l'endroit où mon cou et mon épaule se rejoignent.

– Ouais. Tu as ça dans le sang. Je vais peut-être devoir t'engager à long terme… dit-il en me mordant l'épaule.

Je pousse un grognement et pose mes bras sur les siens, profitant de sa chaleur.

– Elle a juste besoin de croire en elle, c'est tout.

– Mmm-hmmm, murmure-t-il en mordillant ma clavicule. Tu as raison et tu es la mieux placée pour lui montrer ce qui arrive lorsqu'on croit en soi et qu'on travaille dur.

Je me tourne vers lui pour le regarder dans les yeux, même si je regrette de mettre fin à ses papouilles.

– Tu crois ?

Il effleure le bout de mon nez avec le sien tout en caressant la peau nue du creux de mes reins et en glissant l'autre main dans ma culotte pour empoigner ma fesse.

– J'en suis sûr, oui, chuchote-t-il en frottant son bassin au mien.

Je me mords la lèvre et penche la tête pour lui offrir mon cou.

– Tu sais, j'envisage de me mettre en retrait du monde du cinéma après le tournage des prochains films, je dis alors qu'il lèche ma gorge et me fait frissonner de la tête aux pieds.

– Ah ouais…

Il baisse ma culotte et je me tortille pour la laisser tomber par terre.

– Mmm-hmm.

Je m'appuie sur le meuble du lavabo, renversant quelques flacons.

Il rit, et j'en ressens les vibrations entre mes jambes où je suis déjà brûlante.

– Et que penses-tu faire de ton temps libre ? demande-t-il en me soulevant pour m'asseoir sur le meuble et écarter mes jambes.

– Euh… hmmm.

Je perds le cours de mes pensées lorsqu'il plonge sa main entre mes cuisses, effleurant leur peau, survolant ma chair sensible sans jamais me toucher.

– Chéri… je supplie en soupirant.

– Non, non, continue de parler, sinon je vais arrêter.

Il retire sa main de mon entrejambe et je reviens aussitôt sur terre.

– Je pense ouvrir une école d'acteurs pour les enfants et proposer des bourses d'étude à ceux qui viennent de familles défavorisées. J'envisage même d'y donner des cours moi-même.

Je passe ma main dans ses cheveux, il effleure ma poitrine avec sa bouche, m'obligeant à m'appuyer contre le miroir. Il se baisse peu à peu, puis il saisit mes genoux et remonte ses mains en haut de mes cuisses, les yeux rivés sur mon sexe. Il gonfle ses poumons et ferme les yeux.

– Putain, bébé, tu me rends dingue.

Il empoigne mes fesses et soulève mon bassin avant de se baisser. Il est sur le point de me lécher lorsqu'il lève les yeux vers moi.

– Continue. Je veux connaître tes projets.

– Maintenant ? je soupire en essayant de rapprocher sa tête de mon sexe.

Il me lance un sourire machiavélique, m'annonçant que si je ne joue pas à son jeu, il ne me donnera pas ce que je désire. Quel enfoiré !

– Tu ne voudrais pas que le jeu se termine mal, si ? plaisante-t-il.

– C'est toi qui vas avoir mal si tu ne mets pas tout de suite ta bouche sur moi, je gronde en plantant mes talons dans son dos.

Il éclate de rire, avance et plaque sa langue contre ma chair chaude.

– Chéri… je gémis.

– Parle.

Il me regarde en haussant un sourcil tout en dessinant un cercle autour de mon clitoris, lentement, délicatement, de sorte à ne pas me faire jouir trop vite.

– Euh, je veux aider les enfants. Offrir aux enfants de milieux défavorisés…

Il prend mon clitoris dans sa bouche et frotte son menton piquant sur mon sexe.

– Oh mon Dieu !

Je serre les cuisses sur son torse et soulève mon bassin pour l'obliger à me sucer plus fort.

Il cède à ma demande pendant une bonne minute et me mordille et me lèche jusqu'à ce que je sois pantelante et que j'aie tout oublié en dehors de sa langue divine.

– Que veux-tu offrir aux enfants défavorisés ? demande-t-il en reculant avant d'embrasser ma cuisse.

Je secoue la tête pour revenir sur terre et je soulève mes hanches dans le vide.

– Chéri, s'il te plaît… j'ai envie de toi…

Il sourit et fredonne en se léchant les lèvres. Mon Dieu, qu'il est sexy !

Une sorte de miaulement m'échappe, regrettant que sa bouche ne soit plus sur moi, n'importe où, partout.

– Je sais, ma pêche. Mais j'aime ce petit jeu, donc je veux que tu m'expliques ton nouveau projet de vie, parce que j'ai l'intention d'en faire partie jusqu'à mon dernier souffle.

– Euh… d'accord. Je veux ouvrir une école pour acteurs et apprendre aux enfants à jouer, tout en offrant des bourses aux jeunes défavorisés pour qu'ils essaient de réaliser leurs rêves dans un endroit sûr où quelqu'un les écoutera. Je veux faire ça, et avoir des enfants, et les emmener au travail avec moi si je veux, ou engager des gens pour les garder… et… je ne sais pas…

Pendant que je parle, Parker me pénètre lentement avec sa langue, et je ne peux plus me concentrer.

– Bon sang, chéri, baise-moi, s'il te plaît !

Il sourit jusqu'aux oreilles, puis, d'un coup, il se lève et se débarrasse de son boxer. Il écarte davantage mes jambes, aligne la pointe de sa verge sur mon sexe et s'enfouit lentement en moi. Je me contracte et verrouille mes cuisses pour être sûre qu'il est entièrement en moi.

– Oui ! je crie en laissant tomber ma tête en arrière.

– J'adore ton idée, ma pêche. Ça me semble génial, mais je ne veux pas que tu laisses tomber tes rêves pour moi, répond-il en poursuivant ses allers-retours paresseux.

– Je ne laisse rien tomber. C'est ce que j'ai toujours voulu faire. Et quand le moment sera venu, je veux être avec nos enfants. Tout le temps, pas juste en dehors des tournages.

– Putain, Sky, arrête de parler et laisse-moi te faire l'amour, grogne-t-il en suçant mon cou.

– Je les embrasserai tous les jours, je promets avant de pousser un hurlement lorsque son gland frappe un point particulièrement sensible.

– Bon sang ! rugit-il en léchant ma gorge.

– Je vais aimer nos enfants avec une intensité qu'ils ne comprendront pas jusqu'à ce qu'ils rencontrent la personne avec qui ils sont censés passer leur vie et avoir leurs propres enfants. Euh… Oh, chéri… chéri…

Une décharge électrique parcourt mes veines et embrase mon sang et ma peau, de la pointe de mes pieds à mes fesses puis jusque dans ma nuque.

Mes tétons sont si durs contre mon débardeur que le tissu en soie me semble rugueux comme de la laine.

– Tu es la femme parfaite, gronde-t-il en me martelant de plus belle.

Mes fesses frappent si fort le marbre du meuble que je ne serais pas surprise d'avoir des bleus, demain.

– Jouis. Jouis maintenant, Sky. Jouis sur la queue de ton homme, aboie-t-il d'une voix rauque à laquelle je ne peux qu'obéir.

Mon sexe se contracte sur le sien, si fort que mes muscles crient de douleur tandis que je trempe sa verge et que je me laisse emporter pas la sensation exquise de mon orgasme. Je ne risque pas de me perdre avec Parker, je sais qu'il sera toujours là pour me rattraper.

Je sens néanmoins son sexe se contracter à son tour et il m'attire dans ses bras, plaquant ma joue contre son cou tandis qu'il mord mon épaule, se déversant en moi en tremblant.

CHAPITRE 6

PARKER

J'ai la sensation que des milliers de marteaux-piqueurs sont en action dans ma tête. Je regarde Juliet tituber en essayant de suivre la chorégraphie que le professeur lui montre pour la trentième fois de la journée. Cela fait deux jours que nous l'aidons à améliorer sa présence sur scène, or JJ ne mentait pas en disant qu'elle ne savait pas danser.

Je me masse les tempes en regardant Skyler. Elle et Violeta ont appris l'enchaînement dès la troisième répétition, mais Juliet est sans espoir. Quand elle parvient à suivre la chorégraphie, elle oublie les paroles de ses chansons. D'ailleurs, elle ne peut chanter que si les lumières de la scène sont éteintes et qu'il n'y a que quelques proches dans le public. Donc, non seulement Juliet ne sait pas danser mais elle ne peut pas danser si elle chante. Elle ne peut pas chanter si elle danse et elle ne peut pas chanter en présence d'inconnus. En gros, nous avons un sérieux problème, et c'est sans parler de sa timidité maladive. Nous travaillons tous les quatre avec elle, elle a fait des progrès certains, mais on n'est pas sortis de l'auberge.

Skyler me voit grimacer et vient vers moi en fronçant les sourcils.

– Ça va ?

– Bébé, je ne suis pas sûr qu'elle en soit capable, je réponds en secouant la tête.

– En répétant un peu plus…

– Un peu ?

– Bon, d'accord, en répétant beaucoup, elle pourrait s'en sortir… à peu près…

– Je crains que ce ne soit peine perdue. Tout ça n'est pas pour elle.

Skyler regarde les spots clignotants, les gestes du chorégraphe et la catastrophe ambulante qu'est JJ tandis qu'elle essaie de suivre, et elle finit par baisser la tête.

– C'est vrai. Mais je crois en son talent. Elle a une voix incroyable. Peut-être qu'elle n'est pas faite pour être une popstar.

– Sky, elle a signé un contrat, tout comme *IG*. Je ne veux pas qu'elle se retrouve endettée auprès d'eux, et pour être honnête, je ne supporterai pas un nouvel échec professionnel.

– Chéri, la dernière mission n'était pas un échec, répond-elle en caressant mon bras. Au contraire, c'était une victoire.

Je fronce les sourcils en repensant à tout ce que nous avons découvert à Washington, la torture animale, la corruption politique, la bataille juridique… Tout ça me fait encore froid dans le dos.

– Bref, pour revenir à Juliet, je crois qu'il nous faut trouver une autre approche.

– Mec, à qui le dis-tu, dit Bo en se joignant à la conversation. Tout ça ne sert à rien. Ça fait deux jours, et on a pour seul résultat une ado épuisée dont le cœur se brise un peu plus chaque fois qu'elle se trompe. Et ce n'est que la première chanson. Comment va-t-elle réussir à assurer tout un concert ? dit-il en jouant avec son bouc.

– Elle n'y arrivera pas, justement. On doit trouver autre chose.

Sky fait la moue et pose une main sur sa hanche en étudiant les sièges vides du théâtre que nous avons loué pour les répétitions.

– Non, non, non ! crie le chorégraphe pour la millième fois. Essaie encore. Reprends au début, mais sans les deux pieds gauches.

Je grince des dents en regardant le prof de danse. Il est grand et mince, avec une personnalité flamboyante, et il ne cache pas ses préférences sexuelles. Quand il ne crie pas sur JJ, il drague Bo, ce que je trouve hilarant.

– Et si ce n'était pas elle qui dansait ? demande Skyler en cessant de faire les cent pas.

– Comment ça ?

– Eh bien, elle ne sait pas danser. Bien sûr, si elle prend des centaines d'heures de cours, elle pourra s'améliorer. Mais il lui faudra du temps. Or, elle doit être prête dans quelques jours. Néanmoins, ce n'est pas parce que la plupart des popstars dansent durant leurs concerts qu'elle doit faire comme elles. Elle pourrait être entourée de danseurs et se contenter de se déplacer sur scène en chantant. Quand elle sera plus à l'aise, elle pourra interagir avec eux, mais sinon, ils seront là pour la mettre en valeur. Je crois qu'une partie du problème de JJ, c'est qu'elle a l'impression qu'elle sera seule alors qu'elle a toute une équipe pour travailler avec elle.

Bo siffle dans ses doigts pour attirer l'attention du chorégraphe.

– Eh, Petit Flacon… dit-il en lui faisant signe d'approcher.

Le chorégraphe coupe la musique et vient vers nous.

– Faites une pause, les filles. Vous avez vingt minutes pour manger et boire un coup, je dis à Violeta et JJ.

Elles semblent toutes les deux ravies et soulagées. Violeta prend sa sœur par les épaules et l'accompagne dans les coulisses.

– C'est Pete Flacko, *amante*, dit le chorégraphe d'une voix grave qui est censée être séduisante, mais que je trouve ridicule venant de lui.

– Si tu le dis, Pete, dit Bo en le fusillant du regard. Est-ce que la production a prévu des danseurs ?

– Oh oui, une vingtaine de danseurs accompagneront le spectacle que j'ai prévu.

– Eh bien il va falloir que tu le modifies, mon pote.

– *¿ Disculpe ?*, dit-il en écarquillant les yeux.

– Tu as forcément remarqué que JJ n'arrive pas à apprendre ta superbe chorégraphie. Elle peut devenir une star, mais pas une danseuse, peu importe le nombre de fois que tu lui crieras dessus. Ce qu'il nous faut, c'est qu'elle se déplace sur scène au milieu de danseurs. Concentrons-nous sur son chant. Une fois qu'elle chantera, le public se fichera des chorégraphies.

Pete regarde la scène en se pinçant le nez.

– Ce n'est pas une mauvaise idée. Elle est sans espoir. C'est la pire danseuse que j'aie jamais rencontrée. Même *mi abuela* de quatre-vingt-dix ans danse mieux qu'elle.

J'inspire lentement par le nez pour laisser mon agacement se dissiper au lieu de gifler ce type, pourtant ça lui apprendrait peut-être à avoir plus de tact.

– Est-ce que tu peux revoir tes chorégraphies ? On se charge d'aider Juliet à chanter.

– *Sí*, je peux le faire. Je vais réunir les danseurs et nous essaierons de nouveau demain. Aujourd'hui a été… un challenge.

– Oui, on peut dire ça, je réponds en souriant. On va passer à son relooking, et on se retrouve ici demain, après le petit déj.

– *Mañana. Sí.* Bogart, *amante*, est-ce que tu veux m'accompagner à dîner, ce soir ?

– C'est mort, mec ! s'exclame Bo, faisant sursauter le chorégraphe. Écoute, *Petit*, je ne suis pas gay. Ça ne me pose pas problème que tu le sois, mais j'en ai assez que tu me dragues alors que je t'ai dit cent fois que je n'étais pas intéressé.

– Quelle fougue ! répond Pete en haussant un sourcil. Ça me plaît. Je te laisse filer. J'ai besoin de sommeil pour rester beau, de toute façon. *Adios, amante*, dit-il en en lui faisant au revoir de la main.

Lorsqu'il est parti, je regarde Bo et imite son geste.

– *Adios*, mon joli Bo, je lance d'un ton moqueur.

Bo passe ses mains sur son visage, clairement agacé.

– Bon sang, il me faut une poulette ce soir. On sort, ou quoi ? Ça fait trois jours qu'on traîne avec des gamines et j'ai besoin d'une vraie femme, si tu vois ce que je veux dire.

Skyler éclate de rire alors que Violeta et Juliet reviennent, une bouteille d'eau et une pomme à la main.

– Les filles, on a changé de stratégie. Fini la danse, je déclare.

– Ah bon ? Tu veux dire pour aujourd'hui ? demande Juliet.

– Non, ma puce, répond Skyler. On va te laisser te concentrer sur le chant. Je pense que ça va te plaire. Je t'expliquerai en route.

– On va où ? demande Violeta avant de boire une gorgée d'eau.

– On entre dans mon territoire, explique Bo en retroussant ses manches. On attaque la phase une du relooking : la garde-robe.

– *Yes !* s'exclame Violeta.

JJ croise les bras, baisse les yeux et frotte le parquet de la pointe de sa chaussure.

– Tu n'aimes pas le shopping ? demande Skyler en passant sa main dans sa queue-de-cheval.

– Je ne sais pas… D'habitude, je mets les vieux habits de Violeta ou de ma mère, ou bien des fringues d'occasion.

– Eh bien, JJ, tout ça va changer. Viens, ça va être amusant.

***

– Houba houba ! C'est qui cette bombe dans la glace ? siffle Bo.

JJ est vêtue d'un pantalon en cuir noir qui met en valeur ses superbes fesses, et d'un chemisier blanc sans manches, assez long pour couvrir son ventre qui est pour elle une source de complexe. De toute façon, son atout principal est son derrière rebondi.

– Mmm-hmmm, tes fesses méritent clairement d'être sous le feu des projecteurs, dit Skyler en montant sur le petit podium à côté de JJ.

Elle se tourne pour regarder ses fesses dans le miroir et soupire.

– Je ferais tout pour avoir les mêmes que toi, dit-elle alors que JJ écarquille les yeux.

– Tu plaisantes, tu es parfaite, Sky ! Tout le monde rêve d'être comme toi.

– Tu penses ça parce que tu es conditionnée par les médias mais, meuf, tout le monde a quelque chose qui les rend unique. En plus d'avoir la voix d'un ange, tu as une silhouette en huit devant laquelle tous les mecs vont baver. Je te le promets, dit Sky en prenant JJ par la taille. Regarde combien ta taille est marquée à côté de la mienne, ajoute-t-elle en montrant ses hanches plates.

– Et moi, alors ?!, s'exclame Violeta en rejoignant le duo et en soulevant son T-shirt pour montrer son buste longiligne. Je suis complètement plate de haut en bas. C'est parfait pour être mannequin, mais moins génial pour séduire les mecs, conclut-elle en faisant la moue.

Elle n'a pas tort, elle a le corps d'un petit garçon, comparé à ceux de Sky et Juliet.

– Heureusement, mon visage paie les factures. Pendant ce temps, ta voix paiera les tiennes. On doit utiliser les atouts que Dieu nous a donnés. Moi, je vais employer mon corps tant que je le peux, apprendre tout ce que je peux de l'industrie de la mode et prendre des cours de design par correspondance. Un jour, j'espère mettre à profit mon savoir et dessiner mes propres vêtements. Mon visage ne me rapportera de l'argent que tant que je suis jeune, c'est-à-dire une dizaine d'années, maximum. Ensuite, il faudra que je trouve autre chose. Toi, ta voix te fera travailler toute ta vie. Ne te sous-estime pas, JJ.

Elle regarde sa sœur de haut en bas, puis elle éclate de rire, et Sky et JJ se joignent à elle pendant que Bo part chercher d'autres tenues. Je les observe et je remarque que le regard de Juliet est déjà plus vif et pétillant, elle commence à se voir différemment. Elle caresse ses vêtements, comme si c'était eux qui l'avaient changée, alors qu'elle commence simplement à gagner confiance en elle maintenant qu'elle n'est plus opprimée par les diktats de la beauté.

– Je trouve ce look génial et parfait pour une fille de ton âge. Maintenant, passons aux chaussures et aux bijoux, dit Bo en lui tendant des escarpins d'un bleu électrique.

Juliet les regarde en fronçant les sourcils.

– Euh, je ne peux pas marcher avec ça. Je tiens à peine debout en ballerines.

– Eh bien, tu vas devoir t'entraîner, ma biche, répond Bo en levant les yeux au ciel. Avec ta petite taille, les danseurs auront l'air de géants à tes côtés. On doit faire ce qu'on peut pour y remédier. Quand tu seras assise pour les interviews, tu pourras mettre des chaussures plates. Sinon, je t'encourage à mettre des talons hauts.

Juliet met les escarpins et grandit aussitôt de sept centimètres. Elle est loin d'être aussi grande que sa sœur et Skyler, mais au moins elle ne paraît plus aussi minuscule. Elle se tient plus droite et son visage s'illumine de fierté lorsqu'elle se regarde dans le miroir. C'est révélateur : je crois qu'elle commence enfin à voir qu'elle est belle.

– Tiens, dit Bo en lui donnant un gros collier doré et plusieurs bracelets assortis. Je pense qu'il lui faut du vernis rouge et du rouge à lèvres coquelicot, ajoute-t-il.

– Carrément, répond Skyler en hochant la tête.

Bo s'en va et revient avec des bagues, un rouge à lèvres et une pince à cheveux.

– Tiens, dit-il à Skyler en lui donnant le rouge à lèvres et en se mettant derrière Juliet pour s'occuper de ses cheveux.

Il enroule ses longues mèches en prenant soin d'en laisser quelques-unes sur le côté, et il les attache avec la pince.

– Les mèches sont du mauvais côté, marmonne Juliet, les yeux rivés sur sa cicatrice.

– Non, on a dit qu'on la mettait en valeur, tu te souviens ? Tu vas montrer au monde entier que la beauté n'est qu'une question de perception. Tu trouves Skyler parfaite, et comme je la connais bien, je sais qu'elle est aussi belle à l'intérieur qu'à l'extérieur. Néanmoins, c'est aussi une des femmes les moins sûres d'elles que je connaisse, et elle est complètement tarée lorsqu'il s'agit de ses chiens. Or, ça ne se voit pas comme ça.

Juliet regarde Skyler pour qu'elle confirme les paroles de Bo.

Ma nana hoche la tête, puis elle met un coup de poing dans le bras de mon ami.

– Eh, mec, ne révèle pas tous mes secrets ! Cela dit, c'est vrai, ajoute-t-elle à l'égard de Juliet. Je suis un peu folle avec nos chiots, n'est-ce pas, chéri ?

Je saisis sa main et l'oblige à descendre du podium pour la prendre dans mes bras et l'embrasser.

– Ouais, mais j'adore.

– Qui s'occupe des chiens pendant que vous êtes en Espagne ? demande Violeta.

– Tu ne m'as pas bien compris, dit Bo en riant. Je t'ai dit qu'elle était dingo. Elle les a amenés avec elle. Un de ses gardes du corps les promène pendant qu'on travaille, explique-t-il en prenant la main de JJ pour lui enfiler les bagues.

Violeta éclate de rire et Juliet sourit. Skyler retourne à leurs côtés et ouvre le rouge à lèvres en s'arrêtant devant la chanteuse.

– Fais comme ça, dit-elle en faisant la moue.

Juliet lui obéit et reste immobile tandis que Skyler la maquille.

– Là. Superbe. Et sexy, déclare-t-elle avant de s'écarter pour que Juliet se voie dans le miroir.

– Bon. Qu'est-ce que tu penses du look, ma biche ? Tu valides ? demande Bo.

Juliet étudie son reflet, caresse ses cheveux et se tourne à gauche puis à droite pour s'évaluer. Elle a déjà l'air beaucoup plus âgée, et carrément sexy.

– Je n'arrive pas à croire que c'est moi, dit-elle d'une voix tremblante.

– Sœurette, tu as toujours été canon. C'est juste que tu le caches sous des vêtements trop grands.

Mais tu t'es vue ? Tu es une bombe ! *¡ Muy caliente !* s'exclame-t-elle avant de lui mettre une fessée.

– J'ai l'impression de rêver, dit Juliet, les larmes aux yeux.

Sky passe ses bras autour de moi, plaquant le rouge à lèvres sur mon torse, ce qui me donne une idée. Je lui prends le tube des mains et j'avance jusqu'au miroir pour y écrire un nouveau mantra.

Ne cesse jamais de rêver.

Je sors mon téléphone et fais signe à tout le monde de reculer, puis je me mets derrière Juliet.

– Prends la pose !

– Comment ? demande-t-elle.

Sky éclate de rire, mais Violeta se place à côté de sa sœur et lui montre quoi faire.

– Comme ça. Main droite sur la hanche, l'autre sur le côté gauche de ta tête. Tends la jambe droite pour montrer combien tu es canon avec ce pantalon et ces chaussures.

Je me décale pour ne pas être sur la photo, prenant soin de bien cadrer le mantra et le reflet de Juliet.

– Tiens la pose, sœurette. Maintenant, regarde droit dans le miroir et respire par la bouche.

Elle ouvre la bouche et je prends aussitôt la photo. J'étudie le résultat tandis que Sky vient à mes côtés pour la voir. Mon cœur bat plus vite, Skyler couvre sa bouche avec sa main.

– Ma pêche…

– C'est incroyable !

– N'est-ce pas ? je dis en souriant jusqu'aux oreilles.

On continue de regarder la photo quelques secondes pendant que Violeta apprend différentes poses à sa sœur.

– Bo, viens voir. Mate ça.

Il nous rejoint avec une démarche on ne peut plus virile en dépit des escarpins et des robes qu'il tient dans les mains et sur les bras.

– Putain, merde ! On est bons ! dit-il en découvrant la photo.

– Chérie, je dis à Juliet, tu ne vas avoir aucun mal à séduire le monde entier avec ta beauté unique. Tu es superbe et parfaitement naturelle.

– C'est vrai, ajoute Sky. Il faut la poster sur ton compte Instagram et celui du label de musique. Envoie-nous la photo, chéri.

Je m'exécute et Violeta sort aussitôt son téléphone de sa poche.

– *¡ Mierda !* JJ, tu es magnifique ! s'exclame-t-elle d'une voix aiguë. Ça va être ma photo Instagram de la semaine. Peut-être même du mois !

Juliet regarde la photo que lui montre sa sœur. Elle étudie de nouveau son reflet, puis elle nous regarde, Skyler, Bo et moi, avec dans les yeux une expression émerveillée et pleine de reconnaissance.

Je suis tellement ému de la voir aussi heureuse que je me racle la gorge et serre Skyler contre moi.

Juliet tourne de nouveau la tête vers le miroir, ses paroles nous prennent tous par surprise.

– *Never stop dreaming*, dit-elle. Ce sera le titre de mon premier album.

CHAPITRE 7

SKYLER

– Yo, Wendy, ça gaze ? dit Parker en riant.

Mince, il est plus saoul que je ne le pensais. Nous avons fini de dîner dans notre suite avec nos chiots, et nous tâchons désormais de nous détendre en buvant joyeusement.

La journée a été géniale, et elle s'est conclue de manière encore plus magique lorsque Juliet s'est vue dans la glace et s'est enfin perçue comme la belle jeune femme qu'elle est. Je ne pensais pas être aussi épanouie en aidant une autre artiste ou en participant à une autre mission d'*International Guy*, et je découvre à quel point c'est enrichissant. J'espère que ça l'est aussi pour Juliet. En tout cas, ça me conforte dans mon envie d'ouvrir une école pour jeunes acteurs.

Pour revenir à Juliet, nous sommes en bonne voie pour réussir.

Le premier objectif est accompli : Juliet voit enfin combien elle est belle.

Le deuxième devrait être réussi aussi : on doit encore travailler sur sa présence scénique, mais nous y reviendrons lorsque le chorégraphe aura procédé aux changements afin que les danseurs mettent Juliet en valeur.

Le troisième but est de taille : nous devons faire en sorte que Juliet puisse chanter devant un public sans trembler de peur. Néanmoins, le monde entier mérite de l'entendre et nous devrions réussir à le lui faire accepter.

La quatrième mission sera de la mettre à l'aise devant les caméras et les journalistes. Parker dit avoir un plan pour cela, mais c'est le dernier point sur l'agenda.

Étant donné tout ce qu'il nous reste à faire pour préparer Juliet, nous avons prolongé notre séjour en Espagne pour rester dix jours, et il ne nous en reste plus que six. Bo et Violeta emmènent Juliet à ses cours de maquillage et de coiffure demain, afin que Parker et moi puissions nous promener dans Madrid.

Je nous vois déjà marcher dans les rues madrilènes, main dans la main, avec nos chiens. Je soupire de bonheur en regardant mon mec qui grimace, révélant que quelque chose ne va pas.

– Lis-le-moi, grogne-t-il au téléphone d'une voix furieuse et angoissée.

Il fronce les sourcils et pose si fort son verre sur la table qu'il renverse son whiskey. Il ne se préoccupe pas de l'éponger et je me retiens de le faire.

– Envoie-moi une photo du message. Envoie une copie à Nate, aussi. Tu sais par quel moyen il est arrivé ?

Sa mâchoire se contracte et il claque des doigts dans ma direction alors que je suis assise devant mon ordinateur.

– Ouvre ma boîte mail, ordonne-t-il.

Parker me parle rarement sur ce ton, je devine que c'est à cause de ce que lui apprend Wendy, sinon je n'aurais pas laissé passer ça.

Je rentre son mot de passe et ouvre sa boîte de réception, découvrant que Wendy vient de lui envoyer un courriel. Je ne clique pas pour l'ouvrir, même si j'en meurs d'envie, car ça ne me regarde pas.

Parker se penche par-dessus mon épaule et saisit la souris pour ouvrir le mail. Il télécharge la pièce jointe et nous découvrons la photo d'une feuille blanche contenant un message.

Mon cœur cesse de battre lorsque je le lis, et je retiens mon souffle.

TU NE PEUX PAS
LA CACHER POUR TOUJOURS.
ELLE EST À MOI.
ON EST LES MÊMES.

– Mon Dieu, chéri…

Je déglutis plusieurs fois, essayant de ravaler le nœud qui se forme dans ma gorge. Parker pose sa main sur mon épaule et, soudain, respirer ne me semble plus si difficile. Je couvre sa main avec la mienne et la serre fort.

– Ne t'en fais pas, ma pêche, dit-il simplement. Je vais m'en occuper.

Je ferme les yeux et réalise tout à coup que, malgré ce qui nous attend à la maison, nous sommes à des milliers de kilomètres, en sécurité.

– Ouais, on te rappelle plus tard. Tiens-moi au courant, dit-il avant de raccrocher et de poser son téléphone à côté de son ordinateur.

Il s'agenouille et tourne la chaise de bureau pour que je sois face à lui. Il avance entre mes jambes et je les joins autour de sa taille, croisant les chevilles tandis qu'il caresse mes cuisses en me regardant dans les yeux.

– C'est juste une tentative d'intimidation. Tu es en sécurité avec moi. Je ne laisserai jamais rien t'arriver, dit-il d'une voix si pleine de confiance que je me sens déjà mieux.

Je passe mes bras autour de son cou et appuie mon front contre le sien, respirant son parfum mêlé à celui du whiskey.

– Je le sais, mais ce n'est pas pour moi que je m'inquiète. C'est pour toi. C'est à toi qu'est destiné le message, comme le premier, je dis en me mordant l'intérieur de la joue.

– Oui, c'est vrai, mais je ne suis qu'un moyen de t'atteindre. Cette personne est obsédée par toi. De son point de vue, c'est moi qui t'arrache à elle. C'est dingue et complètement tordu, mais on a affaire à un cinglé, quelqu'un qui est vraiment malade, et ça me fout la trouille, parce que ça veut dire que tu es en danger.

– C'est insensé, je n'ai rien fait pour mériter ce genre d'attention.

– Bébé, le simple fait d'être toi et de faire le métier que tu fais te rend accessible. N'importe quel taré peut imaginer que ce qu'il voit à l'écran est la réalité.

Je ferme les yeux et serre Parker plus fort.

– Est-ce que Wendy ou Annie ont trouvé quoi que ce soit sur le message ? Une adresse ou un détail utile ?

Parker secoue la tête en grinçant si fort des dents que je l'entends. Je pose mes mains sur ses joues et masse sa mâchoire, essayant d'en libérer la tension.

– Je suppose que ç'aurait été trop beau, je soupire.

Si seulement tout ça pouvait cesser, je veux seulement que Parker et moi puissions nous concentrer sur ce qui compte : nous, notre travail, nos chiots, notre nouvelle maison. La vie qu'on construit ensemble.

– Qu'est-ce qu'on sait pour l'instant ? je demande d'un ton accablé en prenant une inspiration tremblante.

Je connais déjà la réponse, mais j'ai besoin de l'entendre pour avoir les idées plus claires.

– L'enveloppe a été déposée en personne ou laissée à l'accueil de l'immeuble. Annie dit que c'est la même enveloppe lambda que pour le premier message. Cette fois, elle l'a tout de suite donnée à Wendy, qui ne l'a pas touchée pour ne pas y ajouter d'empreintes. Il n'y avait rien dessus à part mon nom, imprimé sur une étiquette blanche, avec un tampon *Confidentiel* rouge, comme la dernière fois. En gros, il n'y a rien de nouveau, sauf que cette fois-ci, le message est plus désespéré et menaçant.

Je réfléchis à ce que vient de dire Parker lorsque son téléphone sonne. Il ne décroche pas, entièrement concentré sur moi.

– Est-ce que ça va ? Est-ce que j'aurais mieux fait de ne pas te le dire ? Je voulais te le cacher, mais j'ai promis de ne plus le faire, et je ne veux pas trahir les promesses que je te fais. Même si ça va à l'encontre de mon instinct macho.

Je souris, même si je suis à deux doigts de fondre en larmes.

– Tant que je suis avec toi, je vais bien. Réponds au téléphone, je suis sûre que c'est Nate ou Wendy.

Il saisit son portable et je vois le nom de Nate à l'écran.

– Tu en penses quoi ? dit-il en décrochant.

Il écoute pendant quelques secondes, puis il se lève et se met à faire les cent pas, comme toujours lorsqu'il est inquiet ou qu'il cherche la solution à un problème.

– C'est vrai, dit-il en fronçant les sourcils et en tournant la tête vers moi. Sky, bébé, je peux m'asseoir là ? J'ai besoin de regarder quelque chose.

Je me lève, et Midnight se réveille de sa sieste. Je m'assois à côté de lui et de sa sœur, sur le canapé, et je passe ma main dans ses poils. Cela m'aide à me calmer et à me changer les idées.

– Ouais, le ton n'est pas le même que celui des lettres. Tu as demandé à Tracey si Sky avait reçu d'autres courriers ?

Il pianote sur le clavier et ouvre les copies des lettres signées *Ton Vrai BF*.

– Le dernier sms que j'ai reçu, c'était avant notre départ, dit-il en se massant les tempes. C'était une mise en garde. Attends, laisse-moi l'ouvrir. Oui, c'est vrai que les sms sont en majuscules, comme les deux courriers. Mais le rythme n'est pas le même.

Parker se lève et traverse la suite jusqu'à la salle à manger, puis il fait demi-tour et revient d'un pas déterminé. Je sais qu'il réfléchit à toute vitesse, envisageant tous les scénarios possibles les uns après les autres.

– Wendy dit que les lettres lui sont familières. Elle n'a pas réussi à mettre le doigt dessus, mais elle va les relire demain, à tête reposée. Apparemment, elle a un logiciel qui compare les mots et les phrases pour trouver des liens lorsqu'ils existent. Elle est en train d'y entrer toutes les lettres, les deux messages et les sms que Sky et moi avons reçus.

Parker gonfle ses poumons et se passe plusieurs fois la main dans les cheveux.

– Ok, tiens-moi au courant si tu as d'autres infos. Je veux que les vidéos des caméras de sécurité soient passées en revue pour les dernières quarante-huit heures. Débrouille-toi pour les obtenir. Je suis sûr que le proprio de l'immeuble ne s'y opposera pas si tu lui expliques pourquoi. C'est un mec sympa, et on est de bons locataires. En plus, il a trois filles, il ne sera pas content de savoir que Skyler reçoit des menaces, surtout quand c'est elle qui loue le penthouse.

Soudain, Parker se dresse et se crispe en serrant le poing.

– Quoi ? Pourquoi tu ne l'as pas dit plus tôt, Nate ?

Merde. J'arrête de caresser mes chiens, mon ventre se noue de nouveau.

– Qu'est-ce qu'il foutait là ? aboie-t-il.

Il écoute Nate pendant une trentaine de secondes, puis il penche la tête en arrière et pousse un grognement.

– À ton avis, quelles sont les chances qu'il passe au bureau pour inviter Skyler à boire un café précisément le jour où Annie reçoit une enveloppe renfermant des menaces ? Bon sang !

Il écoute la réponse de Nate et fend brusquement l'air avec sa main.

– Je veux que ce type soit banni de l'étage d'*IG* ! hurle-t-il avec une colère si vive que je recule dans le canapé et que Sunny rampe par-dessus son frère pour se blottir contre moi.

Elle doit savoir que son père est furieux. Midnight lève la tête et, au lieu de se cacher contre moi, il saute du canapé et rejoint Parker.

– On sait où il travaille. Ça suffit maintenant, j'en ai assez. Je vais lui rendre une petite visite dès que je serai rentré !

Parker tire sur ses cheveux et plonge son regard furieux dans le mien. Midnight s'assoit à ses pieds et regarde son père qui baisse la tête vers lui. Il s'accroupit et son visage s'adoucit, il gratte la nuque de son chien jusqu'à ce que celui-ci se jette contre lui, le faisant tomber en arrière et lui arrachant un sourire.

– C'en est fini de ce putain de Benjamin Singleton, Nate. Si cet enfoiré tente de nouveau de prendre contact avec Sky, je donnerai aux médias de quoi parler pendant des mois. Que je ne croise pas son chemin, sinon Skyler devra venir me chercher en tôle.

Il raccroche et jette son téléphone dans le fauteuil. Celui-ci rebondit et, par chance, atterrit sur le repose-pieds.

– Chéri…

Parker prend Midnight dans ses bras et le laisse lui lécher le cou. Il vient vers moi et s'assoit de côté pour pouvoir me regarder. Le chiot s'installe entre nous et pose sa tête sur la cuisse de son papa.

– Apparemment, Benny Singleton est passé au bureau pour avoir ton numéro de téléphone et savoir quand tu seras de retour à Boston.

– Pour quelle raison ferait-il ça ? je demande en grimaçant.

– Apparemment, cet abruti n'a pas compris mes sous-entendus. Il est venu t'inviter à boire un café, grogne-t-il sur un ton dédaigneux.

– J'espère que tu sais que je n'ai rien fait pour l'encourager, je ne comprends pas pourquoi il nous croit amis. Comme je te l'ai dit, je ne l'avais pas vu depuis la pub qu'on a tournée quand j'avais huit ans. Mais quand je l'ai croisé au café, je ne pouvais pas faire autrement que de lui parler puisque j'avais renversé son thé. Tu sais bien que je ne suis pas comme ça, chéri. Je me suis doutée que quelque chose ne tournait pas rond quand il a continué à être lourd, même après avoir rencontré mon mec et mes gardes du corps. C'est un peu dingue, non ?

– Un peu ? s'étonne Parker en haussant les sourcils. Bébé, ce type est complètement taré !

Je ne peux me retenir de sourire en entendant l'expression de mon mec.

– Alors, tu crois que c'est Benny qui a déposé l'enveloppe ? Tu penses qu'il est le génie derrière tous les sms qu'on a reçus et toutes ces lettres ?

Parker se frotte le visage avant d'appuyer sa tête dans sa main.

– Le timing ne peut pas être une coïncidence, c'est impossible.

– Mais alors, comment s'est-il procuré nos numéros de téléphone ? Et pourquoi demanderait-il le mien à Annie s'il l'a déjà ?

– Je ne sais pas. Peut-être que c'est une ruse pour qu'on ne le soupçonne pas ? propose-t-il.

– Sans rire, chéri, tu crois qu'il est assez intelligent pour ça ?

– Je ne sais pas. Tout ce que je sais, c'est que je suis fatigué. J'en ai assez de ne pas savoir qui nous menace, assez de me sentir inutile. J'en ai assez. On a besoin de tranquillité et d'être en paix, toi et moi.

Je tends la main pour caresser sa joue et il m'embrasse sur la paume avant de soupirer longuement.

– Je sais. Je veux être ton havre de paix, chéri.

Je soulève Sunny pour la poser de l'autre côté du canapé, puis j'en fais de même avec son frère. Ils se blottissent l'un contre l'autre, comme d'habitude, et je les recouvre avec leur couverture pour qu'ils aient une odeur familière.

Je me lève et tends la main à mon homme.

– Allez viens, chéri. Ça suffit pour aujourd'hui. Tout sera plus clair demain matin.

Parker me suit sans rien dire et lorsque nous arrivons dans la chambre, il reste debout à côté du lit, les yeux rivés sur la couette et la pile de coussins. Je le retourne pour déboutonner sa chemise et il agite les bras pour l'enlever. Lorsque je la dépose sur la chaise, il défait sa ceinture et son pantalon et il s'assoit sur le lit. Je m'agenouille devant lui et enlève ses chaussures et ses chaussettes avant de baisser son pantalon. Il soulève son bassin pour m'aider, et bientôt il n'est plus qu'en boxer noir.

Sans un mot, j'ouvre le lit et jette plusieurs coussins par terre. Toutefois, je n'ai pas encore eu le temps de m'allonger qu'il saisit mes hanches et plaque sa tête contre mon ventre.

– Je ne peux pas te perdre, Sky. Tu es mon avenir. Il n'y a qu'avec toi que je veux avoir la vie dont j'ai toujours rêvé, dit-il en m'embrassant sur le nombril. La peur de te perdre me ronge un peu plus chaque jour tant qu'on n'a pas trouvé ce taré. Je ne peux pas prendre le risque de baisser la garde, et je ne le ferai pas tant que je ne serai pas certain que tu es en sécurité.

Je passe mes mains dans ses cheveux et lui gratte le crâne.

– Tu ne me perdras pas. Avec toi, Nate, Rachel, Bo, Royce, Mick, Wendy… plein de gens me protègent et enquêtent sur cette histoire, chéri. Ça va aller.

– Je t'aime tellement, Sky. Je n'ose même pas imaginer…

Sa voix se met à trembler et il ne termine pas sa phrase. Je me dégage de son étreinte pour m'asseoir sur ses genoux et le tenir dans mes bras.

– Je t'aime aussi. Plus que je ne le pensais possible, je chuchote en appuyant ma tête contre la sienne. On va s'en sortir. La vie va forcément nous lancer des défis, mais pour l'instant, cela n'a fait que nous rendre plus forts. Ce sera toujours comme ça, tu verras.

Je l'embrasse sur le front et il enfouit son nez dans mon cou pour respirer mon parfum. Il se sent perdu et il a peur, mais quand on est dans les bras l'un de l'autre, toutes nos angoisses disparaissent et nous sommes invincibles. Je reste silencieuse et lui offre tout mon amour et toute ma force, caressant simplement son dos pour qu'il sache que je suis là, avec lui.

– Bébé, je suis tellement fatigué, murmure-t-il dans mon cou.

– Je sais. Viens. Ce soir, on se couche et *on dort, et demain matin on fait une grasse matinée. Une vraie.*

– Tu veux dire que je ne peux pas remplir mon devoir d'homme et donner du plaisir à ma femme ?

– Je n'ai pas dit ça, mais ce soir, c'est à moi de m'occuper de toi, et parfois ça implique qu'on reste sages.

Il me dévisage d'un air incrédule.

– Justement, s'occuper de moi implique forcément qu'on ne le soit pas, déclare-t-il d'un ton on ne peut plus sérieux.

Je souris et me lève pour enlever mon pantalon, il étudie ma culotte Wonderbra en dentelle sans que son regard ne s'embrase comme d'habitude. Je glisse mes mains sous mon T-shirt pour dégrafer mon soutien-gorge, et je passe un bras puis l'autre sous les bretelles pour m'en débarrasser sans enlever mon haut.

– Bébé, c'est la chose la plus cool que j'aie jamais vue, dit Parker, et ses yeux pétillent de malice.

– Si tu le penses vraiment, je dis en faisant le tour du lit pour aller de mon côté, c'est que tu es encore plus fatigué que je ne le croyais.

Il pousse un grognement et se laisse tomber sur le lit. Lorsqu'il est installé, je me blottis contre lui, pose une jambe sur la sienne et un bras sur son ventre, puis je blottis mon visage dans son cou.

– Dors. Demain est un autre jour. On décidera quoi faire.

– Je ferai tout pour te garder en sécurité, Sky, dit-il en bâillant.

Je l'embrasse sur le torse et repose ma tête sur l'oreiller.

– Je sais, chéri.

– N'importe quoi, chuchote-t-il juste avant que je ne sente son corps se détendre et qu'il ne sombre dans un sommeil profond.

Je profite de sa chaleur pour réchauffer ma peau glacée et je murmure, tout contre lui :

– Je ne peux pas te perdre, moi non plus. Hors de question.

CHAPITRE 8

PARKER

Skyler et moi avons dormi jusqu'à dix heures, ce matin, et nous avons passé le reste de la matinée et le début de l'après-midi à faire l'amour et à renouer physiquement et émotionnellement. Aujourd'hui, Skyler et mon amour pour elle sont comme une religion, et je veux m'agenouiller devant son autel aussi souvent que possible.

Après avoir fait l'amour, allongés dans le lit, nous nous sommes chuchoté à l'oreille tout ce que nous comptions faire dans notre nouvelle maison. Skyler m'a dit vouloir peindre l'intérieur dans des tons apaisants de bleu, de beige, de crème, de jaune et de blanc, et je lui ai dit que je voulais planter pour elle un jardin de fleurs et construire un bac pour jouer au fer à cheval ainsi qu'une planche à cornhole[1], où

1. Jeu extérieur dans lequel les joueurs lancent tour à tour des sacs de maïs sur la plateforme adverse, en essayant d'y viser le trou. (NdT)

les mecs et moi pourrons nous détendre en buvant une des dernières bières artisanales dénichées par mon père.

Je lui ai fait part de mon souhait de choisir moi-même le mobilier pour le porche, parce que j'ai la ferme intention d'y passer mes soirées avec elle. J'ai plaisanté en lui annonçant que j'avais l'intention de lui acheter trente maillots de bain, pour avoir le plaisir de lui enlever un ensemble différent tous les jours. Elle a éclaté de rire et a promis de faire passer tout de suite le message à son assistante shopping.

Nous avions vraiment besoin de ce moment de tranquillité pour retrouver notre équilibre à deux. Maintenant, nous nous promenons avec nos chiens dans le célèbre parc Casa de Campo. Cette journée est pour nous.

– Tu savais que ce jardin est cinq fois plus grand que Central Park ? je dis, répétant ce que j'ai lu dans mes recherches.

J'espérais bien que nous aurions un moment à nous, et j'ai même prévu une surprise pour ce soir.

Elle regarde les grands arbres et les édifices royaux, au loin, et elle gonfle lentement ses poumons, un sourire sur les lèvres.

– C'est dingue d'être sous le soleil, avec toi et nos chiens. Je ne pensais pas pouvoir être aussi détendue.

– Surtout avec tout ce qui se passe, je grogne, regrettant aussitôt mes paroles lorsqu'elle grimace et serre plus fort ma main. Désolé, ma pêche. Je ne voulais pas ressasser ça.

– Non, ne t'en fais pas, répond-elle en passant sa main dans ses cheveux. Il faut qu'on puisse en parler. Dans quelques années, on n'y pensera plus. Mais concentrons-nous plutôt sur le fait que nous sommes à Madrid, dans un des plus beaux parcs du monde, et que personne ne nous a encore reconnus.

– Tu as raison, ma belle.

Le poids qui écrase ma poitrine et m'empêche de respirer se dissipe un peu plus à chaque nouveau pas à ses côtés. Je la prends par les épaules et elle lève la tête vers moi, m'offrant l'occasion de l'embrasser tendrement et de savourer son parfum divin.

– Je crois que je n'en aurai jamais assez de toi. Je ne me lasserai jamais, je chuchote alors qu'elle sourit.

– J'espère bien, parce que tu es coincé avec moi, mon grand ! glousse-t-elle en enfonçant son doigt dans mon ventre.

En poursuivant notre balade, nous arrivons bientôt au bord d'un lac où des touristes montent dans de petites barques rouges et blanches. Je tire Skyler par la main et l'emmène vers l'embarcadère. Elle me suit en sautillant, souriant jusqu'aux oreilles, clairement ravie par mon plan.

– Non, c'est une mauvaise idée, gronde Nate derrière nous.

Mince. J'avais oublié qu'ils étaient là. Ça en dit long sur leur discrétion, Sky est protégée sans que leur présence ne soit oppressante.

Je m'arrête et fais demi-tour pour lui parler. Rachel est à quelques pas de Skyler, un sourire aux lèvres, et elle observe les environs. Elle porte des lunettes de soleil aviateur et ses cheveux sont tressés et attachés en queue-de-cheval. Pour la première fois, je remarque que le côté de sa tempe est rasé, avec des lignes blanches, ce qui lui donne encore plus l'air d'une dure à cuire.

– Nate, écoute mec, tout va bien, je dis en regardant autour de nous. Tu as vu la moindre trace d'une menace ?

– Non, mais ce n'est pas une excuse pour baisser notre garde. On doit être vigilants à tout moment.

– Très bien. Dans ce cas, louez aussi un bateau et ramez près de nous. J'ai l'intention d'emmener ma nana et mes chiens sur ce lac. Sky adore le soleil et elle a besoin de souffler. C'est le but de cette journée. Je suis désolé, mec, mais si on n'avait pas reçu ce message hier, je t'aurais déjà dit d'aller faire un tour. Comme j'aime Sky plus que tout, je te suis éternellement reconnaissant de la protéger. Toutefois, elle a besoin… ou plutôt on a besoin d'être seuls. Ou du moins d'avoir l'impression qu'on l'est. Tu comprends ?

Nate contracte si fort sa mâchoire que sa gorge gonfle, mais il hoche la tête.

– Très bien. Allez-y. On reste près de vous sans vous déranger.

– Merci, mec.

Je pose ma main sur son épaule et la serre, espérant lui montrer que je comprends combien la situation est difficile pour lui. Je sais qu'il a un travail à faire et que ce doit être compliqué, parfois.

Lorsque je me tourne de nouveau vers Skyler, elle sautille sur place. Elle est vêtue d'un minuscule short noir, d'un débardeur bleu et de Converse, ses longs cheveux blonds tombent dans son dos et brillent sous les rayons du soleil. Elle est adorable, délicieuse, même.

– On a le droit d'y aller ? demande-t-elle en désignant les barques.

Je hoche la tête en souriant.

– Youpi ! Ça fait une éternité que je n'ai pas fait ça !

Nous nous faufilons à travers la foule, suivis de Nate et Rachel.

Une fois que j'ai payé la location des deux barques, je prends la main de Skyler et l'installe dans la nôtre avec nos chiens. Sunny est collée aux mollets de sa maman, l'air inquiet, alors que Midnight semble prêt pour l'aventure. Il pose ses pattes sur une des planches qui servent de banc, et il regarde vers l'avant du bateau comme s'il ouvrait la voie.

Je monte à mon tour dans la barque et je prends une rame pour viser la partie ensoleillée du lac. Dès que nous y sommes, Skyler soulève son débardeur et le remonte sous ses seins pour exposer son ventre, puis elle ouvre son short et replie les coins pour en faire une culotte.

Bon sang, je l'ai baisée trois fois aujourd'hui, et si nous n'étions pas en public, je lui aurais déjà sauté dessus. Avec Skyler, mon appétit est insatiable.

Je l'imite et pose mes rames pour enlever mon T-shirt et laisser le soleil réchauffer ma peau. Skyler sourit derrière ses Ray-Ban, sort son téléphone et me prend en photo.

– Chéri, tu es tellement canon… Si on était seuls, je te sauterais dessus.

J'éclate de rire, ravi que ma nana soit aussi obsédée que moi.

– Crois-moi, je ne me plains pas de la vue, moi non plus.

Elle sourit, puis elle penche la tête et se laisse bronzer. Sunny finit par s'endormir aux pieds de sa mère et Midnight regarde tranquillement les poissons dans le lac. Je me demande s'il serait capable de sauter pour les attraper.

– Bon chien, je dis en caressant sa tête. Reste dans la barque, mon grand.

Il me regarde et lèche ma main. Sky glousse doucement et tend un bras par-dessus bord, laissant ses doigts filer dans l'eau.

– C'est le paradis, chéri.

Le soleil brille, mes chiots sont sages et le clapotis de l'eau nous berce. Le corps superbe de ma femme est sous mes yeux, et je rame dans un environnement de verdure caressé par une brise légère.

– Je suis parfaitement d'accord.

***

– Allez, dis-moi ce qu'on fait, supplie Skyler pour la millième fois.

Je secoue la tête et la prends par la taille tandis que nous descendons la Gran Vía, en plein centre de Madrid. Rachel et Nate nous suivent de près car la rue est très passante, presque autant que Madison Square, à New York.

– Cette rue est connue comme celle qui ne dort jamais, je réponds.

– Comme Las Vegas, dit Skyler dont le regard pétille en étudiant les environs.

– Exactement. On a environ vingt minutes de marche. Ça va aller, avec tes chaussures ? je demande en baissant les yeux.

Elle porte des sandales à talons compensés avec sa petite robe d'été. Et quand je dis « petite », je suis généreux.

– Bien sûr. Les talons compensés, c'est de la triche pour être sexy. Ils donnent l'impression d'être très hauts, mais le pied n'est pas très arqué. Je pourrais courir, s'il le fallait. Ne t'en fais pas pour moi.

– Tant mieux, je réponds en l'embrassant dans le cou pour respirer son parfum de pêche et de crème.

– Que veut dire « Gran Vía », au fait ? demande-t-elle en riant.

– La grande route.

– Ah. Je me demande ce qu'est cet immeuble, poursuit-elle en désignant un bâtiment blanc portant l'inscription Metropolis.

– Comme le dit l'écriteau, c'est l'immeuble Metropolis. Il a été construit en 1911.

– J'adore les dorures et la statue de l'ange sur le dessus.

– En fait, ce n'est pas la statue d'origine, je réponds.

Skyler s'arrête et regarde l'ange aux ailes déployées vers l'horizon.

– Ah bon ?

– Non. Les premiers propriétaires de l'immeuble avaient érigé une statue de Ganymède avec un phénix. Ils l'aimaient tellement qu'ils l'ont emportée avec eux quand ils ont vendu le bâtiment à Metropolis Seguros.

– Waouh, c'est intéressant. Alors, le nouveau proprio a mis une autre statue. Pourquoi ? demande-t-elle en fronçant les sourcils.

– Apparemment, l'ancienne avait tellement pris sa place dans la ville qu'il n'a pas voulu laisser le toit nu, alors ils ont installé autre chose.

– C'est cool. Je préfère l'ange, de toute façon. Un phénix qui renaît de ses cendres et un héros de la mythologie grecque, c'est un peu menaçant, non ?

Ils représentent une lutte pour rester en vie, alors que l'ange représente l'espoir et l'amour de Dieu.

Nous continuons de marcher et je réfléchis à ses paroles.

– Je ne te savais pas si pieuse.

– Je ne le suis pas… Je me considère plus spirituelle que religieuse. Ce qui est sûr, c'est que je crois en une puissance divine qui nous observe. Sans cela, je ne pourrais pas penser que mes parents me regardent et me protègent.

– Tu parles rarement d'eux.

Elle se mord la lèvre et balance nos bras d'avant en arrière.

– C'est encore difficile. Ça fait quelques années maintenant, et je crois que j'arrive au stade où je peux penser à eux sans être accablée de tristesse.

– Qu'est-ce qui s'est passé ? Tu as parlé d'un accident de bateau ?

– Ouais, leur yacht a explosé.

– Euh… explosé ?

– C'est ce que disent les rapports d'enquête. Comme il a coulé, ils n'ont pas pu récupérer grand-chose, mais j'ai payé des plongeurs pour sauver tout ce qu'ils pouvaient. Ils ont trouvé les corps de mes parents, ce qui m'a permis de rendre leur mort officielle. Mais je t'avoue que c'était un peu louche. Un des rapports a dit qu'il y avait une bombe dans le bateau ; un autre que l'explosion était due à un mélange de fioul et de fumée dans le moteur… Les autorités se sont concentrées sur la deuxième explication, parce qu'il n'y avait pas de raison de croire que quelqu'un voulait la mort de mes parents ou du capitaine et de son équipage. Ils n'ont même pas atteint leur première destination. Ils ont fait quatre-vingts kilomètres, et c'était fini.

– Bon sang… Et toi, tu étais où ? je demande en la serrant contre moi.

– J'étais avec Tracey, on buvait un verre au port. Avant leur départ, ma mère et moi parlions à Tracey et à mon père du fait que je voulais ralentir les tournages. C'était un sujet fréquent, à l'époque. Ma mère était d'accord avec moi, c'était ma manager. Elle voulait ce qu'il y avait de mieux pour moi. Mon père pensait que je devais faire ce que je voulais, mais il était d'accord avec Tracey sur le fait que je gâcherais mes talents en m'éloignant de la scène alors que j'atteignais le sommet de ma carrière. Mais bon, en fin de compte, il ne voulait que mon bonheur lui aussi, explique Skyler. Ça faisait deux ans que Tracey était devenue mon agent. Elle était douée, et j'aimais savoir que ma meilleure amie était dans mon camp et m'obtenait les meilleurs contrats possible. Cependant, ma mère n'était pas de cet avis. Elle me disait tout le temps de prendre un autre agent, quelqu'un qui ne serait pas aussi attiré par les dollars et qui se concentrerait sur les rôles que je voulais incarner. Cela dit, maman n'a jamais compris l'ambition de Tracey.

– On peut dire qu'elle est carriériste, ça c'est clair.

– Quoi qu'il en soit, une semaine avant leur départ, Maman et moi avons parlé, et elle m'a supplié de ne plus entretenir de liens professionnels avec Tracey. Elle savait que je m'étais toujours vue mener une vie tranquille avec un homme gentil, fonder une famille et avoir une vie simple mais heureuse. Être actrice était mon métier, et tu sais que j'adore ça…

– Oui, mais je sais aussi que ces derniers temps, tes projets changent.

– Oui, parce que ma vie ne tourne plus autour du prochain rôle que je vais jouer. Je suis avec toi, on achète une maison, on a nos chiots, nos amis… dit Skyler en haussant les épaules. Je ne veux plus me contenter d'incarner des personnages que je ne suis pas. C'était marrant avant, et je vais m'éclater en tournant la saga de Geneva James, c'est clair. Ce sera un bon rôle sur lequel arrêter ma carrière ou, à tout le moins, sur lequel commencer à ralentir. Tu vas avoir trente ans dans un mois, et j'aurai vingt-six ans le mois suivant. Je veux me concentrer sur nous, me poser, avoir des enfants…

– Tu veux des enfants bientôt ? je demande en tirant sur le col de ma chemise.

– Ouais, si les choses restent ainsi entre nous. Je ne veux pas attendre trop longtemps… Enfin, si tu es d'accord, ajoute-t-elle en me mettant un petit coup d'épaule pour détendre l'atmosphère.

Je réfléchis quelques instants à la possibilité de me marier et d'avoir des enfants. J'y pense de plus en plus ces derniers temps, surtout maintenant qu'on achète une maison, c'est la suite logique, je suppose.

– Tu as raison. Je ne rajeunis pas et j'ai toujours voulu des enfants. Je pense qu'on est sur la bonne voie, pas toi ?

– Absolument, répond-elle en souriant jusqu'aux oreilles.

Je l'embrasse sur la tempe en continuant de marcher. J'ai réservé le restaurant et je ne veux pas être en retard.

– Une chose à la fois ? je chuchote.

– Une chose à la fois, répète-t-elle en hochant la tête. Maintenant, est-ce que tu veux bien me dire où on va ?

– Non, je réponds en m'arrêtant devant une grande porte en chêne massif. Parce qu'on est arrivés.

Skyler lève la tête et lit l'enseigne.

– Cardamomo Tablao Flamenco.

Son regard s'illumine et elle me regarde en souriant.

– Du flamenco !

– Ouaip ! C'est le seul endroit recommandé par le *New York Times*. C'est un club privé et ce n'est pas facile d'y entrer, mais apparemment ça vaut le détour. On va d'abord y manger, et ensuite il y a un spectacle.

– C'est génial ! s'écrie-t-elle en se jetant dans mes bras. Je suis trop contente !

– Allez viens, ma pêche, je dis en lui ouvrant la porte.

Nous sommes accueillis par l'hôtesse à qui je donne mon nom en indiquant que j'ai précisé vouloir être au pied de la scène, avec une table derrière la nôtre pour Nate et Rachel. Elle nous guide à travers la foule, jusqu'à une longue salle rectangulaire qui est décorée de toutes les couleurs. Les tables rondes placées devant la scène sont assez éloignées les unes des autres pour que les convives puissent dîner tranquillement. Vers le fond de la salle, le sol monte peu à peu jusqu'à des box rouges, mais ils n'offrent pas la vue que nous aurons. Skyler pourra toucher la scène du bout des doigts.

Nous commandons notre repas tandis que l'endroit se remplit lentement. L'entrée est composée de jambon ibérique servi de toasts de tomate, un peu comme des bruschettas italiennes. Nous venons de terminer lorsque le serveur apporte le plat suivant : un plateau de fromage avec du pain.

– S'il y a une chose que j'ai remarquée lors de mes voyages en Europe, c'est qu'ils ne plaisantent pas avec le pain et le fromage. Je ne sais pas pourquoi, les saveurs n'ont rien à voir avec ce que nous avons aux États-Unis, dit Skyler en se léchant les doigts après avoir avalé un gros morceau de fromage. C'est tellement bon ! s'exclame-t-elle.

– Je suis d'accord. Je suppose que la différence principale, c'est que le pain est fait le jour même et qu'ils se procurent le fromage une fois par semaine, donc tout est super-frais.

Elle hoche la tête en préparant un toast qu'elle me tend. Je me penche en la regardant dans les yeux, puis je mords sauvagement dedans, la faisant frissonner d'envie. Je mâche la bouchée quelques secondes et elle regarde le mouvement de ma gorge lorsque je déglutis.

Je tends la main et caresse sa mâchoire du bout du doigt.

– Tu penses au sexe, je dis d'une voix rauque.

– Oh que oui. Je ne sais pas pourquoi, peut-être que c'est parce qu'on a enfin un moment pour nous… Je suis… super-chaude.

Je souris et me penche pour l'embrasser par-dessus la table.

– Tant mieux. Allez, mange.

Elle se mord la lèvre et je dois serrer les dents pour m'empêcher de bander. J'ajuste un peu la bête pour lui laisser plus de place et je bois une gorgée d'eau glacée pour me calmer. Je n'ai pas vraiment envie d'avoir une érection pendant tout le spectacle.

Les plats suivants arrivent bientôt, un filet de porc ibérique servi avec une sauce à l'ail noir pour moi et un confit de cabillaud avec une salade et des poivrons rôtis pour Skyler.

Elle gémit à chaque nouvelle bouchée, ce qui ne m'aide pas à contrôler la bête.

Lorsque nous avons fini et que nous attendons les desserts, je commande du vin rouge en suivant les recommandations du serveur. Skyler rapproche sa chaise de la mienne alors que huit hommes montent sur scène et prennent place au fond. Quatre d'entre eux tiennent des guitares acoustiques, un autre a une sorte de grosse caisse en bois. Trois autres s'assoient sur des chaises, devant des micros. Les lumières de la salle sont tamisées et tout le monde regarde la scène, qui est plongée dans le noir, le temps qu'une femme y prenne place. Elle est vêtue d'une longue robe verte et dorée dont la jupe est constituée d'une dizaine de volants épais. Un grand châle rouge couvre ses épaules, avec de longues franges sur les bords. Ses cheveux noirs sont lissés et attachés sur sa nuque dans un chignon décoré par une grosse fleur blanche.

– Elle est tellement belle, dit Skyler en se blottissant contre moi.

– Oui, c'est vrai.

Cela dit, elle porte des chaussures à talons épais qui sont les plus moches que j'aie jamais vues.

Un des guitaristes commence à jouer, et la femme se met à tourner à droite puis à gauche en dessinant des vagues avec ses mains et en montant lentement ses bras au-dessus de sa tête. Un des hommes commence à chanter et la musique devient plus forte alors que tout le groupe se joint au morceau. Le volume augmente en même temps que les gestes de la danseuse s'amplifient, puis elle se met à frapper des talons sur la scène en bois, si fort que j'en ressens les vibrations dans ma poitrine.

Skyler se balance lentement, en rythme, et son regard devient rêveur devant la femme qui danse.

Le tempo accélère et le volume augmente encore. La salle tout entière semble vibrer au rythme qui parcourt mes veines, et j'ai bientôt l'impression que la musique fait partie intégrante de moi. L'atmosphère devient électrique et sensuelle, et je me penche pour chuchoter au creux de l'oreille de Skyler.

– On dit que le flamenco propage la vie, la passion et la sensualité, je murmure en effleurant son oreille puis son cou avec mes lèvres.

La danseuse enlève son châle et l'agite avec ses bras en tournant sur elle-même, sans cesser de frapper des pieds. Les mouvements de son buste sont lents et sensuels, tandis que ceux de ses jambes sont fermes et puissants. Elle se déhanche brusquement, comme pour exorciser les démons qui flottent autour d'elle et laisser place à la passion, à l'amour et au sexe.

Je pose ma main sur la cuisse de Skyler et joue avec le bas de sa robe pour remonter jusqu'à sa culotte en dentelle, la découvrant déjà trempée.

– Parker… chuchote-t-elle avant d'écarter les cuisses, m'invitant à la toucher.

Je plaque ma main sur son sexe et frotte son clitoris, puis j'approche ma bouche de son oreille en tournant le dos à Rach et Nate pour être sûr qu'ils ne m'entendent pas.

– Allons aux toilettes.

– Ensemble…

– Absolument, je grogne avant de mordiller son oreille.

Je retire ma main de sa jupe et couvre mon érection avec ma veste. Lorsque je me lève et tends la main à Skyler, Rachel et Nate nous imitent.

– Je l'accompagne juste aux toilettes. Restez là, on revient tout de suite.

Nate me fusille du regard tandis que Rachel sourit d'un air diabolique.

– On peut vous suivre… commence Nate lorsque je secoue la tête.

– Park sera avec moi. On fait vite, répond Skyler.

Je l'escorte à travers la foule jusqu'aux toilettes, où je vois une porte marquée *Salida*. J'y emmène Skyler et en l'ouvrant, je découvre une petite cour intérieure avec, dans un coin, une treille sur laquellle pousse une vigne. C'est comme si le propriétaire savait que ses clients seraient tellement envoûtés par le spectacle qu'il leur faudrait un endroit où laisser libre cours à leur passion.

Je remarque une petite pierre et je la cale dans l'encadrement de la porte pour qu'on ne se retrouve pas enfermés dehors. J'avance vers la treille, je vois qu'elle dissimule un coin fumeurs. Parfait. J'avance jusqu'au fauteuil en fer forgé tandis que Skyler reste à l'entrée, suivant mes gestes avec un regard de braise. Ses lèvres sont si moites et douces que j'ai envie de les mordre pour la faire hurler. Je défais ma ceinture et ma braguette, et je sors mon sexe déjà si dur qu'il se dresse jusqu'à mon nombril. Je m'assois sur la chaise, baisse mon pantalon sur mes chevilles et désigne ma verge.

– Assieds-toi dessus. Tout de suite, je gronde.

Sky se lèche les lèvres, passe ses mains sous sa robe et enlève sa petite culotte Wonderbra en dentelle.

– Donne-la-moi, j'ordonne en tendant la main.

Lorsqu'elle me l'offre, je la porte à ma bouche et respire son odeur, me faisant bander de plus belle.

– Ne me fais pas attendre, je grogne en serrant les dents.

CHAPITRE 9

SKYLER

Je n'arrive pas à croire ce qu'on fait, ici, dans une cour madrilène où n'importe qui pourrait nous trouver. C'est tellement excitant que je ne suis pas sûre de pouvoir ordonner à mes pieds d'avancer jusqu'à lui.

Apparemment, Parker n'a pas le même problème. Il range ma culotte dans la poche de sa veste, saisit ma main et m'attire à lui pour que je chevauche ses cuisses.

– Tu es tellement dur, chéri, je dis en empoignant sa verge.

– C'est toi qui me rends aussi dur, grogne-t-il d'une voix rauque. Chacun de tes soupirs, chaque coup de langue, chaque fois que tu as balancé tes épaules de gauche à droite, ce soir, m'ont donné un peu plus envie d'être en toi. Je ne peux plus attendre.

Il soulève ma robe, approche son gland de ma fente et me pénètre d'un coup sec.

– Putain !

Je penche la tête en arrière et essaie de m'ajuster pour lui faire de la place. C'est tellement sauvage et imprévu, nos corps sont affamés l'un de l'autre, sans peur et sans doute.

Parker baisse le décolleté de ma robe et effleure mon téton déjà dur tout en tirant sur la dentelle de mon Wonderbra pour prendre mon sein dans sa main. Mon sang bout dans mes veines et embrase ma poitrine et la chair entre mes cuisses. C'est tellement bon que je n'arrive pas à respirer.

– Chevauche-moi, ordonne-t-il d'une voix rauque avant de mordre mon téton, m'arrachant un cri.

Je suis hypnotisée par ses ordres et ses paroles et je lui obéis sans réfléchir. Je me mets à le chevaucher rapidement.

– Dépêche-toi, bébé. Quelqu'un pourrait nous trouver, lance-t-il.

Je ne sais s'il le dit pour me faire peur ou m'exciter davantage, or c'est justement l'effet que me font ses mots.

Sa queue est dure comme fer et il lève son bassin chaque fois que je m'assois sur lui, frappant mon point G, me rapprochant toujours plus de l'orgasme.

– Je vais jouir, je vais jouir, je vais jouir…

Et c'est ce que je fais… de façon spectaculaire.

Parker me plaque contre son torse et appuie sur mes épaules pour m'obliger à rester assise sur lui.

– Putain ! rugit-il dans mon cou.

Il me mord si fort que je me crispe des pieds à la tête et suis surprise par un autre petit orgasme. Il lèche l'endroit où il m'a mordue puis m'embrasse délicatement, nous ramenant lentement sur terre alors que son corps est encore parcouru de spasmes.

J'effleure sa gorge avec ma bouche et soupire contre sa peau chaude. Lorsque nos bouches se rencontrent enfin, nous sommes affamés et nous entre-dévorons en nous accrochant l'un à l'autre.

Soudain, notre bulle de bonheur éclate, au moment où nous entendons la porte du bar s'ouvrir et claquer contre le mur. À travers la treille, je vois une grande silhouette musclée s'approcher, une arme à la main. Je serre Parker contre moi, mais je n'ai pas le temps de le prévenir. La silhouette avance d'un pas rapide vers nous. Je pousse un cri aigu et m'accroche à Parker comme si ma vie en dépendait, m'assurant de le cacher pour qu'il ne soit pas blessé.

– Roh, putain, j'aurais dû m'en douter, gronde une voix que je connais bien, tandis que l'arme disparaît.

– Quoi ? Qu'est-ce qu'il y a ? répond une voix de femme, et une petite tête blonde jaillit derrière la treille. Ah, eh bien voilà, mystère résolu ! Je vous attends dans le couloir, dit Rachel d'un ton amusé.

Elle est sur le point de partir lorsque sa tête réapparaît.

– Tu as de beaux genoux, Parker, ricane-t-elle avant de tourner les talons.

– Euh, chéri, on est d'accord, je ne rêve pas ? je dis en essayant de revenir à la réalité après m'être retrouvée face à un flingue juste après un énorme orgasme.

– Tu ne rêves pas, ma pêche. Nate et Rachel nous ont surpris en plein post-coït alors que j'ai mon pantalon sur les chevilles. Mais je veux que quelque chose soit clair, Skyler : je t'interdis de me protéger en cas de menace. Je veux que tu te caches derrière moi, c'est compris ? gronde-t-il.

Mieux vaut que je ne réponde pas, je ne veux pas lui faire de promesse que je ne pourrai pas tenir, et je ne veux pas me disputer avec lui. Et puis, je trouve la situation hilarante, en fait.

– Au moins, c'était Nate, et pas les…

Je suis sur le point de terminer ma phrase quand un flash illumine la cour.

– Merde ! Nate ! appelle Parker.

J'entends la porte du bar s'ouvrir alors que Parker remonte ma robe pour couvrir mes seins.

– Des paparazzis, derrière la palissade !

Nate saute sur une poubelle et se met à hurler des injures.

– Allez, dégagez, bande de vautours, il n'y a rien à voir, dit-il en agitant les bras.

Pendant ce temps, Parker me soulève pour se retirer et il remonte son pantalon.

– Euh, Rach, tu peux m'accompagner aux toilettes ? je demande discrètement pour que les hommes ne m'entendent pas.

Rachel hoche la tête en silence. Je sais qu'ils ne sont pas contents du risque qu'on a pris, mais je n'ai aucun regret. C'est une des premières fois que nous nous autorisons à être impulsifs et débridés. J'espère que Parker pensera la même chose, surtout quand on me verra le chevaucher dans les magazines people du monde entier. Les médias vont s'en donner à cœur joie…

Cela dit… qu'ils aillent se faire foutre !

***

Parker était déjà de mauvais poil en se réveillant mais il l'est encore plus depuis qu'il a ouvert sa boîte mail et qu'il a reçu des centaines de notifications lui annonçant qu'il avait été mentionné dans la presse. Bien sûr, son humeur ne s'est pas arrangée lorsque nous sommes arrivés au théâtre où Bo nous attendait avec un sourire énorme.

– Une journée tranquille avec ma femme, qu'il m'a dit, lance-t-il d'un ton moqueur.

– Bo… gronde Parker.

– Une balade dans Madrid pour découvrir la vie nocturne, tu m'as dit, poursuit-il.

– Bo, je te préviens…

Derrière Bo, Juliet et Violeta gloussent comme des adolescentes.

– Un dîner romantique, qu'il m'a dit, continue Bo.

– Je t'ai dit d'arrêter, aboie Parker.

– Quelle n'a pas été ma surprise en découvrant la une d'*El Mundo* ce matin, non pas que je puisse le lire…

Il déroule le journal qu'il tient dans les mains et nous montre la une. On nous y voit, Parker et moi, regardant par-dessus nos épaules. Parker a une main sur le creux de mes reins, l'autre sur mes fesses. On aperçoit un minuscule bout de celles-ci, ne laissant aucun doute sur ce que nous sommes en train de faire, et c'est sans parler de son pantalon baissé sur ses chevilles.

– Mais peu importe, puisqu'une image vaut mille mots ! poursuit Bo en souriant d'un air diabolique. Petit coquin, va ! Tu fais ça en public, sous l'œil des paparazzis ?

Il range le journal sous son bras et frappe lentement dans ses mains.

– Bravo. Tu remportes le prix de la partie de jambes en l'air la plus scandaleuse. Ça bat largement l'histoire de la grande roue.

Parker se crispe et je me blottis contre lui pour caresser son torse et l'aider à se calmer.

– La grande roue ? je demande en fronçant les sourcils.

– T'as été trop loin, mec, gronde Parker.

Bo semble sincèrement désolé et il lève les mains en signe de capitulation.

– Ok, je veux bien admettre que ma dernière remarque était de trop. On est toujours amis ?

– Je vais y réfléchir, répond Parker d'un ton lugubre.

– Chéri, écoute, ça allait forcément arriver tôt ou tard, je dis en le prenant dans mes bras. On est amoureux et on aime le sexe. On a du mal à se contenir. Tôt ou tard, les paparazzis allaient choper quelque chose sur nous. Au moins, on ne voit pas nos parties intimes.

– On voit tes fesses !

– Bébé, on voit un tout petit bout d'une joue, presque rien. Je ne me plains pas de tous les sites qui font l'éloge de tes atouts, si ?

– De quoi tu parles ? demande-t-il en haussant les sourcils.

– Chéri, il y a des dizaines de sites qui te sont dédiés, à toi et à ton corps. À tes cheveux. Tu as encore plus de « *j'aime* » quand tu ne t'es pas coupé les cheveux et qu'ils bouclent un peu. J'ai même vu un site qui « démontrait que tu as un gros sexe, parce que tu as de grands pieds. »

Parker baisse les yeux. La théorie est vraie, mais je ne le lui dirai pas, parce que je ne veux pas lui donner une autre raison de se plaindre. Au moins, ils lui attribuent un plus grand sexe que Johan, ce qui est vrai aussi.

Je masse ses épaules et prends ses mains dans les miennes.

– C'est le showbiz, c'est comme ça. Ce n'est pas ta faute. Un jour, quand je ne jouerai plus, tout ça disparaîtra. La photo aurait pu être pire. D'ailleurs, ça ne me dérange pas que les gens sachent combien on s'aime, même si on se le montre d'une façon un peu trop charnelle…

Je plonge mon regard dans le sien et il m'embrasse tendrement. Des cliquetis d'appareils photo retentissent, mais je sais que c'est Juliet et Violeta.

– Continuez, je ne suis pas sûr qu'une seule photo suffise à payer les frais universitaires de mes enfants, lance Bo.

– Mais tais-toi, bon sang ! gronde Parker en souriant. Bon, qu'est-ce qu'on fait aujourd'hui ?

Bo range son téléphone et fait signe à Juliet de monter sur scène. Elle s'exécute et prend place au milieu des dix danseurs. La scène est décorée avec de grosses friandises en carton, peintes de toutes les couleurs.

– J'ai eu une épiphanie, dit Pete Flacko en sortant de derrière une sucette géante. Ça m'est venu en écoutant la chanson de Juliet, « Your Love is like Candy ».

Je sais de quelle chanson il parle, Juliet y explique que, comme les bonbons, l'amour des garçons est délicieux mais mauvais pour elle.

– Juliet va chanter en se déplaçant entre les hommes vêtus de tenues multicolores, et des spots de toutes les couleurs illumineront la scène. Ce sera génial, si beau, que vous aurez envie de manger la scène. Un peu comme j'ai envie de te lécher, *amante* Bogart.

– Bon sang, mec, je ne serai jamais, jamais, intéressé. Je suis hétéro. J'aime les femmes. D'ailleurs, j'adore passer entre leurs jambes et bouffer leur…

Je me précipite vers Bo et couvre sa bouche avant qu'il ne puisse finir sa phrase. Il lèche ma main et je la retire violemment, comme s'il m'avait brûlée.

– Beurk ! T'es dégoûtant ! Tu m'as léchée ! je râle en grimaçant.

– T'as mis ta main sur ma bouche, ma belle. Tu t'attendais à quoi ?

– Rappelle-toi que nous sommes en présence de jeunes filles, s'il te plaît, je soupire en secouant la tête.

Il tourne la tête vers Juliet et Violeta, qui sont rouge cramoisi, et il leur lance un clin d'œil.

– Tu es incorrigible… Pete, qu'as-tu prévu d'autre ? je demande pour changer de sujet.

Le chorégraphe passe la demi-heure qui suit à nous expliquer tout ce que Juliet fera ou ne fera pas, et tout semble génial.

– Et si on regardait ce que ça donne ? dit Parker. Sky, Bo et Violeta, allons nous asseoir dans le public. JJ, j'ai besoin que tu fasses attention au rythme. N'oublie pas que nous ne sommes que quatre à te regarder. Tu penses que tu vas y arriver ?

– Ouais, je crois, répond-elle en regardant ses pieds. Violeta et moi nous nous sommes entraînées à la maison. Nos parents vont venir me voir tout à l'heure, après le travail. Ils sont super-excités.

Je pose ma main sur son épaule et la regarde dans les yeux.

– Tu sais que tu as un talent dingue, n'est-ce pas ? Tu crois en toi ?

Elle se lèche les lèvres et se tient plus droite.

– *Sí. Mi mami* m'a dit que ce serait du gâchis de ne pas montrer mon talent au reste du monde. Elle pense que c'est mon occasion de briller, et j'ai vraiment envie de tous vous rendre fiers : ma mère, Vi, toi, Parker, Bo, Alejandro et le reste du label de musique. Je peux le faire, déclare-t-elle avec une confiance que je ne lui connaissais pas.

– Oui, tu peux, je réponds en souriant. Et souviens-toi que si tu perds le rythme ou que tu ne sais plus où tu dois être, arrête-toi, respire et reprends quand tu peux. Ce n'est pas une science exacte. À force, ce sera comme une seconde nature, mais pour l'instant tout est nouveau, donc ne te mets pas la pression et amuse-toi, d'accord ?

JJ sourit jusqu'aux oreilles, et sa queue-de-cheval se balance de gauche à droite tandis qu'elle hoche la tête. Elle est vêtue d'un jean skinny, de bottines en daim beige et d'un T-shirt XL qui tombe sur une épaule et qui est noué dans son dos, révélant un débardeur jaune fluo. Ce look lui va à merveille. Elle a l'air heureuse et semble avoir accepté ses courbes et son apparence.

Parker me tend la main pour m'aider à descendre de scène, je prends place à côté de Violeta.

– Je suis tellement nerveuse, dit-elle en serrant ma main. Wouhou ! crie-t-elle en souriant alors que sa sœur prend sa place au milieu d'un groupe de danseurs tous plus musclés les uns que les autres.

La musique commence, et JJ sourit en chantant les premières notes de « Your Love is like Candy ». Elle se trompe une ou deux fois dans ses placements et perd son souffle à quelques reprises, mais c'est sa meilleure performance jusqu'à présent.

Elle est superbe, et je sais déjà qu'elle va conquérir le monde de la musique.

La chanson prend fin et elle continue d'assurer en passant à la suivante. Parker me met un coup d'épaule et je lève la tête vers lui.

– C'est toi qui as fait ça, qui lui as donné le courage et l'assurance de se lancer.

Je prends sa main, il embrasse chacun de mes doigts.

– On a tous participé, je réponds, mais c'est Juliet qui a fait le plus dur.

***

Nous sortons tout juste du théâtre lorsque mon téléphone vibre. Je regarde l'écran et vois que c'est Tracey. C'est la vingtième fois qu'elle m'appelle aujourd'hui et je ne sais pas si je peux continuer à l'ignorer, elle serait capable de débarquer à Madrid.

– Yo ! je dis en décrochant.

– À quoi tu pensais, bon sang ? hurle-t-elle, si fort que je dois éloigner le téléphone.

Parker me voit faire et il grimace.

– Bonjour, Tracey, comment vas-tu en cette belle soirée ? Bien, j'espère, je dis d'un ton doucereux pour lui faire comprendre que crier ne sert à rien.

Il y a cinq secondes de silence durant lesquelles je n'entends que sa respiration saccadée.

– Je suis désolée, Birdie. J'ai essayé de te joindre toute la journée. Je pensais qu'après ton petit spectacle d'hier soir, c'est toi qui m'aurais appelée pour me prévenir, moi ton agent qui gère ta communication, pour que je puisse m'occuper du scandale avant qu'il ne soit trop tard. Mais comme les choses ne se sont pas passées comme ça, nous avons été harcelés par la presse pour avoir une déclaration officielle.

– Il n'y en aura pas, je dis en enroulant une mèche sur mon index.

– Je te demande pardon ? On est obligés de dire quelque chose.

– Non, justement, je réponds sèchement. Parker et moi avons savouré un délicieux repas, avons vu un superbe spectacle, et on s'est laissés emporter. Je ne regrette rien. Cela dit, j'ai appelé le restaurant et j'ai parlé au propriétaire pour m'excuser.

– Tu as fait quoi ? hurle-t-elle.

– Tu m'as bien entendue. Il le fallait. Et j'ai découvert qu'il s'en fichait, au contraire. Le fait que j'aie été vue dans son restaurant l'a rendu célèbre et tout le monde se bat pour y aller. Ils sont complets tous les soirs pour six mois. Il m'a remerciée et m'a offert un repas gratuit la prochaine fois que je serai à Madrid. Tout est bien qui finit bien.

Parker vient vers moi et me prend par la taille.

– Tout va bien ? articule-t-il en silence.

– Tracey, je réponds en levant les yeux au ciel.

Sa mâchoire se contracte, mais il ne dit rien et me laisse pour parler à Bo. Violeta et Juliet nous attendent patiemment, car nous allons dîner tous ensemble pour fêter sa performance.

– Je n'arrive pas à croire qu'on t'ait surprise en train de faire ça. C'est tellement scandaleux, continue de râler Tracey. Voilà encore une cata que je vais devoir rattraper.

– Heureusement que je te paie bien, alors, Tracey. Écoute, je dois y aller. Je vais faire la fête avec la prochaine star mondiale de la pop, je dis pour que JJ m'entende.

Elle sourit jusqu'aux oreilles, elle est plus belle que jamais.

– Skyler, il faut que tu rentres. On doit gérer ce bazar et on doit parler. On s'est dit des choses et… Birdie, on ne se dispute jamais. On s'aime. On est sœurs. On forme une famille. Cette tension est malsaine…

Soudain, en l'écoutant, la colère que j'ai mise de côté depuis qu'elle m'a dit qu'elle était derrière l'addiction et les tromperies de Johan refait surface.

– Non. Je reviendrai quand cette mission sera finie, et pas avant. Je me fiche que tu sois triste qu'on se soit disputées. Tu m'as fait du mal, Trace ! Je ne t'ai rien fait, moi. Je ne sais toujours pas quoi penser de ce que tu as fait à Johan, et à moi par la même occasion. C'était complètement fou et carrément méchant. Tu as affaibli un homme qui était déjà fragile, et tout ça pour quoi ?

– Pour toi ! Je l'ai fait pour toi ! Tout ce que je dis, tout ce que je fais, je le fais pour que tu sois heureuse et forte. Pour que tu sois au sommet. Parce que je suis ta seule famille. Johan ne l'était pas. Parker non plus, et aucun homme qui s'immiscera entre nous ne sera ta famille.

– Bon sang Tracey, tu t'entends ? Pense à ce que tu dis. On a besoin de prendre de la distance, toi et moi. D'abord, sur un plan amical. Je verrai plus tard si je veux prendre des mesures sur le plan professionnel. Pour l'instant, fais ce pour quoi je te paie. Occupe-toi du problème. Dis aux médias qu'on n'a pas de commentaire. D'ailleurs… dis-leur que Parker et moi sommes amoureux et qu'on s'est laissés emporter après un verre de trop. Comme tu veux. Je m'en fiche ! Mais laisse-moi tranquille ! je gronde en raccrochant violemment.

Je lève la main pour jeter mon téléphone par terre, mais Parker saisit mon poignet et m'en empêche en prenant mon téléphone pour l'éteindre.

– On n'a plus le droit de casser les téléphones. Wendy nous tuerait. Elle a posé des GPS dessus, et ça coûte une petite fortune.

– Wendy a posé une puce sur mon téléphone ?

– Ma pêche, c'est Wendy, répond-il comme si c'était une évidence. Bien sûr qu'elle te traque. Est-ce que tu l'aimes ?

– Ben, oui. C'est une meilleure amie que ma meilleure amie, en ce moment, je dis en fronçant les sourcils.

– Alors, tout est dit. Tu l'aimes et elle t'aime. Elle t'a adoptée, donc elle te suit par GPS. Et crois-moi, ce n'est pas la seule chose qu'elle a mise en place pour savoir tout ce que tu fais.

– Euh… Est-ce que je devrais m'inquiéter ?

– Ça te fait flipper ?

– Peut-être un peu, oui.

– Tu sais qu'elle éclaterait de rire si elle entendait ta réponse ? Cela dit, elle t'ignorerait tout autant. Elle fonctionne comme ça. Si elle t'aime et que tu fais partie de la bande, alors elle sait tout ce que tu fais. J'ai appris à vivre avec et je fais de mon mieux pour lui jouer des tours.

– Ooooh, ça a l'air chouette, ça. Comment on fait ?

Parker m'appuie contre le mur en brique et se colle à moi pour me parler d'une voix rauque et sexy.

– On peut acheter des sex-toys et elle les verra apparaître sur nos relevés de carte bleue, mais au lieu de les garder, on peut les faire livrer chez elle.

– Oh, génial ! Mais je ne crois pas que les sex-toys la choqueraient. On devrait plutôt acheter des fringues et des jouets dans un magasin de puériculture, ça la rendrait dingue.

– Parfait. J'aime ta façon de réfléchir, murmure-t-il avant de m'embrasser.

J'oublie complètement ma dispute avec Tracey et je me concentre sur la bouche de mon homme, sur sa langue au goût de cannelle et sur la chaleur de son corps contre le mien.

– Tu me rends heureuse, je chuchote.

– Toi aussi, répond-il en effleurant mon nez.

Il prend ma main et m'emmène vers les autres qui nous attendent patiemment, y compris Bo. Sans doute m'a-t-il entendue me disputer avec Tracey et il a mis ses blagues de côté. Cela prouve qu'il est au courant de ce qui se passe autour de lui et qu'il sait se tenir quand c'est nécessaire.

Lorsque nous les rejoignons, il prend ma main et me met un petit coup de bassin tandis que nous marchons en direction du restaurant que Violeta a réservé.

– Ça va, Sky ? demande-t-il.

– Super, je réponds en souriant et en lui donnant à mon tour un coup de hanche.

Il hoche la tête et porte ma main à sa bouche pour l'embrasser.

– Tu sais que je suis là pour toi si jamais tu veux parler à quelqu'un d'autre que mon frangin ?

– Merci, Bo, j'apprécie. Et je le sais, ne t'en fais pas.

– Et si Parker a besoin de renfort, je suis prêt à cogner. Il te suffit de claquer des doigts. Tu as tes deux gardes du corps, mais ce n'est pas tout.

Personne ne peut t'atteindre, ici ou ailleurs, dit-il. On est tous avec toi. La famille d'abord. Toujours.

La famille d'abord.

Toujours.

– Je t'aime, Bo, je réponds pour lui montrer combien j'apprécie ses paroles.

Il sourit jusqu'aux oreilles, puis il m'embrasse sur la tempe.

– Tu as entendu ça, frangin ? Ta nana m'aime.

– T'étais obligée de flatter son ego ? grogne Parker en s'interposant entre Bo et moi, ce qui fait éclater de rire son ami.

– Mais oui, éloigne-la, peu importe. Notre amour est fort, la distance ne peut rien contre ça.

J'éclate de rire en regardant Parker et Bo se bousculer et se faire trébucher jusqu'au restaurant. Je suis heureuse d'être avec mon homme, son frangin, mes deux anges gardiens et deux jeunes femmes dont la vie est sur le point de changer pour le meilleur.

Peu importe ce qui sera dit dans les journaux ni ce que dit Tracey de ma réputation. Je m'en fiche. Tout ce qui compte, c'est que… la vie est belle.

CHAPITRE 10

PARKER

Je me réveille avec un léger mal de tête et la gorge si sèche que dix litres d'eau ne suffiront pas à me désaltérer. La journée d'hier a été très longue et nous avons célébré la réussite de Juliet avec toute l'équipe. Étant donné que l'âge légal pour boire en Espagne est de seize ans, Violeta et Juliet nous ont mis une sacrée raclée en matière de consommation d'alcool, tenant bien mieux que nous trois, ou nous quatre, si on compte la poulette que Bo a ramenée entre la cinquième et la sixième tournée.

Heureusement, nous nous sommes gavés de chorizo, de paella, de croquettes et d'une multitude de tapas, sinon j'aurais passé la nuit sur les toilettes. Si je peux supporter un mal de crâne, je fais moins le malin quand j'ai l'estomac en vrac.

Mon téléphone vibre à côté de ma tête et la main de Skyler frappe deux fois sur ma poitrine. Je l'entends ronfler légèrement, j'en déduis qu'elle s'est aussitôt rendormie. J'ignore mon téléphone, et il finit par arrêter de vibrer, mais seulement quelques secondes.

Skyler me frappe de nouveau sans se réveiller, et je me tourne vers elle pour l'embrasser sur la clavicule. Elle ne bouge pas d'un iota et je ris en la regardant. Son mascara a coulé et ses cheveux sont ébouriffés par nos parties de jambes en l'air plus qu'énergiques. Complètement saoul, je l'ai prise contre la porte, sur le dossier du canapé, par terre, puis dans notre lit. C'était maladroit, mais tellement bon que mon sang s'embrase en y repensant.

Ma nana est la plus canon des femmes, et je suis sur le point de repasser à l'attaque quand mon téléphone se remet à vibrer. Il s'arrête, et le téléphone de la chambre prend le relais.

Skyler respire bruyamment, roule sur le côté, empoigne mon oreiller pour le serrer contre elle, puis elle se rendort. Il faut dire que je ne l'ai pas beaucoup laissée dormir. Elle a besoin de repos. On a rendez-vous avec Alejandro cet après-midi, pour faire le point sur les progrès de Juliet.

Le téléphone de la chambre sonne de nouveau, en même temps que mon portable. Je regarde l'écran et vois que c'est Royce. Je le rappellerai plus tard, parce que la sonnerie du fixe est trop agaçante pour l'ignorer.

– Quoi ? je gronde d'une voix rauque en décrochant.

– Enfin ! Parker, c'est Wendy ! s'exclame-t-elle d'un ton exaspéré.

Je repère une bouteille d'eau de l'autre côté de la pièce, je prends le téléphone avec moi pour aller la chercher.

– Qu'est-ce qui se passe ? je demande en vidant la moitié de la bouteille.

– Tu as reçu mon mail ? demande-t-elle.

– Chipie, tu viens de me réveiller. Sky dort encore, on a fait la fête hier soir.

Wendy soupire à l'autre bout du fil, ce qui ne lui ressemble pas.

– Ça explique pourquoi ni Bo ni Skyler ne répondent. Je savais que vous étiez dans vos chambres, même si le téléphone de Skyler est éteint. Tu sais que je n'aime pas ça.

Je fronce les sourcils et m'assois dans le fauteuil le plus proche, le sol semble tanguer sous mes pieds.

– Wendy, tu divagues. Pourquoi tu m'appelles ?

– Ben, tu te rappelles quand je t'ai dit que quelque chose m'était familier dans les lettres d'un des fans ?

Ma tête me fait un mal de chien et j'appuie sur mes tempes pour faire cesser le marteau-piqueur.

Bon sang, où est l'Ibuprofène ?

– Vaguement, ouais. J'ai un peu la gueule de bois, pour être honnête.

– Eh bien, cette info devrait t'aider à te réveiller.

– Dis-moi tout.

– J'ai reconnu l'écriture, déclare-t-elle, comme si cela créait un suspense insoutenable.

Hélas, je suis trop fatigué pour suivre le cours de sa pensée.

– Mmm-hmmm, je marmonne en vidant le reste de la bouteille, me demandant où est le minibar.

Quand on est dans le penthouse, on devrait crouler sous les bouteilles d'eau, non ?

– Pourquoi c'est si important ? je demande en scrutant la pièce.

– Parce que j'ai déjà vu cette écriture. Allume ton ordinateur.

Je soupire, me gratte le ventre et réalise soudain que je suis à poil.

– Wendy, je te rappelle avec mon portable. Donne-moi une minute pour m'habiller.

– On se fout que tu sois à poil ! C'est important ! Attrape ton ordinateur, putain !

Wendy ne parle jamais sur ce ton, et je comprends soudain ce qui se passe : elle a peur. Sa voix révèle sa trouille, pas son exaspération.

– Ok, attends une seconde.

Je pose le téléphone sur le fauteuil et vais dans le salon où je repère le minibar. J'attrape deux bouteilles d'eau, sans quoi je serai incapable de formuler des phrases pour répondre à Wendy, puis je prends mon ordinateur et retourne dans la chambre.

Je pose le tout sur la table et cherche mon boxer, que j'enfile aussitôt, je ne peux pas parler à Wendy, ma sœur de cœur, en étant à poil.

– Je suis là, je dis en reprenant le téléphone tout en ouvrant mon ordinateur pour lire le mail de Wendy.

Je découvre la photo d'une des lettres envoyées par un fan de Skyler, accolée à une feuille tirée d'un bloc-notes.

– Qu'est-ce que c'est ?

Wendy pousse un grognement, de plus en plus agacée.

– Zoome sur les photos. J'ai souligné des mots identiques dans les deux pages.

– Ok, je le vois maintenant, je dis alors que mon cerveau essaie de se mettre en marche. Ce sont les mêmes. Merde ! je m'exclame en me frottant les yeux. D'où vient la deuxième feuille ?

– Lis ce qui est écrit, putain ! gronde-t-elle.

Wendy,

J'ai nettoyé la litière de Zeus et je me suis assurée qu'il avait assez à manger pour le week-end. Les femmes de ménage viennent ce soir, mais je les ai prévenues de ne pas laisser sortir le chat de nos bureaux. Je suis sûre que tout ira bien. Si tu veux que je passe samedi ou dimanche pour jeter un coup d'œil, appelle-moi. Je ne veux pas que Parker et Skyler s'inquiètent durant leur voyage. J'achèterai des croquettes et de la litière ce week-end, en plus des capsules de café et des Post-it. Je ferai une note de frais, si ça te va. Je te souhaite un bon week-end. Appelle-moi si tu as besoin de quoi que ce soit. Je suis là pour toi. Merci.

Ton assistante,

Annie

Je compare le message à la lettre que Wendy a jointe au mail.

Sky,

Tu me manques. J'ai l'impression que cela fait des années que tu ne m'as pas divertie à l'écran. J'ai lu que tu avais été blessée sur un tournage et que la production avait été repoussée. Tu aurais dû m'appeler. J'aurais été là pour toi à chaque seconde, pour te tenir la main, te faire rire et faire le nécessaire pour que tu ailles mieux. Au lieu de cela, je suis coincée avec la Diablesse, lui obéissant au doigt et à l'œil quand je ne suis pas en cours d'économie. Elle est horrible. J'aimerais être avec toi. Tu arrangerais tout. On prendrait soin l'une de l'autre. Penses-y. Je serai toujours là pour toi.

Ton vrai BF

– Putain, merde !

Mon cœur bat la chamade et mon front se couvre de sueur.

– C'est Annie… je dis sans vraiment le croire.

– Mick a un ami qui est expert en graphologie. Quand j'ai fait le lien, j'ai montré les lettres à Mick et il les a envoyées à son ami de la fac. Il a dit qu'elles étaient identiques à quatre-vingt-dix-neuf pour cent. Les deux messages proviennent de la même personne. Il a remarqué que la première lettre datait de plusieurs années, mais les ressemblances avec la deuxième sont indéniables. Il a aussi confirmé que ce n'était pas un faux. Il s'agit bien de la même personne. C'est Annie.

– Mon Dieu ! Pendant tout ce temps, on s'est demandé qui envoyait ces sms et ces lettres, et c'était Annie ? Bon sang, mais quel imbécile je suis !

– Park, ce n'est pas toi. Elle nous a tous bernés.

Je repense au jour où nous avons reçu le premier mot. Wendy était en arrêt maladie et Annie venait d'arriver pour la remplacer.

– Putain ! je gronde en refermant brusquement mon ordinateur avant de le jeter sur le fauteuil.

Skyler se réveille et se dresse sur ses coudes, révélant ses seins et ses superbes tétons.

C'est ma déesse, et je l'ai laissée tomber.

Je me passe la main dans les cheveux et les tire tandis que Wendy me dit qu'elle en a parlé avec Royce et Kendra, mais qu'ils veulent savoir ce que Bo, Skyler et moi voulons faire.

– Il faut qu'on lui parle, mais je veux le faire en personne quand je serai rentré.

– Chéri… dit Skyler d'une voix inquiète en me regardant faire les cent pas.

– T'en fais pas, bébé. Je t'explique tout dans une seconde.

– Vas-y, parle-lui, dit Wendy. J'ai envoyé les photos à Nate et Rachel et ils m'ont déjà appelée pour me dire qu'il valait mieux que ce soit moi qui t'annonce la nouvelle.

– Ouais, merci. Bon sang, j'en reviens pas. Elle était sous notre nez pendant tout ce temps.

– Parle à Skyler et rappelle-moi plus tard. D'ici votre retour, on ne dira rien pour qu'elle ne sache pas qu'on est au courant. On fera comme si de rien n'était.

– Comme si de rien n'était, je répète en secouant la tête. Alors que c'est tout, sauf rien. Bon, à plus tard, je dis avant de raccrocher.

– Qu'est-ce qui se passe ? demande Skyler en ramenant la couette sur ses épaules comme pour se protéger.

Je respire à fond plusieurs fois, obligeant les battements de mon cœur à se calmer et ma colère à s'apaiser pour annoncer la mauvaise nouvelle à ma femme.

– On sait qui t'envoie ses lettres depuis toutes ces années.

– Qui ? demande-t-elle en haussant les sourcils.

– Annie.

Elle cligne plusieurs fois des yeux.

– Annie Pinkerton ? demande-t-elle d'une voix aiguë. Ta petite assistante toute fragile, Annie ?

– Ouais. Elle était sous nos yeux depuis tout ce temps.

– Comment Wendy l'a découvert ?

Il n'y a pas la moindre trace de colère dans sa voix, ce qui me surprend, parce que moi j'ai envie de casser tous les meubles de la pièce.

– Elle a fait analyser les écritures. Mick a un ami qui est expert, et Wendy lui a envoyé une des lettres avec un message qu'Annie lui a écrit au travail. C'est sûr à quatre-vingt-dix-neuf pour cent.

Skyler trifouille le drap.

– Euh, ben, je ne peux pas dire que je sois surprise qu'elle ait envoyé ces lettres. J'avais remarqué qu'elle était fascinée par moi. Elle porte souvent les mêmes vêtements que ceux que j'ai mis dans des interviews ou avec lesquels on m'a photographiée. C'est devenu flagrant quand elle acheté les mêmes chaussures que moi et quand elle a adopté un golden retriever.

Les paroles me font l'effet d'un seau d'eau glacée et je serre les poings pour contrôler ma colère.

– Putain, Sky ! Pourquoi tu n'as rien dit !

– Quoi, en dehors du fait que c'était évident ? répond-elle en clignant calmement des yeux.

– Bébé…

Elle ferme la bouche et regarde par la fenêtre.

– C'est plutôt mignon. Et pour être honnête, elle s'est calmée après que j'ai déjeuné avec elle et qu'on a parlé de fringues et de films. C'est ma nouvelle amie, chéri, dit Skyler avant de se mordre la lèvre. Les lettres… je n'ai pas de mal à le croire. Mais les sms… je ne pense pas, chéri.

– Tu ne vois que ce qu'elle veut que tu voies. On s'est tous fait duper, chérie. Cette femme n'est pas bien dans sa tête. À l'évidence, elle est plus maligne qu'on ne le pensait, parce que ça fait des années qu'elle joue à ce jeu. Tu crois que c'est un hasard si elle a trouvé un boulot dans la boîte de ton mec ? Ça ne peut pas être une coïncidence. Je ne sais pas comment elle a fait, mais si tu crois que Wendy n'est pas déjà en train de fouiner dans ses comptes en banque et dans son passé, tu te trompes.

Sky continue de se mordre la lèvre, mais elle ne semble pas énervée alors que je suis sur le point d'exploser.

– C'est bizarre. Je ne la crois pas capable de nous tourmenter. Les sms sont carrément flippants.

– Ce qui est flippant, c'est de s'habiller comme toi, de prendre le même chien que toi, de travailler pour ton mec, de t'écrire pendant une dizaine d'années… Ça, c'est flippant ! je hurle.

Skyler saisit mon poignet et caresse mon bras pour essayer de me détendre.

– Je suppose que pour moi, l'imitation est une forme de flatterie. Tu n'es pas d'accord ? Elle n'a jamais cherché à te séduire ni fait ou dit quoi que ce soit qui justifierait ta colère…

En parlant de colère, la mienne explose pour de bon.

– Tu te fous de moi ? Elle nous envoie des sms menaçants ! Des messages au bureau qu'elle fait semblant de découvrir. C'est complètement tordu, Skyler. Comment peux-tu ne pas le voir ?

Elle fronce les sourcils et hausse les épaules en tirant sur un fil de la couette.

– À l'évidence, on ne réfléchit pas de la même manière. Il faut qu'on se prépare pour aller voir

Alejandro. Je veux en finir avec cette mission et rentrer chez nous pour affronter cette traîtresse.

– D'accord, chéri. Comme tu voudras.

Comme je veux ?

Ce que je veux, c'est que ma femme se rende compte de la gravité de la situation et qu'elle soit aussi en colère que moi.

Pourquoi ne l'est-elle pas ?

J'ai un travail à faire et je m'oblige à mettre tout ça de côté pour voir Alejandro et les autres pontes du label. Peut-être qu'on aura de la chance, qu'on finira plus tôt et qu'on pourra prendre le prochain vol pour Boston. Mieux encore, Skyler pourrait appeler sa compagnie de jet privé, histoire qu'on rentre encore plus vite. Finalement, l'argent a ses avantages.

***

– *Hermosa*, tu es superbe, Juliet, dit Alejandro en embrassant Juliet sur les deux joues.

Il la reluque de la tête aux pieds, notant son blouson aviateur et le décolleté de son débardeur, son jean slim et ses escarpins bleu électrique. Bo a vraiment réussi sa coiffure, coupant ses longs cheveux en dégradé pour que ses grosses boucles tombent dans son dos. Ils sont relevés sur le côté, mettant en valeur son visage et le croissant de lune que dessinent les bijoux de peau sur sa cicatrice. Ils lui ont fait mettre du rouge à lèvres rouge, du maquillage smoky et une tonne de bracelets argentés, en plus de bagues et de colliers assortis.

Alejandro nous regarde en souriant et hoche la tête pour nous signifier son approbation.

– Tu es prête à nous montrer un extrait du spectacle ? demande-t-il.

– Absolument, répond-elle en le regardant droit dans les yeux. Pete, tu peux préparer les danseurs ? Je suis prête.

– Sans problème, Mademoiselle Juliet, acquiesce-t-il en lui faisant une révérence théâtrale.

Bo grogne en voyant son geste et Skyler glousse. Je suis encore furax d'avoir découvert qu'Annie est celle qui nous harcèle, et je peine à me retenir de prendre Skyler par-dessus mon épaule et de la mettre dans un jet pour Boston. Je veux que cette situation soit réglée dès que possible.

L'équipe d'*IG* s'installe au second rang, laissant les membres du label au premier. Juliet est dos à la salle, prenant une pose qui met en valeur toutes ses courbes. Elle a vraiment un corps de rêve dont les médias du monde entier vont chanter les louanges.

La musique commence, et Juliet se déhanche. Elle lève un bras, et compte « *Tres, dos, uno…* » sur ses doigts, puis elle se tourne face à la salle et chante une note que je n'ai entendue que dans la bouche de divas comme Whitney Houston, Mariah Carey ou Christina Aguilera.

Je suis bouche bée tandis que je la regarde se mouvoir sur scène. Elle ne se trompe pas et ne doit pas s'arrêter pour reprendre son souffle. C'est juste une fille qui connaît sa chorégraphie, qui est bien dans sa peau et qui utilise le don que le Ciel lui a donné.

Je me penche pour regarder Alejandro et je découvre que tous les membres du label ont les yeux rivés sur elle et un air émerveillé sur le visage.

Les danseurs tournent autour de Juliet et, à un moment donné, ils viennent vers elle dans un geste provocateur. Elle lève une jambe et fait mine d'en dégager un à coups de pied puis d'en repousser un autre. Ils tombent un par un, mortellement blessés par son refus, et elle continue de chanter que si leur amour est délicieux, il est mauvais pour elle.

Je regarde Skyler, qui observe Juliet comme si c'était sa petite sœur, les mains jointes sur sa poitrine, un sourire sur les lèvres.

Ma poitrine se contracte, à regarder la joie sur le visage de ma nana. Elle mérite d'être heureuse. Elle a besoin de ce genre de moment dans sa vie. Les doutes de Tracey à propos de notre relation, la mort de ses parents, la trahison de Johan et maintenant Annie…

Je secoue la tête en me disant que Skyler mérite mieux.

Elle mérite l'univers, et je veux être celui qui le lui donne. Cette situation avec Annie sera bientôt résolue. On va lui parler et lui imposer une ordonnance de non-communication. Je prendrai un plaisir fou à la virer et tout reviendra en ordre. Si elle tente la moindre approche de Skyler, on la traînera au tribunal pour harcèlement.

Les problèmes de Skyler sont finis. Elle va pouvoir souffler et profiter de chaque moment de bonheur, je vais m'en assurer.

En regardant JJ mener son spectacle, je me détends un peu. Je sais comment rendre Skyler heureuse, et à l'évidence, notre mission à Madrid est terminée. Si Alejandro n'aime pas les progrès que nous avons faits, qu'il aille se faire voir.

Juliet est déjà une star et il est clair que tout le monde le voit, y compris Alejandro.

La mission est finie.

Je prends la main de Skyler et la porte à ma bouche pour embrasser chacun de ses doigts. Elle se tourne vers moi, le regard brillant de joie. C'est alors qu'elle me sourit, et mon cœur fond.

Il est temps de rentrer à la maison.

CHAPITRE 11

SKYLER

Dire au revoir à JJ et Violeta n'a pas été facile, mais nous avons échangé nos numéros, elles ont promis de me contacter quand elles seront aux États-Unis et de me tenir au courant de ce qui se passe dans leur vie. J'ai mis en garde JJ contre les inconvénients d'être une célébrité et lui ai conseillé de ne pas céder à la pression. Je lui ai répété plusieurs fois qu'elle pouvait m'appeler ou m'écrire à tout moment. Elles m'ont juré qu'elles seraient malignes et qu'elles se soutiendraient autant que possible, mais je les ai quand même prévenues que je prendrais de leurs nouvelles… régulièrement.

À présent, je suis épuisée. J'ai enduré un long vol avec un homme qui était si nerveux que je n'ai pas supporté d'être assise à ses côtés. Au lieu d'en parler avec moi comme je m'y attendais, il a décidé de mettre au point une stratégie avec Nate pour confondre Annie.

Confondre Annie.

Je trouve ça absurde. Je ne suis toujours pas convaincue qu'elle ait fait quoi que ce soit de mal. Elle m'a écrit des lettres pendant des années, et alors ? Aucune n'était menaçante, au contraire, elles étaient plutôt mignonnes. Je n'arrive pas à croire qu'Annie soit la personne qui nous a envoyé tous ces messages, à moins qu'elle ne soit schizophrène.

Je suppose que c'est possible. C'est peu probable, mais c'est possible.

Parker saisit ma main dès que nous touchons la piste d'atterrissage et il m'emmène à l'arrière du 4 × 4 de Nate, qui est techniquement à moi.

– Arrête de tirer, je dis en arrachant ma main de la sienne.

Ses épaules s'affaissent et il fait le tour du véhicule pour monter de l'autre côté. Une fois dedans, il s'assoit près de moi et me regarde.

– Ah, tu vas enfin me parler ? Moi, Skyler, ta copine ? Celle que tu viens d'ignorer pendant huit heures de vol ? je dis d'une voix surprise en clignant plusieurs fois des yeux.

Son visage se transforme, il semble sincèrement désolé.

– Pardon, bébé, dit-il en prenant mes mains dans les siennes. Je suis triste. Et en colère. Toute cette situation est très stressante.

– Oui, en effet. Mais tu ne peux pas décider de m'ignorer pour rendre la chose plus facile pour toi.

On fait tout ensemble, tu te souviens ? C'est toi et moi contre le reste du monde.

Parker ferme les yeux et appuie son front contre le mien.

– Tu as raison. Je suis désolé. Est-ce que tu peux me pardonner de m'être comporté comme un homme de Cro-Magnon boudeur et irascible ?

Je souris et l'embrasse sur le bout du nez.

– Toujours. Mais arrête de m'ignorer. Je peux tout supporter, sauf ça. Si tu es en colère, dis-le-moi et dis-moi que tu as besoin d'espace. Je sais que les hommes ne gèrent pas les problèmes comme les femmes. Nous, on aime en parler avec notre meilleure amie autour d'une bouteille de vin ou d'un pot de glace. Parfois les deux en même temps. Cela dit, en fin de compte, on a toujours besoin de nos hommes à nos côtés.

– J'ai besoin de toi, moi aussi. C'est pour ça que je suis aussi furax. J'ai plus besoin de toi que je n'aime l'admettre. Je t'ai dans la peau, bébé, tu fais partie de moi. Je dois faire tout mon possible pour te protéger et protéger notre amour.

Je suis sur le point de répondre lorsque Nate ouvre ma portière et pose Midnight sur mes genoux, qui part aussitôt voir son père, puis Sunny qui me lèche le cou et se blottit contre moi. Parker et moi nous sourions en caressant nos bébés.

Mon téléphone vibre alors dans la poche arrière de mon jean et je gigote alors que celui de Parker sonne à son tour. Nous extirpons nos portables en même temps, et nos sourires disparaissent aussitôt.

De : Inconnu
Leçon n° 1 : JE VOUS AVAIS
PRÉVENUS

Le sms est accompagné d'une photo, et quand je clique dessus, je pousse un cri en me couvrant la bouche de ma main. À mes côtés, Parker se fige et reste silencieux. La photo montre mon lit, au penthouse, en train de partir en fumée.

– Mon Dieu, chéri, je dis en saisissant la main de Parker.

Il serre la mienne, mais ne quitte pas des yeux son téléphone.

Un autre message arrive, j'ose à peine l'ouvrir.

De : Inconnu
Leçon n° 2 : VOUS NE POUVEZ PAS
ME FUIR

– Putain ! s'exclame Parker.

Il clique sur son téléphone et le plaque sur son oreille sans lâcher ma main.

– Wendy, où est Annie ? hurle-t-il.

J'écoute Parker en claquant des dents tandis que mon sang se glace.

– Quoi ? C'est impossible. On vient de recevoir deux sms. Elle a son téléphone sur elle ? aboie-t-il. On vient de recevoir deux menaces, en plus d'une photo du lit de Skyler… en feu, explique-t-il alors que j'entends l'alarme incendie retentir dans son téléphone. Sortez de là tout de suite, mais ne quitte pas Annie des yeux. Je veux qu'elle soit avec Royce et toi à chaque instant ! Menotte-la s'il le faut. Et ne me dis pas que tu n'en as pas sur toi, parce que je saurai que tu mens, ajoute-t-il en marquant une pause. C'est bien ce que je pensais. On vous retrouve au pied de l'immeuble. Maintenant, sortez !

– Park ? gronde Nate depuis le siège avant.

Je lui tends mon téléphone alors que Parker passe un autre coup de fil.

– Roy ? Tu as Kendra, Zeus ? Ok, Wendy a les deux ? Oui, sortez de là, mais ne quitte pas Annie des yeux. Appelle Mick. Il sera fou d'apprendre qu'il y a le feu dans l'immeuble de Wendy, et je n'ai pas envie qu'il me hurle dessus.

Nate pousse un grognement en lisant les sms. Il donne le téléphone à Rachel, puis il sort de la voiture en claquant la porte pour rejoindre celle de Bo qui nous attend pour partir. Je me tourne et le regarde lui annoncer la mauvaise nouvelle.

Mon Dieu, j'espère qu'ils auront réussi à évacuer tout l'immeuble et que les pompiers pourront éteindre le foyer avant que les flammes n'atteignent d'autres étages.

Ma main tremble dans celle de Parker, il lâche son téléphone pour prendre mon visage dans ses mains.

– Il ne va rien t'arriver. Tu m'entends ?

Je hoche la tête, mes tremblements se transforment en spasmes.

– Et l… les autres loc… a… taires de l'im… meuble ? je bégaie en claquant des dents.

– Bébé, tout ira bien. Les pompiers étaient déjà là quand Wendy et les autres sortaient. On y va tout de suite. On va parler aux flics et à Annie.

– M… mais, comment elle a p… pu allu… mer un feu en étant au b… bureau ?

Il secoue la tête et m'attire contre lui tandis que Nate remonte en voiture et démarre.

– Je ne sais pas. Apparemment, ce n'est pas elle.

– Et les sms ? je demande en respirant le parfum de Parker.

Son odeur et ses caresses m'aident à me calmer, et mon rythme cardiaque ralentit peu à peu.

Nous arrivons vite au pied de l'immeuble où nous sommes arrêtés par un barrage de flics. Nate donne nos noms et ils nous laissent passer. Nous nous garons de l'autre côté de la rue, loin de l'entrée. J'aperçois Royce près de Kendra, Wendy et Annie, qui semble terrorisée. Elle tient Zeus dans ses bras et le caresse méthodiquement en regardant le haut de l'immeuble, d'où sort une épaisse fumée noire.

Nous avançons vers nos amis, et le visage d'Annie s'illumine.

– Oh, Dieu merci vous allez bien ! J'étais inquiète parce que je ne savais pas quand vous rentriez. Skyler, Parker, je suis désolée pour votre maison, dit-elle alors que quelques larmes coulent sur ses joues. J'ai sauvé Zeus. Dites-moi que vos chiots n'étaient pas chez toi ? sanglote-t-elle.

– Euh, non, ils sont dans la voiture, endormis, je réponds en secouant la tête.

– Ouf, encore un miracle.

Elle lève de nouveau la tête et s'essuie les yeux tout en continuant de caresser Zeus, qui semble apprécier son attention.

– Où est ton téléphone, Annie ? demande Parker d'un ton malicieux.

Elle regarde Parker et cligne plusieurs fois des yeux.

– Euh, je ne l'ai pas, il ne marche plus. Il faut que j'en achète un autre.

– Ça tombe bien ça. Tout à coup, il est cassé ! ricane-t-il.

– Je… euh… je l'ai cassé il y a deux jours. Je l'ai fait tomber dans la fontaine quand je mangeais. J'aime m'asseoir là-bas, au soleil.

Nate avance derrière Parker et chuchote dans son oreille.

– C'est vrai qu'elle déjeune là tous les jours.

– Et j'ai appelé mon opérateur, mais ils disent que je n'ai pas droit à un téléphone à prix réduit, donc je dois attendre ma prochaine paye pour en acheter un autre. Mais ne t'en fais pas, ça n'affectera pas mon travail. Pas du tout.

– Est-ce que tu as un téléphone prépayé ?

– Un quoi ? Euh, non, je ne crois pas. J'ai un abonnement mensuel, comme tout le monde, je crois, répond-elle avec une telle innocence que je mets un coup d'épaule à Parker pour l'arrêter.

Il se trompe, ce n'est pas Annie.

– Chéri…

– Annie, est-ce que tu as un téléphone, oui ou non ? crache Parker.

– Non, mais comme je te l'ai dit, ça ne m'empêchera pas de faire mon travail…

– Park, intervient Wendy, elle n'avait pas de téléphone sur elle quand vous avez reçu ces messages, parce qu'elle était assise devant moi pour passer en revue l'agenda. Si je suis assez douée pour programmer l'envoi d'un message depuis une antenne relais différente, Annie n'a pas ce genre de connaissance. Ça fait deux jours que j'enquête sur elle, depuis que j'ai compris son lien avec Skyler, et c'est impossible. Je mettrais ma main à couper, insiste-t-elle.

Or, c'est comme si Parker ne l'avait pas entendue, obnubilé par sa colère.

– Quoi ? dit Annie en écarquillant les yeux. Comment ça, tu enquêtes sur moi ?

– Ça fait plus dix ans que tu envoies des lettres à Skyler, crache Parker d'un ton frustré et arrogant.

Annie serre Zeus contre elle et enfouit son menton dans ses poils roux.

– Ben ouais, parce que c'est ma meilleure amie, dit-elle d'une voix douce et adorable.

– Non, c'est toi la tarée qui la harcèle, déclare Parker.

– Q… quoi ? s'exclame Annie en secouant la tête. Non ! On est correspondantes, ça fait des années. J'ai une carte et une photo dédicacée. J'en ai plusieurs, même. Elles sont toutes encadrées dans ma maison. On est amies depuis longtemps. J'ai simplement pensé que Skyler ne me reconnaissait pas parce qu'on a toujours échangé à l'écrit, et comme elle rencontre beaucoup de gens, je comprends que ce ne soit pas facile de s'y retrouver.

– Je t'ai envoyé une carte avec une photo dédicacée ? je demande.

Je ferme les yeux et je repense aux centaines de photos que ma mère me faisait dédicacer quand j'étais ado. Elle me faisait aussi signer de petites cartes multicolores qu'elle écrivait de ma part.

– Oui, bien sûr ! répond-elle en souriant. La première était rose, ça devait être il y a onze ans, et tu disais…

– … Mes fans sont mes amis, je dis en même temps qu'elle.

Mince, j'avais oublié tout ça, puisque ça a cessé quand Tracey a pris le relais et qu'elle a embauché une équipe de communication.

Je tends la main et saisis le bras de Parker.

– Chéri, je faisais ça avec ma mère. Elle me faisait signer des portraits de moi et elle les envoyait à mes fans quand on avait un peu de temps. J'ai dû envoyer cinq couleurs de cartes au fil des années.

Annie hoche vivement la tête.

– Je les ai toutes ! Je trouvais un peu bizarre que tu écrives toujours la même chose, mais je me suis dit que c'était notre truc. Tu veux dire que tu envoyais ça à d'autres ? demande-t-elle d'un air profondément blessé.

Mon Dieu, elle pensait vraiment qu'on était amies…

– Euh, oui. Je suis désolée, Annie, je dis d'une voix douce.

– Alors, on n'est pas amies ? demande-t-elle d'une voix tremblante.

– Si… je réponds alors que Parker aboie : « Bien sûr que non ! »

Annie déglutit plusieurs fois et de nouvelles larmes coulent sur ses joues.

– Mais je croyais… Tu étais toujours là quand ça n'allait pas. Quand elle me faisait mal, tu m'envoyais ces jolies cartes, alors que je n'avais personne d'autre. Je n'avais rien de positif en dehors de ça. Non ! Mon Dieu, tout ça n'était qu'un mensonge ! Elle avait raison. Elle me disait toujours que tu ne serais jamais mon amie. Mais… mais je croyais… Et tes cartes… Je… je dois y aller.

– Je ne crois pas, non, Annie. Tu peux faire l'innocente autant que tu veux, ça ne change pas le fait que tu nous envoies des menaces par sms… poursuit Parker.

Annie est effondrée.

– Parker, non ! gronde Wendy. Ces messages ne viennent pas d'Annie. J'ai vérifié, la plupart ont été envoyés quand elle était au bureau, et les signaux des sms ne sont pas passés par les antennes les plus proches de nous. Annie n'a pas envoyé ces messages.

– Tu sais aussi bien que moi qu'elle aurait pu trouver un moyen, répond Parker.

– Parker, dit Wendy en empoignant ses bras et en le regardant droit dans les yeux. Annie va de chez elle au bureau en bus, puis de nouveau en bus jusqu'à la maison de repos où réside son seul parent vivant, sa belle-mère mourante, puis elle rentre chez elle. Elle fait ça tous les jours. D'après mes recherches, sa belle-mère est sa seule famille depuis plus de quinze ans. C'est à elle que les services sociaux ont rendu visite plusieurs fois après les passages d'Annie à l'hôpital pour faire soigner des blessures étranges. La pauvre fille a plus d'os cassés qu'un joueur de hockey sur glace. Ce n'est pas surprenant qu'elle se soit inventé une amitié avec Skyler. C'est sans doute le seul moyen qu'elle avait d'échapper à son enfance misérable. Ça l'a aidée à ne pas perdre espoir.

Mon estomac se noue et ma poitrine se resserre. Je tends la main vers Annie, mais elle bondit en arrière en secouant la tête et en serrant Zeus contre elle.

– Tu enquêtes sur moi ! Sur mon passé ! chuchote-t-elle en me regardant, apeurée, profondément attristée. Tu n'es pas mon amie ! Tu me prends juste pour une tarée ! Mon Dieu !

Elle fond en larmes et lâche Zeus, qui avance aussitôt vers Parker et tourne autour de ses pieds. Parker attrape le chat au moment où Bo nous rejoint.

– Je suppose que vous vous êtes déjà expliqués avec la folle ? demande-t-il.

Bon sang, c'est ce qu'on appelle mettre les pieds dans le plat. Annie éclate en sanglots et Wendy l'emmène sur un banc où elle l'assoit et lui caresse le dos pour la réconforter, aidée par Kendra.

– Je veux rentrer chez moi. Je ne veux pas être ici. Je veux rentrer. Je… je…

Elle ne termine pas sa phrase, cachant son visage dans ses mains pour pleurer de plus belle.

Je me dis que la situation ne pourrait pas être pire quand le téléphone de Parker vibre contre moi. Il me passe Zeus et soupire en sortant son téléphone. Je regarde par-dessus son épaule et mon cœur cesse de battre.

De : Inconnu
T'AS COMPRIS LA LEÇON ?

Un autre message apparaît tandis que nous sommes encore en train de lire le premier.

De : Inconnu
TU NE PEUX PAS LA PROTÉGER

Je caresse le dos de Parker de haut en bas.

– Chéri, qui que ce soit, ils veulent juste nous tourmenter.

– Ah, tu crois ? répond-il d'un ton sarcastique.

– Park, les flics veulent parler à Skyler, dit Nate. Il est temps qu'on leur explique tout. Cette dernière attaque était préméditée et beaucoup de gens auraient pu être blessés.

Il parle à voix basse, et je réalise soudain que les paparazzis ont débarqué et nous prennent en photo alors que les pompiers et les flics sécurisent l'immeuble.

– Sky, Sky, qu'est-ce qui s'est passé ? C'est ton penthouse, non ? crie l'un d'entre eux.

– C'était un accident ? demande un autre.

– Quelqu'un essaie de te faire du mal, Skyler ? Parker ! dit une voix de femme.

– Parker, est-ce qu'elle est en danger ? demande un des mecs, mais Parker les ignore.

Nate prend le téléphone que Parker lui tend.

– Encore ? gronde-t-il.

– Cette fois, ils nous ont donné un ultimatum avec une menace très claire, répond Parker en me prenant par l'épaule.

Je tiens Zeus contre moi et nous marchons vers les policiers, qui attendent notre déclaration. Je regarde par-dessus mon épaule et vois Wendy et Kendra réconforter Annie.

Les cartes que je lui ai envoyées n'étaient qu'un malentendu, mais je sais qu'Annie ne l'oubliera pas, peut-être même ne s'en remettra-t-elle jamais.

Je me fais alors la promesse solennelle d'arranger la situation. Annie ne m'a jamais fait de mal. Elle est fragile, douce et innocente. Elle n'aurait pas dû être mêlée à cette histoire et c'est elle qui paie les pots cassés. Ma mère me disait toujours de demander pardon si je blessais quelqu'un, et mon comportement ainsi que celui de Parker envers Annie sont inacceptables.

Je pousse un long soupir et reste près de mon homme tandis que nous saluons les policiers.

Toute cette histoire semble tout droit sortie d'une des fictions dans lesquelles j'ai joué.

Quand est-ce que ce sera fini ?

Est-ce que cette personne en aura assez, un jour ?

À quoi doit-on s'attendre, maintenant ?

CHAPITRE 12

PARKER

C'est la plus longue journée de toute ma vie.

Je prends Skyler par les épaules lorsqu'elle descend du 4 × 4 garé au pied de ma résidence. Étant donné que son appartement a pris feu, les paparazzis ont deviné que nous serions ici. Rachel va les voir et leur parle quelques instants. Étonnamment, ils semblent sincèrement désolés et ils rangent tous leurs appareils photos.

Je ne les regarde pas plus longtemps, concentré sur ma mission : nourrir ma nana et mes chiots et les mettre au lit. Peut-être pour une semaine entière.

Les policiers et les enquêteurs disent qu'ils vont passer plusieurs jours dans l'appartement de Skyler pour relever des empreintes et chercher des indices, et ce n'est qu'après ça que nous aurons le droit d'y retourner pour voir ce qui peut être sauvé. Skyler s'inquiète surtout d'avoir perdu les souvenirs et les photos de ses parents, dont certains étaient dans sa chambre. La bonne nouvelle, c'est qu'elle a encore des affaires à New York, dans l'appartement qu'elle n'a pas vendu, donc tout n'est pas perdu.

Cela me fait penser que je dois lui demander ce qu'elle a prévu d'en faire, mais ce n'est pas le bon moment.

Lorsque nous sommes au cœur de la résidence et que nous sommes hors de la vue des paparazzis, j'essaie de prendre la main de Skyler. Elle trébuche, mais je réagis vite et la rattrape. Elle s'arrête brusquement et je découvre qu'elle tremble de colère.

– J'en ai assez de tout ça ! hurle-t-elle en agitant les bras.

Je saisis ses épaules et me penche pour la regarder dans les yeux.

– Moi aussi. Les flics ont beaucoup de choses à étudier, avec les sms et les messages. Quand on est partis, ils allaient chez Benny, ils le trouveront et ils l'interrogeront. Il ne nous reste plus qu'à espérer qu'il admettra qu'il est derrière tout ça.

– Et en attendant, on a détruit Annie, une femme adorable qui n'a jamais fait de mal à personne. Son seul tort a été de penser qu'on était amies, et sans le savoir, j'ai aggravé la chose en répondant à ses lettres et en l'invitant à déjeuner. Mais le pire, c'est que je commençais vraiment à la voir comme une amie. Certes, elle est bizarre et mal à l'aise en société, mais ça fait des années qu'elle s'occupe de la femme qui l'a battue toute son enfance, c'est surprenant, non ?

Je caresse ses bras et prends son visage dans mes mains.

– On va arranger ça. J'ai merdé. Bien plus que toi. Je ne voyais que ce que je voulais voir et je… j'ai refusé de voir que ce n'était pas logique. C'est de ma faute.

Skyler secoue la tête, entoure ma taille avec ses bras et appuie sa joue sur mon torse.

– Ce n'est pas de ta faute. Tu ne peux pas te sentir coupable des problèmes du monde entier. Il y a quelqu'un de sérieusement tordu derrière toute cette histoire. Et je… je veux juste que ce soit fini, chéri. Je veux faire mon film avec Geneva et rentrer tous les soirs dans ma superbe maison où mon homme me rejoindra pour jouer au Frisbee avec nos chiens. On mérite bien ça, non ? On travaille dur. Bon sang, j'ai juste envie d'être normale, pour une fois !

Elle fait un pas en arrière et passe sa main dans ses cheveux.

– Un jour, tout ça sera derrière nous et ton rêve deviendra réalité. Je te le promets.

Je ferai tout pour exaucer son vœu.

Nate nous rejoint avec les chiens et donne les laisses à Skyler. Elle s'agenouille et les caresse en leur disant des mots doux, puis elle les emmène sur le carré de pelouse.

– Je vais entrer d'abord pour m'assurer que tout est en ordre, dit Nate en se dirigeant vers la porte de mon appartement.

– Merci, mec.

– C’est mon boulot, répond-il.

Rachel avance vers nous et je lui demande de nous accorder une minute pour parler. Elle hoche la tête et part en direction de son mari, scannant les environs. Néanmoins, il n’y a pas à s’inquiéter ici. La résidence est parfaitement sécurisée et il n’y a nulle part où se cacher.

– Ça va aller, je dis à Skyler en prenant sa main pour l’accompagner chez moi.

Nos doigts s’entrelacent et nous avançons lentement, suivis par les chiens qui reniflent tout ce qu’ils trouvent. Nous sommes à dix mètres de ma porte lorsque j’entends Nate crier et venir vers nous en courant à toute vitesse.

– Courez ! hurle-t-il.

Sa femme se tourne vers nous et plonge pour plaquer Skyler à terre. Tout va trop vite et je regarde, horrifié, le corps de Nate être catapulté en l’air alors qu’une explosion perce mes tympans. Une vague de chaleur déferle sur moi et je suis projeté en arrière. J’ai tout juste le temps de remarquer une odeur de poils grillés quand ma tête heurte le sol en béton.

***

Je cligne plusieurs fois des yeux, j’entends une alarme ainsi qu’une femme qui crie. Ah, ce n’est pas une femme, ce sont mes oreilles qui sifflent. C’est alors que je vois un ange. Mon ange. Skyler caresse mon visage, je vois ses lèvres bouger, mais je n'entends rien.

J'essaie de me lever, mais j'ai l'impression d'avoir été percuté par une voiture. Je grince des dents tandis que Skyler m'aide à me redresser. Je me tourne et vois un trou énorme dans le mur de mon appartement, dégueulant des flammes et de la fumée épaisse.

Des voisins que je reconnais à peine arrivent au compte-gouttes, mais c'est le corps immobile à quelques pas de moi qui me pousse à me lever. Skyler m'inspecte de la tête aux pieds et maintenant que je la regarde, je suis soulagé de voir qu'elle n'a rien.

Nate ne bouge pas. Rachel est à ses côtés, lui faisant un massage cardiaque.

Mon Dieu, non.

Putain, non.

C'est impossible.

Je rugis, mais je n'entends pas ma voix. Je n'entends rien en dehors du tintement aigu dans mes oreilles. Je sens un liquide aqueux couler sur ma joue. Skyler essaie de l'éponger avec son pull, mais je l'en empêche pour aller voir Nate. Elle me suit en parlant, mais je n'entends pas.

Rachel continue les compressions et je me positionne au niveau de la tête de Nate. Je penche sa tête en arrière et la tiens en place pour aider Rachel. Elle continue les massages cardiaques sur son mari, et quand je regarde son torse, je me dis qu'il semble bizarre. Il est affaissé sur un côté, je crains que ce ne soit son poumon. Je plaque deux doigts sur sa gorge et j'y trouve un pouls fragile. Il est faible, très faible, mais il est en vie.

– Il est en vie. Je sens son pouls, je dis sans entendre ma voix. Continue ce que tu fais. Je crois qu'il a un poumon affaissé.

Soudain, une douleur lancinante s'empare de mon crâne et réfléchir devient difficile. Je cligne plusieurs fois des yeux, essayant de me débarrasser de la fatigue accablante qui menace de m'emporter.

Du sang coule sur le béton, formant une flaque qui s'étend rapidement.

– Il saigne quelque part ! je crie sans savoir si elles m'entendent.

Rachel étudie le corps de son mari. Elle a dû le retourner, parce que je vois des morceaux de débris collés à son front et sur le bout de son nez.

La flaque est si grande que mon pantalon s'imbibe de sang. Je retourne Nate sur le côté pour trouver l'hémorragie, découvrant une sorte de barre en métal qui s'est plantée dans son dos. Je saisis le pull de Skyler et l'enroule autour pour ralentir l'hémorragie.

Rachel tend la main pour saisir la barre, mais je secoue la tête.

– Laisse, on ne sait pas si elle n'a pas transpercé un organe vital.

Elle hoche la tête et pose sa main sur son cou. Elle attend quelques secondes et semble soudain soulagée, sans doute lorsqu'elle trouve son pouls.

Cependant, si l'ambulance n'arrive pas bientôt, il va se vider de son sang, et c'est sans parler de son poumon affaissé.

J'hésite à le porter dans la rue quand une autre explosion retentit, envoyant de nouveaux débris dans notre direction.

– Il faut qu'on sorte d'ici ! je dis alors que les premiers secours arrivent avec une civière. Oui ! Enfin ! je crie.

Rachel regarde dans la même direction que moi, une profonde reconnaissance éclaire son visage.

C'est la dernière chose que je vois avant de perdre connaissance.

À SUIVRE…

INTERNATIONAL GUY

#11 RIO DE JANEIRO

À toute l'équipe de Verus Editora,
Vous m'avez emmenée au Christ,
et ce fut l'une des expériences
les plus marquantes de ma vie.
Vous avez cru à mes histoires
et les avez partagées avec votre pays.
Je ne sais comment vous remercier
pour la passion que vous, votre pays
et les lectrices brésiliennes
avez apportée à ma vie.
J'espère que ce livre saura décrire
toute la beauté du Brésil.

CHAPITRE 1

SKYLER

– Je t'en supplie, réveille-toi, chéri. Je t'en supplie… j'ai besoin de toi… tellement…

Je lèche mes lèvres gercées et me concentre sur le visage de Parker, sur sa mâchoire carrée et sa barbe de trois jours qui râpe ma main.

Je ne peux m'empêcher de le toucher. J'ai besoin de le toucher pour ne pas sombrer dans un abîme de désespoir.

– Il faut que tu te réveilles. Je ne peux pas continuer toute seule. Et tu m'as promis…

Je déglutis et mes larmes coulent. Je ne peux plus contrôler mon angoisse.

– Chéri, tu m'as promis. C'est toi, moi et les chiots. Tu leur manques, mais ils vont bien. L'explosion les a épargnés. Wendy les a pris chez elle et Mick a fait venir un vétérinaire pour les ausculter. Elle s'occupe super bien d'eux. Et, bébé…,

Je caresse son front en prenant soin de ne pas toucher l'énorme pansement qui couvre les dix-huit points de suture sur le côté de sa tête. Sans parler de la bosse énorme à l'arrière de son crâne après que sa tête a frappé le bitume, entraînant une commotion cérébrale. Cela fait six heures qu'il s'est évanoui pour la deuxième fois, et il ne s'est toujours pas réveillé. Les effets de l'anesthésie locale et les antidouleur devraient bientôt s'estomper, les médecins m'ont assuré que ce n'est qu'une question de temps. Ses examens n'ont relevé aucun problème, mais rien n'est jamais sûr lorsqu'il y a perte de connaissance.

Si seulement il se réveillait !

Je prends sa main et caresse son bras en espérant que cela le détende et le réconforte. Je veux qu'il sache que je suis là, prête à le voir ouvrir les yeux. Je veux qu'il sache que je reste à ses côtés et ne le quitterai pas.

La porte s'ouvre derrière moi, Wendy entre dans la chambre.

– Comment va-t-il ? demande-t-elle d'un air inquiet et triste.

– Il n'y a pas d'évolution. Pourquoi il ne se réveille pas, Wen ? je demande en couvrant ma bouche pour ravaler mes sanglots.

Wendy se précipite à mes côtés et me prend dans ses bras.

– Il a reçu deux chocs violents, l'un à la tempe, l'autre à l'arrière de la tête. Son cerveau et son corps sont en mode protection. Laisse-lui du temps. Les médecins t'ont dit qu'il se réveillerait, et tu as dit toi-même qu'il s'était relevé pour aider Nate avant de perdre de nouveau connaissance. C'est bon signe, dit-elle en serrant mon épaule. Il va s'en remettre.

Je ferme les yeux et hoche la tête, priant Dieu de prendre soin de Parker. J'ai déjà perdu trop de gens que j'aimais, je ne supporterai pas de vivre sans Parker.

– Des nouvelles de Nate ? demande Wendy.

Une nouvelle vague de désespoir s'abat sur moi et je me laisse tomber contre Wendy en sanglotant de plus belle.

– Je ne sais pas. Il est toujours au bloc. Et c'est de ma faute. Il me protégeait…

– Regarde-moi, dit Wendy d'un ton ferme en prenant mon visage dans ses mains. Tu n'es pas responsable de ce qui s'est passé. Nate faisait son travail. Il connaît les risques. Tu ne pouvais pas savoir que ce taré allait foutre le feu à ton appartement et mettre un explosif chez Parker.

– C'est ce qui s'est passé ? je demande en fixant les yeux bleus de Wendy.

Elle se mord la lèvre et regarde en direction de la porte, s'assurant que personne ne l'entendra.

– J'ai piraté les ordis de la police. Quelqu'un a versé de l'essence, ou quelque chose de ce genre, sur ton lit. Chez Parker, c'est plus complexe. D'après le rapport de la brigade de déminage, la personne qui a placé la bombe est un expert. Je ne sais pourquoi, ils pensent que cette personne a travaillé pour le gouvernement. Apparemment, la bombe a été assemblée en suivant les enseignements des forces spéciales ou de la CIA.

– La CIA ? L'armée ? je répète en me massant les tempes. Tu plaisantes ? Je ne connais personne qui travaille pour le gouvernement et je ne vois pas pour quelle raison un militaire voudrait s'en prendre à mon mec ou à moi ! je m'exclame, saisie de panique.

Mon cœur bat la chamade et mon sang se glace, je me mets à trembler des pieds à la tête.

– Ah non, je t'interdis de craquer ! gronde Wendy en me caressant le dos. On va résoudre ce problème. D'ailleurs, euh… j'ai appelé Paul, le frère de Parker, pour qu'il étudie la question. C'est lui qui a compris que la police soupçonnait les forces spéciales et que le coupable avait des liens avec le gouvernement ou l'armée.

– Alors, c'est une tentative de meurtre ?

– Peut-être. Paul dit qu'il ne peut pas en être sûr, mais que tout pointe vers une tentative d'assassinat. Il est tellement inquiet qu'il monte la garde devant la porte de Parker. Je dois admettre que ce mec est canon. Il est vêtu d'un treillis, de rangers et d'un T-shirt noir qui lui va comme une seconde peau… Waouh. J'en ferais volontiers mon quatre-heures, ajoute-t-elle en s'éventant avec sa main.

– Tu te moques de moi ? Tu es sérieusement en train de parler de la beauté du frère de Parker ? Alors que ma vie est sens dessus dessous ? Alors que tout s'effondre autour de moi, que tous ceux que j'aime sont morts, blessés ou se battent pour rester en vie ? je m'exclame d'une voix tremblante. Alors que les caïds de la CIA me courent après et qu'un taré veut la mort de Parker, de moi ou de nous deux ?

Je me lève d'un bond et me mets à crier d'une voix aiguë, les poings fermés, aveuglée par la colère.

– Et toi, tu parles du frère de Parker comme de ta prochaine proie !

Wendy sourit jusqu'aux oreilles.

– Ah, enfin ! s'exclame-t-elle en se frappant la cuisse. La voilà, ma combattante. Ouf ! J'ai vraiment cru que j'allais devoir appeler les renforts pour t'obliger à te ressaisir.

Elle tend la main vers moi et attend que je la frappe. Je me mets à faire les cent pas. Parker fait toujours ça quand il veut résoudre un problème, peut-être que cela fonctionnera pour moi aussi.

– Bon, réfléchissons. Qui je connais au gouvernement ? Attends, on connaît Kendra ! je m'exclame comme si je venais de décrocher le jackpot.

– Non, je l'ai déjà interrogée. Elle ne connaît personne à la CIA.

– La CIA. Et le frère de Parker ?

– Ben oui, puisqu'il était dans les forces spéciales.

– Est-ce que la bombe pourrait être en lien avec Parker plutôt qu'avec moi ?

– On ne pense pas, répond-elle en secouant la tête. Tout pointe vers le taré qui te harcèle. Les flics ont montré les messages à leur profileur.

– Est-ce qu'ils ont trouvé Benny ?

– Singleton ? Pas encore, mais étant donné qu'il y a eu une attaque à la bombe et un incendie dans un bâtiment public, ils ont obtenu un mandat et ont perquisitionné son appartement. Ils n'ont rien trouvé en lien avec la bombe, mais ils ont trouvé des centaines de photos de toi prises ces trois dernières années. Elles recouvraient les murs chez lui. Il te suivait, c'est certain. Ils sont à sa recherche.

– Alors, on n'est pas sûrs qu'il soit derrière la bombe, mais on sait qu'il me harcelait.

– On dirait, ouais. Tant qu'ils n'auront pas d'autre preuve, c'est la piste que suivent les flics. Ils veulent vous parler de nouveau quand Parker se réveillera. Pour l'instant, les médecins les font attendre.

J'attends de m'être calmée et je retourne m'asseoir auprès de Parker.

– Bon sang, quel bordel. J'ai du mal à croire que c'est ma vie.

La porte de la chambre s'ouvre et Monsieur et Madame Ellis entrent. J'ai à peine posé les yeux sur la mère de Parker que je fonds de nouveau en larmes.

– Je suis désolée ! Je suis tellement désolée ! je sanglote en cachant mon visage.

Soudain, un parfum floral m'enveloppe et je me sens comme emmitouflée dans un cocon d'amour. Je respire à fond et m'accroche à cette femme qui prend une place croissante dans mon cœur et dans ma vie.

– Mon soleil, je t'interdis de penser comme ça, dit Cathy en me caressant la tête tandis que je me blottis contre elle, pleurant à chaudes larmes.

Elle me tient longtemps dans ses bras en me chuchotant des paroles d'amour et de réconfort. Elle répète plusieurs fois que ce n'est pas de ma faute, que des drames terribles arrivent tout le temps à des gens très bien. Cathy me dit qu'elle m'aime et que nous surmonterons cette épreuve en famille.

En famille. Revoilà ce terme qui a été absent de mon vocabulaire pendant trop d'années. Or aujourd'hui, avec Parker, ses parents, ses frères, Wendy, Mick, Rachel et Nate…

Un nouveau sanglot me secoue brusquement.

– Nate pourrait mourir ! je m'exclame sans lever la tête.

– Chuut, mais non. On va prier et demander à Dieu de le protéger et le guérir. C'est tout ce qu'on peut faire, mon soleil.

– Est-ce que t… tu v… veux bien prier avec moi ? je demande en levant la tête. Pour Nate ? Pour Parker ?

Elle sourit et prend mon visage dans ses mains.

– Bien sûr, ma puce, dit-elle en m'embrassant sur le front.

Je ferme les yeux et laisse l'amour de cette mère m'envahir et apaiser mes craintes.

Wendy se décale pour que Cathy s'asseye à côté de son fils. Elle prend sa main, puis la mienne, et elle ferme les yeux.

– Seigneur Tout-Puissant, nous faisons appel à Vous en ce jour pour Vous demander Votre amour et Votre miséricorde. Nous Vous prions d'exercer Vos pouvoirs de guérison sur mon fils Parker et sur notre cher ami Nathan, qui essaient de se remettre de ce drame terrible. Votre volonté décidera de leur sort et, quel qu'il soit, nous puiserons en nous pour trouver la capacité à comprendre et accepter Votre décision. Au nom du Père, du Fils et du Saint-Esprit, *amen*.

– *Amen*, je chuchote en serrant fort la main de Cathy.

– Maman ? dit une voix rauque. Bébé ?

Parker parle comme si ses cordes vocales avaient été passées au mixeur.

– Pourquoi vous priez pour moi ? Je ne suis pas mort.

Je suis stupéfaite et Cathy serre ma main en plongeant son regard dans le mien.

– Le Seigneur agit vite, me dit-elle avant de regarder le plafond, puis son fils. Tu nous as fichu une de ces trouilles !

– Sky, bébé, croasse-t-il.

Il essaie de se racler la gorge, mais n'y parvient pas.

Je suis si pressée de montrer mon amour et mon soulagement à Parker que je bouscule sa mère sans le vouloir. Je pose un genou sur son lit et me penche sur lui pour prendre son visage dans mes mains. Je l'embrasse sur la bouche, puis j'appuie mon front contre le sien.

– Ne me refais plus jamais ça, Parker James Ellis, je chuchote avant de l'embrasser partout en répétant combien je l'aime.

– Tout doux, mon soleil, dit Cathy en tapotant mon dos. Laisse-le respirer !

Elle m'aide à descendre du lit et je la laisse faire, mais je ne quitte pas Parker des yeux.

Celui-ci sourit d'un air fatigué et accepte le verre d'eau que lui apporte son père, le vidant d'un trait.

– Merci, papa.

– Je suis content de te voir réveillé et en bonne voie de guérison, fiston, répond Monsieur Ellis d'une voix émue.

Cathy se penche à son tour et embrasse son fils sur le front.

– Mon garçon, soupire-t-elle, je suis contente que tu sois de retour parmi nous.

Parker prend appui sur ses mains pour se redresser et grimace en gémissant.

– Doux Jésus, ça fait mal. J'ai l'impression d'avoir été percuté par un camion et d'avoir une batucada dans la tête.

Il lève la main et tâtonne son bandage.

– Non, c'est juste l'explosion et la commotion cérébrale. Et les dix-huit points de suture sur ta tempe, déclare Wendy comme si elle dressait la liste des courses. Ah, et tu as des hématomes profonds sur les côtes et le sternum, mais ce n’est rien de grave.

– C’est tout ? ricane Parker d’un ton ironique.

– Ravie de voir ta tronche, boss, dit-elle en souriant.

Il lui sourit en retour et s’adosse contre l’oreiller que sa mère ajuste derrière lui.

– Je suis ravi d’être en vie pour que tu la voies. Maintenant, qui va me donner des nouvelles de Nate ?

CHAPITRE 2

PARKER

Les superbes yeux noisette de Skyler se remplissent de larmes en entendant les nouvelles de Nate.

– Non ! je m'exclame, reconnaissant à peine ma voix à cause du martèlement incessant qui retentit dans mes oreilles.

Cela dit, au moins j'entends, contrairement à tout à l'heure. J'imagine le pire, que nous avons perdu un ami ce soir. Un homme qui nous protégeait, ma femme et moi.

Skyler prend ma main et secoue la tête en pleurant.

– Bébé, il est toujours en vie. Mais il est encore au bloc opératoire, on n'en sait pas plus. Ça fait six heures…

Je grince des dents et respire lentement malgré la douleur dans ma poitrine et dans ma tête.

– Je suis resté inconscient pendant six heures ?

Sky se mord la lèvre et hoche la tête.

– Est-ce que les flics l'ont chopé ?

J'appuie ma tête sur l'oreiller tandis que ma mère passe sa main dans mes cheveux. C'est tellement agréable que j'en ai les larmes aux yeux. Elle fredonne à voix basse et les tintements dans ma tête s'atténuent aussitôt.

Wendy vient vers moi et attrape mon pied par-dessus la couverture.

– Ils cherchent Benny Singleton pour l'interroger. Les flics veulent vous parler de… euh…

Elle regarde ma mère puis mon père, et je comprends qu'elle n'ose pas en dire plus en leur présence.

– … de l'explosion et de l'incendie, conclut-elle.

Mon père, toujours attentif à l'atmosphère d'une pièce, surtout lorsqu'elle devient pesante, choisit ce moment pour annoncer qu'il a besoin d'un café.

– Viens, Cathy, laissons-les discuter, on va se chercher à boire.

Ma mère caresse mon front et je ferme les yeux.

– Tu es tout à fait capable d'y aller tout seul. Tu n'as pas besoin de moi pour…

– Ma chérie, tu ne vois pas qu'ils ont besoin de parler ? répond-il d'un ton ferme.

J'ouvre les yeux et découvre l'air offensé de ma mère qui ne présage jamais rien de bon pour mon père. Ce dernier prend sa main et la tire vers la porte.

– Allez, ma chère, tu pourras me crier dessus en allant à la cafétéria.

– Ne pense pas une seconde que tu vas y échapper, rétorque-t-elle en le fusillant du regard.

– Je ne raterais ça pour rien au monde, répond-il en me lançant un clin d'œil et en souriant à Skyler et Wendy.

– Je reviens vite, chéri, dit ma mère. Est-ce que tu veux quelque chose à la cafétéria ? Tu dois avoir faim…

Je suis sur le point de répondre lorsqu'elle agite la main pour me faire taire.

– Je te prends un peu de tout. Peut-être un sandwich ou une part de tarte. Je parie qu'ils ont une bonne soupe.

– Bon sang, Cathy. Il vient de se réveiller après une explosion. Je pense que la dernière chose à laquelle il pense, c'est manger !

Ma mère le dévisage en fronçant les sourcils.

– La nourriture et le meilleur des remèdes, mon cher. Tu devrais le savoir, toi, puisque tu tiens un pub. Sainte patience… ajoute-t-elle en sortant et en murmurant des injures.

Je souris en les regardant partir, mais je saisis la main de Skyler dès que la porte est refermée.

– Est-ce que ça va ?

Skyler déglutit et ses yeux se remplissent de nouveau de larmes.

– Bébé, ne pleure pas. Je déteste te voir pleurer. Ça me fend le cœur.

Elle s'assoit à côté de moi et j'approche une main de sa joue pour essuyer ses larmes. Elle pose sa main sur la mienne, puis elle tourne la tête et m'embrasse sur la paume.

– Je t'aime, chuchote-t-elle, ne sachant pas combien cela me fait du bien de l'entendre.

– Je t'aime aussi. Et, bébé, tout ira bien. Cesse de t'inquiéter, d'accord ?

Elle hoche la tête, mais ne lâche pas ma main. Peu à peu, sa respiration ralentit, comme si le simple fait de me toucher apaisait ses angoisses. Je sais que, pour moi, c'est toujours le cas.

– Wendy, dis-moi ce que tu sais. Et n'omets rien, je dis en regardant mon amie à la chevelure flamboyante.

Elle passe les vingt minutes suivantes à me dire tout ce qu'elle a appris en piratant les ordinateurs de la police et en discutant avec mon frère.

– Fais-le entrer, j'ordonne d'un ton sec.

Au lieu de m'envoyer bouler comme à son habitude, Wendy s'exécute. Elle sait que la situation est grave et qu'aucune blague ne pourra détendre l'atmosphère.

Paul entre, en tenue de combat, prêt à passer à l'attaque. Il croise ses énormes bras musclés et me regarde avec un léger sourire.

– Content que tu sois réveillé, frérot. Je savais que tu irais bien.

– Tu surveilles la porte ? je demande en haussant un sourcil.

– Je garde un œil sur ta nana, aussi, dit-il en hochant la tête. Les journalistes et les paparazzis ont déjà essayé d'entrer. La sécurité de l'hôpital les en empêche, mais ils ont quand même fait une tentative en se déguisant.

Je hoche la tête et serre la main de Skyler.

– Tu penses que les forces spéciales sont derrière la bombe ?

Il opine du chef… inutile de parler.

– Tu gères ? je demande d'une voix rauque alors que mon mal de tête augmente à mesure que mon cœur bat plus fort.

Il hoche de nouveau la tête.

– Merci, je réponds en me raclant la gorge.

– Pas besoin. Des amis à moi ont pris contact avec Wendy. Les flics cherchent Benjamin Singleton, mais je ne pense pas qu'il soit derrière l'explosion ou l'incendie, frangin.

Sa réponse me glace le sang et je grince des dents tout en me forçant à respirer lentement pour calmer ma colère.

– Je suis mon instinct, et je ne me trompe jamais, sinon je serais mort une dizaine de fois…

– Sympa, je gronde d'un ton sarcastique pour qu'il aille droit au but.

– Mon instinct me dit que Benny n'est pas le coupable. Enfin, pas de ça. Il n'est pas assez intelligent pour mener une opération d'une telle envergure. Il suit Skyler comme un chiot depuis des années et il vient tout juste de passer à l'attaque. Et il s'y est mal pris, en plus, en livrant le deuxième message et en lui proposant un café. C'est le geste d'un enfant ou d'un ado qui a le béguin. Alors qu'une bombe, frangin… c'est digne d'un soldat expérimenté. Mais il y a une certaine naïveté dans l'exécution. Tout pointe vers les forces spéciales, mais mon instinct me dit qu'il n'y a qu'une seule personne derrière tout ça, et que le mobile est personnel.

– Putain ! je gronde en reculant contre l'oreiller tandis que Skyler caresse mon bras.

– Je ne sais pas si tu le sais, poursuit mon frère, mais chaque fabricant de bombe a sa propre signature. Le type de fil, les soudures, les métaux employés, et ainsi de suite, tout est prévu, et certaines parties sont uniques. C'est comme une carte de visite, si tu veux.

– Ok, mais en quoi ça nous avance ?

– Eh bien, premièrement, le coupable a installé la bombe avant d'allumer le feu. Il y avait une minuterie sur l'explosif, qui s'est déclenchée quand la clé a tourné dans la serrure. La bombe était fixée à la porte, donc la personne qui l'a installée s'attendait à ce que tu sois touché le premier. À moins qu'elle ait su que Skyler et toi seriez ensemble. Dans ce cas, elle devait savoir que Nate ou Rachel entreraient d'abord. En les tuant, Skyler serait affectée, mais elle n'était pas en danger. Que ce soit toi ou les gardes du corps, Skyler souffrirait mais ne mourrait pas. La personne qui est derrière tout ça te veut mort, et Skyler vivante.

La main de Skyler se referme sur mon bras.

– Quelle est la prochaine étape ?

– Un de mes gars s'occupe de la signature de la bombe. C'est le meilleur moyen de trouver qui l'a fabriquée.

– Et les flics ?

– Tu crois qu'ils sont capables d'identifier l'auteur de l'explosion ? ricane mon frère en secouant la tête. Je gère, frérot. On en saura davantage dans quarante-huit heures, si ce n'est plus tôt. Quant à toi, ajoute-t-il en désignant Skyler, je ne te quitte plus des yeux. J'irai partout où tu iras. Point à la ligne. Compris ?

– Et Nate et Rachel ? répond Skyler d'une voix tremblante, en fronçant les sourcils.

– Je les remplace. Je ne peux pas rester les bras croisés alors que quelqu'un pose des bombes chez mon frère et fout le feu à l'appart de sa nana. C'est hors de question. Ça te pose problème, sœurette ?

– Sœurette ? répète Skyler, surprise.

– T'achètes une maison avec mon frère, adoptes des chiens avec lui et construis ta vie avec lui, non ? demande-t-il simplement.

Elle regarde mon frère avec de grands yeux innocents et hoche la tête.

– Euh… oui.

– Alors, bienvenue dans la famille, répond-il en souriant.

La porte s'ouvre et un homme en blouse blanche entre dans la chambre. Il n'a pas le temps de dire quoi que ce soit, mon frère l'empoigne par le col et le plaque contre la porte.

– Votre nom, tout de suite ! aboie-t-il.
– Euh… euh… Docteur Perenski… bégaie-t-il en tirant sur le badge sur lequel sont écrits son nom et ses spécialisations.
– Vous avez une autre pièce d'identité sur vous ? gronde mon frère d'une voix flippante.
Je ne le reprends pas car, soudain, je prends conscience que mon appartement a explosé et que quelqu'un veut ma mort.

***

Plus tard dans la soirée, j'engloutis une soupe en dévorant un sandwich, les yeux dans le vide. Skyler est blottie dans le fauteuil, enfin endormie. Ma mère et mon père sont partis après que je leur ai promis de manger et de faire tout ce qu'ordonnaient les médecins. Ils nous ont suppliés de venir vivre chez eux lorsque je sortirais de l'hôpital, mais je leur ai expliqué que leur maison n'était pas assez sécurisée pour Skyler. De toute façon, si quelqu'un cherche vraiment à me tuer, il est hors de question que je les mène jusqu'à mes parents.

Toutefois, puisque les médecins me gardent une nuit en observation, j'ai le temps de réfléchir à la suite. Si je ne fais pas ça, je penserai à Nate. Nous n'avons toujours pas eu de nouvelles, mais il y a deux heures, Royce, Wendy et Bo n'ont pas trouvé Rachel dans la salle d'attente, ce qui signifie sans doute qu'elle était en train de parler avec les médecins et que l'opération était terminée, ou alors qu'ils lui ont annoncé quelque chose de grave. En fait, les chirurgiens ont refusé de dire quoi que ce soit, ce que Wendy a trouvé scandaleux. Aux dernières nouvelles, elle ordonnait à Mick de lui apporter son ordinateur « rouge », celui qu'elle utilise pour tout ce qui est illégal et dont elle ne veut pas parler. Elle dit que moins on en sait, plus on est en sécurité.

J'avale la dernière cuillerée de soupe et pousse la table de côté au moment où Rachel entre.

– Salut…

Je suis choqué de la voir en chair et en os. Ses yeux sont rouges et ses cheveux attachés dans un chignon fouillis. Elle porte le même pantalon que tout à l'heure, mais elle a troqué son débardeur noir contre une blouse d'hôpital rose. C'est une couleur si inhabituelle sur elle qu'on pourrait presque en rire. Or, mon cœur bat si fort que je le sens dans tout mon corps. Même les médocs ne peuvent rien contre ce genre de douleur.

Elle vient à mes côtés en balayant la pièce du regard, remarquant Skyler qui dort toujours.

– Nate a survécu, dit-elle d'une voix rauque. Est-ce que ça va ? me demande-t-elle.

– Oui. Et lui, comment va-t-il ?

Elle ferme les yeux et je devine qu'elle veut rester forte. Mais elle n'a pas besoin de l'être. Pas maintenant, et pas avec nous, pas quand son mari se bat pour rester en vie.

Je me penche autant que possible et saisis son poignet pour l'attirer à moi. Elle commence à secouer la tête, mais je la force à s'asseoir sur mon lit pour la prendre dans mes bras. Au début, elle est raide et toute crispée, puis quelque chose semble céder en elle et son corps est parcouru de spasmes. Elle laisse tomber sa tête contre moi, son front contre mon cou, et elle s'agrippe à mon T-shirt comme si sa vie en dépendait. Un cri lui échappe et je sens ses larmes tremper ma blouse d'hôpital.

Skyler se réveille et court vers nous, elle s'assoit à côté de Rachel et pose ses mains sur les épaules de son amie. Je serre fort Rachel et la laisse pleurer. La douleur dans ma poitrine est accablante et ma tête est prête à exploser, mais je m'en fiche. Je supporterai n'importe quoi si cela peut permettre à Rachel d'évacuer son angoisse.

– Nate ? articule Skyler en me regardant, sans un bruit.

– Il est en vie, je réponds à voix haute.

Après quelques minutes, Rachel finit par reculer, elle s'essuie les yeux et le nez, se racle la gorge.

– Je suis désolée.

– Désolée de quoi ? D'être humaine ? D'avoir besoin de tes amis ? je demande en fronçant les sourcils.

Skyler lui caresse le dos.

– On est là pour toi. Je suis vraiment sincèrement désolée pour ce qui s'est passé… C'est de ma f…

– Ne t'avise pas de dire que c'est de ta faute, gronde Rachel. La seule personne qui est responsable du fait que mon mari est branché à des machines, c'est l'enfoiré qui a fixé cette bombe sur la porte de ton mec. Nathan et moi connaissons les risques de notre métier. Nous sommes prêts à mourir chaque jour pour te protéger. Nous prenons toutes les précautions nécessaires, et c'est pour ça qu'il est encore en vie.

Elle baisse la tête et regarde au loin, comme si elle repensait à quelque chose.

– Il a dû entendre le cliquetis de la minuterie quand il a ouvert la porte. S'il n'avait pas couru, nous serions tous morts ou grièvement blessés. Mon mari a pris le gros de l'explosion… et j'en suis fière. Je suis tellement fière de savoir qu'il a fait tout ce qu'il a pu pour nous prévenir et nous laisser le temps de réagir.

Sa voix se met à trembler et de nouveaux sanglots la secouent. Elle renifle et lève la tête, révélant toute sa force et sa détermination.

Skyler se mord la lèvre, si triste qu'elle ne sait pas quoi répondre.

– Qu'ont dit les médecins ? je demande en prenant sa main dans les miennes.

Rachel inspire et expire lentement avant de répondre.

– Ils m'ont dit que son cœur s'était arrêté deux fois pendant l'opération, mais qu'ils ont pu le réanimer. Il avait un poumon affaissé et perforé, mais ce n'était pas le plus urgent. Il a reçu des éclats d'explosif dans le dos et a perdu beaucoup de sang. Les éclats ont touché un rein, les intestins et une petite partie de l'estomac, en plus de détruire sa rate. Ils l'ont enlevée, ils ont réparé son estomac et son rein, et ils ont dû enlever une partie de ses intestins. On n'avait pas vu qu'il était brûlé à plusieurs endroits, donc ils ont pansé ses plaies et l'ont mis sous coma artificiel. Ils ne pensent pas le réveiller avant quarante-huit heures, ils veulent laisser le temps à son corps de guérir.

– Alors, il va s'en sortir ? demande Skyler d'un ton plein d'espoir.

– Ils m'ont dit que les prochaines quarante-huit à soixante-douze heures étaient cruciales, mais qu'ils font tout ce qu'ils peuvent.

Elle déglutit, sa voix se met à trembler.

– Ils ont dit que c'était un battant… et c'est vrai. Il se battra pour me revenir.

Skyler prend Rachel dans ses bras et la tient contre elle tandis qu'elle fond de nouveau en sanglots.

– Est-ce que tu veux qu'on appelle quelqu'un ?

Bon sang, je me sens inutile, assis dans mon lit d'hôpital comme un invalide.

Rachel se redresse et essuie ses larmes.

– J'ai parlé à sa mère, et sa famille devrait arriver à Boston demain.

– Et toi ? je demande.

– Ça va aller. Les infirmières m'ont apporté un lit d'appoint. Je vais dormir avec lui pour qu'il sache que je suis là.

– Skyler pourrait venir avec toi, je propose, même si je ne veux pas perdre Skyler des yeux une seconde.

– Non, non, il faut continuer de protéger Skyler. Paul s'en charge, apparemment. C'est un costaud. Il a dit qu'il s'occuperait de vous, le temps que Nate et moi soyons de nouveau sur pied.

– Ouais… est-ce que ça te dérange ? demande Skyler, inquiète pour tout le monde sauf pour elle, comme d'habitude.

Rachel rit et pose une main sur la joue de Skyler.

– Nate serait furax s'il t'arrivait quoi que ce soit. La meilleure chose que tu puisses faire pour nous, c'est de rester en sécurité. Et le type qui est planté devant cette porte est un pro, tant que tu seras avec lui, je ne m'inquiéterai pas. Et toi, Parker ? Que disent les médecins ? demande-t-elle en regardant mon bandage. Skyler a hurlé quand tu as perdu connaissance pour la deuxième fois.

Je lève la main et effleure délicatement l'œuf énorme sur le côté de ma tête.

– Ouais, eh bien, faut croire que j'ai la tête dure, je réponds en lui lançant un clin d'œil.

– Ça, je veux bien le croire.

– Ils me gardent en observation par précaution, c'est tout. J'ai une commotion cérébrale, des points de suture et des hématomes sur les côtes et le sternum. Mais grâce à ton mari, je serai vite rétabli.

Rachel hoche la tête.

– Il serait content de savoir qu'il nous a laissé le temps de partir.

– On ira le voir demain, quand on m'aura libéré.

Rachel se lève et se frotte ses bras.

– Merci, les gars. Je suis vraiment ravie que vous alliez bien. C'est un soulagement de savoir qu'on a fait notre travail.

Skyler prend Rachel dans ses bras et lui chuchote quelque chose à l'oreille. La petite blonde hoche la tête et regarde longtemps Skyler dans les yeux avant de s'éclipser.

– Qu'est-ce que tu lui as dit ?

– Je lui ai dit que quand Nate serait rétabli, on fêtera ça dans notre nouvelle maison, et que je comptais sur eux pour reprendre le travail dès qu'ils iraient mieux. Je lui ai dit de penser à la façon dont elle aménagerait sa nouvelle maison.

– C'est bien.

Je tends la main et Skyler vient à moi. Je me décale pour lui faire de la place et elle s'allonge à mes côtés, sous la minuscule couverture. Je me retiens de pousser un grognement lorsqu'elle s'appuie sur mon torse, m'obligeant à respirer par le nez. On reste si longtemps sans bouger que je finis par penser qu'elle s'est endormie, jusqu'à ce que je l'entende bâiller.

– À propos de maisons… on n'en a plus.

– Bien sûr que si ! s'exclame une voix toute joyeuse.

Wendy entre dans la chambre, armée d'un sac de voyage. Elle ignore nos regards surpris et sort des vêtements de son sac. Je reconnais un jean et un T-shirt, qu'elle met dans le placard, avec un boxer bordeaux et une paire de chaussettes, ainsi qu'une robe à fleurs que j'ai vue Skyler porter à Madrid.

– J'espère que ça ne vous dérange pas, j'ai demandé à ma femme de ménage de fouiller dans vos valises. Elle a tout mis à la machine, sauf vos sous-vêtements qu'elle a lavés à la main et vos chemises qu'elle a portées au pressing. Elle a laissé le reste dans une des suites de mon palace.

Wendy referme le placard et croise les bras.

– Voilà ! Tout est prêt pour demain. Notre chauffeur vous attendra pour vous ramener à la maison.

– À la maison ? demande Skyler d'une voix fatiguée alors que Mick entre à son tour dans la chambre.

– Vous allez vivre chez nous jusqu'à ce que votre maison soit prête. C'est la solution la plus logique. On a des dizaines de chambres, et la résidence est plus sécurisée que la Maison-Blanche. J'ai également contacté mon notaire pour lui demander d'accélérer la paperasse pour la vente. Étant donné que vous payez la totalité de la somme en liquide, il fera en sorte que vous puissiez aménager dans les quinze jours.

– Sans rire ? dit Skyler en s'asseyant d'un bond. On pourra aménager chez nous dans deux semaines ?

– Mon mec est le plus fort ! s'exclame Wendy en prenant Mick par la taille.

– Tu es adorable, répond-il en l'embrassant sur le front. Bon, tes amis sont fatigués. Tu as déposé leurs affaires, tu leur as dit qu'ils allaient vivre chez nous et ils savent qu'ils pourront bientôt emménager dans leur nouvelle maison. Il est temps que tu les laisses se reposer.

– Mais… je n'aime pas être loin d'eux…

– Chérie, répond-il en relevant le menton de Wendy vers lui, Parker et Skyler vont très bien. Regarde, ils sont juste là. Et j'ai entièrement confiance dans le molosse énorme qui est planté devant leur porte. Tu n'as plus à t'inquiéter.

Wendy fait la moue et je vois sa lèvre trembler. Ah… ma petite chipie a peur.

– Tu es sûr que ça va ? me demande-t-elle.

– Mais oui. J'ai ma nana à mes côtés, et vous venez de nous offrir un toit. Merci beaucoup.

– Oui, vraiment, merci infiniment, dit Skyler.

– Tout va très bien, je poursuis. À demain.

Wendy hoche la tête et Mick la guide vers la porte.

– Reposez-vous. Je suis vraiment ravi que vous alliez bien.

Sur ces belles paroles, Wendy lui échappe et court vers nous pour nous embrasser sur le front.

– Ne me refaites plus jamais ça ! J'ai eu la trouille de ma vie ! Je n'aime pas qu'on m'appelle pour me dire que mes amis se sont fait exploser.

Je prends sa main et la serre fort en la regardant dans les yeux, pour qu'elle sache combien son inquiétude me touche.

– On n'aime pas ça non plus, je te rassure.

– Alors, ne recommencez plus, plaisante-t-elle en regagnant la porte.

Skyler glousse et se blottit de nouveau contre moi, m'arrachant un grognement et un sifflement lorsqu'elle enfonce son épaule dans mon sternum, mais je serre les dents jusqu'à ce qu'elle soit installée.

– Je te fais mal, dit-elle.

– Pas du tout, je réponds en caressant son bras pour la rassurer. Le fait de t'avoir contre moi, de te toucher et de sentir ton parfum me fait plus de bien que tous les médocs qu'ils m'ont donnés. Ne doute jamais du pouvoir que tu as sur moi, ma pêche. Maintenant, dors. On a beaucoup à faire demain.

– D'accord, chéri, dit-elle.

Quelques secondes plus tard, je sens son corps se détendre, et elle s'endort.

Je ferme les yeux à mon tour et ignore les tintements dans ma tête qui, s'ils n'ont pas disparu complètement, ont néanmoins perdu de leur intensité. Skyler est dans mes bras, mon frère monte la garde et Nate devrait s'en sortir. Je peux m'endormir tranquille.

CHAPITRE 3

SKYLER

Je suis réveillée par des mouvements dans la pièce. En ouvrant les yeux, je constate qu'une infirmière est en train d'ajuster quelque chose près de la tête de lit de Parker, peut-être une des perfusions qui le maintiennent hydraté.

Elle me sourit tendrement et plaque son index sur sa bouche, me disant de ne pas faire de bruit. Je hoche la tête et commence à me lever lorsque Parker me serre contre lui, se réveillant aussitôt.

– Où tu vas ? marmonne-t-il d'une voix endormie.

– Je dois aller aux toilettes.

– Il faut que vous utilisiez les w.-c. du couloir, la salle de bains est réservée aux patients.

Je lève les yeux au ciel et descends du lit.

– Je reviens.

– Emmène mon frère avec toi, dit Parker en bâillant.

– Ça marche, chéri.

Je caresse sa tête, là où il n'est pas blessé, profondément soulagée qu'il soit en vie pour pouvoir le faire. Après avoir été à deux doigts de le perdre, je suis désormais certaine que c'est auprès de lui que je veux me réveiller tous les matins et m'endormir tous les soirs. Parker James Ellis est l'homme de ma vie.

Il n'est peut-être pas parfait, mais il l'est pour moi. Je souris lorsqu'il referme les yeux et je sors de sa chambre, éblouie par la lumière blafarde du couloir.

Paul monte toujours la garde, les mains jointes dans le dos, les jambes légèrement écartées, dans une posture clairement menaçante… et hypersexy. On peut dire qu'il sait porter le treillis. Sans un mot, il hausse le menton pour me demander ce qui se passe. Waouh, la classe ! Je comprends qu'il plaise autant aux femmes et… aux hommes. Tout particulièrement à Dennis, son mec.

Je suis sur le point de lui répondre lorsqu'un cri éclate dans le couloir.

– Te voilà ! Mon Dieu, Sky ! À quoi tu joues ?

Je me retourne pour voir Tracey courir dans le couloir, faisant un vacarme fou en plein milieu de la nuit. Je vais vers elle pour lui dire de faire moins de bruit quand Paul me pousse derrière lui d'une main, posant l'autre sur le pistolet fixé sous son bras.

– Reste où tu es, grogne-t-il.

Je ne sais si c'est à l'attention de Tracey ou de moi.

– Du calme, *Rambo*, c'est ma meilleure amie que tu tripotes.

– Pas un geste ou je sors mon flingue. Ne me mets pas au défi, dit-il d'une voix grave et menaçante.

Paul est comme un mur devant moi et son langage corporel est on ne peut plus menaçant, il est carrément prêt à bondir. Tracey écarquille les yeux et s'arrête net. Je sors la tête, derrière Paul, et tapote son épaule.

– Si tu as quelque chose à dire, sœurette, dis-le, mais reste où tu es, ok ? marmonne-t-il sans quitter Tracey des yeux.

– Sœurette ? Ce n'est pas ta sœur, *Sylvester*. Maintenant dégage, rétorque Tracey.

Elle essaie de le contourner, ce qui est une très mauvaise idée. Paul est imperturbable, protecteur et redoutable, lorsqu'il tend le bras qui me retenait derrière lui pour arrêter Tracey, plaquant une main sur sa poitrine.

– Paul, chéri, c'est ma meilleure amie et mon agent.

Pour l'instant… mais ce n'est pas le moment d'aborder la tension qui nous éloigne depuis quelques semaines.

– Je ne sais pas, elle ne m'inspire pas confiance. Ne t'éloigne pas trop.

Paul retire sa main de son pistolet et fait un pas de côté, restant suffisamment près pour réagir en cas de problème.

– Ne t'en fais pas, tout va bien, je dis.

Il ne répond rien mais ne semble pas convaincu.

– Qu'est-ce qui se passe ? Je t'ai envoyé des dizaines de messages, dit Tracey d'un ton de reproche.

Je sors mon téléphone et remarque ses messages et ses appels manqués, dont le premier date de tout juste après l'explosion.

– Comment tu m'as trouvée ? je demande, confuse.

Je n'ai pas assez dormi et ma vessie est sur le point d'exploser.

– Tu es sérieuse ? Ton penthouse prend feu, l'appart de ton mec explose et tu n'appelles pas ta meilleure amie ? Ça fait des heures que je suis là et que je te cherche, mais personne n'a voulu me répondre. J'allais aux toilettes quand je t'ai aperçue dans le couloir. Ne t'inquiète plus, Birdie, je suis là, maintenant, dit-elle en m'attirant dans ses bras.

Je dois avouer que cela me fait du bien d'être dans les bras de ma meilleure amie, et je la serre contre moi.

– Toutes mes condoléances, Skyler, je suis sincèrement désolée, dit-elle en me frottant le dos. Tout ira bien. Je vais m'occuper de toi. Tu sais que je serai toujours là pour te protéger.

Mon Dieu, je suis tellement fatiguée que je ne comprends pas ce qu'elle dit.

– Attends… quoi ? Tes condoléances ? Tu parles de mon appartement ? je demande, confuse.

– Non, de ton homme, répond-elle en me serrant plus fort. Il est mort dans l'explosion, non ? Je suis vraiment navrée. Je sais combien tu tenais à lui.

Je secoue la tête, encore plus perturbée.

– Non, non, je dis en reculant. Parker va très bien. Enfin, il est blessé, mais il va bien.

Elle m'étudie quelques instants avant de sourire jusqu'aux oreilles.

– Oh, Dieu soit loué ! Tu dois être soulagée. Mais alors… c'est ton garde du corps qui est mort ? C'était une sacrée explosion, j'ai vu le trou que ça a laissé.

– Non. Nate va… il a failli mourir. D'ailleurs, techniquement, il est mort deux fois sur le billard, mais on a bon espoir qu'il s'en sorte.

Sa bouche se pince et elle hoche la tête.

– Oui, oui, tant mieux. Néanmoins, Birdie, je suis là pour toi. Je vais te ramener à New York et t'aider à t'y réinstaller. Je serai là. Je resterai avec toi jusqu'à ce que tout redevienne normal.

Ma vessie choisit ce moment précis pour me rappeler qu'il faut vraiment que je fasse pipi.

– Viens avec moi aux toilettes.

Je la prends par le bras et l'emmène vers la porte des w.-c. Paul nous emboîte le pas lorsque j'entends un claquement de doigts. Bo bondit de la chaise d'hôpital où il dormait, je ne l'avais pas vu.

– Surveille la porte, marmonne Paul.

Bo s'exécute et s'appuie contre le mur du couloir.

– Paul, on est dans un hôpital et il est deux heures du matin. Personne ne va m'attaquer ici. Tu n'es pas obligé de me suivre aux toilettes.

– Ce n'est pas moi qui ai failli mourir dans une explosion. Il serait temps que tu comprennes que je n'ai plus l'intention de te quitter des yeux. Ça signifie tu ne vas nulle part sans moi, et surtout pas avec quelqu'un que je n'ai jamais vu. Comme Bo n'a pas été surpris de vous voir bras dessus, bras dessous, je suppose qu'il la connaît.

– Je te l'ai dit, *Ryan*, rétorque Tracey d'un ton moqueur. Je suis sa meilleure amie. Et je suis aussi son agent. Donc tu peux nous laisser tranquilles.

Elle agite le bras, faisant signe à Paul de partir, n'ayant clairement pas compris à qui elle a affaire.

– Tu ne sais pas dans quoi tu fourres ton nez, dit Paul en la fusillant du regard.

Elle éclate de rire et fait deux pas vers lui jusqu'à planter son visage à quelques centimètres de celui de Paul.

– Tu crois que je ne sais pas ce que tu fais ni qui tu es ? dit-elle d'une voix grave et menaçante. Ça se voit à des kilomètres. Je sais que tu es dans l'armée, sans doute dans les forces spéciales. Je connais ton genre. Mon père était à ta place il y a quarante ans. Et j'étais une bonne fifille pour mon papa. Il m'a appris tout ce qu'il savait. Je suis sûre que tu es constamment en train d'envisager tous les scénarios possibles pour me neutraliser d'une main tout en protégeant Skyler de l'autre. Tu es une brute, un tueur à gages. La seule différence entre moi et tous les autres que t'essaies d'impressionner, c'est ça : je n'ai pas peur de toi.

Waouh. Ça sort d'où, ça ? J'essaie de réfléchir, mais les paroles de Tracey me donnent le vertige. Je me souviens que quand on était petites, le père de Tracey était dans l'armée, ou quelque chose comme ça. Il partait pour de longues périodes, des semaines, parfois des mois. Il avait un énorme coffre-fort dans son bureau où Tracey me disait qu'il gardait ses armes. Elle se vantait que son père lui apprenait à tirer et lui disait combien elle était douée. À l'époque, je m'étais dit qu'elle avait juste besoin de faire la maligne parce que son père était souvent absent, contrairement au mien qui était toujours là pour moi.

– Bon sang, Tracey, je comprends que tu m'en veuilles de ne pas t'avoir appelée, mais ne te défoule pas sur Paul. Il me rend un service énorme en me protégeant. C'est le frère de Parker et c'est un vétéran. J'apprécierais que tu fasses preuve de respect envers lui, il le mérite.

Tracey regarde Paul, puis moi, et elle soupire lentement.

– Je suis désolée. Je me suis inquiétée pour ma meilleure amie, ça n'a rien à voir avec toi.

Paul ne répond rien, se contentant de hocher la tête et d'observer Tracey de haut en bas comme s'il la scannait. Je me demande s'il fait tout le temps ça, ou seulement avec les gens que je connais, parce que je suis sa nouvelle protégée.

– Dépêche-toi, me dit-il enfin. Je préfère te savoir enfermée avec mon frère pour la nuit. Et il va s'inquiéter de ne pas te voir revenir.

Il n'a pas tort. Si je ne retrouve pas vite mon homme, il va vouloir venir me chercher.

Paul inspecte toutes les cabines avant de nous laisser entrer.

– Tu peux y aller.

Je suis sur le point de lever les yeux au ciel lorsque je me rappelle qu'il fait seulement ça pour me garder en sécurité.

– Ne t'en fais pas, elle sera bientôt en route pour New York, et toi et Parker n'aurez plus à vous inquiéter, n'est-ce pas, Birdie ? On va te ramener à la maison, déclare Tracey d'un ton agacé.

Je la regarde en clignant des yeux, incrédule, alors que Paul fronce les sourcils.

– C'est vrai ? Tu vas lâcher mon frère et retourner à New York ? demande-t-il d'un ton dégoûté.

– Bien sûr, répond Tracey.

– Absolument pas ! Tracey, il faut qu'on parle parce que tu n'as rien compris. Il est hors de question que je te suive à New York. Je vais vivre chez Mick et Wendy, le temps que notre maison soit prête, puis Parker et moi emménagerons dans notre nouvelle maison.

Tracey hausse les sourcils, ses joues virent au rouge.

– Tu aurais pu mourir ce soir ! Quelqu'un veut la peau de ton mec, et ils te tueront pour y arriver ! Il faut que tu rentres à la maison pour que je puisse te protéger ! s'écrie-t-elle, quasi hystérique.

Elle semble folle et je réalise soudain combien elle s'inquiète. Je n'ai jamais été autant en danger et, en dépit de notre dispute à propos de Johan, je comprends qu'elle m'aime et qu'elle veut me savoir en sécurité.

Je caresse son bras pour essayer de la rassurer.

– Je vais très bien, ma fleur. Tu n'as pas à t'inquiéter. Paul veille sur moi. Ils vont trouver le taré qui a posé la bombe et mis le feu à mon appartement, et il le paiera. En attendant, je ne quitterai pas Parker une seconde. Il est tout pour moi et je l'aime plus que tout, je ne suis plus rien sans lui.

Tracey recule, comme si je venais de la gifler, et ses yeux se remplissent de larmes.

– Et moi ? Je t'aime ! Je ne supporterais pas de te perdre, Birdie.

– Ça va aller, je réponds en secouant la tête. Fais-moi confiance. Tout va bien se passer.

– Tu prends des risques pour un homme qui finira par te faire du mal, comme tous les autres. C'est moi qui ai toujours été là pour toi !

Je saisis ses bras et l'oblige à me regarder dans les yeux.

– Trace, tu es ma meilleure amie et je t'aime, mais tu dois comprendre que je vais faire ma vie avec Parker. S'il s'avère que tu as raison et que je me trompe, tant pis. Peut-être que je commets une erreur, mais je suis prête à prendre le risque. Toutefois, je sais que ce n'est pas le cas. Je sais ce que je vois quand il me regarde et me dit qu'il m'aime. Je nous vois bâtir notre avenir ensemble, et cet avenir est merveilleux, chérie. À tel point que j'en ai les larmes aux yeux.

– Il t'a retourné la tête, Sky. Il va te faire du mal. Souviens-toi de ce que j'ai dit, dit-elle d'un ton glacial.

– Ça suffit, j'en ai assez entendu. Je dois aller aux toilettes et retrouver Parker, qui est dans un lit d'hôpital à cause de moi et pas le contraire. Quelqu'un veut me faire du mal en s'en prenant aux gens que j'aime. Je dois l'accepter. Mais je suis fatiguée. Je suis épuisée, Tracey. Je ne veux plus t'écouter douter de ma relation avec Parker. Rentre chez toi. Rentre à New York. Quand tout ça sera fini, on parlera. Mais pour l'instant… je n'ai pas besoin de toi.

Des larmes coulent sur ses joues et elle me regarde, bouche bée.

– Va-t'en. Non seulement je n'ai pas besoin de toi mais je n'ai pas envie de te voir. Laisse-moi vivre ma vie. Je n'ai plus besoin de toi, Tracey. C'est fini.

Je tourne les talons et m'enferme dans les toilettes.

Si elle ne comprend pas combien Parker compte pour moi, je dois lui dire au revoir.

Je fais pipi et, quand je sors des w.-c., elle est partie. Paul m'attend, et au lieu de marcher derrière moi, il me prend par l'épaule et me ramène contre lui.

Pour une fois, je ne pleure pas.

J'ai assez pleuré.

– Tout ira bien, dit-il en m'embrassant sur la tête. Tu auras la vie dont tu rêves avec mon frère. Je te le promets.

– Merci, Paulie, je réponds, employant le surnom qu'utilise Parker.

Son visage se détend et il sourit avant de m'embrasser de nouveau sur la tête. Il ouvre la porte de la chambre de Parker, et je découvre qu'en plus d'être réveillé, mon homme n'est vraiment pas content.

– Ma pêche, t'as mis des plombes !

– Ouais, je parlais à Tracey.

Paul tapote mon épaule et nous laisse seuls, refermant la porte derrière lui.

– Qu'est-ce qu'elle fait ici ?

Je hausse les épaules et passe ma main dans mes cheveux décoiffés.

– Je ne sais pas. Elle a dû apprendre la nouvelle et elle est venue ici. Elle essayait de me joindre depuis l'explosion, mais mon téléphone était sur silencieux.

– Je ne comprends pas, elle t'a suivie jusqu'ici ? demande-t-il, l'air sceptique.

– Ouais, elle dit qu'elle est dans la salle d'attente depuis des heures. Elle a dû voir un des mecs ou… je ne sais pas, je réponds en bâillant.

– Viens te coucher, bébé. Tu as l'air crevée.

J'enlève les pantoufles que l'infirmière m'a données et je m'allonge à côté de mon mec. Blottie contre lui, j'écoute les battements de son cœur et me relaxe aussitôt.

– On va avoir une vie merveilleuse ensemble… je chuchote.

– Oui, bébé, absolument. C'est juste un obstacle, répond-il en m'embrassant sur le front.

– Tu parles, c'est un vrai barrage, je soupire.

Il rit doucement et, enveloppée dans sa chaleur, bercée par sa respiration, j'oublie tout et m'endors dans ses bras.

***

Deux jours plus tard, je somnole sur un des canapés de notre suite, chez les Pritchard, lorsque je suis réveillée par le cri de victoire de Parker.

– Enfin !

Je me redresse quand il vient vers moi et s'accroupit lentement, souffrant encore de ses blessures.

– Ils l'ont eu, chérie, dit-il en caressant ma cuisse.

J'étudie l'énorme sourire sur son visage, puis je m'assois en tailleur.

– Qui ? je demande en dégageant mes cheveux de mon visage.

– Benjamin Singleton, répond-il, toujours pendu à son téléphone. Les flics l'ont attrapé alors qu'il essayait de rentrer chez lui sans être vu. Quel crétin !

Soudain, son sourire disparaît.

– Tu plaisantes ?

Je tends le bras pour prendre sa main, mais il se relève et commence à faire les cent pas. Il grimace et pose un bras sur ses côtes, que nous avons bandées par sécurité. Hélas, ça ne servira à rien s'il ne se force pas à se reposer.

– Il ment, putain ! rugit-il.

Je me lève et le rejoins, le prenant par la taille, par-derrière, pour l'obliger à faire attention.

– Tu es sérieux ? C'est une blague ! Je n'arrive pas à le croire. Vous ne pouvez pas l'inculper pour autre chose ? aboie-t-il alors que quelqu'un frappe à la porte.

Elle s'ouvre, et Paul et Wendy entrent dans la chambre. Parker se tourne vers eux, furieux.

– Ouais, Paul vient d'arriver, dit-il. D'accord. Merci, ajoute-t-il avant de raccrocher. Alors ce n'est pas lui ? demande-t-il à son frère.

Paul secoue la tête. Wendy semble savoir de quoi il parle, car sa mine est aussi déconfite que celle de Parker.

– Chéri, explique-moi ce qui se passe, je demande tendrement.

– Ce n'est pas lui, gronde-t-il.

– Je m'en doutais, frangin. Je te l'avais dit, répond Paul en secouant la tête d'un air désolé.

– Ouais, tu me l'avais dit. Putain, Paul ! Tu m'as dit que tu t'en chargeais ! Que tu mettais tes hommes dessus !

– Et c'est le cas, frérot. Si tu veux bien te calmer une seconde, tu comprendras que ce sont mes hommes qui ont mis les flics sur la piste de Benny.

– Que je me calme ? s'exclame Parker. Comment tu veux que je me calme alors que ma femme et moi sommes en danger de mort ! On est planqués chez nos amis, et ce taré attend qu'on sorte pour passer de nouveau à l'attaque. Et toi, tu me dis que Benjamin Singleton n'est pas le coupable ? rugit-il en jetant son téléphone sur le canapé.

Wendy suit son geste des yeux. Elle regarde Parker, puis moi, d'un air inquiet et désolé.

Benny n'est pas le coupable.

– Alors, qu'a dit Benny aux flics ? je demande.

Parker lève les bras en l'air, exaspéré, et il pousse un grognement en se pliant en deux comme s'il venait d'être frappé dans le ventre. Je cours vers lui alors qu'il se force à prendre de petites respirations.

– Chéri, assieds-toi et ménage-toi.

– J'en ai marre de me ménager, Sky, dit-il en serrant les dents, mais en acceptant de s'asseoir sur le canapé.

– Est-ce que l'un de vous trois veut bien me dire ce qui se passe ?

Paul écarte légèrement les pieds et joint ses mains dans son dos, comme s'il s'adressait à son supérieur.

– Benjamin Singleton a été arrêté et emmené au poste pour interrogatoire. Il a admis avoir écrit et déposé en mains propres les deux enveloppes que Parker a reçues. Il dit qu'il t'aime et qu'il voulait faire peur à Parker. Il a avoué t'avoir suivie dans New York puis avoir obtenu un travail dans l'immeuble où travaille ton mec pour se rapprocher de toi.

Mon sang ne fait qu'un tour et je regarde Paul, bouche bée. Il m'a suivie ? Dans New York et à Boston ?

– Quand tu as déménagé à Boston et que tu as loué le penthouse, ses rêves sont devenus réalité. Il a dit aux flics qu'il savait que tu voulais sortir avec lui, mais que Parker t'en empêchait. Bien sûr, les flics ont tout de suite pensé qu'il était derrière les sms, l'incendie et l'explosion.

– Ç'aurait été logique, je réponds en m'asseyant à côté de Parker et en caressant sa cuisse.

Je crois que je cherche à me rassurer autant que lui. Parker prend ma main et la porte à sa bouche pour embrasser mes doigts. J'inspire lentement et essaie de rester calme.

– En effet. Sauf qu'il a des alibis pour l'incendie. Et quand vous êtes partis en Espagne, il a pris une semaine de congé. C'est durant cette semaine qu'il est passé au bureau d'*IG* pour déposer la deuxième lettre, les caméras l'ont filmé. C'est le message qui disait : « Tu ne peux pas la cacher pour toujours. Elle est à moi. On est les mêmes. » Le texte ressemble beaucoup au premier qui disait « Je suis elle. Elle est moi. »

– Je ne sais même pas ce que ça veut dire, je dis en fronçant les sourcils.

– Apparemment, il voulait te rappeler que vous étiez tous les deux des enfants acteurs, que vous aviez le même métier et que vous aviez tourné dans la même pub. Il pense que vous êtes les mêmes.

– Il est fou, je chuchote.

– Il a expliqué aux flics que le deuxième message visait à faire peur à Parker et te rappeler le lien qui vous unit. Il nie avoir quoi que ce soit à voir avec l'incendie et l'explosion, et il a pu prouver qu'il n'était pas à Boston lors de ces deux événements. Il a passé la semaine chez sa mère, à Hoboken, dans le New Jersey. De nombreuses images de caméras de sécurité le filment aux barrières de péage, et ses cartes de crédit ont été utilisées là-bas toute la semaine. Il a également donné aux flics une liste avec les noms de personnes qui pourront confirmer son alibi.

– Donc, tout ça signifie que…

Je ne termine pas ma phrase, espérant que quelqu'un le fera à ma place.

Parker se tourne vers moi, prend mes mains dans les siennes et les serre fort.

– Bébé, ça veut dire que celui qui a posé cette bombe est encore en liberté et qu'on n'a pas la moindre idée de qui il s'agit.

Je me sens soudain minuscule et fragile, et je ramène mes genoux contre ma poitrine pour les serrer contre moi. Sunny vient aussitôt me voir. Quant à Midnight, il s'est installé à côté de son père et il observe la scène attentivement.

– C'est pour ça que je voulais vous voir, dit Wendy d'un ton joyeux qui me fait du bien.

Elle fait le tour de la pièce pour trouver mon sac à main, puis elle se tourne vers moi en me montrant un objet de la taille d'une carte SIM.

– C'est un GPS. Je vais le glisser dans la doublure de ton sac. J'en ai déjà posé sur toutes vos voitures en plus de vos téléphones.

– Super. Je suis poursuivie par un psychopathe et par ma meilleure amie. Génial ! je dis froidement.

– Sky, dit Wendy en s'agenouillant devant moi. Je sais que ça peut sembler extrême, et personne ne devrait avoir à vivre ça, surtout pas une fille aussi gentille que toi. Mais on doit affronter la réalité et être le plus prudent possible. C'est le seul moyen que j'ai de savoir que tu es en sécurité. Est-ce que tu es d'accord ?

– Ouais. Comme tu veux, je réponds en haussant les épaules.

Je n'ose pas admettre que je ne veux justement pas affronter la réalité.

– J'ai l'impression que nous faisons un pas en avant et deux pas en arrière. Benny n'est pas derrière l'explosion. Super. Génial.

Alors, qui est le coupable ?

Wendy tapote mes genoux et je me recroqueville encore un peu plus.

Paul prend la parole.

– Sky, mes hommes sont sur le dossier. Des hommes entraînés, des experts. Ils sont en train d'étudier la signature laissée sur la bombe.

– Alors, pourquoi ils ne savent toujours pas qui sait ?

– Ce n'est pas évident. Tout pointe vers quelqu'un qui travaillerait au gouvernement. Toutefois, il n'est pas facile de distinguer la marque du fabricant de celle de la personne qui lui a appris à les fabriquer. Ils auront bientôt la réponse. Ils ne sont pas loin. On saura bientôt qui est le coupable.

– Je comprends, ne t'en fais pas, dit Parker. Ce qui me dérange – et je suis sûr que tu seras d'accord avec moi –, c'est que je ne sais pas comment protéger ma femme. On est une cible facile, et je ne veux surtout pas mêler Mick et Wendy à nos problèmes.

– Roh, je t'en prie ! On forme une famille. Ne t'inquiète pas pour nous. Si vous avez des problèmes, alors nous aussi. C'est comme ça qu'on fonctionne en famille, non ?

Je regarde Parker sourire tristement à Wendy.

– Non, Wendy, ce n'est pas comme ça qu'une famille fonctionne. On se protège les uns les autres, et pas l'inverse. Skyler et moi devons partir, disparaître quelque temps et laisser les hommes de Paul travailler.

Il regarde Paul, puis il saisit mon poignet et m'oblige à lâcher mes genoux pour m'attirer à lui.

– Viens là, ma pêche.

Sans réfléchir, je me blottis contre lui et le laisse me réchauffer et me rassurer.

– Tu as envie de t'échapper ? demande Paul.

– Ouais, mec. Je pense que c'est ce qu'il y a de mieux à faire, répond-il d'une voix lourde de fatigue.

– Dans ce cas, répond Paul en souriant, je pense que j'ai ce qu'il vous faut. Il va vous falloir vos passeports et un jet privé.

Parker sourit et hausse un sourcil.

– Eh bien, on dirait qu'on a de nouveau besoin de ton petit jet, ma pêche.

Je le bouscule avec mon épaule en gloussant, surprise que ces deux hommes puissent me remonter le moral aussi facilement.

– Je t'avais dit que c'était un bon investissement.

CHAPITRE 4

PARKER

– Je n'arrive pas à croire que tu m'aies convaincu de faire ça, Paulie, je râle en protégeant mes côtes pour m'installer sur un siège du jet qui commence à m'être familier.

Skyler s'affaire autour de moi comme une maman poule avec son poussin, s'assurant que le coussin dans mon dos est bien placé, étudiant le bandage sur ma tête pour être sûre que les points sont bien protégés.

– C'est que j'ai hâte de vous faire découvrir mon merveilleux pays, dit Dennis en souriant jusqu'aux oreilles.

Mon frère caresse le bras de son homme de sa grosse main. Je trouve cela mignon et déconcertant, de le voir aussi attentionné. Il est vrai qu'il n'est pas du genre à cacher son affection pour ses amis ou son amour pour nos parents, mais je ne l'avais jamais vu en couple. Jamais. Et je ne m'attendais pas à ce que mon frère, cette grosse brute, tombe amoureux d'un homme doux et adorable comme Dennis. Cela dit, je ne m'attendais pas à ce qu'il tombe amoureux d'un homme, tout court. Je n'en reviens toujours pas que mon frère soit bisexuel, non pas que cela me dérange. Je suis intimement persuadé que l'amour est l'amour, d'où qu'il vienne et qui que soit le récipiendaire. C'est simplement que cela a été une surprise, une bonne surprise, maintenant que j'ai rencontré Dennis et que j'ai vu la façon dont il regarde mon frère. Par ailleurs, ma mère adore le côté féminin de Dennis. Il est toujours ravi de parler de vêtements et de mode, de livres, de cuisine et de décoration intérieure, tous les centres d'intérêt de ma mère.

Dennis remonte ses lunettes sur son nez et enlève son blouson sous lequel il porte un polo vert menthe avec un chino beige et une ceinture en cuir assortie aux mocassins qu'il porte sans chaussettes. Il est très délicat. En fait, c'est tout l'opposé de mon frère, avec son treillis et son T-shirt bleu marine, si moulant qu'il semble sur le point de craquer sur ses énormes biceps. Quant à ses chaussures, il n'a toujours pas quitté ses rangers. Lui et Dennis sont tout le contraire l'un de l'autre et, étrangement, cela semble parfait.

– Et puis, le fait que tu veuilles bien m'aider pour mon problème compte beaucoup pour ma famille et moi.

Sa gratitude est flatteuse, mais je ne sais absolument pas de quoi il parle.

– Quel problème ?

– Ah, oui, à ce propos… commence Paul, quand je vous ai demandé de venir au Brésil, il y avait deux raisons. La première était de vous mettre à l'abri, le temps que mes hommes aient trouvé qui a posé la bombe, l'autre que la famille de Dennis a un problème financier. J'ai pensé que tu pouvais y jeter un œil, étant donné ton expérience…

– Si c'est un problème financier, tu as fait appel à la mauvaise personne… je commence à répondre lorsqu'un mouvement attire mon attention à l'avant de la cabine.

C'est alors que je vois mon frère de cœur, toujours tiré à quatre épingles, monter dans l'avion.

– Royce ?

Il ouvre les bras et ses mains touchent presque les parois de l'appareil tant il est grand.

– En chair et en os, répond-il en souriant.

– Génial ! s'exclame Skyler en tapant dans ses mains. C'est une super-surprise !

– Une surprise ? je répète en tournant la tête vers Paul.

– Eh bien, j'avais besoin de renforts pour l'aspect financier du problème, et Royce a proposé de nous aider. De toute façon, les missions d'*IG* sont en suspens le temps que votre problème soit résolu.

– Attends, mec… tu crois vraiment que j'aurais raté l'occasion d'aller à Rio de Janeiro aux frais de la princesse ? Le pays de Dieu, où le Christ lui-même garde un œil sur ses ouailles depuis le haut de sa colline ? Tu as de la chance que je ne l'aie pas dit à ma mère, parce qu'elle rêve d'y aller. Je n'aurais raté ça pour rien au monde. Je fais d'une pierre deux coups, j'ai droit à un voyage inoubliable *et* je file un coup de main à mon frangin.

Il tend le poing et mon frère le frappe avec le sien.

J'appuie mes index sur mes tempes et les masse pour soulager la tension qui s'y accumule.

– Tout ce que je sais, c'est que je ne suis pas en état de faire de longues journées de travail. Mon cerveau et mon corps sont réduits en bouillie, et ma seule priorité est de protéger Skyler.

Elle caresse mon bras et prend ma main dans la sienne.

– Chéri, ça va très bien. Regarde, j'ai quatre mecs super-musclés pour me protéger. Et comme c'est à toi qu'on s'en prend, plus on sera nombreux à Rio, mieux ce sera.

– Bo et Wendy s'occupent du bureau ? je demande à Royce.

– Ouais, et Kendra aussi, répond-il en grimaçant. Ils disent qu'ils vont essayer de convaincre Annie de revenir. Après l'incendie, elle a envoyé un mail à Wendy pour lui annoncer sa démission.

Je grince des dents et Skyler serre plus fort ma main. On se sent tous les deux coupables de ce qui s'est passé, mais c'est moi qui l'ai accusée de tous nos malheurs et qui ai refusé d'entendre raison.

Je vais vraiment devoir me mettre à genoux pour lui demander pardon quand toute cette histoire sera réglée.

Je prends une grande respiration tout en reculant dans mon siège. Skyler lâche ma main et s'occupe de nos chiens, qu'encore une fois elle a refusé de laisser à Wendy.

Royce s'assoit en face de Paul et Dennis, à gauche de l'avion, alors que Skyler et moi sommes à droite de l'allée. Les chiens sont en face de nous, comme lors de nos vols aller et retour pour l'Espagne. Le pilote annonce que nous sommes prêts à décoller et l'équipage prend place. J'attends que nous soyons dans les airs pour reprendre notre conversation.

– Étant donné qu'on a plusieurs heures devant nous, est-ce que tu peux nous dire pourquoi tu as besoin de nous, Dennis ?

– *Sim*. Tu sais déjà que ma famille est dans l'import-export et qu'on cherche à s'implanter aux États-Unis.

Je hoche la tête tandis que Paul pose le bras sur le dossier de Dennis.

– J'ai reçu les derniers comptes de résultat, et plusieurs choses m'interpellent, poursuit-il en fronçant les sourcils.

– Ok. Est-ce que l'entreprise t'appartient ?

– Mon frère Fabian et moi-même détenons chacun cinquante pour cent du capital. Notre père nous l'a laissée quand il a pris sa retraite. Il travaille encore de temps en temps, mais il sert surtout de bras droit à Fabian. Quant à moi, je m'occupe des contrats internationaux, des déplacements et de décrocher de nouveaux clients. Je suis rarement au bureau ou dans les entrepôts. Fabian s'occupe de l'aspect opérationnel, et nous avons quelqu'un d'autre pour effectuer les achats selon les contrats que je rapporte. Tout se passe très bien et, comme je te l'avais dit, cela fait un moment qu'on cherche à s'implanter aux USA et en Asie. Néanmoins, j'ai remarqué des choses étranges dans les comptes de résultat, et je n'arrive pas à en comprendre l'origine.

– Tu peux nous donner un exemple ? demande Royce.

Dennis remonte une nouvelle fois ses lunettes sur son nez.

– Il y a des écarts dans les comptes. Par exemple, je signe un contrat avec un client en fixant un prix précis, et je découvre que le produit a été vendu bien moins cher. Quand j'ai soumis la question à mon équipe, personne ne savait ce qui s'était passé. Quand j'ai remarqué que cela arrivait régulièrement, j'ai contacté un de nos fournisseurs qui ne savait pas de quoi je parlais, car il avait bien payé le prix que j'avais fixé avec lui. Or, le manque à gagner est visible dans les comptes.

Royce fronce les sourcils et se frotte lentement les mains.

– Il y a autre chose ? demande-t-il.

– Des stocks manquants. Des erreurs de distribution qui nous coûtent des dizaines de milliers de dollars. Je sais que, parfois, il peut y avoir de la casse, mais là, c'est comme si des cargos entiers disparaissaient. Ils n'arrivent pas à bon port et on est obligés de les déclarer en perte.

– Tu as contacté la compagnie maritime ?

– Oui, et ils m'ont répondu qu'ils n'ont jamais reçu le container.

– Alors que le stock est bien sorti de vos entrepôts ? je demande.

Dennis acquiesce, et Royce secoue la tête en caressant son crâne chauve.

– Frangin, tout indique que tu as un escroc dans ta boîte.

Dennis fronce les sourcils, ne semblant pas comprendre.

– Un escroc, c'est un voleur, j'explique, étant donné que l'anglais n'est pas sa langue maternelle. Peut-être qu'un de tes employés vole de l'argent en entrant un prix inférieur à celui qui est appliqué pour empocher la différence.

Dennis écarquille les yeux et Royce prend le relais.

– Il se pourrait que quelqu'un vende sur le marché noir les produits qui sont déclarés perdus, empochant également les bénéfices sans que personne ne le sache. Tu comprends ?

Dennis hoche la tête, la mine déconfite.

– Je ne vois pas comment c'est possible. Tous les employés sont des membres de la famille ou des amis. Mon frère serait forcément au courant et, quand je lui en ai parlé, il m'a dit que ce devait être une erreur de comptabilité et qu'il n'y avait aucun problème.

Ce n'est pas bon signe… Si son frère dit qu'il n'y a pas de problème et accuse une simple erreur de compta… il doit en savoir plus.

– Il faudra qu'on creuse la question, je dis simplement. Le mieux est que Royce se penche sur vos comptes de résultat.

– Absolument. Je suis sur le point de devenir le meilleur pote de ton comptable, répond Royce.

Dennis hoche la tête et ses épaules s'affaissent tandis que Paul le ramène contre lui.

– Eh, mon frère et moi allons venir à bout de cette histoire, d'accord ?

Il lève le menton de Dennis et le regarde dans les yeux. Voyant sa mine déconfite, mon frère, le dur à cuire, fond littéralement.

– Je ne te laisserai pas tomber, Dennis. T'es mon mec. Ok ?

Il tapote son homme sur le bout du nez jusqu'à ce que Dennis lui sourie d'un air émerveillé. C'est alors que mon frère fait quelque chose que je n'avais encore jamais vu. Il l'embrasse. Je pensais que ce serait bizarre de le voir se bécoter avec un mec, mais ce n'est pas le cas, en fait. Dennis lève une main et serre le bras de Paul tandis que ce dernier lui mordille la lèvre.

– *Eu te amo, pistola*, chuchote-t-il tendrement.

Paul sourit, serre la nuque de Dennis et l'embrasse une dernière fois.

– Je sais. Ça va mieux ? demande-t-il d'une voix douce.

– *Olhando em seus olhos, sempre serei perfeito.*

– Oh, je veux savoir ce qu'il a dit ! s'exclame Skyler en se penchant sur moi pour mieux entendre.

Paul éclate de rire et Dennis rougit avant de répondre.

– D'abord, je lui ai dit que je l'aimais. Ensuite, je lui ai dit que lorsque je le regarde dans les yeux, tout est toujours parfait.

Skyler est émue et ses yeux se remplissent de larmes.

– Ne commence pas à pleurer, ma pêche. Tu sais bien que je ne supporte pas ça, je gronde en plongeant ma main dans ses cheveux et en l'obligeant à me regarder.

Elle referme la bouche et sa lèvre se met à trembler.

– Je te préviens… je dis d'un ton moqueur en lui souriant et en l'embrassant assez fort pour qu'elle oublie combien elle est émue.

Lorsque je recule, je découvre qu'elle me regarde d'un air aussi amoureux que celui de Dennis lorsque mon frère l'a embrassé.

– Je ressens la même chose quand je te regarde dans les yeux, chéri, chuchote-t-elle.

– Bébé, c'est hyper-ringard de le répéter, mais je t'aime quand même.

Elle éclate de rire et le reste de la bande l'imite.

Nous passons le reste du vol à discuter, à jouer aux cartes, à regarder un film, à manger et à dormir. Nous nous arrêtons à Miami pour faire le plein de kérosène, mais je me sens merveilleusement détendu, main dans la main avec ma nana, nos chiens à nos côtés, à l'abri de toute menace.

***

Il faisait nuit noire lorsque nous sommes arrivés hier soir et nous n'avons rien vu de Rio, sans parler du fait que nous étions tous méchamment jet-laggés. Dennis et Paul nous ont accompagnés au Hilton de Copacabana avant de regagner l'appartement de Dennis au centre-ville. Bien évidemment, lorsque nous sommes arrivés avec nos chiens, les employés nous ont fusillés du regard. Néanmoins, dès que nous avons demandé le penthouse pour la semaine, ça n'a plus posé de problème.

Je suis assis sur le lit et je regarde Skyler dormir. Elle est toujours à croquer, mais lorsqu'elle dort ainsi, ses cheveux étalés sur l'oreiller, respirant lentement et sereinement, je suis ébloui comme au premier jour par sa beauté. Je caresse son bras en emportant le drap avec moi. Elle remue, mais ne se réveille pas, même si ses seins sont désormais découverts. Ma verge durcit en même temps que ses tétons, et j'enlève complètement le drap pour la mettre à nu. Nous étions trop fatigués hier soir pour mettre fin à l'abstinence qui nous a été imposée depuis notre retour de Madrid. Je ne suis pas encore parfaitement rétabli, mais ma queue ne le sait pas.

Je titille son téton du bout du doigt. Elle tourne la tête et tend un bras au-dessus de sa tête, s'offrant à moi. Je m'allonge sur elle en prenant soin de ne pas mettre de poids sur mes côtes, et je prends la pointe dure dans ma bouche. Skyler soupire dans son sommeil et écarte les jambes. Je souris en suçant son téton tout en posant ma main à plat sur son ventre, la glissant lentement jusqu'à rencontrer ses boucles blondes. Je continue de descendre la main et elle se crispe en gémissant lorsque je m'arrête sur son sexe. Je suce plus fort son téton et lève la tête, rencontrant son regard de braise. Je continue de taquiner son sein jusqu'à ce qu'elle se morde la lèvre. Je lâche alors son téton pour me concentrer sur son sexe, frottant son clitoris avec la paume de ma main tout en la pénétrant avec deux doigts.

– Bonjour, ma pêche, je susurre lorsqu'elle gémit. Je me suis réveillé avec une faim de loup, et des pancakes n'auraient pas suffi à me rassasier.

Je la doigte plus fort et forme un crochet avec ma main, à la recherche de ce point qui la fait hurler de plaisir.

– Mmm, mmmm, chéri…

J'adore quand Skyler est trop endormie pour parler.

Je retire lentement ma main et elle grimace, profondément attristée. Je descends du lit et prends une seconde pour la mater tout en enlevant mon caleçon.

– Chéri… pourquoi t'as arrêté ? râle-t-elle en empoignant la chair de ses cuisses, comme pour soulager le manque.

– Je t'ai dit que j'étais affamé, bébé, je réponds en m'agenouillant au bord du lit. Viens ici et écarte les jambes. Si je ne te dévore pas tout de suite, ma queue va exploser.

Elle éclate de rire et s'exécute, écartant timidement les genoux. Je caresse les côtés de sa fente avec mes pouces, et sa peau se couvre de chair de poule.

– Tu as froid, ma pêche ? je demande d'un ton moqueur.

– Non.

– Écarte les cuisses, Sky. Fais plaisir à ton homme. Je veux te voir.

Elle frissonne de plaisir, prouvant combien elle aime que je lui donne des ordres pendant le sexe.

– Je ne te le demanderai pas deux fois. Je veux voir ta jolie petite chatte toute rose grande ouverte.

– Parker… chuchote-t-elle en écartant les jambes.

– Pose tes genoux sur le matelas, bébé. Faut que je mange !

Je ne vois toujours pas son sexe autant que je le voudrais, mais elle finit par m'écouter et elle plaque ses genoux sur le lit, s'offrant à moi.

– Putain !

Je rapproche mon visage et respire son parfum de miel jusqu'à en avoir l'eau à la bouche. Je me force à rester calme et je caresse l'intérieur de ses jambes, depuis ses genoux jusqu'à ses cuisses. Elle frissonne de nouveau et sa respiration s'accélère.

– Bon sang, tu es tellement belle. Tu es la nana de mes rêves et tu t'offres à moi, rien qu'à moi. Le plus beau cadeau qu'on m'ait jamais offert est le jour où tu es devenue mienne.

Skyler se cambre et ondule son bassin.

– Touche-moi. Embrasse-moi. Chéri… j'ai envie de toi.

J'écarte ses lèvres avec mes pouces puis je plonge ma langue en elle, la faisant tressaillir et sursauter, sans jamais m'arrêter, la dévorant, la léchant, la suçant, la buvant, la prenant, la faisant mienne encore une fois.

Elle plante ses ongles dans mon crâne et crie lorsqu'elle jouit, mais je n'arrête pas. Je continue, ajoutant deux doigts pour la pénétrer, tandis que ma bouche se charge de son clitoris, sans relâche jusqu'à ce qu'elle jouisse une deuxième fois.

Lorsqu'elle est à bout de souffle et revient lentement sur terre, je me lève, fais le tour du lit et m'allonge de mon côté. Je suis sur le point de lui dire quoi faire lorsqu'elle s'installe à cheval sur moi et s'assoit brusquement sur ma verge.

– Putain ! je rugis en empoignant ses hanches.

– Mince, pardon ! Je t'ai fait mal ? demande-t-elle en dégageant ses cheveux de son visage.

– Non, c'est juste que c'est tellement bon que j'ai failli jouir sur-le-champ. Ça m'a rendu fou de te faire grimper aux rideaux, bébé. Je te conseille d'y aller lentement si tu veux que ça dure.

Elle sourit jusqu'aux oreilles, se relève, puis se rassoit délicatement. Elle s'allonge sur moi et mordille mon cou puis une oreille, lèche mes tétons, puis elle revient m'embrasser sur la bouche tandis que je guide lentement son bassin. J'empoigne ses cheveux et l'embrasse longtemps. Elle glisse sa langue entre mes lèvres et penche la tête d'un côté puis de l'autre avant de sucer la mienne et de me mordiller.

– Tu es merveilleuse, Sky. Je veux me noyer en toi et goûter à ton âme pendant que tu me fais lentement l'amour.

Elle sourit et se rassoit en prenant soin de ne pas écraser mes côtes, accélérant légèrement les va-et-vient de son bassin.

– Touche-toi. Je veux te regarder te tripoter.

– Chéri…

Elle continue ses allers-retours tout en posant une main sur son sein pour pincer et titiller son téton.

– C'est ça. Pose ton autre main entre nos jambes. Je veux que tu nous sentes pendant que tu me fais l'amour.

Sa main descend jusqu'à trouver ma verge, qu'elle entoure avec ses doigts tandis que je la pénètre et me retire de sa chaleur mouillée.

Je la regarde se tripoter et toucher le point de rencontre de nos corps, et mes testicules se contractent. Je ne peux pas la quitter des yeux.

Des décharges électriques explosent le long de ma colonne vertébrale et se précipitent dans mes jambes.

– Ma pêche, tu es partout en moi. Je te sens dans mon sang et dans chaque cellule de mon corps. Mon corps est à toi. Je suis tout à toi.

Elle se cambre, avançant sa poitrine, mais elle continue ses coups de bassin jusqu'à ce que son sexe serre si fort le mien que je dois retenir mon souffle. Mais je n'en peux plus. J'empoigne ses hanches pour l'asseoir sur moi et l'empêcher de bouger, écrasant son clitoris sur l'os de mon bassin, nous faisant hurler de plaisir tandis que je me déverse en elle.

Lorsque j'arrête de tressauter et que la bête est satisfaite, elle baisse les yeux et me regarde d'un air rêveur et endormi.

– Ça va ? Tes côtes ? Ta poitrine ?

– Oui, ma pêche. Tout va bien. J'ai ton goût sur mes lèvres, ma queue est satisfaite et on est hors de danger à Rio.

Elle glousse et se lève pour aller à la salle de bains quand quelqu'un sonne à la porte. C'est vraiment cool d'être dans le penthouse. Sky est libre de dépenser son argent comme elle le veut et nous nous sommes déjà disputés à ce sujet. J'ai perdu la bataille, donc je ne dis plus rien de ses réservations d'hôtel.

Je me lève à mon tour et découvre que mes côtes sont plus douloureuses qu'hier. Je repère mon caleçon par terre et l'enfile, oubliant le reste puisque les seules personnes qui savent qu'on est ici sont les employés de l'hôtel, Paul, Dennis et Royce.

Je sors de la chambre et la referme pour laisser à Sky son intimité. Je traverse le salon jusqu'à la porte et regarde par le judas, par précaution. Je vois Paul et Dennis et leur ouvre sans réfléchir.

– Salut les mecs. On vient juste de se lever.

Paul entre et me regarde de haut en bas en fronçant les sourcils. Quant à Dennis, il m'étudie également, mais il rougit jusqu'aux oreilles.

– Frangin, tu es quasiment nu.

– Et alors ?

– Parker, tu es un mec et tu es presque à poil devant mon homme, grogne-t-il. Habille-toi, bon sang.

Je comprends soudain où il veut en venir.

– Surtout ne t'habille pas pour moi, répond Dennis. Dites donc, les frères Ellis ont vraiment de bons gènes, remarque-t-il jusqu'à ce que mon frère se plante devant lui pour lui cacher la vue.

– Tu mates mon frère alors que c'est moi qui te tiens chaud la nuit ? dit mon frère en empoignant son paquet par-dessus son treillis.

– Détends-toi, *Paulo*, répond Dennis en souriant. Tu n'as pas de raison d'être jaloux. C'est toi que j'aime. Cela dit, je ne vais pas te mentir : *teu irmão parece muito bem nu*, ajoute-t-il en me souriant.

– Je vais me préparer. Vous n'avez qu'à vous faire un café pendant que vous vous chamaillez.

Quand j'entre dans la chambre, Skyler sort de la salle de bains, enveloppée dans une serviette.

– C'est ton frère et Dennis ?

– Ouais, et tu ne devineras jamais ce qui s'est passé.

J'avance jusqu'à elle alors qu'elle est penchée par-dessus sa valise, dont elle sort une culotte Wonderbra en dentelle que la bête ne manque pas de remarquer. J'empoigne ses hanches et me frotte contre ses fesses.

Elle éclate de rire et tape sur mes mains, essayant de m'échapper, en vain.

– Quoi ?

– Paul a fait une crise de jalousie. J'ai ouvert la porte en caleçon, sans y penser, et il s'est énervé en voyant Dennis me mater.

– Je comprends Dennis, répond-elle en se tournant pour m'embrasser. Mon mec est canon, habillé ou pas, mais surtout quand il est à poil. Cela dit, maintenant que ton frère est avec un mec, tu devrais faire attention.

– Ouais, c'est vrai.

Je l'embrasse brièvement, puis je lui mets une fessée avant de filer sous la douche.

– Je me dépêche. On n'a qu'à leur demander de nous amener à la plage.

– Avant que tu te mettes au travail ?

– Carrément. Je ne pourrai pas bosser aujourd'hui, de toute façon. J'ai besoin d'un peu de répit après le voyage. Et il faut qu'on se détende un peu, toi et moi.

Skyler saute de joie.

– Super ! Les chiots vont adorer. À ce propos… je vais vérifier qu'ils ont bien fait pipi sur leur alaise. Tu veux que je te fasse un café ?

– Ce serait génial, bébé.

Je prends quelques secondes pour regarder Skyler enfiler sa culotte et son soutien-gorge, puis une petite robe d'été. Elle lui arrive à mi-cuisse et ses éclats de violet, de bleu, de vert et de jaune mettent en valeur ses jambes bronzées. Elle est rayonnante et resplendissante. C'est l'effet que me fait Skyler Paige : elle illumine ma vie comme un rayon de soleil.

CHAPITRE 5

SKYLER

L'eau à Copacabana est turquoise, avec des touches de vert à l'endroit où les vagues s'écrasent sur le sable. Nous venons de finir de bruncher, je me suis gavée de pain frit, de croquettes au poulet et au fromage, d'œufs brouillés et de thon. Au départ, le mélange ne m'était pas du tout appétissant, mais Dennis, mon nouveau BFF gay, a insisté pour que nous goûtions. Il m'a assuré que ce serait la « *felicidade na minha boca* » : l'extase dans ma bouche. Bien évidemment, Parker n'a pas pu s'empêcher de remarquer que l'extase dans sa bouche, c'était moi, comme nous l'avions prouvé le matin même, et tout le monde s'est joyeusement moqué de moi, me faisant rougir tandis que Paul et son frère se tapaient dans la main pour se congratuler.

Nous sommes assis face à la plage, le ventre plein, regardant l'horizon par-delà les vagues.

– Ta ville est superbe, Dennis, je lui dis en souriant. C'est dommage que Royce ne soit pas venu.

Parker me ramène contre lui tandis que Paul en fait de même avec Dennis.

– Ma pêche, Roy était crevé. Ça fait longtemps qu'il n'était pas parti à l'étranger et il ne dort jamais dans l'avion. Et puis, Dennis lui a donné les derniers chiffres de la boîte, et il va s'y pencher plus tard, quand il sera remis du décalage horaire. On dînera avec lui ce soir.

Je fais la moue en hochant la tête.

J'aurais aimé passer du temps avec Royce, car la plupart des missions d'*IG* auxquelles j'ai assisté, c'était toujours avec Bo, donc je me sens aujourd'hui plus proche de lui. J'aimerais mieux connaître l'autre frère de cœur de Parker.

– Ok. Par quoi on commence ? je demande en regardant nos chiots endormis sous la table, attendant patiemment leur prochaine balade.

Je souris et regarde Dennis et Paul.

– Tout d'abord, répond Paul, tu es en sécurité ici, sans l'être tout à fait. Ce n'est pas parce que nous sommes à des milliers de kilomètres de Boston qu'on doit baisser notre garde. Je ne vais pas vous quitter des yeux du séjour. Certes, il est normal que tu te sentes plus libre ici, car le risque que le taré qui cherche à vous faire du mal soit ici est quasi nul. Toutefois, je veux m'assurer que tu ne lui rendras pas la tâche facile. Je ne veux pas que tu mettes des photos sur les réseaux sociaux ni que tu parles à qui que ce soit aux États-Unis. Les seules personnes qui savent que vous êtes ici sont des gens de confiance : maman, papa, Wendy, Pritchard et Bo. C'est tout. Personne d'autre.

Je me crispe en repensant au cauchemar qui nous attend à la maison. Parker m'embrasse sur la tempe et me serre contre lui.

– Tu es en sécurité. Mon frère et moi ne laisserons rien t'arriver.

Je pose une main sur sa cuisse et la serre en me tournant vers lui.

– Ce n'est pas pour moi que je m'inquiète, chéri. Je ne m'en remettrais pas de te perdre, de perdre notre amour et l'avenir qu'on construit ensemble. Je n'ai pas peur de l'admettre.

Il caresse ma joue et plonge sa main dans mes cheveux.

– Ça n'arrivera pas. C'est toi et moi contre le reste du monde, tu te souviens ?

– Oui, chéri, je réponds, tout émue. Toi et moi.

– Contre le reste du monde, répète-t-il avant de m'embrasser.

Son baiser me dit tout ce que j'ai besoin de savoir. Il sait combien il compte pour moi. Il le comprend et il ressent la même chose.

– Très bien, vous deux, je crois qu'on est sur la même longueur d'onde. Souvenez-vous que je ne vous lâche pas d'une semelle, mais que vous devez rester sur vos gardes. Amusez-vous, profitez du pays de mon homme, mais restez prudents. Ne faites pas les imbéciles.

Parker jette sa serviette sur son frère.

– Tais-toi, frérot. On a compris.

Il se lève, prend les laisses que nous avions attachées à nos chaises et me tend la main. Midnight et Sunny se lèvent d'un bond, se cognant aux pieds des chaises avant de se rasseoir aux pieds de leur papa, prêts pour la suite du programme.

– Maintenant, si ça ne vous dérange pas, ma nana adore le soleil et mes chiens ont besoin de se dégourdir les pattes. On va marcher sur la plage. Tu comptes t'occuper de ton homme, frangin ? demande Parker d'un ton moqueur.

Paul fronce les sourcils, mais se lève néanmoins.

– Allez viens, bébé, on va tremper nos pieds, me dit Parker.

Main dans la main, nous descendons les quelques marches qui mènent à la plage et j'enlève mes claquettes en prenant la laisse de Sunny. Parker m'imite et nous laissons le sable de Rio de Janeiro réchauffer nos orteils. Je penche la tête en arrière et savoure la sensation des rayons du soleil sur ma peau. Parker attend patiemment que j'aie terminé de saluer le ciel, et nous avançons vers l'océan avec nos chiens.

Au bord de l'eau, les vagues lèchent nos chevilles avant de se retirer lentement, et nous regardons nos chiens essayer de les attraper. Il n'y a pas un seul nuage à l'horizon. Le Pain de Sucre se découpe contre le ciel bleu et la chaîne montagneuse, d'où domine la statue du Christ rédempteur.

– Tu savais que la statue du Christ avait été conçue par un Français ? demande Parker tandis que je la regarde, au loin.

J'espère que Dennis va nous y emmener, je rêve de la voir de près.

Je m'arrête et remonte mes lunettes de soleil sur ma tête. Parker est vraiment canon avec ses lunettes aviateur et ses cheveux légèrement bouclés.

– Sans rire ?

Il hoche la tête en souriant.

Merci, mon Dieu, de m'avoir fait rencontrer un si bel homme.

– Ouais. Certains disent que c'est pour ça que le visage du Christ et celui de la Statue de la Liberté se ressemblent autant. Je crois que c'est surtout parce que ce sont des statues énormes, érigées en déclaration de paix, d'amour et de solidarité.

Je prends Parker par la main et repense à notre séjour en France.

– J'ai adoré notre escapade à Paris. À ce propos, tu as parlé à Sophie récemment ?

– Non, mais on a échangé quelques messages. Elle a été très occupée, et elle l'est encore plus maintenant qu'elle s'est engagée à long terme avec son homme. J'aimerais les inviter, elle et Gabriel, quand on sera installés. Qu'en dirais-tu ? Je sais que tu ne voulais pas dormir chez elle, à Paris, mais j'espère que tu sais, désormais, que tu n'as aucune raison de t'inquiéter. Je suis avec toi, bébé, aucune autre femme ne m'intéresse.

Je souris jusqu'aux oreilles et me jette dans ses bras.

– Ce serait super, chéri. Je sais que tu tiens à elle et je ne me sens plus menacée par le fait que vous avez couché ensemble. Si tu veux que Sophie nous rende visite, je l'accueillerai avec plaisir chez moi.

– Je suis content que tu dises ça, parce que je lui ai déjà dit qu'après le nouvel an, Gabriel et elle pouvaient venir visiter notre nouvelle maison, rencontrer mes parents et voir nos chiens, répond-il en souriant.

J'effleure son nez avec le mien et l'embrasse tendrement.

– Tu es vraiment trop, tu sais…

– J'espère surtout être assez pour toi, répond-il.

Il me prend par la taille et me soulève pour nous faire tourner. Les laisses s'emmêlent vite et nous éclatons de rire en nous retrouvant coincés.

Lorsque je me retourne, je vois que Paul et Dennis sont à cinq mètres de nous, dans les bras l'un de l'autre. Paul embrasse Dennis dans le cou tandis que celui-ci rit joyeusement.

– Tu pensais voir ça un jour ? je demande à Parker.

Il regarde dans la même direction que moi et voit son frère embrasser son homme. Dennis plie la jambe derrière lui, prenant la pose classique des amoureux, en s'agrippant aux bras musclés de Paul. Ils sont superbes, tous les deux, très différents, mais parfaits l'un pour l'autre. Dennis est tout ce que Paul n'est pas : réservé, charmant, éloquent et doux, comparé à Paul qui est menaçant, musclé, ronchon et direct. Ce que Paul cache aux autres s'épanouit lorsqu'il est avec Dennis, Parker et maintenant moi. Il a le cœur sur la main, et Dennis Romoaldo a su le saisir.

– Pour être honnête, je ne me suis jamais douté que mon frère pouvait aimer les hommes. Mais je m'y habitue, petit à petit. Cela dit, ça ne m'a jamais dérangé. Surtout, je ne l'ai jamais vu aussi heureux. Je mettrais ma main à couper qu'il passera sa vie avec Dennis.

– Je pense que tu as raison.

– Je suis content qu'il ait trouvé quelqu'un qu'il aime autant que l'honneur et le devoir que lui apportait sa carrière militaire. Je me faisais toujours un sang d'encre quand il partait. Aux dernières nouvelles, il ne pense pas renouveler son contrat avec l'armée.

Je regarde les deux hommes par-dessus mon épaule. Paul nous observe, et je lui fais un signe de la main.

– Tu n'es qu'une andouille, se moque Parker.

– Au fait, j'y ai pas mal réfléchi et…

– Mince, il n'advient rien de bon quand une femme dit ça, ricane-t-il.

– Laisse-moi finir. J'ai une idée de ce que pourrait faire ton frère s'il quitte l'armée.

– Ah bon ? Dis-moi.

– Eh bien, étant donné qu'il s'est autodéclaré garde du corps de Skyler Paige jusqu'à ce qu'on sache qui est le psychopathe qui veut notre peau… pourquoi il n'en ferait pas son métier ? Après tout, Nate était dans l'armée avant de créer Van Dyken Security. Peut-être qu'il pourrait s'associer avec eux ou monter sa propre boîte ?

– Ça pourrait marcher. Je suppose que ça dépend de ce qu'il veut faire.

– Ouais.

– Je lui en parlerai. Même si on trouve le coupable demain, je veux qu'il continue de te protéger jusqu'à ce que Nate et Rachel soient de nouveau sur pied.

– Je donnerai ses coordonnées à mon comptable pour qu'il le paie tous les quinze jours.

Parker s'arrête brusquement et me regarde en souriant.

– Bonne chance, ma pêche !

Je m'arrête également en fronçant les sourcils, m'enfonçant dans le sable mouillé, laissant les vagues éclabousser mes jambes.

– Il ne te laissera jamais le payer, bébé.

– C'est absurde ! Il n'a pas le choix.

– Sky, tu es ma nana, sa sœur. Sa famille, répond Parker. Tu as besoin de quelqu'un comme lui pour te protéger, et il ne travaille pas, donc il peut te dépanner. C'est aussi simple que ça.

– Chéri, tu t'entends ? C'est complètement illogique.

– C'est comme ça, dit Parker en haussant les épaules. Tu fais partie de la famille. Que tu le veuilles ou non, ton travail fait de toi une cible privilégiée pour les tarés du monde entier. Le métier de mon frère est de neutraliser les ennemis. S'il te croit en danger, il ne peut pas rester sans rien faire. C'est sa façon d'être. Tu comptes pour lui, désormais.

Je remue les orteils pour me libérer de ma prison de sable et je fais un pas vers Parker pour le regarder dans les yeux.

– Je le paierai, d'une façon ou d'une autre, je déclare avant de tourner les talons et de marcher d'un pas déterminé et agacé.

Le rire de Parker me suit jusqu'à ce que lui et Midnight passent devant moi en courant, m'obligeant à les suivre quand Sunny tire sur sa laisse.

***

Le téléphérique fend les airs en direction du Pain de Sucre, quatre cents mètres au-dessus de la terre et de l'océan, et je suis obnubilée par le bruit du câble passant dans le boîtier au-dessus de la cabine. J'adorerais profiter de la vue, mais j'arrive à peine à respirer. Je ferme les yeux et me blottis contre Parker, comme si ma vie en dépendait. Cela dit, c'est le cas. On va tous mourir. Les câbles sont affreusement fins, l'un d'eux va forcément casser, et toute la cabine va se balancer de gauche à droite avant de s'écraser dans l'océan ou la forêt.

J'imagine déjà les titres des journaux.

Skyler Paige meurt après une chute de quatre cents mètres, coincée dans une boîte en verre.

Elle a fait une chute libre jusqu'à frapper la cime des arbres, puis les rochers, avant de glisser jusqu'à l'océan, où elle est morte noyée. Hélas, son corps n'a pu être récupéré, car il était coincé dans une boîte en verre qui s'est écrasée sur le putain de fond marin !

Au moins, on a laissé les chiots avec Royce à l'hôtel.

– Sky, bébé, tu trembles, dit Parker en me caressant le dos. Tu as le vertige ? demande-t-il d'un ton surpris.

Je plante mes ongles dans son dos et il grogne sans les enlever. Cela dit, il ne le pourrait pas, même s'il le voulait, je ne le lâcherais pour rien au monde.

– Parle-moi, dit-il en riant.

– C'est fini ? je demande simplement.

– On arrive bientôt en haut. Pourquoi tu ne m'as pas dit que tu avais le vertige ? chuchote-t-il.

– Parce que ce n'est pas le cas, je mens. Enfin, pas vraiment. Ce qui me fout la trouille, c'est d'être suspendue à quatre cents mètres du sol dans une petite boîte ! j'explique d'une voix aiguë.

Il me serre contre lui et m'embrasse sur la tête.

– Il y a deux mille personnes qui montent dans ce téléphérique tous les jours. Tu n'as pas à t'inquiéter.

– Mmm… hmmm. Dis-moi juste quand c'estfini.

– Ça marche, ma pêche. Plus que trois minutes, tu peux y arriver.

Je ferme les yeux et compte les secondes, respirant profondément jusqu'à ce que je sente la cabine s'arrêter.

– Alléluia ! Faites-moi sortir de ce truc, je m'exclame.

Parker ricane, mais il me prend par la main et m'escorte jusqu'à la terre ferme. Si on n'était pas en public, je me jetterais par terre pour embrasser le sol. Au lieu de cela, j'essaie de me la jouer cool.

– Alors, tu as le vertige ? Je croyais que tu étais une dure à cuire, se moque Paul en me lançant un clin d'œil.

– Je le suis ! je gronde en grimaçant.

– Mais bien sûr. Tu n'es pas crédible, tu sais.

– Si tu le dis, je marmonne.

Je suis sur le point de le frapper sur le bras quand je découvre la vue, et j'avance jusqu'à la rambarde, émerveillée.

– Waouh… C'est vraiment le pays de Dieu…

Parker vient derrière moi et pose ses mains sur la barre, de part et d'autre des miennes. Il appuie son menton sur mon épaule et, ensemble, nous admirons la vue sur Rio, en contrebas, et sur Copacabana et Ipanema, au loin. Des voiliers et des yachts parsèment la baie de petits points blancs. Au-delà de la ville, la chaîne des montagnes couvertes de forêts luxuriantes appelle le touriste à se lancer à l'aventure et à la gravir jusqu'en son plus haut point, où est érigée la statue du Christ.

– Vous voyez la montagne avec le Christ ? demande Dennis.

Nous hochons la tête et restons silencieux.

– C'est le Corcovado, ça veut dire « bossu » en portugais.

– D'accord, je réponds simplement, époustouflée.

Nous restons ainsi une dizaine de minutes, sans parler, jusqu'à ce que Dennis brise le silence.

– Est-ce que vous avez déjà mangé du ah-sah-ii ?

Parker et moi nous tournons vers lui, confus.

– Je n'ai rien compris, je réponds.

Dennis fronce les sourcils et Paul rit avant d'épeler le mot.

– A-ç-a-i, vous savez ? La petite baie.

– Ah oui, bien sûr ! C'est plein d'antioxydants et on en trouve dans tout un tas de boissons diététiques, je réponds.

– Eh bien, ça vient du Brésil, explique Dennis d'un ton fier. Il faut que vous goûtiez ça dans une glace.

Il nous fait signe de le suivre jusqu'à un petit stand qui ne prépare que des yogourts glacés à l'açai. Il passe commande pour nous en portugais, sort des billets multicolores de sa poche et les donne au vendeur avant que Parker ou Paul n'aient pu dire quoi que ce soit.

– C'est nous qui payons le dîner, déclare Parker.

Paul hausse un sourcil, clairement sceptique, mais c'est mal connaître mon mec. La seule chose que Parker ne me laisse jamais faire, c'est payer les repas. Ça doit être une question de virilité, je ne sais pas. Je trouve ça plutôt galant, et après avoir passé un an et demi avec un homme qui s'attendait à ce que je paie pour tout, y compris pour ses fringues et ses courses, je suis contente d'avoir un mec aussi prévenant.

Je laisse les deux frères se fusiller du regard et me concentre sur le gobelet que me tend Dennis.

– Goûte. Les Américains adorent ça. Pour nous, ça n'a rien de spécial, mais chez toi, tout le monde trouve ça très exotique.

Je prends une généreuse cuillerée de glace violette, et le parfum d'açai explose dans ma bouche. C'est à la fois aigre et sucré, pas tout à fait amer et incroyablement rafraîchissant. Cela me rappelle la myrtille, la mûre, la fraise, sans que ce soit rien de tout ça. En fait, rien n'est comparable au goût de l'açai pur, et j'adore ça !

Parker prend son pot et me regarde gémir lorsque je prends une deuxième et une troisième bouchées. Il goûte enfin son yogourt, et je le vois écarquiller les yeux.

– Mince, c'est super-bon !

Je vous l'avais dit. Les Américains adorent ça.

Dennis avale une bouchée de sa glace et ne semble pas emballé.

– Pour être honnête, je ne comprends pas pourquoi vous en faites tout un plat, mais je suis ravi que ça vous plaise.

Paul ricane et avale plusieurs bouchées d'affilée.

– C'est quoi la suite ? je demande.

– Allons nous asseoir tout en haut et buvons un verre de vin en terminant notre glace. On pourra décider de ce qu'on fait pour le dîner.

Nous suivons Dennis vers un escalier qui nous mène encore plus haut et où se trouvent des boutiques souvenir. Je me dirige immédiatement vers les bibelots et découvre de petits arbres décorés de différentes pierres semi-précieuses.

Parker me rejoint alors que je prends un des arbres dans la main.

Il est posé sur une petite plaque composée de pierres multicolores qui ont été pressées ensemble. Au milieu de la base, un fil de fer doré est entortillé pour former un arbre avec une dizaine de branches, sur lesquelles sont posées des pierres.

– Qu'est-ce que c'est ? je demande à Dennis.

Il entre dans la boutique tandis que Paul monte la garde à l'entrée. Je mets le bibelot dans sa main et il remonte ses lunettes sur son nez. Je trouve cette manie adorable.

– Ce sont des arbres porte-bonheur. Ils sont décorés de pierres qui ont chacune leurs propriétés. L'idée est qu'on offre ces arbres à nos proches en fonction de ce que représentent les pierres. Par exemple, l'améthyste représente la force et la pureté.

– Mince, je crois qu'on en a pour un moment. Paul, tu devrais peut-être aller nous commander à boire pendant que Sky dévalise le magasin, dit Parker d'un ton moqueur.

– Je suis très bien où je suis. Je préfère avoir un œil sur vous à tout moment. Continuez. On a le temps, répond Paul.

Je me tourne de nouveau vers les petits arbres et mon regard se pose sur celui avec des turquoises.

– Il représente quoi, celui-là ?

– La guérison, répond Dennis en souriant.

Je pense aussitôt à Nate dans son lit d'hôpital. Rachel nous a écrit pour nous dire qu'il était réveillé et qu'il sortirait sans doute de l'unité de soins intensifs à la fin de la semaine. Peut-être que cet arbre lui servira de totem et l'aidera à guérir plus vite.

J'en étudie un autre avec des pierres orange foncé.

– Et celui-ci ?

– C'est de la cornaline. En général, on l'offre à quelqu'un à qui on souhaite d'avoir un bébé. Elle symbolise la fertilité.

– Bon sang, Sky, ne la touche même pas ! gronde Parker en saisissant ma main. On ne plaisante pas avec ce genre de chose.

– Mais chéri, Wendy veut un bébé, et ça pourrait les aider, après qu'ils ont perdu le premier.

Je grimace et pousse un juron en repensant à ce drame.

– D'accord. Du moment que tu ne pries pas pour que ce soit toi qui tombes enceinte, répond-il en posant une main sur mon ventre. Ce n'est pas le moment. Pas encore, d'accord ?

– Oui, chéri. Du moment que tu y penses, je veux bien attendre.

– Tu es parfaite, dit-il en me lançant un clin d'œil.

Je prends ensuite un arbre avec des pierres roses.

– Et lui ?

– Du quartz rose. Pour l'amour éternel, répond Dennis en souriant.

J'effleure les pierres du bout des doigts et chuchote mon souhait le plus cher.

– J'aimerais être avec Parker pour toujours.

Je prends les trois arbres et avance à la caisse.

Je suis sur le point de tendre ma carte de crédit au vendeur pour régler mes achats lorsque Paul saisit mon poignet et m'en empêche.

– Non, sœurette. Les cartes laissent une trace.

– Mais je n'ai pas de *pesos* !

– Chérie, au Brésil, la monnaie s'appelle le *real*, dit-il en secouant la tête. Les *pesos* sont la monnaie du Mexique.

– Mince, pardon.

Je regarde Paul sortir une liasse de billets et payer le vendeur.

– Je te rembourserai.

Il me lance un clin d'œil, mais ne répond rien, rangeant simplement sa liasse dans sa poche avant de rejoindre Dennis.

– Plutôt que de boire un verre, que diriez-vous d'aller dans un restaurant génial qui sert… Comment on dit *carne no palito* ? demande-t-il à Paul.

– C'est de la viande servie sur une brochette. Il m'y a déjà emmené, et c'est génial. C'est la meilleure viande que j'aie jamais mangée. Roy adorera ça, aussi.

– Ça a l'air super, et je serai morte de faim après le trajet de retour dans le train de la mort.

– Tu es prête à partir, alors ? me demande Parker, comme si mon bien-être était la seule chose qui comptait.

Je prends mon sac de souvenirs et me vois déjà poser notre petit arbre porte-bonheur sur la cheminée de notre toute nouvelle maison.

– Oui, chéri. Ça fait longtemps que je n'avais pas passé une aussi belle journée.

Il m'embrasse sur la tempe et me prend par les épaules.

– Un bon brunch, une belle balade sur la plage, des vues splendides, mon frère, son mec et l'amour de ma vie à mes côtés… Ouais. C'est une journée parfaite.

CHAPITRE 6

PARKER

Hélas, nous avons dû faire une croix sur les brochettes de viande, aussi bon que ça en avait l'air, car Royce nous a demandé de rentrer à l'hôtel pour parler de ce qu'il a trouvé en épluchant la comptabilité de Dennis.

Nous sommes tous les quatre assis autour de la table du salon de notre suite, tandis que Skyler nous donne à chacun un des cocktails qu'elle nous a concoctés en fredonnant joyeusement.

– Merci, bébé, je dis en étudiant mon verre.

Il contient un liquide transparent, avec des morceaux de citron et de citron vert écrasés. Je le soulève pour le regarder de près avant de le goûter.

– C'est quoi ?

– Une caipirinha, c'est un classique au Brésil, répond-elle fièrement. J'ai trouvé la recette dans le bar. C'est surtout du rhum, de la *cachaça* et des agrumes.

– Et… c'est quoi la *cachaça* ?

– C'est du sucre de canne fermenté. Je ne sais pas, chéri, j'ai juste suivi la recette, dit-elle en souriant et en buvant une gorgée. C'est pas mal. C'est fort en alcool, ce qui n'est pas forcément une mauvaise chose.

– Non, en effet.

Je goûte à mon tour la mixture, le sucré-amer de la *cachaça* et du citron me fait grimacer. Ce n'est pas désagréable, mais je n'en boirais pas plus d'un. Elle a raison de dire qu'on sent beaucoup le rhum, ce qui est super.

– Meuf, c'est délicieux ! s'exclame Royce en buvant la moitié de son verre.

– Tout doux, frangin, n'oublie pas que tu es en jet-lag, je dis à mon ami.

– Tu insinues que je ne tiens pas l'alcool ? N'oublions pas qui boit du véritable alcool dans notre joyeuse bande.

C'est vrai que Roy ne boit presque que du whisky, contrairement à Bo et moi qui préférons les bières. Ça colle bien avec son look apprêté, son bouc est parfaitement rasé et son crâne brille à la lumière de la chambre. Il est vêtu d'un T-shirt bordeaux moulant qui doit coûter plus que toute ma tenue, et d'un jogging gris assez ample. Roy aime que ses vêtements soient « aussi doux que le sein d'une femme », comme il le dit si bien, et il est prêt à y mettre le prix.

Royce prend les documents devant lui et en donne une copie à Dennis, puis à moi. Paul s'assoit à côté de son homme et le prend par les épaules en signe de soutien, même s'il ne se mêlera pas à la conversation à moins d'y être invité.

– Je nous commande à manger. Le menu parle de quelque chose qui ressemble à des boulettes de fromage de chèvre… je ne peux pas ne pas en prendre, dit Skyler en épluchant le menu.

– *Pao de queijo*, Sky. C'est du pain au fromage. Il faut que tu goûtes ça, dit Dennis. S'ils en ont, commande aussi du *feijoada*, c'est un ragoût de porc avec des haricots noirs. C'est délicieux.

– Miam, murmure Skyler en se frottant le ventre.

Je ris et ne peux la quitter des yeux. Elle est décalée, adorable et tellement rayonnante qu'elle m'éblouit en permanence. C'est dans des moments comme celui-ci que je n'en reviens pas qu'elle soit à moi.

– Et, ma puce, s'ils ont de ces boulettes de poulet et de fromage… grogne Royce en se léchant les lèvres.

– *Coxinha*, précise Dennis.

– C'est ça, acquiesce Royce en pointant son index sur Dennis. Prends-en plein.

Skyler hoche la tête en parcourant le menu.

– Et des *pastel*, aussi. J'adore ça. Peu importe qu'ils soient à la viande ou au fromage, ces trucs sont délicieux.

– Apparemment, on dîne de pain, de fromage, de haricots et de ragoût, résume Skyler en souriant.

– Il vaut toujours mieux manger local, bébé, c'est parfait, je dis pour la rassurer.

Je parie qu'elle s'en veut déjà de commander des plats aussi caloriques alors qu'elle veut être en forme pour le tournage de ses prochains films.

– Ne t'en fais pas, ma pêche, on éliminera tout ça cette nuit, je dis en lui lançant un sourire provocateur.

Elle me regarde en écarquillant les yeux, bouche bée.

– J'ai entendu ! s'exclame Royce alors que Paul secoue la tête en riant.

Dennis rougit timidement et Skyler me fusille du regard.

– Je t'aime, bébé, je dis en lui soufflant un baiser.

Son regard assassin ne disparaît pas, mais je la connais bien. Elle ne m'en veut pas, elle n'est simplement pas ravie que je fasse ce genre de sous-entendus en public. Si Skyler n'est pas pudique en matière de sexe, elle n'aime pas qu'on en parle en dehors de l'intimité de notre chambre.

– Je vais commander les plats, dit-elle enfin. Quelqu'un veut un autre verre ?

Les trois autres lèvent leurs verres vides, mais je mets le mien de côté.

– Je veux bien une bière, s'ils en ont.

– Ça roule, répond-elle en tournant les talons et en s'éloignant avec un déhanché provocateur.

– Mec, tu ne risques pas de t'ennuyer avec celle-là, dit Royce en la regardant partir.

– Oh que non ! je réponds en souriant.

– Tu dois remercier le Ciel chaque jour de te l'avoir envoyée.

– Absolument, je réponds en lui tendant le poing.

Il le frappe avec le sien et reprend ses documents.

– Bon, et si on parlait de ce que j'ai trouvé ? Je te préviens, Dennis, ça ne sent pas bon. Il y a un problème dans tes comptes, c'est clair. Il faut que j'aille au siège demain pour remonter plus loin dans la compta et demander d'autres données, mais d'après mes calculs, un et un ne font pas deux, tu me suis ?

Dennis se mord la lèvre et remonte ses lunettes sur le nez en hochant la tête.

– Déjà, si vous regardez en page une, à la ligne trente-deux, l'intitulé du compte est bizarre. C'est quoi une « réserve produit » ?

– Je ne sais pas, répond Dennis. Peut-être que c'est un compte où on place l'argent pour les achats ?

– Non, ces comptes-là sont présentés de la ligne quatre à la ligne dix. L'argent entre et sort régulièrement de ces comptes mais, pour une raison qui m'échappe, beaucoup d'argent atterrit sur le compte « réserve produit », et je n'ai rien trouvé dans les documents que tu m'as donnés qui explique à quoi serviraient ces sommes. Si vous allez en page trois, vous verrez que l'argent sur ce compte diminue tous les quinze jours, laissant toujours environ quatre mille *reais*, ce qui équivaut à environ mille dollars.

Dennis étudie les documents pendant plusieurs minutes.

– À quoi sert ce compte si ce n'est à payer les produits ou nos autres dépenses ?

– Justement, répond Royce. Il tombe à mille dollars tous les quinze jours, sans faute. Il faut que j'aille au bureau pour voir où va l'argent, mais ce n'est pas sur un compte dont tu m'as donné les relevés, ce qui signifie que l'argent n'est pas tracé. J'ai déjà vu ça, mec. Et en général, le compte est détenu par un employé haut placé, si tu vois ce que je veux dire…

– *Maldito inferno* ! s'exclame Dennis.

Je n'ai pas besoin de parler portugais pour savoir que ce qu'il vient de proférer est une injure.

– Il faut que j'appelle mon frère ! dit-il en se levant si vite que sa chaise manque se renverser.

– Reste calme, Dennis, dit mon frère en se levant. Laisse Roy enquêter avant de tirer des conclusions hâtives.

Dennis se force à respirer lentement, et il hoche la tête en se rasseyant.

– Il y a autre chose ?

– Ouais… répond Royce. Le pire dans cette histoire, c'est que j'ai trouvé deux autres comptes comme celui-là. Cachés de la vue de tous. Apparemment, les trop-perçus des problèmes dont tu m'as parlé, les paiements à prix réduit, les pertes de produits… L'argent ne disparaît pas : il atterrit sur ces comptes, qui sont également vidés tous les quinze jours, comme le premier.

– On parle de quels montants, tu as un ordre d'idée ? je demande d'un ton nerveux.

– Sur trois mois, ça fait quatre cent cinquante mille *reais*, ce qui équivaut à environ cent vingt mille dollars. Vous perdez à peu près quarante mille dollars par mois. Comme vous êtes dans l'import-export, vous avez des rentrées d'argent en dollars, en euros, en pesos, en kroner, en yen, en livres sterling, et plein d'autres monnaies, ce qui fait qu'il est difficile de suivre les comptes de résultat. Et la personne qui empoche cet argent doit savoir que celle qui s'occupe de la comptabilité ne comprend pas tout.

– Moi, gronde Dennis. C'est moi qui ne comprends pas tout. En revanche, mon frère, notre comptable, ainsi que le DAF devraient tous les trois comprendre. Cela dit, les deux autres sont sous les ordres de Fabian.

– Merde… marmonne Royce en se passant la main sur le crâne.

– Tu vas me dire que mon frère nous vole de l'argent ? Me vole de l'argent ? À toute notre famille, d'ailleurs, puisque mes parents perçoivent un pourcentage de nos bénéfices pour assurer leurs vieux jours.

– Je ne peux pas encore le prouver, répond Royce en hochant la tête, et je te conseille de ne pas lui en parler tant qu'on n'en est pas sûrs. Park et moi irons au siège demain pour nous renseigner et, avec un peu de chance, j'aurai une réponse moins inquiétante à te donner.

Dennis hoche la tête, mais il semble perdu dans ses pensées.

– Ma mère et mon père nous invitent, mes amis et moi, à dîner demain soir.

Il regarde Paul lorsqu'il dit le mot « ami », et je vois mon frère grincer des dents.

– Tes amis ? dit-il d'un ton agacé.

– Chéri…, répond Dennis en posant sa main sur celle de Paul. *Por favor…*

Le regard de Paul devient glacial et je comprends qu'il est blessé, en plus d'être en colère. Il se lève brusquement et, cette fois, sa chaise se renverse bruyamment. Il la pousse d'un coup de pied alors que Skyler arrive avec deux autres cocktails.

– Il va me falloir quelque chose de plus fort, sœurette.

– Tu veux faire des shots de rhum ? répond-elle aussitôt.

– Épouse-la, frangin, dit Paul en me regardant par-dessus son épaule.

Skyler, qui n'a pas suivi l'échange, sourit joyeusement et remercie mon frère. Elle vient à nous et pose les cocktails devant Roy et Dennis, qui en vide la moitié d'un trait.

– Ton frère m'aime bien… me lance-t-elle d'une voix moqueuse, rejetant ses cheveux par-dessus son épaule. Allez, Paulie, il est l'heure de picoler !

– Enfin ! gronde-t-il.

– Qu'est-ce qui s'est passé ? je demande à Dennis.

Il ferme les yeux et se mord la lèvre.

– C'est une dispute récurrente entre nous. Ma famille n'a pas encore accepté mon orientation sexuelle. Je pense qu'à force de nous voir ensemble, ils finiront par comprendre, mais… Paul va se calmer, ne t'en fais pas.

– Ok… je dis en regardant Royce qui hausse les épaules.

La colère de Paul est flagrante. Dennis le regarde enchaîner deux shots de rhum et dire à Skyler de lui en servir un troisième. Il le vide également d'un trait et n'a pas la moindre réaction, comme s'il faisait ça tous les jours.

Il va falloir que je parle à mon frère, j'ajoute ça à la liste de choses que je dois redécouvrir à son sujet. Avec ses absences prolongées des dix dernières années, nous nous sommes éloignés et nous avons perdu ce lien qui unit les fratries. Nos blagues privées sont rares, et mon frère a souvent un regard lointain que je ne parviens pas à percer. S'il reste un moment à Boston, cette fois-ci, je ferai en sorte qu'on redevienne aussi proches que lorsqu'on était enfants. On était inséparables.

La sonnette retentit et Paul lève brusquement la tête, comme si un coup de feu avait été tiré.

– C'est le room service. La nourriture, tu te souviens ? dit Skyler.

Sa mâchoire se contracte et il sort du salon pour ouvrir.

– Reste là. Je ne veux pas qu'on te voie, lui dit-il en pointant son index sur elle.

Elle lui fait un salut militaire en souriant jusqu'aux oreilles.

– Bien, capitaine.

Je ne peux m'empêcher de rire, dire que cette andouille est toute à moi.

***

Hier soir, nous avons tous beaucoup bu, puis tout le monde est rentré se coucher, Roy dans sa chambre, et Paul et Dennis dans son appartement. Ils ne se parlaient toujours pas, sauf pour s'envoyer des piques.

Nous avons passé la journée au siège de l'entreprise de Dennis, à passer en revue les documents comptables et à parler aux employés. Cela a été très compliqué, car la plupart ne parlaient que très mal anglais, et Dennis a fini par accepter que nous engagions les services d'un interprète qui ne soit pas un membre de sa famille, j'ai ainsi pu interroger les employés en étant sûr d'obtenir des réponses honnêtes.

Hélas, la situation est encore plus compliquée que nous l'avions perçue hier soir. Les sommes sur les comptes mystères sont sans cesse transférées vers d'autres lignes de comptes, et nous avons fini par faire appel aux talents de piratage de Wendy. Elle nous a informés qu'il lui faudrait au moins vingt-quatre heures pour opérer, et nous avons préféré ne pas lui demander de détails.

Je soupire, tandis que Skyler prend ma main. Nous montons les marches derrière Dennis qui nous mène à la demeure majestueuse de ses parents. Elle s'étend sur un seul étage, les murs sont en stuc crème avec des moulures en acajou foncé. Elle est bordée d'énormes pots de fleurs contenant des palmiers et des fleurs multicolores, et elle est située en haut d'une colline qui domine les montagnes où nous nous sommes rendus hier.

Dennis frappe à la porte, ce que je trouve étrange, car Paul et moi entrons toujours chez nos parents sans sonner. Peut-être est-ce une différence culturelle. Toutefois, ce n'est pas le plus étrange : au lieu d'être aux côtés de son homme, Paul est derrière Royce, Skyler et moi.

Skyler tient un bouquet de fleurs, j'ai pris une très bonne bouteille de vin et Royce a apporté les desserts qu'il a demandé à l'hôtel de préparer pour l'occasion. Pour une fois, Paul a fait un effort vestimentaire, troquant son treillis contre un pantalon bleu marine, et son T-shirt contre une chemise à manches courtes. Skyler a choisi une robe légère multicolore, qui lui va à ravir comme toujours, et des sandales à talons compensés. Comme à son habitude, Royce est tiré à quatre épingles, avec un costume en lin beige, des sandales en cuir très élégantes et une chemise jaune pâle parfaitement repassée. Le seul changement, c'est qu'il n'a pas mis de cravate. De mon côté, j'ai opté pour un style touriste chic, avec un chino beige, une chemise blanche dont le premier bouton est défait, une veste bleu marine et mes mocassins blancs.

La porte s'ouvre, et une petite femme rondelette prend aussitôt Dennis dans ses bras. Elle lui ressemble beaucoup, avec ses cheveux bruns, ses yeux marron, son nez aquilin et ses pommettes saillantes.

– *Meu bebê !* s'exclame-t-elle.

– *Mamãe*, répond-il avant de repasser à l'anglais. Je suis content de te voir.

Elle sourit jusqu'aux oreilles et lève la tête vers nous.

– Bienvenue à tous. J'espère que vous avez faim, dit-elle d'une voix douce.

Paul pousse une sorte de grognement derrière moi, et lorsque je me tourne vers lui, il fuit mon regard et secoue la tête. Apparemment, il n'est pas moins ronchon qu'hier soir.

Dennis et sa mère nous escortent à l'intérieur, et je suis surpris de découvrir la maison dans laquelle il a grandi. Des couleurs vives et des motifs variés couvrent les murs du sol au plafond. À l'évidence, ils ont tiré parti de leurs importations internationales. Des meubles et des sculptures toutes plus intéressantes les unes que les autres me rappellent celles que j'ai vues en Europe, en plus d'éléments d'inspiration asiatique, et c'est sans parler des tapisseries d'origine moyen-orientale.

Nous descendons quelques marches, au bas desquelles une douzaine de personnes nous attendent, un verre ou un petit four à la main. Un groupe d'enfants se faufilent entre nous en courant et disparaissent dans la maison en hurlant de rire. Un parfum de pain chaud et de grillades embaume la pièce, et mon ventre gargouille aussitôt.

– Tout le monde, je vous présente mes amis venus des États-Unis. Les fois dernières, vous avez rencontré mon ami Paulo. Voici son frère, Parker, sa copine, Skyler…

Une des femmes pousse un petit cri et écarquille les yeux en se couvrant la bouche.

– Voici Royce, l'ami et l'associé de Parker. Ils sont ici, car je leur ai demandé de l'aide pour un petit souci au travail.

Dennis désigne les membres de sa famille en indiquant leur nom, mais j'ai la tête ailleurs. Je n'en reviens pas qu'il n'ait pas parlé de Paul comme étant son petit copain ou son partenaire. Quand Paul a présenté Dennis à nos parents, il n'a laissé aucun doute quant au fait qu'ils étaient ensemble et que c'était sérieux. C'est comme si Dennis n'avait pas dit à sa famille qu'il était en couple avec Paul. Mais pourquoi ?

Lorsque les présentations sont faites, une femme qui ressemble beaucoup à Dennis, mais qui doit avoir dix ans de plus, le prend dans ses bras.

– *Meu irmãozinho*, chuchote-t-elle en souriant.

Elle est ravissante, avec des mèches blondes parsemant ses cheveux bruns et une peau lisse et mate. Elle recule la tête et prend le visage de son frère dans ses mains.

– Tu as l'air heureux, dit-elle en regardant Paul. Dois-je supposer que ton bonheur est dû à ce bel homme ?

Bon, apparemment sa famille sait qui est Paul et ce qu'il représente pour Dennis. Quelque chose ne tourne pas rond.

– Grâce à lui, je suis le plus heureux sur terre, Raissa, répond Dennis en regardant son homme.

– Tant mieux. Mon petit frère mérite d'être heureux, quoi que pensent *Mãe e Pai*. Tu sais que je serai toujours là pour toi.

– *Sim, irmã*. Je le sais. *Obrigado*.

Elle s'éloigne de son frère pour prendre Paul dans ses bras. Elle chuchote quelque chose à son oreille et il hoche la tête d'un air profondément attristé. Il souffre, mais il refuse d'en parler.

– Chéri, Paul ne va pas bien, me dit Skyler.

– Je sais, bébé, je réponds en la prenant par la taille. Je vais tâcher de savoir ce qui se passe.

Raissa serre la main de Royce, puis elle vient vers nous.

– Parker, Skyler, je suis Raissa, la grande sœur de Dennis. Je suis ravie de vous rencontrer. Et, Skyler, je suis une énorme fan. J'ai vu tous tes films.

Skyler sourit en prenant la main de Raissa.

– Venez, prenez un verre et servez-vous à manger. Les Brésiliens sont les meilleurs en cuisine, dit-elle fièrement.

– Je suis entièrement d'accord. Dennis nous a emmenés déjeuner à Copacabana hier, et on a commandé des spécialités locales à l'hôtel, hier soir et… c'était délicieux, répond Skyler en se frottant le ventre. Je vais prendre au moins trois kilos si je ne fais pas attention.

– Eh bien, si tu n'as pas pris au moins cinq kilos quand tu repars, c'est que nous t'avons mal accueillie, dit Raissa en souriant.

Skyler et moi éclatons de rire et la suivons dans la cuisine, où nous sommes de nouveau présentés à sa mère, Lucia, et à son père, Cadu. J'observe les interactions de Dennis avec sa famille et remarque qu'il reste à l'écart de Paul. Lorsque nous étions à Boston, ils étaient quasi inséparables. Or, ici, c'est comme si un océan les séparait.

Paul nous suit de pièce en pièce sans dire un mot, sans prendre part aux conversations. Ce n'est pas inhabituel, Paul a toujours été du genre à écouter plutôt qu'à parler. Toutefois, ce soir, c'est comme s'il faisait tout pour ne pas attirer l'attention sur lui.

J'ai toujours protégé les miens et je n'aime pas l'attitude des Romoaldo envers Paul, alors je m'immisce entre Skyler et les parents de Dennis, qui sont en train de parler sur la terrasse. Je la prends par les épaules et j'attends l'occasion de savoir ce qui se passe. Cela se produit vite, car Raissa nous rejoint et nous demande comment se passent les choses à Boston. Plutôt que lui répondre qu'un psychopathe essaie de me tuer et de faire de Skyler son esclave, je dévie la conversation sur Paul et Dennis.

– Très bien, merci. Je dois dire que mes parents sont ravis que Paul s'engage à long terme avec Dennis. Ils s'inquiètent toujours pour leurs fils, et maintenant qu'ils savent que Dennis s'occupe de Paul tandis que Skyler s'occupe de moi, ma mère ne parle plus que de mariage, je réponds d'un ton joyeux.

À mes côtés, Paul se crispe et Dennis soupire bruyamment en fronçant les sourcils, mais cela ne m'empêche pas de continuer.

– Bien sûr, ils ont été surpris d'apprendre que Paul avait un petit ami, mais on adore tous Dennis et on est ravis pour eux.

– Park ! gronde Paul.

– Les voir aussi amoureux nous fait chaud au cœur, je poursuis. Dennis est vraiment génial. Vous avez élevé un fils merveilleux, et je m'estime chanceux de l'avoir comme beau-frère.

Un silence de plomb s'abat sur la terrasse tandis que tous les membres de la famille Romoaldo cessent leurs conversations pour dévisager Cadu et Lucia. Cette dernière se crispe et, le visage impassible, elle me regarde dans les yeux et me fend le cœur.

– Si Dennis veut épouser votre frère, il faudra me passer sur le corps. Ils ne sont pas en couple. Ils ne formeront jamais un couple. Je vous prie de cesser vos propos blasphématoires. Votre frère a peut-être perturbé mon fils quelque temps, mais nous avons réglé le problème ensemble. Il n'entacherait jamais l'honneur de notre famille et n'irait jamais à l'encontre de notre Dieu en se dépravant de la sorte.

– *Mamãe*, arrête, s'il te plaît, dit Dennis.

– Je croyais que nous étions d'accord pour que tu n'amènes plus jamais cet homme chez nous. Je hais tout ce qu'il représente. Il essaie de faire de mon fils quelque chose qu'il n'est pas.

– *Mamãe*, Paul est dans ma vie, que vous le vouliez ou non. J'ai accepté de ne pas parler de mon homosexualité et de faire semblant lorsque je suis avec vous, mais ça ne changera rien au fait que je suis gay.

– Je refuse d'entendre de telles horreurs sous mon toit ! s'exclame Lucia en se couvrant les oreilles.

Son mari fronce les sourcils et la prend par la taille, lui parlant en portugais tout en la ramenant dans la maison.

– C'est quoi ce bordel ? je grogne en fusillant Dennis du regard. Tu nous amènes ici en sachant qu'ils n'aiment pas mon frère ? Pourquoi tu fais ça ?

Skyler me connaît bien et elle caresse mon dos pour me calmer.

Paul se rapproche et pose ses mains sur les épaules de Dennis en signe de soutien.

– Ce n'est rien, Park. C'est comme ça chaque fois qu'on vient. On s'évite le plus possible, et en général la situation ne dérape pas.

– Je… je… C'est n'importe quoi ! je hurle. Tu ne peux pas prétendre être quelqu'un que tu n'es pas, c'est insensé ! Ils te détestent, Paul. C'est pour ça que tu fais la gueule depuis qu'on a su qu'on venait ici ? Pourquoi tu es venu ? je demande en secouant la tête. Dennis, je suis désolé, mais ta famille a un gros souci.

Dennis rougit légèrement et ses yeux se remplissent de larmes.

– Tu ne comprends pas. C'est juste qu'ils n'ont pas encore accepté mon homosexualité. J'ai encore espoir qu'un jour, ils y parviendront. J'ai pensé que s'ils me voyaient avec Paul et nous voyaient heureux ensemble, ils accepteraient la situation, comme Raissa.

Il désigne sa sœur, qui le regarde d'un air profondément attristé. Elle lui souffle un baiser, mais ne s'en mêle pas.

– Ça ne me plaît pas du tout. Je refuse de dîner avec des gens qui haïssent mon frère parce qu'il est amoureux de leur fils. C'est hors de question.

Je respire profondément et regarde au loin, vers la statue du Christ qui envoie à ses disciples un message d'amour et de solidarité. Apparemment, le message n'est pas parvenu jusqu'à cette maison.

– Tout ce que je sais, c'est qu'on doit être honnêtes avec nous-même et laisser nos obligations familiales derrière nous. Quand on prend la main de la personne qui est faite pour nous, cette personne que l'on aime de tout son cœur, cette personne devient notre famille. Le reste est superflu.

– Parker… Avec le temps, ils finiront par comprendre, répond Dennis.

– Je suis désolé, mec, mais tant que ce n'est pas le cas, je ne peux pas être ici. Je refuse de rentrer dans votre jeu. Sois toi-même et je te soutiendrai, Dennis. Mais pas ça. Je ne pourrai jamais rester les bras croisés face à la haine qui est dirigée contre mon frère. Il a fallu un courage énorme à Paul pour m'annoncer qu'il était bi et qu'il t'aimait, et il a dû tout recommencer lorsqu'il t'a présenté à la famille. Ils n'ont peut-être pas tout compris tout de suite, mais ils ne t'ont jamais manqué de respect. D'ailleurs, ils ont pris sur eux et ils t'ont accueilli à bras ouverts. Penses-y. Pour l'instant, on se tire, bébé, je dis à Skyler en prenant sa main.

– On t'aime, Dennis, dit-elle avant de me suivre à la porte.

Lorsque nous arrivons dans le hall d'entrée, j'entends la voix de Royce et je regarde par-dessus mon épaule. Il serre Dennis dans ses bras en frappant son dos.

– Tu as une décision à prendre, mon frère. À demain, lui dit-il.

Mon frère se poste devant Dennis et je l'attends tandis qu'il lui parle.

– Je pars avec eux. Tu viens avec moi ou tu restes ici ? demande-t-il à l'homme de sa vie.

Il semble retenir sa respiration en attendant la réponse de Dennis, qui plonge son regard dans le sien. Ce dernier ferme les yeux et laisse couler ses larmes, puis il prend la main de Paul et caresse tendrement sa joue.

– *Paulo*, je serai toujours avec toi. *Minha família.*

CHAPITRE 7

SKYLER

À côté de moi, Parker remue pour la millième fois et soupire longuement en caressant ma cuisse. Je ne suis pas sûre qu'il soit conscient de ce qu'il fait, mais je sais que quelque chose le dérange. Il est encore tôt, les rayons du soleil pénètrent tout juste à travers les rideaux. Je caresse lentement son torse et l'embrasse sur les pectoraux. J'y pose ma tête et attends quelques minutes pour voir s'il va dire quelque chose. Comme ce n'est pas le cas, je décide qu'il est temps de m'en mêler.

– Chéri, tu as à peine fermé l'œil. Tu veux en parler ?

Il me serre contre lui avant de rouler sur le côté, pour que nous soyons face à face.

– La soirée d'hier était un désastre, marmonne-t-il.

– Je suis entièrement d'accord.

– Ce n'est pas normal. Paul et Dennis ne devraient pas avoir à cacher leur relation aux gens qui sont censés les soutenir et les aimer le plus.

Parker est vraiment quelqu'un de bien. Il a passé la nuit à s'inquiéter pour son frère et son compagnon.

– Tu as raison, je dis en effleurant sa bouche. Le véritable amour est sans condition. Hélas, les gens sont parfois très obtus et les parents de Dennis n'arrivent pas à accepter que leur fils soit gay.

– Mais pourquoi ? La personne qu'il aime et avec qui il choisit de coucher ne les regarde absolument pas !

– C'est vrai, je concède en coiffant ses cheveux en arrière, mais au sein d'une famille soudée, les gens pensent parfois qu'ils peuvent juger et critiquer les autres impunément. C'est un des inconvénients d'une famille unie. Cela dit, je suis mal placée pour en parler, car ça fait longtemps que je n'ai plus de famille en dehors de Tracey.

Je fronce les sourcils en repensant à mon amie et à la façon dont nous nous sommes quittées à l'hôpital. Mon cœur se brise à l'idée que notre amitié n'est plus aussi solide qu'elle l'était, et je ne sais pas comment y remédier.

– Mes parents ont toujours été impliqués dans notre vie, répond Parker, de près ou de loin, mais ils ne nous imposeraient jamais leur point de vue. Paul et moi avons toujours pris nos propres décisions.

Je ne peux m'empêcher de rire en pensant à Madame Ellis.

– Je ne crois pas que ce soit tout à fait vrai, chéri. Ta mère et ton père sont très impliqués dans ta vie et dans celle des mecs. C'est juste qu'ils sont moins envahissants et qu'ils sont toujours dans votre camp, contrairement à la famille Romoaldo. Tant que vous ne souffrez pas, le clan Ellis reste en retrait. Néanmoins, quand tu étais à l'hôpital, ta mère n'a eu aucun scrupule à donner des ordres aux infirmières, et parfois même à moi, je dis en riant. Elle râlait sans cesse contre ton père, et tous tes amis avaient une liste de tâches à accomplir. Elle a même insisté pour qu'on apporte de la soupe chez Wendy et Mick, alors qu'ils ont un cuisinier et qu'ils étaient parfaitement capables de prendre soin de nous !

Parker sourit jusqu'aux oreilles et un rayon de soleil illumine son visage, faisant scintiller ses yeux bleus.

– Tu n'as pas tort.

– Je sais. Et ce n'est pas tout ! Elle et la mère de Royce ont décidé qu'elles aideraient à organiser le mariage de Wendy sans jamais demander son avis.

– Ma mère n'a pas de fille, répond Parker en fronçant les sourcils, et Wendy n'a pas de mère. Elle veut lui filer un coup de main, c'est tout.

– D'accord, mais on trouverait ça envahissant et agaçant si Wendy n'était pas désespérément triste de ne pas avoir de mère. Heureusement, ta mère est ravie de jouer ce rôle. C'est sans doute la même chose pour Lucia : elle pense que son fils fait une erreur et elle ne peut pas s'empêcher de le lui dire. Tu peux dire ce que tu veux, chéri, mais chaque famille fonctionne différemment.

– Mais ce qui s'est passé hier soir était cruel. Tu vas me dire que tu penses qu'elle avait raison ?

– Bien sûr que non ! J'essaie juste de te dire qu'elle avait sans doute de bonnes intentions. Dennis doit penser la même chose, sinon il n'aurait pas emmené Paul chez ses parents.

– Eh bien justement : pourquoi il nous a invités chez lui ? C'est insensé.

– Écoute, je n'ai pas aimé leur réaction, et ce qu'a dit sa mère était affreux. Mais je comprends que Dennis veuille tout faire pour que sa famille accepte son petit ami. À mon avis, il pensait que nous rencontrer les aiderait à se faire à l'idée qu'il est en couple avec Paul et il espérait sans doute qu'en voyant que la famille de Paul les accepte, ils commenceraient à changer d'avis.

– Tu crois ?

– C'est possible. Promets-moi juste de ne pas t'en prendre à Dennis aujourd'hui. Il a déjà assez de soucis comme ça. Et puis, tu devrais mettre en pratique ce que tu prêches : si tu ne veux pas qu'ils se mêlent du couple de ton frère et de ses choix de vie, tu dois en faire de même. On doit montrer l'exemple, tu ne crois pas ?

Parker me sourit et s'allonge sur moi.

– Bon sang, ma nana est vraiment intelligente.

Il effleure mon nez avec le sien et je glousse en voyant que son inquiétude a disparu.

– Et incroyablement belle, poursuit-il en m'embrassant. Et généreuse, et insatiable au pieu, ajoute-t-il en jouant des sourcils.

Il m'embrasse et je ris contre sa bouche.

– Et elle m'aime, dit-il en appuyant son front contre le mien. Tu m'aimes vraiment. Parfois, j'ai encore du mal à le croire.

Je souris jusqu'aux oreilles tandis qu'il frotte son érection à mon entrejambe, m'excitant aussitôt. Il a raison, je suis insatiable.

***

Beaucoup plus tard, Parker a enfilé son costume, il se prépare à retrouver Royce au siège de l'entreprise familiale de Dennis lorsque j'entends mon téléphone vibrer. Je sors du lit, merveilleusement comblée. Je passe devant Parker, complètement nue, et lui souris.

– Mon Dieu ! grogne-t-il en me reluquant de la tête aux pieds.

– Je suis contente que tu y penses, n'oublie pas que tu m'as promis qu'on irait voir le Christ avant qu'on parte.

– Ma pêche, tu pourrais me demander ce que tu veux, je ne peux rien te refuser quand tu es à poil, répond-il en même temps que son regard s'embrase.

Je souris en fouillant dans mon sac. J'en sors mon téléphone et découvre les sms et appels manqués que j'ai reçus depuis hier. Le premier message est de Rachel, je me dépêche de l'ouvrir. Je n'ai pas aimé partir aussi vite, mais je sais que c'était pour le mieux.

De : Rachel Van Dyken
À : Skyler Paige

Nate est réveillé et d'humeur bagarreuse.
Il n'aime pas être loin de toi et ne pas
pouvoir te protéger. Prends soin de toi.
Tu n'as pas intérêt à avoir la moindre
égratignure quand tu rentres, sinon
ton soldat aura affaire à nous. Dis-lui.

Je suis profondément soulagée d'apprendre que Nate est en bonne voie de guérison. Le fait qu'il s'inquiète pour moi est un très bon signe.

– Nate va mieux, chéri ! je dis à Parker, qui se brosse les dents.

Il se tourne vers moi et m'offre un sourire plein de dentifrice, la brosse coincée dans sa bouche, et il lève les pouces.

Je retourne près du lit et enfile une chemise de Parker. Puis, repérant ma culotte, je me dépêche de l'enfiler. Je m'assois sur le matelas pour lire le message suivant en passant ma main dans mes cheveux ébouriffés.

Le message est de Tracey, et je retiens mes larmes en l'ouvrant.

De : Tracey Wilson
À : Skyler Paige

Je n'aime pas qu'on soit fâchées.
J'ai été au bureau d'IG pour te voir
et personne ne veut me dire où tu es.
Je m'inquiète pour toi, Birdie.
Appelle-moi. Je t'en supplie.

Quelques heures plus tard, elle m'a envoyé un autre message.

De : Tracey Wilson
À : Skyler Paige

J'ai suivi tes conseils et je suis rentrée
chez moi. Je suis à New York.
Tu sais comment me joindre.
Appelle-moi, s'il te plaît.
J'ai besoin de savoir que tu vas bien.
Je t'aime.

Elle m'aime.

Ma gorge se noue tandis que je relis son message. Si elle m'aimait, elle chercherait à me comprendre et à soutenir ma relation avec l'homme de ma vie. On achète une maison ensemble et on a adopté des chiens. Parker sera toujours dans ma vie. Pourquoi ne le comprend-elle pas et pourquoi ne peut-elle pas être heureuse pour moi ?

Tracey est la seule famille que j'ai depuis la mort de mes parents. Quand leur bateau a explosé, je pensais avoir tout perdu. Tracey ne mentait pas en disant qu'elle m'a ramassée à la petite cuillère. Cela dit, Johan était là, aussi.

Johan.

La femme en qui j'avais le plus confiance fournissait de la drogue et des femmes à l'homme que j'aimais, tout ça parce qu'elle pensait qu'il ne me méritait pas. Maintenant, elle pense la même chose de Parker. Or, elle ne pourrait rien lui proposer qui le pousserait à me tromper ou à me faire du mal. Il aurait pu coucher avec Alexis, à Montréal, et il ne l'a pas fait alors qu'à l'époque, il pensait que c'était fini entre nous. Il est resté fidèle à notre amour. Il souffrait parce qu'il croyait que j'avais couché avec Johan, et il m'est resté fidèle. Pourquoi Tracey ne voit-elle pas combien il m'aime ? Que notre avenir est ensemble ? Je suis enfin heureuse grâce à Parker, et ma meilleure amie refuse de l'accepter.

Pourquoi ?

Mon téléphone vibre dans ma main et je baisse les yeux. Mon cœur se met à battre la chamade et mon sang se glace.

De : Inconnu
À : Skyler Paige

Si tu ne te montres pas,
je vais devoir venir te chercher.

– Parker ! je crie d'une voix aiguë.

J'entends quelque chose tomber dans le lavabo et Parker se précipite à mes côtés. Les chiots le voient et pensent qu'il est l'heure de jouer, du coup ils lui courent après.

– Qu'est-ce qu'il y a ? demande-t-il alors que je me jette dans ses bras.

– Il est de retour.

– Qui ?

Je desserre mon étreinte pour lui montrer mon téléphone. Il lit le message, puis il appuie sur quelques boutons et plaque mon portable sur son oreille, tout en me tenant contre lui.

– Skyler vient de recevoir un message. Tu peux le tracer ? Ajoute Paul à la conversation, ordonne-t-il à Wendy avant de se tourner vers moi. Ça va aller, bébé. Tu es en sécurité ici. On est loin de Boston. Très loin. Il ne peut rien t'arriver.

Je hoche la tête avant de poser mon oreille contre sa poitrine. Son cœur bat vite, mais je me sens plus calme en l'entendant.

– Ouais, elle a reçu un message. Je ne sais pas, laisse-moi regarder. Une minute.

Il met le haut-parleur et saisit ma main pour m'obliger à le lâcher.

– Sky, bébé, j'ai besoin de mon téléphone.

– Ah, pardon.

– Ne t'excuse jamais de t'accrocher à moi quand tu as peur, répond-il en souriant.

Son ton léger m'apaise un peu, mais ce qu'il ne sait pas, c'est que je n'ai pas peur pour moi. J'ai peur pour lui. Je ne supporterais pas qu'il lui arrive quelque chose, surtout à cause d'un taré qui est obsédé par moi.

Parker recule un peu, sans me lâcher, et il sort son téléphone de la poche de sa veste. Il le déverrouille et l'écran affiche plusieurs messages, dont un qui me fait paniquer de nouveau. Je le serre contre moi et retiens ma respiration lorsqu'il lit le message à Wendy et Paul.

De : Inconnu
À : Parker Ellis

Tu n'as pas compris la leçon.
Maintenant, tu vas souffrir
autant que moi.

– Qu'est-ce que ça veut dire, putain ? grogne Parker en enlevant le haut-parleur. Il a fait sauter mon appartement, il a foutu le feu à celui de Skyler, il a failli tuer Nate et il fout la trouille à ma femme ! Putain !

Je ferme les yeux et prie le Ciel que, quoi que fasse ce dingue, elle ne blesse pas l'homme que j'aime. Ce que l'équipe ne sait pas, c'est que je me sacrifierais volontiers pour sauver Parker.

– Encore un téléphone prépayé ? Génial. Mais tu vas essayer de voir par quelles antennes le message est passé. Super, ça n'a servi à rien la dernière fois, répond-il d'un ton condescendant.

Il écoute un moment, puis il baisse la tête en signe de défaite.

– Je suis désolé, Wendy. Je ne voulais pas te crier dessus. Je sais que tu fais ce que tu peux. Ne fais pas attention à moi. Je suis juste frustré. Oui, on a les puces GPS. On fait attention. Je ne sais pas quand on va rentrer, dit-il en souriant légèrement. Dans quelques jours, sans doute. Paul, tu as des nouvelles de tes amis ?

Il se redresse brusquement et fronce les sourcils.

– Ah bon ? C'est intéressant. Qui lui parle ? Super. Envoie-moi son nom et sa photo, si tu l'as. Bien sûr que tu l'as, ajoute-t-il en riant. Je suis bête. Désolé, chipie. Ouais, ouais, je lui dis. Envoie-moi ça, ok ? Paul, tu nous rejoins dans une demi-heure ? À plus. À bientôt, Wendy.

Parker raccroche et se tourne vers moi pour prendre mon visage dans ses mains et me regarder dans les yeux.

– Premièrement, tout va bien se passer. Tu me crois ?

Je hoche la tête, cherchant des signes de doute dans ses yeux, mais je n'y trouve que des certitudes.

– Deuxièmement, Wendy et Paul traquent ce taré sans relâche. Wendy va envoyer les derniers messages à la police pour qu'ils aient toutes les informations.

Je vide enfin l'air que je retenais dans mes poumons.

– Troisièmement, ils ont pu identifier l'enseignant de la CIA qui a presque la même signature que la bombe posée chez moi. Il a accepté de jeter un œil à ce qu'on a pour nous aider.

Ma panique s'estompe et laisse place à une certaine excitation.

– C'est un instructeur à la retraite qui vit en Floride. Paul lui envoie les infos en ce moment même. On devrait bientôt en savoir plus.

– C'est génial, chéri.

Parker se penche pour m'embrasser tendrement, mais cela ne dure que quelques secondes, car son téléphone vibre dans sa main. Il lit le message et fronce les sourcils.

– L'instructeur s'appelle Trevor Wilson. Il a pris sa retraite il y a cinq ans. Lui et sa femme…

– Laura ! je m'exclame d'une voix rauque.

La pièce s'assombrit brusquement lorsque j'entends ce nom, et ma vue se brouille. De petites étoiles jaunes scintillent devant mes yeux et mon cœur bat si vite que je n'arrive plus à respirer.

Parker prend mon visage dans ses mains et me regarde dans les yeux.

– Respire, Skyler. Inspire lentement et regarde-moi. Regarde-moi dans les yeux.

Je comprends ce qu'il dit, mais sa voix me semble lointaine, comme s'il me parlait à travers un oreiller.

Je n'arrive pas à respirer ! Je me noie et je ne suis même pas dans l'eau !

L'obscurité qui menace de m'ensevelir noircit encore et je cligne plusieurs fois des yeux. Je me sens lourde, comme si un camion écrasait ma poitrine.

– Skyler, regarde-moi ! Respire !

Je vois ses lèvres bouger et je l'entends de loin. Je me sens engourdie et légère, comme si j'allais m'évanouir.

– Respire, bon sang ! gronde-t-il en frottant ma poitrine. Allez, bébé, reviens-moi !

L'obscurité disparaît lentement et j'y vois plus clair. J'avale une grande goulée d'air et m'accroche aux épaules de Parker, plantant mes ongles dans sa peau.

– C'est ça… te revoilà, dit-il d'une voix douce. Respire, Sky. Lentement. Concentre-toi sur ta respiration. Inspire, expire. C'est ça.

Je lui obéis sans le quitter des yeux, laissant l'air gonfler et dégonfler mes poumons, jusqu'à ce que mon cœur ralentisse et reprenne un rythme plus normal.

– Je suis désolée…

Je ne peux pas empêcher les larmes de couler sur mes joues.

Parker m'attire à lui pour m'asseoir sur ses genoux, mes jambes autour de sa taille.

– Bon sang, Sky, tu m'as fait peur, dit-il en caressant mon dos et en m'embrassant plusieurs fois dans le cou. Tu as fait une crise d'angoisse, bébé. Mais je ne comprends pas pourquoi.

Je me concentre sur ma respiration, comme on me l'a appris en cours de yoga. D'ailleurs, il faut que je m'y remette, ça m'aiderait à gérer tout ce stress.

– Sky, bébé, pourquoi tu as paniqué ?

– Je ne sais pas.

– Alors est-ce que tu peux me dire comment tu connais le prénom de la femme de Trevor Wilson ? demande-t-il.

– Chéri, Trevor et Laura Wilson sont les parents de Tracey.

– Je te demande pardon ? s'exclame-t-il en me regardant dans les yeux.

– C'est comme ça que s'appellent ses parents. Son père était dans l'armée, il y a longtemps. Je savais qu'il avait travaillé pour le gouvernement, mais personne ne m'avait dit qu'il était à la CIA. Je savais juste qu'il gagnait bien sa vie et que la mère de Tracey n'avait pas besoin de travailler.

Parker me dévisage en ouvrant et en refermant plusieurs fois la bouche.

– Chéri, et si… et si celui qui nous fait ça le faisait pour atteindre Tracey ? Mon Dieu ! je m'écrie en couvrant ma bouche pour ravaler un sanglot. Je lui ai dit que je n'avais plus besoin d'elle ! On s'est disputées avant qu'on parte en Espagne, elle est venue me voir à l'hôpital et j'ai été méchante avec elle. Chéri… j'ai été tellement méchante. Et maintenant, elle pourrait être en danger ! À cause de moi.

Parker empoigne ma nuque et me ramène contre lui, me serrant fort.

– On va trouver ce taré. Ne t'inquiète pas pour Tracey. On va la prévenir, surtout si on parle à son père.

Je lève la tête et m'essuie le nez avec le revers de ma manche.

– Bébé…

– Ouais… ? je marmonne.

– C'est avec ma chemise que tu te mouches.

Il hausse les sourcils en souriant et je finis par éclater de rire.

– Ah, revoilà ma princesse. Tu es toujours belle, Sky, mais tu l'es encore plus quand tu souris.

– Je m'inquiète pour Tracey, chéri, je dis d'une voix tremblante.

– Ne t'en fais pas. Je vais appeler Wendy et Paul et leur dire ce qu'on a appris. Wendy contactera Tracey.

– Tu ne crois pas que je devrais le faire ?

Il inspire lentement et l'air siffle entre ses dents.

– Eh bien, dans la mesure où on est des cibles, je ne crois pas que ce soit une bonne idée, car elle pourrait en devenir une, elle aussi. Je dirai à Wendy de l'appeler. Tu pourras lui parler quand on saura que la voie est libre.

– D'accord. Dis-le-moi dès que je peux lui parler, s'il te plaît.

J'ai l'impression d'avoir le poids du monde sur les épaules.

– Bien sûr. Mais surtout… ne lui dis pas où tu es. Moins elle en saura, plus elle sera en sécurité.

– D'accord, chéri. Appelle Paul et Wendy. Je vais aller me doucher. Je peux venir avec vous, aujourd'hui ? Je ne veux pas rester toute seule.

– Tu ne seras plus jamais seule, Skyler. Plus jamais.

CHAPITRE 8

PARKER

J'entends la cabine de douche s'ouvrir et se refermer puis l'eau couler, et je rappelle aussitôt Wendy.

– Tu as reçu les infos, boss ? demande-t-elle.

– L'instructeur est le père de Tracey Wilson.

Un silence s'installe pendant plusieurs secondes.

– Wendy ?

– Euh, ouais, pardon. Tu aurais pu me prévenir, boss, c'est une sacrée nouvelle que tu m'annonces. Attends… le père de sa meilleure amie ? Tu crois que c'est lui qui a posé la bombe ?

– Aucune idée. Mène ton enquête. Je veux savoir s'il a voyagé ces derniers mois et, si oui, où il a été. Épluche ses relevés bancaires et ses relevés de téléphone. Je veux tout savoir.

– Je m'en charge.

– Et fais la même chose pour Tracey. Elle a dit à Skyler qu'elle était rentrée à New York. Regarde si c'est vrai. Mais je veux que tu l'appelles et que tu lui dises que la personne qui s'en prend à Sky et moi a utilisé la technique de son père pour fabriquer cette bombe. Enregistre sa réaction. Je veux l'entendre.

– Parker, tu as l'air de penser que… tu crois que Tracey est mêlée à tout ça ? Aux messages ? Au feu ? À la bombe ?

Je revois le visage suffisant de Tracey la dernière fois que je l'ai croisée, juste avant notre départ en Espagne.

– Honnêtement, au point où on en est, tout est possible. Tout ce que je sais, c'est qu'elle avait accès au penthouse de Skyler, qu'elle avait son numéro même après qu'on l'avait changé, et que la signature de son père est sur cette fichue bombe.

– Ouais, mais Wilson a dû former plein de membres de la CIA, qui doivent continuer à utiliser sa technique.

– Peut-être qu'elle a engagé quelqu'un pour la fabriquer à sa place ? je rétorque avant de me rendre compte que je parle trop fort.

Je regarde en direction de la salle de bains pour m'assurer que Skyler n'a pas entendu, mais la douche est toujours en marche.

– C'est vrai, acquiesce Wendy. Je suppose que tu as raison. Reste à savoir pourquoi elle ferait ça.

En effet. Elles sont meilleures amies. Tracey n'a aucune raison de nous faire du mal, à Skyler et moi. Elle lui répète sans cesse combien elle tient à elle, combien elle aime…

– Je vais y réfléchir. Quelque chose ne colle pas. En attendant, préviens-la. Mène l'enquête sur elle et son père, et tiens-moi au courant de ce que tu trouves. Je parlerai à Paul quand il arrivera.

– Ça marche, boss.

– Au fait, est-ce que… est-ce que tu as parlé à Annie ?

– J'ai essayé, grogne Wendy. Kendra aussi, et Bo est allé chez elle. Tu savais qu'elle vivait dans un appart pourri dans un des quartiers malfamés de la ville ?

– Non, je ne savais pas.

– Moi non plus. Bref, elle n'a pas voulu lui parler. Apparemment, le gros de son salaire sert à payer la maison de retraite de sa belle-mère. D'après son dossier médical, elle est acariâtre et méchante. Elle s'en prend aux aides soignantes et aux infirmières et elle leur crache dessus. Et Annie continue de payer ce que sa pension de retraite ne couvre pas et à lui rendre visite toutes les semaines.

– Putain…

– C'est super-triste. Cette femme l'a mentalement et physiquement agressée tous les jours de sa vie, et elle continue à s'occuper d'elle. J'ai toujours désespérément voulu une famille, mais quand même pas à ce prix. On doit faire le bien pour recevoir le bien en retour, non ?

Je soupire et passe ma main dans mes cheveux alors que la sonnette de la suite retentit.

– Je suis d'accord. Bon, faut que j'y aille, mon frère est là.

– Je te rappelle quand j'en sais plus sur Tracey et son père.

– Super. Et tiens-moi au courant de vos progrès avec Annie.

– Ouais, mais je crois que la seule personne qui pourra lui parler, c'est Skyler. Annie est morte de honte, et elle est vexée. Or, quand quelqu'un d'aussi timide qu'elle perd la seule personne qui lui donnait de la valeur, il n'est pas facile de s'en remettre et de passer l'éponge.

La sonnerie retentit de nouveau et je vais ouvrir, fermant la porte de notre chambre pour que Skyler puisse se préparer tranquillement.

– Je comprends. Mais continue d'essayer. Je vais lui envoyer un message et Skyler lui écrira pour lui dire qu'on veut la voir quand on sera de retour à Boston.

– Bonne idée, boss. Prenez soin de vous.

– *Bye*, chipie, je dis en raccrochant.

J'ouvre la porte et découvre le corps massif de mon frère, l'air encore plus ronchon qu'hier.

– Salut, je dis en lui tenant la porte ouverte.

Il hoche la tête et entre.

– J'ai quelque chose à te dire à propos de l'instructeur. Le mystère s'épaissit, frangin.

Je passe les dix minutes suivantes à lui répéter ce que Skyler m'a dit, ainsi que l'état de sa relation avec Tracey.

– Tu crois qu'elle est coupable ? demande-t-il.

Je regarde en direction de la chambre pour m'assurer que la porte est bien fermée.

– Peut-être. Elle a accès à nos téléphones, au penthouse de Skyler et à son emploi du temps. Je parie qu'elle pourrait localiser le jet qu'on a pris si elle le voulait.

Je frissonne en admettant cela à voix haute, et je ferme les poings, fou de rage. Elle est ici. Tracey est ici, c'est certain.

– Quelque chose m'a dérangé chez cette femme quand elle est venue à l'hôpital. Elle a dit quelque chose qui ne m'a pas semblé logique, jusqu'à maintenant.

– Ah ? Qu'est-ce qu'elle a dit ? Et comment elle savait qu'on était là-bas, d'ailleurs ? Skyler dit que Tracey l'a attendue pendant des heures. Comment elle savait à quel hôpital se rendre ?

– Peut-être qu'elle observait son travail de loin ?

– Peut-être. Bon, qu'est-ce qu'elle a dit ?

– Quand je l'empêchais d'approcher Skyler… À ce propos, j'ai déjà vu des amies être très proches, mais Tracey se comporte avec Skyler comme si elle était sa mère ou son amante, pas seulement son amie…

– Ouais, elles sont très proches. Pendant longtemps, Skyler n'a eu qu'elle. C'est une des seules personnes sur qui Skyler a pu compter pendant longtemps, surtout après la mort de ses parents il y a trois ans…

– Attends, les parents de Skyler sont morts ?

– Ouais, pourquoi ?

– Ils sont morts comment ?

L'espace d'une seconde, je n'arrive plus à respirer. Je n'arrive pas à prononcer les mots. Les morceaux du puzzle s'assemblent, mais je refuse de voir le résultat.

– Leur bateau a explosé, je dis d'une voix rauque.

– Park…

– Putain !

Je passe ma main dans mes cheveux et me mets à faire les cent pas.

– Une putain d'explosion. Ça ne peut pas être une coïncidence.

– Qu'a dit la police ?

– Je ne sais pas trop. Ils n'ont rien conclu de certain. Ils ont dit que ça pouvait être dû à une fuite de carburant et de produits chimiques. Le yacht était petit, il venait d'atteindre le large quand il a explosé, tuant ses parents, l'équipage et le capitaine.

Paul sort son téléphone et tapote l'écran sans me quitter des yeux.

– J'ai besoin de voir l'enquête. Ouais, c'est Ellis, grogne-t-il dans son téléphone. Je veux que tu regardes un rapport de police. Ça s'est produit quand ? me demande-t-il.

– Euh… il y a trois ans et demi, presque quatre. Ses parents s'appelaient Jill et Steven Lumpkin.

Paul répète les informations à son interlocuteur.

– Je veux tout savoir sur leur mort. Tout.

Il raccroche et je me remets à faire les cent pas avant de m'arrêter derrière le canapé, m'appuyant sur le dossier. Si ce qu'on pense est vrai, ma nana ne s'en remettra pas.

– Tu dois me promettre de ne pas le dire à Skyler.

– Quoi, exactement ?

– Tout. Tant que vous n'aurez pas parlé à Wilson Senior et que vous n'aurez pas analysé les rapports de police, je ne veux pas que Skyler sache ce qu'on soupçonne.

Paul me regarde dans les yeux d'un air sceptique.

– Frangin… tu ne peux pas avoir des secrets pour Skyler. C'est pareil pour Dennis et moi. Ce n'est jamais une bonne idée, frérot.

– Elle a fait une crise d'angoisse quand elle a pensé que Tracey pouvait être en danger.

– Ce n'est pas bon, ça, répond Paul en se massant la nuque.

– Non, exactement. Je ne veux pas qu'elle s'inquiète davantage. Si Tracey est coupable, de près ou de loin, on la mettra en taule. Et ça détruira Skyler. Si c'est elle qui a essayé de me tuer, qui nous harcèle et qui est derrière la mort des parents de Skyler… elle ne le supportera pas. Si elle doit l'apprendre, je veux que ce soit chez nous, où elle sera soutenue par ses amis et sa famille. Elle va avoir besoin de Wendy, de maman et de toute l'équipe pour accepter une telle nouvelle. Tu comprends ?

– Ouais, bien sûr. Ça ne me plaît pas, mais…

– Ce qui ne me plaît pas, à moi, c'est de soupçonner sa meilleure amie d'avoir essayé de me tuer et d'avoir tué ses parents ! Il nous faut plus d'infos. Il nous faut des preuves avant d'en parler à Skyler. Crois-moi, je connais ma femme. Je sais ce qu'elle peut encaisser ou pas et ça, ça va l'anéantir. On doit être sûrs à cent pour cent.

Paul hoche la tête et je suis profondément soulagé.

– D'accord. On ne dira rien tant qu'on ne saura pas qui est le coupable.

– Ça marche, je dis en tendant la main à Paul, qui la serre.

Skyler sort de la chambre, vêtue d'une jupe crayon très élégante, d'un chemisier sans manches et de sandales à talons. Elle est délicieuse. D'ailleurs, la bête le remarque, et je dois me mordre la joue en voyant ma nana en tenue de bureau.

– Salut Paul ! s'exclame-t-elle en allant vers mon frère pour le prendre dans ses bras.

Il sourit par-dessus mon épaule et l'embrasse sur la joue.

– Salut, sœurette, comment tu vas ?

– Bof, répond-elle en grimaçant. Park a dû te dire que ma meilleure amie est peut-être en danger, maintenant. De plus en plus de gens sont touchés, et ça me fout la trouille.

Elle parle à mon frère comme si cela faisait des années qu'elle lui racontait ses secrets. Il a cet effet sur les gens, ils ont tout de suite envie de lui raconter leur vie. Je crois que c'est pour ça qu'il est aussi doué pour analyser les personnalités.

– Ne t'en fais pas, ma belle. On va s'occuper d'elle. Ne tracasse pas ta jolie petite tête, d'accord ?

– Pourquoi vous dites toujours ça, tous les deux ? Si j'étais quelqu'un d'autre, ça me rendrait folle. Je vous connais et je sais que vous êtes juste très protecteurs et que vous ne pensez pas à mal, mais vous devriez faire gaffe. Il y a beaucoup de femmes qui le prendraient mal et qui vous arracheraient vos jolies petites têtes !

– Bon sang, sœurette, t'es trop, toi ! s'exclame Paul en riant. Tu ne vas pas t'ennuyer avec elle, frangin.

– Oh que non ! je réponds en attirant Skyler dans mes bras. Au contraire. Je suis l'homme le plus heureux de la terre.

– Bon, maintenant que mon soldat est arrivé, merci beaucoup, Paulie, on devrait filer. Royce et Dennis doivent nous attendre.

Paul fronce les sourcils en entendant le prénom de son copain.

– Au fait, frangin, je voulais te dire que je suis désolé pour hier soir. Je n'avais pas à dire toutes ces choses. Je pense que j'avais raison, mais en fin de compte, aucun de nous n'a notre mot à dire à propos de Dennis et toi. J'aurais dû te soutenir. Sky m'a aidé à voir que Dennis ne voulait pas te faire de mal et qu'il voulait juste que ta famille te connaisse et voie que la tienne vous accepte à cent pour cent.

– Parker… commence-t-il.

– Je suis sérieux, mec. Je n'avais pas à donner mon avis. Sky m'a fait comprendre que je faisais justement ce que je leur reprochais de faire, que je vous jugeais. Je ne suis pas d'accord avec ce qu'ils ont dit et je n'aime pas qu'ils n'acceptent pas les choix de Dennis, mais je saurai me taire, à l'avenir.

– Park, si tu veux bien te taire une minute…

Je me tais et Skyler me serre contre elle, inquiète, comme toujours.

– Ce que je voulais te dire… c'est merci. Tu m'as soutenu et tu as pensé à Dennis et moi avant toute chose, contrairement à tous les Romoaldo, à l'exception de Raissa. C'est la quatrième fois que je vais chez eux et qu'ils font comme si je n'étais pas là. Dennis continue de tout faire pour qu'ils m'apprécient, mais ça n'arrivera jamais. Tant qu'ils n'accepteront pas son homosexualité, je serai toujours celui qui a jeté le déshonneur sur leur famille.

Le déshonneur.

– Tu es un héros, mec. Tu te bats pour la liberté des peuples du monde entier. Tu es bon, honnête et attentionné. S'ils ne veulent pas de quelqu'un comme toi pour leur fils, ils peuvent aller se faire foutre !

– Je suis content que tu voies les choses comme ça, répond Paul en souriant. Je suis fier de toi, petit frère. Cependant, toute cette histoire fait énormément souffrir Dennis et ça, je ne peux pas le tolérer. Je crois que pour l'instant, la seule chose à faire est d'emménager aux États-Unis. Mais d'abord, on doit l'aider avec sa boîte et régler notre petit problème, ok ?

– Ok. Je n'en parlerai plus. Pour l'instant.

– J'apprécie, répond-il en se dirigeant vers la porte.

Skyler prend son sac à main et me tend mon blouson. Elle va ensuite au bar et verse deux bouteilles d'eau dans les gamelles des chiens avant de remplir leurs bols de croquettes. Ils sautent aussitôt du canapé pour se jeter dessus.

– Au revoir, mes bébés, dit-elle. Maman et papa reviennent très vite. Essayez de ne pas faire de bêtises, d'accord ?

C'est vrai qu'on a été chanceux sur ce point. Ils n'ont pas détruit grand-chose. Quand on n'est pas là, ils jouent ensemble ou dorment, histoire d'être pleins d'énergie quand on rentre.

– On pourra les promener sur la plage, ce soir ?

– Bien sûr, bébé.

– Super ! s'exclame-t-elle en tapant dans ses mains.

Je la prends par la taille et l'escorte à l'ascenseur, suivi par Paul.

– Ma petite andouille, je dis en souriant bêtement.

***

– Bia Acosta. Ce nom ne me dit rien, dit Dennis en remontant ses lunettes sur son nez pendant qu'il lit les informations que Wendy nous a envoyées par mail.

Wendy est sur haut-parleur et Royce, Dennis, Paul, Skyler et moi sommes debout autour de la table de la salle de réunion.

– J'ai cherché, elle a deux enfants en bas âge. Clarissa, deux ans, et Fabian, un garçon de cinq ans. Ça m'ennuie de vous le dire, les gars, mais ce n'est pas le pire, dit Wendy d'un ton inquiet.

– Je vous en prie, continuez, Mademoiselle Wendy. Tout ça me perturbe, mais ça va.

Dennis marmonne un juron sans quitter des yeux le boîtier du téléphone.

– Euh… eh bien… sur leur certificat de naissance, en plus du nom de leur mère… Bon sang, je suis désolée, Dennis. Le nom du père est Fabian Romoaldo.

– Quoi ! s'exclame Dennis, nous faisant tous sursauter. Fabian a *trois* enfants avec sa femme, Izabel. Ils s'appellent Andreia, Brigada et Able. Ils sont mariés depuis dix ans et très heureux. Vous devez faire erreur.

Je ferme les yeux, conscient que Wendy n'aurait pas révélé ces informations si elle n'était pas certaine de ce qu'elle avance.

– Je suis navrée, chuchote-t-elle. L'argent sur les trois comptes factices est viré sur d'autres comptes, qui sont tous vidés sur un seul compte final qui est au nom de Bia Acosta. J'ai son adresse, des photos et ses numéros de téléphone. Je vous les ai envoyés par mail. Sa maison et ses dépenses sont toutes payées grâce à ces comptes. Je suis désolée, Dennis. Vraiment.

– Merci Wendy, dit Royce. On s'occupe du reste, ajoute-t-il avant de raccrocher.

– Je ne comprends pas. Mon frère a épousé son amour de jeunesse. Ils ont trois enfants. Il ne peut pas avoir une maîtresse et deux autres enfants. *Meu Deus. Isso é loucura.* C'est dingue. Non, non, c'est impossible.

– Dis-lui de venir, je dis simplement. Confrontons-le.

– Mon père et ma mère sont ici ! Ils saluent les employés, comme ils le font chaque mois ! répond Dennis, désemparé.

– Fais-les tous venir. Réglons cette histoire une bonne fois pour toutes, je réponds. Royce, tu peux afficher les photos que Wendy a trouvées sur les réseaux sociaux ?

– Il y a des ph… photos ? demande Dennis en posant une main sur son cœur.

Royce appuie sur un bouton du téléphone et appelle la secrétaire.

– Oui, merci. C'est Monsieur Sterling, dans la salle de réunion. Je suis avec Dennis, il aimerait voir son frère Fabian et ses parents. Aux dernières nouvelles, ils étaient dans l'entrepôt. Est-ce que vous pouvez leur dire de nous rejoindre ? Super. *Obrigado.*

Paul offre une chaise à Dennis et nous nous asseyons tous, attendant une dizaine de minutes avant que ses parents et son frère n'arrivent.

– Qu'est-ce qui se passe ? demande Cadu en passant la porte.

– Est-ce que tu as enfin retrouvé la raison, *meu filho* ? demande Lucia en fusillant Paul du regard.

Je suis à deux doigts de lui rentrer dedans, mais je sais que la conversation qui les attend va être dure à encaisser pour toute la famille.

– Maman, papa, Fabian, asseyez-vous, dit Dennis avec une assurance que je ne lui connaissais pas.

Lorsqu'ils sont tous les trois assis, il se lève et se dirige vers Royce qui lui donne les documents que nous avons réunis.

– Je vous ai fait venir pour vous montrer ce que j'ai découvert à propos de notre entreprise et de notre famille.

– Notre entreprise n'a pas de problème, rétorque Fabian. Tu cherches des soucis là où il n'y en a pas. Maman, papa, vous savez que je dirige cette entreprise aussi bien que vous. J'ai appris des meilleurs.

– *Nós sabemos, meu bom menino*, dit Lucia.

– En anglais, s'il vous plaît, répond Dennis en fronçant les sourcils.

– Fils, nous sommes ici pour t'aider à te débarrasser de tes démons. Ceux qui te poussent à mal agir, dit Cadu d'un ton inquiet en regardant son fils.

– Il ne s'agit pas de moi, répond Dennis. Je sais que vous pensez que je suis le vilain petit canard de la famille et que je dois être sous l'emprise du diable parce que je suis attiré par les hommes. J'aime un homme, en effet. Mais je sais que Dieu aime tous ses enfants, qu'ils soient gays ou non. Ce dont je veux parler, c'est du fait que cela fait deux ans que votre autre fils escroque l'entreprise !

– Tu es complètement fou ! s'écrie Fabian en frappant sur la table. Il dit n'importe quoi, *Mamãe e Papai*. Tu essaies juste de les retourner contre moi, parce que tu as jeté le déshonneur sur la famille en étant avec cet homme ! s'exclame-t-il en désignant Paul. Ça va à l'encontre des souhaits de tes parents et de Dieu ! Tu es dans le péché, Dennis.

Dennis perd sa contenance, clairement vexé par les paroles de son frère. Il baisse la tête et courbe le dos. Le voyant aussi désemparé, je décide de l'aider.

– En fait, Monsieur et Madame Romoaldo, Dennis ne ment pas. Royce, donne-leur les documents.

Royce s'exécute et tend une pile de feuilles à chacun.

– Suivez l'argent des trois comptes que nous avons surlignés.

– Qu'est-ce que c'est, une « réserve produit » ? demande Lucia.

– Et une « réserve handicap » ? demande Cadu.

– Euh, *Mamãe, Papai*… ce sont juste des réserves additionnelles, répond Fabian d'une voix fébrile.

Son père et sa mère continuent de parcourir les documents que Royce leur a donnés.

– Les trois comptes sont approvisionnés régulièrement et vidés tous les quinze jours. L'argent est déposé sur une série de comptes lambda, qui sont de nouveau vidés au bénéfice d'une certaine Bia Acosta, explique Royce tandis que j'observe Fabian.

Il ouvre la bouche et pâlit dangereusement. Il secoue la tête et implore son frère du regard.

– Non, ne fais pas ça, le supplie-t-il.

– Je ne fais rien du tout. Tu t'es mis tout seul dans ce pétrin quand tu as décidé d'escroquer ta famille.

– Dennis, *meu irmão*, je t'en supplie…

– Qui est Bia Acosta ? s'écrie Cadu. Et pourquoi perçoit-elle cent cinquante mille reais par mois ?

– Royce, affiche les photos à l'écran, s'il te plaît, dit Dennis en fermant les yeux quelques secondes.

Royce affiche la première photo, tirée de la page Facebook de Bia Acosta. L'inscription sous la photo dit tout ce que nous avons besoin de savoir : *Notre joyeuse famille : Moi, Fabian, Fabian Jr. et Clarissa.*

Lucia écarquille les yeux et se couvre la bouche avec la main.

– Fabian a deux familles, et l'argent qu'il nous vole sert à prendre soin de sa maîtresse et de ses autres enfants.

– Fabian ! s'exclame Cadu en fusillant son fils du regard.

– *Papai*… je… je ne sais pas quoi dire, à part que je sais que j'ai fauté… chuchote Fabian, paniqué.

Lucia regarde Fabian puis Dennis, les larmes aux yeux.

– Mes deux fils ont déshonoré ma famille. *Não vou permitir !* Je ne le tolérerai pas, s'écrie-t-elle en frappant la table.

Dennis secoue la tête et rit sèchement, mais je sais que la remarque de sa mère le fait souffrir.

– Après ce qui s'est passé hier soir et ce que j'ai découvert aujourd'hui, je veux vendre ma moitié de l'entreprise. Je vais monter ma propre boîte aux États-Unis, à Boston, où je vais vivre avec mon petit ami et sa famille.

– Fiston… dit Cadu.

– Frangin… ajoute Fabian.

– Dennis… chuchote Paul en empoignant l'épaule de son homme.

– Ça suffit. Je refuse de faire partie de cette famille. Tu es un menteur et un escroc, Fabian, et tu mérites l'enfer que tu vas vivre avec Izabel, maman et papa. Quant à vous deux, je vous aimerai toujours, mais tant que vous ne pourrez pas m'aimer sans condition, même si je suis gay, même si je déménage à l'étranger pour vivre avec mon mec, vous n'aurez plus qu'un seul fils.

– Comment oses-tu ? gronde Lucia en se levant. Tu sacrifierais ta famille, pour lui ? C'est nous, ta famille !

– Je n'ai pas besoin d'une famille qui ne m'aime pas tel que je suis et qui ne peut ouvrir son cœur à la plus belle personne que j'aie jamais rencontrée, répond-il en prenant Paul par la taille. Je resterai ici le temps de faire mes cartons et de vendre ma part de la société. Si vous parvenez un jour à lâcher la haine qui vous anime, appelez-moi. D'ici là, je choisis ma sœur, Paul et sa famille comme nouvelle famille.

Dennis et Paul sortent de la salle de conférences et je leur emboîte le pas en tenant la main de Skyler, laissant Royce refermer la porte derrière nous.

– Est-ce que ça va ? demande Paul à Dennis quand nous sortons de l'immeuble.

Dennis sourit jusqu'aux oreilles, passe un bras autour des épaules de Paul et lève la tête vers le ciel.

– Pour la première fois depuis longtemps, je suis heureux. Je sais que j'ai pris la bonne décision.

– Ah ouais ? dit Paul avec un sourire en coin.

– Je te choisis, toi, répond Dennis en plongeant son regard dans celui de mon frère. Je choisis la liberté de vivre comme je l'entends. Rien n'est plus important que la liberté.

Skyler me serre contre elle et nous regardons mon frère empoigner Dennis par la nuque et sceller leur amour et sa déclaration avec un long baiser plein de tendresse.

CHAPITRE 9

SKYLER

La route qui mène au Corcovado est cahoteuse et terrifiante. Notre bus croise ceux qui descendent, avec à peine dix centimètres entre eux. Je suis parcourue de frissons, morte de trouille, et je ferme les yeux lorsque nous croisons un énième car de touristes. J'entends déjà le crissement des carcasses lorsque le conducteur commettra une erreur fatale.

Heureusement ça n'a pas lieu, et je n'entends que le brouhaha des conversations des passagers qui nous entourent, ainsi que mon souffle rapide et les battements rassurants du cœur de Parker.

J'ai conscience d'être ridicule, mais je m'en voudrais de ne rien dire.

– Chéri, si on meurt dans un accident d'autobus alors qu'on se rend auprès du Christ, je pense qu'on ira au paradis. Néanmoins, je veux que tu saches que je t'aime et que tu es la plus belle chose qui me soit arrivée. Je ne regrette pas une seconde du temps qu'on a passé ensemble jusqu'à maintenant.

Parker glousse joyeusement et me serre contre lui.

– Ma pêche, on ne va pas mourir. Les conducteurs font ce trajet tous les jours. Tu n'as pas à t'inquiéter.

– Dis-moi juste que tu m'aimes… au cas où.

– Non, parce que tu vas nous porter la poisse, répond-il en souriant. Je préfère te dire qu'on est sur le point de voir une des sept merveilles du monde ensemble. Et ça, c'est merveilleux, bébé.

Je souris jusqu'aux oreilles en regardant l'homme avec qui je vais passer le reste de ma vie. Ses cheveux sont coiffés en arrière et bouclent légèrement sous l'effet de l'humidité ambiante. Ses lunettes de soleil aviateur cachent les yeux bleus les plus beaux que j'aie jamais vus. Néanmoins, ce ne sont pas ses yeux qui m'ont fait craquer. Ce sont ses lèvres, quand il sourit. Quand il me regarde avec cet air curieux. Quand il est sur le point de m'embrasser. Le petit creux sur sa lèvre supérieure s'emboîte parfaitement avec le mien. Aucun homme n'a de plus belles lèvres.

– Bon d'accord… je t'aime, bébé, dit-il avant de m'embrasser sur le bout du nez.

Lorsqu'il recule son visage, le bus s'arrête au pied d'un immeuble ordinaire.

– OK, c'est parti ! Allons voir le Christ géant ! s'exclame Royce en frappant dans ses mains.

Je tiens à peine debout en descendant du bus, car j'ai passé trente minutes complètement crispée. Je me remets lentement de mon angoisse tandis que nous traversons un magasin de souvenirs avec un restaurant.

– Pourquoi j'achèterais un souvenir avant d'avoir vu le Christ ?

Parker hausse les épaules et glisse ses lunettes sur sa tête. Mon Dieu, que cet homme est beau ! S'il ne m'avait pas fait grimper aux rideaux ce matin, je serais à deux doigts de lui sauter dessus. Pour l'instant, je peux me contenter de le regarder en prévoyant de remettre le couvert ce soir.

Il doit sentir mon regard admiratif, car il baisse les yeux en esquissant un sourire.

– Ma pêche, si tu continues à me reluquer comme ça, ta rencontre avec la statue du Christ va être retardée.

Il s'empare de ma bouche avant que j'aie le temps de répondre. Sa langue caresse la mienne tandis qu'il empoigne mes fesses d'une main et ma nuque de l'autre.

– Vous pouvez arrêter, vous deux ? Bon sang, on n'a même pas encore vu Jésus et vous êtes déjà sur le point de pécher sur sa montagne ! s'exclame Royce. Allez venez, j'ai rendez-vous avec le Christ.

Il ouvre la voie et gravit les marches en béton au côté de dizaines d'autres touristes. Paul et Dennis nous emboîtent le pas et, même s'ils sont pensifs, ils semblent plus soudés qu'hier soir. Ils marchent l'un contre l'autre, sans jamais se lâcher. C'est mignon et, surtout, c'est bon signe.

D'après ce que Parker m'a dit avant qu'on ne se couche, les parents de Dennis voulaient lui parler de sa décision de vendre tout de suite sa moitié de l'entreprise. Je ne sais pas ce qui a été décidé, mais j'espère que tout s'est bien passé. Dennis est intelligent, et Paul fera tout pour protéger son homme et le rendre heureux.

J'ai l'impression que nous gravissons des marches pendant une bonne vingtaine de minutes. Je serre le bras de Parker d'une main, la rambarde de l'autre. Heureusement, j'ai mis des sandales plates et confortables, car c'est une sacrée ascension. Soudain, la forêt qui surplombe le chemin et le protège du soleil prend fin, et le voilà, plus grand que nature.

Le Christ Rédempteur.

Son gigantisme est à couper le souffle, mais ce sont ses bras ouverts qui font battre mon cœur plus vite et me mettent les larmes aux yeux.

Je ravale le nœud qui se forme dans ma gorge.

Parker m'accompagne le long du socle de la statue et lorsque nous arrivons en face, nous levons la tête pour découvrir ses pommettes saillantes, son nez carré, son front, ses lèvres fines, ses cheveux que la brise semble caresser, son menton anguleux avec une fossette en son centre. Toutefois, ce sont ses yeux qui m'envoûtent. Ils sont ronds, grands ouverts, et semblent transpercer mon âme.

– Il est magnifique, je chuchote d'un ton admiratif et empreint de respect.

– Grandiose, acquiesce Parker à voix basse. Asseyons-nous.

Il me prend par la main et me guide sur un coussin posé à même le béton. Je regarde autour de moi et remarque que plusieurs personnes sont assises en tailleur, priant ou regardant le Christ. Nous avons beau être entourés de dizaines de touristes, il règne ici un sentiment de paix et un calme surprenants.

– Tu veux bien prier avec moi ? je demande à Parker qui prend ma main.

– Avec plaisir, répond-il en souriant.

Il se tourne vers moi et enlève ses lunettes de soleil. Je l'imite et m'accroupis face à lui avant de me pencher pour appuyer mon front contre le sien. Soudain, c'est comme s'il n'y avait que lui et moi.

– Ferme les yeux et presse tes mains l'une contre l'autre sur ton cœur, chuchote-t-il.

Nous fermons les yeux et restons ainsi, front contre front, genoux contre genoux, mains contre mains. Je ressens alors un courant électrique nous encercler, comme si un champ magnétique nous rapprochait jusqu'à nous faire fusionner.

Lorsqu'il prend la parole, la voix de Parker est douce et pleine d'une compassion respectueuse que je n'ai jamais entendue auparavant.

– Seigneur, faites qu'il n'arrive rien à Skyler. Protégez-la quand je ne le peux pas. Laissez-moi l'aimer toute notre vie durant. Au nom du Père, du Fils et du Saint-Esprit, *amen*.

Mes yeux se remplissent de larmes et je déglutis en prenant Parker par la nuque, nous rapprochant encore plus. Il prend mon cou entre ses mains, et je chuchote à mon tour ma prière.

– Seigneur, donnez-moi la force de toujours être aux côtés de Parker. De le soutenir lorsqu'il en a besoin. Et je Vous en supplie, ne m'obligez pas à lui dire adieu. Au nom du Père, du Fils et du Saint-Esprit, *amen*.

Parker recule, ouvre les yeux et essuie mes larmes avec ses pouces. Il se penche de nouveau et m'embrasse sur chaque joue avant de m'offrir le sourire le plus triste que j'aie jamais vu.

– Je ne te quitterai jamais, Skyler, dit-il en plongeant son regard dans le mien.

– Parfois, les gens nous quittent sans le vouloir, et on ne peut rien y faire.

Il continue à m'étudier et attend une trentaine de secondes avant de parler.

– Tu as déjà beaucoup souffert, je le sais. Mais ce que tu dois comprendre, c'est que la vie qu'on construit ensemble va être longue. Je ne vais nulle part. Tu dois y croire. Crois en moi. Crois en nous.

Je me mords la lèvre et hoche la tête. Je regarde le Christ dans les yeux et lui fais une autre prière en silence.

Je Vous en supplie, faites qu'il ait raison.

***

Après un retour en bus aussi éprouvant que l'aller, Dennis nous entasse dans un taxi et nous emmène au *Fogo de Chão*, la rôtisserie dont il avait vanté les louanges. Le restaurant est plein à craquer, mais il nous dirige vers un superbe patio offrant une vue imprenable sur le Pain de Sucre et le port. Les vagues caressent lentement la base des pilotis qui soutiennent la terrasse, et des bateaux sont éparpillés dans la baie.

– Waouh, Dennis, c'est magnifique.

Je m'appuie sur la rambarde et laisse la brise chatouiller mes cheveux et mon visage. L'humidité est moins oppressante et l'air plus frais, nous offrant un peu de répit après la chaleur accablante de la journée.

Parker vient derrière moi et me prend par la taille. Je m'appuie contre lui tandis qu'il pose son menton sur mon épaule.

– Rien n'est aussi magnifique que de te voir admirer la vue.

– Quel ringard ! je réponds en riant.

– Peut-être, mais je suis ton ringard, dit-il en m'embrassant dans le cou en soupirant.

– Vous voulez peut-être dîner en tête à tête, tous les deux ? marmonne Royce.

– Non, je réponds alors que Parker dit « oui ».

Je me tourne vers lui et le frappe sur le torse.

– Chéri, on est ici pour passer de bons moments avec nos amis.

– Pas moi, non. Je suis là pour aider mon frère et mettre ma nana hors de danger. Et le meilleur moyen de te protéger, c'est de ne jamais te lâcher, répond-il avant de m'embrasser.

– Je vois que tu as décidé de passer directement au dessert ! s'exclame son frère.

J'éclate de rire et repousse Parker pour rejoindre nos amis. Il me suit et recule ma chaise, attendant que je m'asseye pour la rapprocher de la table, en parfait gentleman. Il faudra que je remercie sa mère de l'avoir aussi bien élevé.

Lorsque nous sommes tous installés, le serveur prend notre commande de boissons et nous explique le fonctionnement du restaurant. Apparemment, on peut commander la viande qu'on veut et se servir au buffet, ou bien choisir différents morceaux sur les brochettes géantes.

– Autant suivre les traditions locales… je dis à Parker.

– Je pense qu'on va tous opter pour le buffet et les brochettes, dit-il à Dennis qui commande pour nous en portugais.

Lorsque le serveur est parti, d'autres arrivent aussitôt avec des corbeilles de pain, des assiettes et un assortiment de condiments et de sauces. Nous allons à tour de rôle nous servir au buffet et, dès que nous sommes tous de retour à table, un homme vient à notre table avec une énorme côte de bœuf cuite sur une brochette gigantesque. Il découpe des tranches ultrafines dans l'assiette de chacun.

Nous avons à peine goûté la viande qu'un autre serveur arrive avec, cette fois, un filet mignon, que personne ne refuse.

Nous passons l'heure qui suit à déguster les meilleures viandes que j'aie eu l'occasion de goûter, toutes cuites à la perfection.

– Alors, que penses-tu de la gastronomie brésilienne, Skyler ? demande Dennis.

– Je crois que je l'aime un peu trop ! je réponds en me frottant le ventre. Il faudra que tu nous trouves un restaurant brésilien à Boston !

– Que dirais-tu plutôt que je vous invite à dîner quand on sera installés dans notre nouvelle maison ?

Parker bondit sur l'occasion pour interroger son frère. On avait tous compris que ça allait arriver, mais Paul n'a encore rien dit de concret.

– Alors, Paulie, vous allez officiellement emménager ensemble ? dit-il en effleurant mon épaule du bout des doigts.

Paul ricane, s'essuie avec sa serviette et recule dans sa chaise pour poser la main de Dennis sur sa cuisse.

– Ouais, frangin. Ça fait six mois qu'on en parle. C'est pour ça qu'il m'a rejoint en Allemagne à la fin de ma dernière mission. On voulait d'abord savoir comment vous alliez tous prendre la nouvelle de mon homosexualité. Étant donné la réaction des parents de Dennis, je ne voulais pas le forcer à supporter une autre situation désagréable. Maintenant qu'il sait ce que j'ai toujours su, c'est-à-dire que notre famille nous accepte tels que nous sommes, il a hâte qu'on s'installe ensemble et de monter sa propre boîte d'import-export.

– C'est génial. Je suis vraiment content pour vous, dit Parker en souriant à Dennis qui rougit aussitôt.

Je profite qu'il parle de ses futurs projets pour faire part à Paul de l'idée que j'ai eue.

– Et toi, que comptes-tu faire, Paul ? Tu penses te réengager pour une nouvelle mission de quatre ans ?

– Non. Dennis et moi en avons parlé. Quand je suis en mission, je suis injoignable. Il ne me verrait que très rarement et ce n'est pas facile à vivre. S'il est prêt à vivre dans mon pays pour être avec moi et ma famille, je vais officiellement prendre ma retraite.

– Alors, que vas-tu faire ? je demande en buvant une gorgée de cabernet sauvignon.

– Je ne sais pas encore, répond-il en haussant les épaules. Ça fait douze ans que je travaille sans rien dépenser. Ça fait une sacrée somme. Je pense investir dans la boîte de Dennis, étant donné qu'il va partir de zéro.

– Tu envisagerais la garde rapprochée ?

– Sœurette, tu n'iras nulle part sans moi tant que les Van Dyken ne sont pas de retour, ne t'en fais pas, répond-il d'un ton ferme.

Paul n'a pas compris où je voulais en venir.

– Argh, je ne pensais pas à moi ! Enfin si, en partie. Je veux te payer pour être mon garde du corps jusqu'à ce que notre problème soit réglé, mais après, aussi.

– Me payer ? ricane-t-il. C'est hors de question.

– Bien sûr que je vais te payer ! je réponds de mon ton le plus ferme. Si tu es mon garde du corps, je veux te rémunérer, c'est logique.

Parker rit dans sa barbe et boit une gorgée de bière tandis que Royce glousse derrière sa main. Quant à Dennis, il se contente de nous regarder tour à tour en souriant.

– Non, sœurette, je vais t'expliquer ce qui est logique. Tu as besoin de protection. Et moi, je protège ma famille. Fin de l'histoire.

– C'est absurde ! Il est hors de question que tu me protèges bénévolement !

– Et comment comptes-tu m'en empêcher ?

– C'est hors de question.

– Tu n'as pas le choix, ma belle.

– Bien sûr que si ! je gronde en me tenant plus droite et en le fusillant du regard pour qu'il sache combien je suis sérieuse.

– Skyler, tu fais partie de ma famille ?

– Ben oui, je l'espère.

– Bébé, bien sûr que tu fais partie de la famille, répond Parker en me passant la main dans le dos.

– Eh bien voilà, conclut Paul.

– Mais non, pas du tout ! Si tu assures ma sécurité, alors je vais te payer. Et je suis généreuse. Il est important que je sois protégée en permanence, et je t'assure que ce n'est pas drôle d'avoir à gérer les paparazzis, les fans et la foule en permanence. Je vais commencer le tournage des films de Geneva James avant le retour de Rachel et Nate, et les journées vont être longues. En général, je peux libérer mes gardes du corps tant que je suis sur le plateau, mais tu seras quand même d'astreinte toute la journée. Ça se paie cher, dans ton métier, ce qui ne me pose aucun problème. Donc, tu seras payé.

– On en parlera plus tard, répond Paul, ignorant mon raisonnement. Sœurette, profitons plutôt de notre dîner avant que le ciel ne nous tombe de nouveau sur la tête, tu veux ?

Paul vient à peine de prononcer ces paroles que le téléphone de Parker sonne dans la poche de sa veste. Son sourire disparaît. Je me penche pour regarder son écran et vois un message provenant d'un numéro inconnu.

Cette fois, il n'y a pas de texte, seulement deux photos. La première montre la pancarte du pub de son père, le *Lucky's*. La deuxième montre Madame Ellis, assise sur un tabouret de bar, riant avec son mari.

– Mon Dieu, non ! je m'exclame, prise de frissons.

– Park, qu'est-ce que c'est ? grogne Paul.

Parker ne répond pas, ouvrant la liste de ses contacts pour afficher le numéro du *Lucky's*. Il n'a pas le temps d'appeler, car il reçoit un appel.

– Bo, aboie-t-il en décrochant aussitôt.

Je n'entends pas ce que dit Bo, mais Parker ferme les yeux et se masse la nuque avant de se lever brusquement.

– Est-ce qu'ils vont bien ? Putain, Bo, dis-moi que mes parents vont bien !

– Merde ! On prend le prochain vol, dit Paul en se levant à son tour.

– Rappelle-moi dès que tu en sais plus sur mon père.

Parker raccroche et Paul pose sa main sur l'épaule de son frère. Je les regarde en retenant mon souffle, horrifiée.

– Maman et papa ont été impliqués dans un délit de fuite. Le chauffard les a renversés dans le parking du *Lucky's*. Ils marchaient ensemble vers leur voiture quand un taré a foncé sur eux. Maman… euh… maman s'est tordu le poignet et elle a des éraflures aux genoux et aux coudes, en plus de quelques bleus. Elle n'a rien de grave, parce que papa l'a poussée pour la sauver.

J'imagine la scène et des larmes coulent sur mes joues. Je ne suis pas surprise que Monsieur Ellis se sacrifie pour la femme qu'il aime.

– Papa… putain, poursuit Parker d'une voix rauque.

– Ce n'est pas le moment de craquer, frérot, dit Paul en le prenant par les épaules.

– Papa a été emmené aux urgences. La voiture a percuté son bassin. Bo ne sait pas à quelle vitesse elle roulait ni quel est son pronostic vital. Il est avec maman. Il dit qu'elle est anéantie, Paul. On doit rentrer. Tout de suite.

J'entends le désespoir de Parker et je ravale mes larmes et ma peine, me préparant à le soutenir et à l'aider dans cette épreuve. Il est temps que je sois forte pour lui. Je sors mon téléphone et appelle tout de suite la compagnie du jet privé pour prévoir un vol au plus tôt. Il leur faut quatre heures pour demander une autorisation de vol, ça nous laissera le temps de préparer nos affaires et de filer à l'aéroport.

– Royce, tu peux payer la note ? je demande.

Il hoche la tête et frappe les frères Ellis dans le dos, mais il ne dit rien. Il sait qu'il n'y a pas de mots magiques quand on est à des milliers de kilomètres de ceux qu'on aime et qui souffrent.

– Dennis, tu peux nous trouver un taxi et l'attendre à l'entrée ?

Il hoche la tête, regardant du coin de l'œil Paul et Parker qui chuchotent, front contre front.

– Merci. Je m'occupe de nos mecs.

Il regarde Paul une nouvelle fois, mais au lieu de l'interrompre, il le laisse tranquille et part en quête d'un taxi.

Lorsqu'il est dans le restaurant, je m'avance vers les deux frères et pose une main sur leurs épaules.

– Le jet part dans quatre heures. Royce paie l'addition et Dennis attend notre taxi. Il faut qu'on rentre à l'hôtel pour faire nos valises, qu'on aille chez Dennis et qu'on file à l'aéroport. Il n'y a pas de temps à perdre.

Paul hoche la tête et serre le bras de son frère.

– On ne va pas laisser passer ça, Park. On va attraper cet enfoiré. Je le jure sur mon honneur d'Ellis.

Il frappe son cœur de la paume de sa main, puis il tourne les talons et retourne dans le restaurant, nous laissant seuls en public pour la première fois.

Parker regarde son frère partir, puis il saisit mon poignet et m'attire dans ses bras. Je le serre aussi fort que possible et il cache son visage dans mon cou, respirant mon parfum, collé à moi de la tête aux pieds. Il a toujours fait ça, depuis le début de notre relation. Il a toujours eu besoin d'être physiquement connecté avec moi, et j'aime ça par-dessus tout.

– Tu m'aides à garder les pieds sur terre, bébé. Quand le monde s'effondre autour de moi et que je suis sur le point de sombrer, tu me ramènes à la réalité.

Je plonge ma main dans ses cheveux et masse délicatement son crâne jusqu'à ce que je sente sa force lui revenir. Quand j'entends son cœur reprendre un rythme quasi normal, je prends son visage dans mes mains et recule pour le regarder dans les yeux.

– On va affronter ça ensemble. N'imagine pas le pire. On ne sait pas grand-chose. Concentrons-nous sur une chose : rentrer à la maison.

CHAPITRE 10

PARKER

Si quelqu'un me demandait ce qui s'est passé durant les dernières dix-huit heures, je ne saurais répondre. J'ai l'impression d'avoir été dans le coma. J'avais beau tout voir et tout entendre, j'étais comme dans un rêve, ou plutôt un cauchemar. Skyler et Royce nous ont aidés à préparer nos affaires, à récupérer nos chiens, puis à aller chez Dennis pour prendre les bagages de Paul. Les deux hommes se sont disputés, car Dennis voulait nous suivre à Boston. Or, cela aurait compromis le plan d'action qu'ils ont mis sur pied pour que Dennis règle ses affaires à Rio. Paul a fini par gagner et Dennis a accepté de faire au plus vite, faisant promettre à Paul de l'appeler dès qu'il en saurait plus sur nos parents.

Nous avons filé à l'aéroport, où tout le monde est resté à l'écart de notre groupe en voyant le regard assassin de mon frère, même quand quelqu'un a reconnu Skyler. Royce nous a escortés au jet privé, et nous avons décollé dès que possible. On s'est arrêtés pour faire le plein à Miami, et on a atterri à Boston dix-huit heures après avoir reçu l'appel de Bo nous annonçant que ma mère allait plutôt bien, du moins physiquement, et que mon père était au bloc. Pour l'instant, je n'en sais pas plus.

Je suis à la fois épuisé et sur le qui-vive alors que Paul gare le 4 × 4 que Skyler a loué devant l'hôpital. Nous sortons tous les quatre, Royce fait le tour de la voiture.

– Allez-y. Je m'occupe de la mettre au parking, nous dit-il.

Je lui fais un signe de la main, prends celle de Skyler et entre dans le bâtiment, où nous tombons sur Bo.

– Putain, frangin. Je suis content que vous soyez là, dit-il d'un ton soulagé malgré son regard affolé et ses cernes sous les yeux.

– Comment va mon père ?

– Il va s'en sortir. Il a de graves blessures, mais il est en vie et il est de retour dans sa chambre. Votre mère est avec lui. Je vous y emmène.

Bo tourne les talons et nous le suivons d'un pas rapide dans le hall, dans l'ascenseur et au fond d'un long couloir. Devant la porte de la chambre de mon père, deux mecs ultra-musclés montent la garde, vêtus d'un T-shirt noir et d'un treillis.

Paul leur serre la main.

– Merci, les mecs, dit-il d'une voix rauque. Est-ce que quelqu'un a essayé d'entrer ?

Ils secouent la tête.

– Ce sont des amis à toi ? je demande en notant leurs coupes militaires.

– Des frères d'armes.

– Les meilleurs, j'imagine, je réponds en souriant.

– Bien sûr, acquiesce Paul en se tournant vers les deux hommes. Vous pouvez y aller. Je vous revaudrai ça.

– Arrête, tu ne nous dois rien. On protège la famille, répond l'un.

– Personne ne s'en prend à nos familles impunément, ajoute l'autre. Si tu as besoin de nous pour quoi que ce soit, on est là, mon frère. D'ailleurs, tant que j'y pense…

Il passe sa main dans son dos et sort un pistolet de son pantalon. Paul l'inspecte, s'assure que la sécurité est enclenchée et le glisse dans son treillis.

– Merci, dit-il en frappant son ami sur le bras avant de nous faire signe d'entrer dans la chambre.

Je découvre mon père allongé sur son lit, la tête, le visage et les bras à vif, comme s'il avait été traîné sur du gravier, le bas du corps immobile.

– Les garçons ! s'exclame ma mère en ouvrant les bras.

– Maman, je dis alors que les larmes me montent aux yeux quand elle me prend dans ses bras.

Son parfum floral remplit mes narines et me réconforte aussitôt. Elle tapote ma tête, serre ma nuque et se décale pour ajouter Paul à notre embrassade.

– Mes bébés sont rentrés. Dieu soit loué, vous êtes en sécurité.

Je ferme les yeux et grince des dents pour essayer de ne pas perdre mon sang-froid. Pas maintenant. Je craquerai plus tard. Beaucoup plus tard, quand je saurai que mon père va bien.

– Et papa ?

Ma mère déglutit et essuie ses larmes.

– Il a du chemin à parcourir, mais il est en vie. La voiture lui a fracturé le bassin et les deux jambes. Il a subi une chirurgie reconstructrice pour ses hanches, et ses jambes sont dans le plâtre. Il a perdu beaucoup de sang, mais les médecins m'ont assuré que tout était sous contrôle. Ils lui ont donné des antidouleur puissants, des anticoagulants et tout un tas d'autres médicaments dont j'ai oublié le nom.

– Bon sang, maman… Il va lui falloir beaucoup de kiné…

Elle se tient plus droite, redresse les épaules et lève le menton.

– Il aura tous les soins qu'il lui faudra.

– Le pub…

– J'ai déjà tout prévu, frangin, dit Bo depuis sa chaise.

Royce est debout à côté de lui, il a dû arriver quand ma mère nous tenait dans ses bras.

– Je vais tenir le *Lucky's* pendant les six prochains mois, ou plus, jusqu'à ce que ton père soit rétabli. Il avait déjà besoin d'aide, de toute façon, il lui fallait un manager ou au moins une serveuse. Je vais m'en charger. Je suis sûr que Royce, Wendy, Kendra et toi pourrez gérer *IG* sans moi quelque temps, non ?

– Bien sûr, répond Royce. Et je pourrai venir t'aider le soir et m'occuper de la comptabilité, tout ce qu'il faudra.

Bon sang, j'adore ces mecs. Mon cœur bat à toute vitesse et ma gorge se noue en entendant leurs promesses.

– Je peux aider, aussi, dit Paul d'une voix rauque.

– Faut que tu protèges Sky, répond Bo en secouant la tête. À moins que tu veuilles trouver de nouveaux gardes du corps.

– Ça ira très bien, chuchote Sky.

– Paul, faut que tu protèges Sky. Je ne supporterai pas de… C'est ma… putain…

Je ne parviens pas à terminer ma phrase et à expliquer ce que représente Skyler pour moi.

– On sait que c'est l'amour de ta vie, dit ma mère en caressant ma joue. Comme ton père est le mien, et Dennis celui de Paul. Le plan de Bo est parfait. Le cuisinier se chargera du restaurant, et je sais que Bo est tout à fait capable de tenir un pub. Il a dit qu'il avait fait ça quand il était à la fac.

C'est vrai, c'est comme ça qu'il séduisait toutes les femmes. Il en avait une nouvelle tous les soirs, à l'époque. Ce serait encore le cas s'il ne travaillait pas autant.

– Avec l'aide de Royce pour l'aspect financier, poursuit maman, je peux m'occuper de votre père. Il était temps que j'arrête de travailler à la bibliothèque, de toute façon. On a mis assez d'argent de côté et… il est temps.

Je regarde Paul, qui grince des dents mais hoche la tête, puis je regarde Bo.

– Je te revaudrai ça, frangin.

– Je sais, répond-il, et son regard pétille. Je ne sais pas encore comment je te le ferai payer, mais je trouverai, ne t'en fais pas.

– À toi aussi, Royce.

– Mais non, mec. On est une famille. Et puis, ma mère aidera la tienne, dit-il, me rappelant combien nos familles sont proches.

Skyler vient derrière moi et me prend par la taille pour m'embrasser.

– Je ne suis pas sûre que ce soit une bonne chose d'être redevable à Bo.

– C'est vrai, je réponds en esquissant un minuscule sourire. Il n'est jamais bon de lui devoir quoi que ce soit !

– Bon, je vous laisse, dit Bo en souriant. Je vais appeler la chipie. Elle voulait venir, mais elle dit qu'elle regarde l'interrogatoire de Monsieur Wilson.

– Merde, c'est aujourd'hui, ça ? je demande en regardant Paul.

– Ouais, je vais appeler mes hommes. Maman, ça va ? Tu veux quelque chose ?

– Maintenant que mes garçons sont rentrés, non, j'ai tout ce qu'il faut. Occupons-nous de remettre votre père sur pied, et le monde pourra recommencer à tourner.

Je serre les mains de Skyler sur mon ventre et soupire lentement en regardant mon père, qui dort paisiblement.

– Ma pêche, tu veux aller avec Royce nous chercher des cafés ?

– Bien sûr, chéri. Je nous prends à manger, aussi.

Mon ventre gargouille à l'idée de manger. Je ne m'étais pas rendu compte qu'on n'avait rien avalé. On était trop pressés de rentrer. Maintenant qu'on est là, je vois que papa va s'en sortir. Maman est secouée, mais elle gère, comme d'habitude. Je peux me détendre un peu, mais je ne serai pas tranquille tant que je ne saurai pas qui a percuté mes parents avec sa voiture.

Royce et Skyler sortent de la chambre et Paul va dans un coin pour appeler ses frères d'armes. Je m'assois au chevet de mon père et prends sa main dans la mienne.

– On est là, papa. On va s'occuper du pub et on fera payer celui qui t'a fait ça. Je te le promets.

Je regarde mon père pendant une dizaine de minutes, étudiant ses traits, depuis ses cheveux poivre et sel aux rides qui entourent ses yeux, et je me mets à prier pour qu'il se réveille et qu'il se mette à râler à propos du lit affreusement inconfortable ou du fait qu'il ne peut pas dormir avec les va-et-vient incessants des infirmières. Je rêve de l'entendre se plaindre de tout ce qui l'empêche de rentrer chez lui et de regarder ses équipes favorites s'affronter à la télé.

Derrière moi, Paul raccroche et me fait signe de le suivre à la porte.

– Maman, on va dans le couloir une minute, d'accord ?

– Je ne suis pas malade, vous savez. Je m'occupe de votre père depuis trente ans, je pense que je peux continuer sans vous.

Je ne peux pas me retenir de sourire. Ma mère est une véritable dure à cuire.

– On a un problème, dit Paul lorsqu'on arrive dans le couloir.

– Tu veux dire en dehors du fait que notre père est sur un lit d'hôpital après avoir été percuté par une bagnole ? je gronde.

– Les caméras devant le *Lucky's* ont identifié le véhicule. C'est un 4 × 4 noir, dont les plaques sont clairement visibles.

– Super. Alors, on sait qui est l'enfoiré qui a fait ça ?

– La voiture appartient à une agence de location de véhicules. Park, tu ne vas pas aimer savoir qui l'a louée.

Je ferme les yeux en attendant sa réponse, mais je la connais déjà.

– C'est Tracey Wilson, frangin. C'est elle qui a loué la voiture. Wendy essaie de la contacter depuis hier, mais elle ne répond pas. Je sais qu'elle a dit à Sky qu'elle était rentrée à New York, mais rien ne le prouve. Elle est toujours à Boston, mec. Wendy ne sait pas où, mais elle dit que ce n'est qu'une question de temps avant qu'elle se montre.

– Merde. Sky va être anéantie ! je m'exclame en me massant les tempes.

– C'est pas fini… marmonne-t-il.

– Dis-moi tout avant que Skyler ne revienne, je réponds en m'adossant au mur du couloir.

– Son père…

– Trevor.

– Ouais. Mes hommes l'ont interrogé, ce qu'il n'a pas du tout apprécié. Apparemment, non seulement Tracey était la fifille à son papa mais elle a lu tous ses cours sur la fabrication d'une bombe. Et son père était consciencieux. Il n'a jamais pensé que ça lui servirait, parce qu'elle avait toujours parlé d'être agent. Elle ne parlait que de ça depuis qu'elle était devenue amie avec la voisine, une actrice en herbe. Elle disait qu'elle rêvait de travailler avec Skyler, et c'est ce qu'elle a fait. Wilson dit que Skyler est la meilleure chose qui soit arrivée à sa fille.

– Je te demande pardon ?

– Apparemment, Tracey avait une petite sœur, Staci, qui est morte un avant qu'ils ne déménagent à côté de chez Skyler. Tracey avait dix ans et, d'après son père, sa rencontre avec Skyler l'a sauvée. Elle était si triste d'avoir perdu sa sœur qu'elle ne parlait plus à personne. Mais du jour où elle a rencontré Skyler, elle s'est concentrée sur elle et elle a oublié sa sœur. Depuis, elles sont inséparables.

Mon sang se glace.

– Mon Dieu, tu crois que Skyler lui sert de sœur de substitution ?

– Peut-être. Sans doute. J'en sais rien, je te répète juste ce que mes hommes ont dit à Wendy.

– Elle est morte comment ?

– D'une leucémie. Apparemment ce n'était ni rapide ni beau à voir.

– Donc, en gros, Tracey a regardé sa sœur mourir lentement et dans d'atroces souffrances, puis elle a rencontré Skyler et a décidé qu'il était de son devoir de s'en occuper ? De la protéger ?

– Est-ce que Skyler t'a raconté quelque chose qui t'aura paru envahissant ou semblé extrême ?

Tout ce qui concerne Tracey me semble extrême, et tout particulièrement son implication dans sa carrière et dans ses relations amoureuses.

– Euh, carrément, ouais. Elle a poussé le dernier mec de Skyler à se droguer et à la tromper. C'est même elle qui lui fournissait la coke et les femmes. Il n'a jamais refusé, prouvant à Tracey qu'il ne méritait pas l'amour de Skyler. Et, bien sûr, elle était là quand il a fallu ramasser Skyler à la petite cuillère.

– Et ses parents ? demande Paul.

– Tes hommes ont trouvé quoi que ce soit qui justifie de rouvrir l'enquête ?

– Pas encore, non. Le dossier est ancien et l'enquête a été très mal menée. On ne saura probablement jamais ce qui s'est passé sur ce bateau, mais ça ne peut pas être une coïncidence.

– Qu'a dit Trevor à propos de la bombe ?

– Au début, il était estomaqué, parce qu'en plus de porter les marques de son enseignement, elle portait sa propre signature, dont il n'avait jamais parlé à personne. Apparemment, c'est un pro des retardateurs et sa façon de faire est unique. Le capteur sur la bombe de ton appartement n'était pas tout à fait le même que le sien, mais il a dit que ça pouvait être dû au fait que ça fait des années qu'il n'en a plus fabriqué et que les matériaux ne sont plus les mêmes, explique Paul. En fait, il a d'abord pensé que quelqu'un essayait de le faire accuser. Mais quand ils lui ont parlé de sa fille et qu'il a fait le lien entre ce qu'il lui a appris et la bombe, il a cessé de parler. Il a demandé à voir un avocat et l'interrogatoire a dû être suspendu. Il a voulu appeler sa fille pour s'assurer qu'elle allait bien. Bien évidemment, ils lui ont refusé. Les flics ont prolongé sa garde à vue parce que la bombe ressemble trop à une des siennes. Il a de solides alibis parce qu'il était en Floride avant et durant l'explosion, mais ça ne veut pas dire qu'il n'a pas pu fabriquer la bombe et la faire poser par quelqu'un d'autre. On se sert de cet argument pour le garder au commissariat et l'empêcher d'appeler sa fille. On ne veut pas que cette garce nous échappe.

– Bon sang, Sky ne s'en remettra jamais.

– C'est ce que je me suis dit, acquiesce-t-il.

Je me laisse aller contre le mur, réfléchissant au meilleur moyen d'annoncer la nouvelle à Skyler.

– Ils savent où est Tracey ?

– Non, justement. Personne ne l'a vue.

– Et l'agence de location ? Quelqu'un a bien dû voir que le pare-chocs du 4 × 4 était abîmé, non ?

– Non. Ils ont retrouvé la voiture à quatre rues du *Lucky's*. Tracey est introuvable, frangin.

CHAPITRE 11

SKYLER

– Ma puce, tu crois vraiment que ton homme va pouvoir avaler tout ça ? dit Royce en désignant mon plateau.

Je baisse les yeux, remarquant tout à coup qu'il contient quatre sandwichs, trois paquets de chips, cinq boissons différentes, deux pommes, quatre parts de tartes, une dizaine de barres céréales et six cookies.

– Euh… Peut-être que Cathy aura faim ?

– À mon avis, Parker n'avalera pas même la moitié d'un sandwich, répond Royce en souriant.

– Je sais. Mais je me sens inutile.

Il serre mon épaule de sa main libre, dans l'autre il tient une bouteille de jus d'orange, une banane et les clés de la voiture.

– Tu es là et tu le soutiens. C'est tout ce dont il a besoin. Je vais jeter un œil au buffet froid pendant que tu paies, ok ?

– Ça marche, Royce. Attends, donne-moi les clés, je vais les mettre dans mon sac.

Il me les tend et j'avance avec mon plateau dans la file d'attente. Il y a au moins huit personnes devant moi, et les caissières sont affreusement lentes.

Mon téléphone vibre dans la poche arrière de mon jean et je panique à l'idée que Parker m'appelle pour m'annoncer que l'état de son père s'est brusquement aggravé.

L'écran affiche la photo de Tracey et, avec tout ce qui se passe, je suis tellement soulagée qu'elle m'appelle que je décroche sans réfléchir.

– Trace, mon Dieu ! Est-ce que ça va ?

– Birdie… chuchote-t-elle d'une petite voix fragile.

– Tracey, qu'est-ce qui ne va pas ?

– Il m'a kidnappée, répond-elle d'une voix tremblante, comme si elle pleurait. Il dit… il dit qu'il va me tuer.

Mon Dieu ! Mon corps se couvre de chair de poule, et je laisse mon plateau pour sortir de la cafétéria.

– Tracey, de qui tu parles ?

– Il m'a fait mal, Sky. Affreusement mal, siffle-t-elle avant de tousser en criant.

– Tu es où ? Dis-moi où tu es ? Je vais chercher Parker, Paul, Royce et Bo, et on vient te chercher.

– Non ! s'écrie-t-elle d'un ton paniqué. Tu dois venir toute seule, chuchote-t-elle en gémissant. Il… Il dit que si tu viens, il me relâchera. Je ne voulais pas t'appeler, mais il… il… il… il a utilisé un couteau et… je saigne beaucoup, Birdie…

– Mon Dieu, mon Dieu !

Je tourne sur moi-même, cherchant la sortie la plus proche. Je vois les panneaux verts au-dessus d'une porte et cours dans cette direction.

– D'accord, d'accord, j'arrive. Tu es où ? Comment je fais pour te retrouver ?

– Est-ce que… tu es toute seule ? Il dit qu'il me tuera si tu ne viens pas seule. J'ai peur, Birdie. J'ai tellement peur !

Elle sanglote et pousse un cri aigu tandis que j'entends un bruit derrière elle, comme une barre en métal frappée sur du béton.

– Non, mon Dieu, non ! S'il te plaît ! Chérie, parle-moi !

– Viens au *Lucky's*, gémit-elle.

– Au *Lucky's* ? je répète en dévalant les escaliers qui mènent au parking situé à l'opposé de l'entrée par laquelle on est arrivés.

Je regarde autour de moi, ne sachant pas quoi faire. Je n'ai pas de voiture, donc…

Mais si ! Royce vient de me donner les clés. Je fouille dans mon sac et appuie plusieurs fois sur le bouton pour déclencher l'alarme, qui retentit aussitôt. Je suis la sonnerie et découvre que la voiture n'est qu'à deux rangées d'où je me tiens.

– J'arrive. Fais ce qu'il dit. J'arrive tout de suite.

– Seule. Tu dois venir seule, sinon il me tuera.

Elle pousse un cri de douleur qui me fend le cœur. Je retiens mes larmes, ce n'est pas le moment de paniquer.

– J'arrive. Fais ce qu'il te dit. Tracey ?

– Sky ! s'écrie-t-elle avant de raccrocher.

Non, non, non !

Je cours à la voiture aussi vite que possible. J'ouvre la portière, démarre et pars à toute vitesse, ne m'arrêtant pas lorsque je vois Royce agiter les bras au pied de l'escalier d'où je suis venue.

Je ne m'arrête pas.

Je ne peux pas.

Il la tuera.

***

J'ai l'impression de rouler pendant des heures, alors que je ne mets sans doute pas plus de vingt minutes à arriver au *Lucky's*. Je me gare devant le bar et bondis hors de la voiture, laissant la portière ouverte. Je cours à la porte du pub qui est entrouverte. Je saisis la poignée et l'ouvre juste assez pour me faufiler à l'intérieur, sans un bruit.

Une fois à l'intérieur, je retiens la porte pour qu'elle ne claque pas et j'attends que mes yeux s'adaptent à l'obscurité. J'avance sur la pointe des pieds le long du couloir, vers l'avant du bar. J'arrive dans la salle principale, où les néons des étagères sont allumés, et rien d'autre. Là, assise sur le comptoir, balançant ses jambes dans le vide, se trouve ma meilleure amie. Je balaie la salle des yeux, essayant de localiser son agresseur, mais je ne vois personne. Tracey tapote des doigts sur le bar et je tourne la tête vers elle.

– Birdie, il n'y a que toi et moi, ici.

– Quoi ? je chuchote en continuant de regarder partout autour de moi.

Lorsque je me retourne vers mon amie, je découvre qu'elle sourit jusqu'aux oreilles. Je l'examine des pieds à la tête et ne vois pas la moindre goutte de sang sur elle.

Qu'est-ce qui se passe ?

–Je suppose que tu es venue seule, ricane-t-elle.

– Tracey, il faut qu'on sorte d'ici. S'il revient…

Elle penche la tête en arrière et éclate de rire.

– Mon Dieu, ce que tu peux être naïve ! C'est un miracle que j'aie réussi à te garder en vie pendant toutes ces années. Cela dit, ça n'a pas été facile.

– De quoi tu parles, Tracey ? je demande en serrant les poings. Il faut qu'on parte, tout de suite !

J'avance vers elle, mais elle lève le bras, la main tendue vers moi, me signifiant d'arrêter.

– Reste où tu es. C'est moi qui décide maintenant, et honnêtement, j'en ai marre de tes conneries !

Elle lève l'autre main, dans laquelle elle tient un petit boîtier noir avec un bouton rouge.

– Tu vois ça ? C'est le détonateur d'une bombe.

Elle hoche la tête en direction d'une table, au milieu de la pièce, sur laquelle est posé un gros boîtier noir couvert de scotch jaune.

– Et ça, c'est une bombe. La même que j'ai posée sur la porte de ton mec. Non pas que ça ait servi à quoi que ce soit.

Une bombe.

Sur la porte de mon mec.

J'ai l'impression d'avoir été percutée par un camion. Ma gorge se noue, je pose mes mains sur ma gorge.

– Je t'ai dit qu'il n'était pas assez bien pour toi. Je pensais vraiment que tu te lasserais de lui et que tu te rendrais compte qu'il ne te mérite pas. Quand il est parti à Montréal en étant persuadé que tu l'avais trompé, j'étais ravie. Ravie ! Mais il a fallu que tu lui pardonnes, alors qu'il a embrassé cette blonde, poursuit Tracey en secouant la tête. Ne t'ai-je rien appris ? C'est moi qui tiens à toi. Moi ! Ta grande sœur. C'est moi qui te protège. Qui t'aime. Pas Parker et sa bande de bons à rien. Pas Wendy, cette pétasse qui porte un collier de chien. De chien ! Et c'est elle que tu écoutes ? Plutôt que moi ! s'écrie-t-elle en ricanant d'un ton outré. Dire que je me suis débarrassée de Johan et me suis assurée que tu avais les plus grands rôles, que tu devenais richissime. Tu as plus d'argent que tu n'en as besoin pour toute ta vie grâce à moi ! Et tout ça pour quoi ? Pour que tu m'oublies ? Comme si je n'étais rien ? C'est hors de question.

– Tracey… je ne comprends pas.

– Tais-toi, Staci ! Tu vas finir par comprendre, crois-moi, contrairement à ces minables que tu appelais tes parents. Au moins, je n'ai eu aucun mal à m'en débarrasser. Dire qu'ils voulaient que tu arrêtes les grands rôles et que tu me vires ! Cette femme… celle qui disait être ta mère, alors que c'est impossible, puisque notre mère s'appelle Laura.

– Ma mère s'appelle Jill… je commence à répondre lorsque son regard devient fou de rage.

– Je t'interdis de renier notre mère. Elle s'est occupée de toi, Staci, pendant toutes ces années. Elle a essuyé tes larmes, t'a nourrie quand tu n'avais pas la force de tenir une cuillère… Elle a fait ta toilette quand tu ne pouvais plus aller aux toilettes à cause du cancer. Mais… je t'ai sauvée. Moi ! J'ai prié sans cesse pour que Dieu t'épargne. Tu es partie quelque temps, et j'ai cru que je t'avais perdue à jamais. Je ne t'ai plus revue pendant un an. Et un jour, alors que je regardais par la fenêtre, je t'ai vue. Tu jouais dans le jardin des voisins, raconte-t-elle, et son visage s'illumine. Tu m'avais retrouvée. Tu avais changé de nom, mais je savais, au fond de moi, que ma petite sœur était revenue du royaume des morts pour me retrouver. Ce jour-là, j'ai su que je devais m'occuper de toi. Que je devais te protéger et subvenir à tes besoins. Je me suis assurée que tu avais tout ce qu'il y avait de mieux dans la vie et que plus personne ne te faisait souffrir. Et te voilà, Staci… ma Staci. Mais tu m'as dit que tu n'avais plus besoin de moi. Que tu n'avais plus besoin que de cet homme !

Elle rit sèchement et je ne la reconnais plus, cette femme n'est pas ma meilleure amie.

– Trace, c'est moi, c'est Skyler. Je ne sais pas qui est Staci, mais ce n'est pas moi, je dis alors que des larmes coulent sur mes joues.

– Ne mens pas ! crie-t-elle, si fort que je recule et me cogne à une table.

– Je ne te mens pas, Tracey. Je ne sais pas ce qui se passe. Je ne sais pas ce qui t'arrive, mais je vais t'aider. Je te promets que…

– Tu vas m'aider ! s'exclame-t-elle en descendant du bar et en agitant le boîtier noir dans sa main. Mais je n'ai pas besoin de ton aide. C'est moi qui t'aide. C'est moi qui me suis toujours occupée de tout, y compris de faire sauter le bateau de tes prétendus parents quand ils t'ont dit de me virer.

Mes parents ? Tracey a tué mes parents ?

– Non, mon Dieu, non…

Mon estomac se noue et je me mets à trembler. J'ai envie de vomir. Mon cœur bat la chamade et je sens une nouvelle crise d'angoisse arriver.

– Et Johan… Tu sais ce que je lui ai fait. Pour toi. Toujours pour toi.

– Tracey…

Je sanglote en pensant à mes pauvres parents sur ce bateau, disant au revoir à Tracey dans le port, aux baisers que m'a envoyés ma mère et que j'ai fait semblant d'attraper. Et elle les a tués.

– Dis-moi que tu n'as pas tué mes parents… je t'en supplie…

Je ne peux pas croire qu'elle ait fait une chose aussi atroce.

– Bien sûr que si. Je me suis assurée qu'ils étaient bien morts et qu'ils ne pouvaient plus interférer dans notre relation. Bien sûr, dans tout ça, j'ai fini par commettre une erreur.

Je sanglote de plus belle et je ferme les yeux.

– J'ai engagé ce type. Mais je n'avais pas le choix ! Il fallait que tu retrouves ton inspiration, et j'avais raison puisqu'il t'a aidée. Or, je n'avais pas prévu qu'il tomberait amoureux de toi. Non pas qu'il mérite ton amour. Il n'y a que moi qui le mérite. Je suis la seule à m'occuper de toi, n'est-ce pas, Staci ?

Je secoue la tête.

– Tracey…

Je ne trouve pas les mots pour dire ce je pense. C'était Tracey. Depuis le début. Elle a tué mes parents, fait du mal à Johan, envoyé tous ces messages et ces menaces.

– C'est toi qui as mis le feu à mon appartement ?

– Il fallait que tu rentres avec moi à New York, répond-elle en souriant.

– Et tu as posé la bombe chez Parker. Celle qui a failli tuer Nate et Parker.

– J'aurais dû prévoir plus gros, dit-elle avec un sourire diabolique. Au moins j'aurais descendu les deux en même temps. Ce foutu garde du corps ! Il est malin, celui-là.

– Bon sang, Tracey. Tu as envoyé ces messages ? Pour me foutre la trouille et mettre Parker en garde ! Pourquoi ?

Elle recule, comme si je l'avais giflée.

– Pour qu'il te quitte ! Au départ, je pensais le laisser filer parce qu'il avait réussi à te redonner goût à la vie, ce qui était bien. Je voulais juste qu'il te laisse tranquille. Mais il a refusé de partir. Alors, il a fallu que je passe aux choses sérieuses.

– Et Monsieur et Madame Ellis ? je demande en ravalant la bile dans ma gorge.

– Apparemment, la galanterie existe toujours, s'exclame Tracey en souriant. Il a poussé si vite sa femme que je n'ai pas eu le temps de mettre un coup de volant pour l'avoir, elle aussi. Il a encaissé seul ma colère. J'ai du respect pour les hommes comme lui. J'espère qu'il s'en sortira, dit-elle d'un ton moqueur.

La femme que je connaissais a disparu. Ou peut-être n'a-t-elle jamais existé.

– Mon Dieu… Pourquoi tu t'en es pris à eux ? Ils ne t'ont rien fait.

– Parce que tu es partie. Il t'a emmenée au Brésil. Je ne pouvais pas te rejoindre et m'occuper de toi. Il fallait que tu rentres.

– Tout ça est de ma faute. Tout. Tu as fait tout ça à cause de moi.

– Staci, je ferais n'importe quoi pour toi. Je te l'ai dit sur ton lit de mort, il y a toutes ces années.

Je t'ai dit que je te ramènerais à la vie et que je serais avec toi pour toujours. Et tu es revenue.

– Je ne suis pas Staci. Je ne sais pas qui est Staci ! je m'écrie en frappant sur la table. Tracey, tu es complètement folle. Tu as besoin d'aide. Tu es tarée !

Tracey sourit, puis se met à rire.

– Oh Staci, tu étais toujours si drôle. Maintenant que tu sais tout, on peut tourner la page. Ça fait des années que je planque une partie de tes revenus. J'ai de faux passeports et notre voyage est tout prévu. On va vivre à Tristan da Cunha, une petite île au milieu de l'océan Atlantique. La météo y est rude, mais il n'y a même pas trois cents habitants. C'est parfait. On vivra tranquilles et personne ne pourra t'atteindre là-bas. J'en suis sûre. Et je pourrai te protéger pour toujours. Tu n'auras plus jamais à te soucier de cet homme.

– Je ne crois pas, non, dit la voix que j'aime la plus au monde.

Tracey se tourne vers la porte et montre le boîtier noir à Parker, posant son pouce sur le bouton rouge.

– Encore toi ! Bon sang, pourquoi tu ne meurs pas ! J'ai fait sauter ta maison, j'ai écrasé ton père, j'ai kidnappé ta nana et tu continues de ramener ta fraise !

Parker avance lentement, suivi de Royce et Bo. Paul n'est pas avec eux.

– Génial, toute la clique est là. Tu avais dit que tu viendrais seule, me dit-elle.

– C'est le cas ! Je ne sais pas comment ils m'ont retrouvée.

Parker lève la main pour montrer à Tracey la petite puce noire que nous avons tous sur nous en permanence et que j'avais oubliée.

– Des puces GPS, dit-il.

– C'est cette garce, la rouquine, je suppose. Bref, peu importe. Staci et moi allons partir. Sans vous trois.

Elle se précipite sur moi et m'empoigne par le bras, si vite que je n'ai pas le temps de réagir.

– Il faudra me passer sur le corps, gronde Parker.

– Chéri…

– Génial ! C'est marrant que tu dises ça, répond Tracey en nous faisant reculer vers l'entrée du pub, parce que ce petit boîtier déclenche cette jolie bombe, ricane-t-elle en désignant le gros boîtier noir et jaune. Il me suffit d'appuyer sur ce bouton, et vous serez tous morts.

– Toi aussi, remarque Bo.

– Ouais, mais je me fiche de mourir, du moment que Staci part avec moi.

– Staci ? Qui est Staci ? demande Royce.

– Elle ! Ma petite sœur, s'exclame Tracey en secouant mon bras.

– Euh… tu as fumé quoi, meuf ? rétorque Bo. Elle, c'est Skyler, ton amie, ta meilleure amie, qui te faisait confiance.

Tracey me regarde, puis elle regarde Bo, puis elle balaie la pièce des yeux avant de me regarder de nouveau.

– Non, non. Non ! C'est Staci ! Elle fait semblant d'être Skyler, parce que c'est une actrice très douée. Elle fait ça depuis qu'on est petites !

– Tracey… dit Parker en levant les mains. Je sais que tu ne veux pas l'entendre, mais ta petite sœur, Staci, est morte à l'âge de huit ans. Elle est partie. Tu as rencontré Skyler un an plus tard. Si tu la regardes bien, tu verras que ce n'est pas Staci. C'est Skyler…

Tracey tape brusquement du pied.

– Tais-toi ! Ferme ta gueule ! Tu ne sais pas de quoi tu parles. C'est Staci, qui fait semblant d'être Skyler.

Parker secoue la tête et avance très lentement vers nous.

– Tracey, je ne suis pas Staci. Je suis désolée que tu aies perdu ta sœur…

Elle serre si fort ma main que je pousse un cri de douleur.

– Tais-toi. Vous ne savez pas ce que vous dites ! Fermez-la, ou je vous fais tous sauter ! Je sais que ce n'est pas ce que veut Staci parce que son cœur est pur, mais si tu fais un pas de plus, je le ferai.

– Je ne crois pas, non, gronde une grosse voix derrière nous, juste avant qu'un coup de feu ne retentisse.

Je vois Paul du coin de l'œil, à l'entrée du bar, son arme pointée sur nous. Tracey rugit et lâche le boîtier noir, qui tombe à quelques pas de nous. Parker se jette sur elle, la plaquant à terre, alors que

Paul leur saute dessus pour s'emparer du boîtier et le mettre en sécurité de l'autre côté de la salle.

Tracey gît par terre, hurlant de douleur, tenant un de ses poignets. Une flaque de sang se forme autour d'elle. Soudain, ses cris cessent et elle s'évanouit. Paul saisit sa main blessée, qui ne tient qu'à un fil à son poignet, et je reste figée sur place, regardant les quatre hommes s'affairer autour de Tracey.

– Apportez-moi une serviette ! crie Paul à Bo qui en saisit une sur le comptoir. Et appelez les flics !

– Je m'en occupe, répond Royce.

Parker se relève, laissant Tracey entre les mains de Paul. Il vient vers moi, se plaçant de telle sorte que je ne voie plus ma meilleure amie se vider de son sang sur la moquette du bar.

– Sky, bébé, ça va ? demande-t-il en empoignant ma nuque et en me regardant dans les yeux.

– Euh… euh… non, je réponds en secouant la tête.

– C'est normal. Mais je suis là.

– Euh… Paul lui a tiré dessus ? je demande en regardant par-dessus son épaule.

– Oui, bébé.

Il passe son bras dans mon dos et me ramène contre lui. Je me mets à trembler violemment, ou peut-être que je tremblais déjà et que je ne l'avais pas remarqué.

– C'était… c'était un sa… sacré tir, je dis en claquant des dents.

– Merde, Skyler, tu es en état de choc, répond Parker en me frottant les bras. Respire avec moi, d'accord ? Inspire jusqu'à quatre… expire jusqu'à quatre. Concentre-toi sur ma respiration.

Il respire avec moi, comptant jusqu'à quatre sur ses doigts, et je l'imite en repensant à tout ce que je viens de découvrir.

À mes parents, qui ont été assassinés par ma meilleure amie.

À tous ces horribles messages.

À Johan, à la drogue et aux femmes.

À Nate.

À la tentative de meurtre sur les parents de Parker.

À ma meilleure amie, qui voulait m'emmener sur une île déserte.

– Arrête, bébé. N'y pense pas pour le moment. Contente-toi de respirer. C'est tout ce que tu as à faire.

Parker plaque son front sur le mien et respire lentement, bruyamment, à tel point que je n'entends plus que ça et que je parviens à caler ma respiration sur la sienne. Peu à peu, mon angoisse disparaît.

Je reviens sur terre et j'entends soudain les sirènes qui retentissent ainsi que des bruits de pas. Parker me serre dans ses bras, plaquant ma tête contre son torse et ma joue sur son cœur. Je me concentre sur lui, sur son parfum d'agrumes, sur cette chaleur et ce sentiment de sécurité que je ne connais que lorsque je suis dans ses bras.

Il est en vie.

Il me tient contre lui.

Il me dit que tout ira bien.

Je ferme les yeux, respire et laisse les battements de son cœur me bercer et me calmer.

– Ça va aller. Je te le promets, Skyler. C'est fini, bébé.

Je serre mon homme aussi fort que possible.

– C'est fini.

CHAPITRE 12

PARKER

– Bébé, il faut que tu te lèves, je dis en caressant sa joue toute douce.

Elle fait la moue et ferme fort les yeux.

– Je n'ai pas envie. Il n'arrive que des catastrophes quand je suis réveillée.

– Il arrive des choses merveilleuses aussi, je dis en mordillant son oreille.

Elle ricane un instant, mais son sourire disparaît vite, laissant place à la mine triste qui ne la quitte plus depuis une semaine. Cela fait sept jours que son ancienne meilleure amie a été blessée et emmenée à l'hôpital, où ils ont dû lui amputer la main.

La bonne nouvelle, c'est que mon père est réveillé et irascible, exigeant de voir Skyler et de retourner chez lui. Nate, qui se remet très vite de ses blessures, demande également à pouvoir rentrer à la maison. Maintenant que tous les voyants sont au vert, ils ont accepté de le libérer aujourd'hui. D'ailleurs, ça fait partie de la surprise que j'ai prévue pour ma nana, si elle veut bien sortir du lit.

– Ma pêche, je sais que tu souffres, mais te cloîtrer dans ta chambre ne t'aidera pas, je dis en la prenant dans mes bras pour la soulever.

– Eh oh ! Qu'est-ce que tu fais !

Je la prends par-dessus mon épaule et lui mets une fessée.

– Aïe ! Parker ! Repose-moi !

– Non. Tu ne vas plus t'apitoyer sur ton sort. Il est temps de te doucher et de revenir dans le monde des vivants.

– Lâche-moi ! s'écrie-t-elle en me frappant sur les fesses. Je suis sérieuse, Parker. Repose-moi !

Je nous emmène dans la salle de bains et m'occupe de régler la température de l'eau. J'entre dans la cabine de douche, même si nous sommes tous les deux en pyjama. Je la repose et la plaque contre le mur de la douche, les mains de part et d'autre de sa tête si bien qu'elle ne peut pas m'échapper.

– Écoute-moi, j'ordonne.

– Je n'arrive pas à croire que tu as fait ça ! gronde-t-elle, furieuse.

C'est une avancée. Je préfère sa colère à la tristesse qui la paralyse depuis une semaine.

– Chut ! je rétorque. Tu ne peux pas te cacher sous la couette pendant plus d'une semaine. Je refuse de voir ma nana sombrer dans la dépression. Tu vaux mieux que ça, je déclare en frappant le mur carrelé derrière elle, la faisant tressauter. Reviens-moi, bébé. J'ai attendu patiemment, mais ça suffit. J'ai besoin que tu me reviennes.

Ses yeux se remplissent de larmes et ses lèvres se mettent à trembler.

– Chéri, elle a tué mes parents.

– Je sais, bébé, et je suis désolé, je réponds en collant mon front au sien. Je suis sincèrement désolé.

– Elle a tué ma mère et mon père, dit-elle d'un ton torturé.

– Oui, je dis d'une voix rauque.

Sa souffrance me fend le cœur.

– Elle a blessé Nate.

– Ce n'est pas de ta faute, elle est folle.

– Et ton père. Bébé, elle a failli tuer ton père, sanglote-t-elle.

– Ils vont tous les deux guérir, ma puce. Et aucun des deux ne t'en veut. C'est à elle qu'ils en veulent. C'est elle qui a fait ça. Elle a recréé une réalité dans laquelle elle n'avait pas perdu sa sœur. Sa douleur devait être trop affreuse pour qu'elle la supporte, et elle a perdu la raison, Sky.

Elle plante ses ongles dans mes bras et je serre les dents.

– Dans ses yeux, tu étais la sœur qu'elle a perdue. Je ne dis pas que ça l'excuse, mais je veux que tu comprennes que rien de tout ça n'est de ta faute. Tu es une femme généreuse, gentille, douce et affectueuse. Ton cœur est si grand qu'il illumine tous les gens que tu rencontres. Elle en a profité.

Elle t'a fait du mal et elle s'en est prise aux gens que tu aimes, mais tu ne peux pas la laisser gagner en refusant de vivre. Que diraient tes parents s'ils savaient que tu l'as laissée te détruire ? Que tu refusais de vivre la vie qu'ils t'ont donnée ? Que diraient-ils, Sky ?

Elle est prise de convulsions et je la serre contre moi tandis qu'elle fond en larmes. J'encaisse toute sa souffrance. J'encaisserais n'importe quoi pour elle, toute sa colère et sa tristesse. N'importe quoi, pourvu qu'elle soit de nouveau heureuse.

– Ils… ils détesteraient ça.

– Exactement. Alors que dirais-tu qu'on se douche, hein ? Wendy se fait un sang d'encre pour toi, ce qui rend Mick insupportable. Elle a besoin de voir que tu vas bien.

– Mais je ne vais pas bien.

– Je sais, bébé. Mais bientôt, ça ira mieux. Je te le promets, je réponds en caressant son dos de haut en bas.

– Je t'aime, chuchote-t-elle dans mon oreille.

– Bon sang, j'avais vraiment besoin de l'entendre, je dis en la serrant plus fort. Je t'aime aussi, Skyler. Tellement que c'en est parfois douloureux.

Nous restons longtemps ainsi, dans les bras l'un de l'autre, laissant l'eau chaude couler sur nous.

Je finis par reculer pour la regarder dans les yeux.

– On va choisir de vivre. On va mettre cette histoire derrière nous et profiter de notre liberté, d'accord, ma pêche ?

Elle hoche la tête, se met sur la pointe des pieds et m'embrasse tendrement. Je la laisse faire et je remercie le Ciel que ma nana soit de retour. Tout n'est pas réglé, mais je sais qu'ensemble, on peut y arriver.

Lorsqu'on s'est débarrassés de nos vêtements trempés, je prends mon temps pour la laver, puis je lui fais tendrement l'amour tandis qu'elle pleure. C'est cathartique, et c'est un des plus beaux moments de ma vie.

Une fois dehors, après que je l'ai séchée, j'ouvre son tiroir et fouille dedans, trouvant enfin un rouge à lèvres.

– Ah, parfait !

Elle vient derrière moi et caresse mon dos encore trempé.

– C'est toi qui es parfait.

– Je te rappellerai que tu as dit ça la prochaine fois que je t'énerve.

Elle glousse et m'embrasse de nouveau sur l'épaule.

– Qu'est-ce que tu fais ?

– Je nous laisse une piqûre de rappel… à tous les deux.

J'enlève le capuchon du rouge à lèvres et me concentre sur le miroir où j'écris la seule chose qui compte après tout ce qu'on a traversé.

SOYONS LIBRES
Love,
Nous

Skyler sourit et je la regarde relire notre nouveau mantra.

– Je le répète, c'est parfait, chéri, dit-elle en me serrant dans ses bras.

Je pose mes mains sur les siennes, puis je porte ses doigts à ma bouche pour les embrasser un par un.

– Absolument.

***

Nous marchons main dans la main, tenant chacun une laisse de nos chiens qui nous précèdent. Tout semble les exciter, ces jours-ci, un oiseau, un écureuil, *tout*.

– Je sais qu'on marche vers notre maison, mais pourquoi ? demande Skyler.

– C'est une surprise.

– Ces derniers temps, les surprises ont rarement été bonnes, dit-elle en grimaçant.

– Fais-moi confiance, bébé.

– D'accord.

Nous arrivons enfin devant notre superbe maison et Skyler soupire.

– Elle est magique, non ?

Je souris en regardant autour de moi les arbres, au loin, puis le porche immense qui fait tout le tour de la maison. Je remonte l'allée vers la porte et elle s'arrête, tirant sur ma main.

– Chéri, on ne peut pas. On n'a pas encore les clés.

– Tu parles de *ces* clés ? je réponds en sortant le trousseau de ma poche.

Elle écarquille les yeux et ouvre la bouche.

– Chéri…

Elle se jette sur moi et saute dans mes bras. Je la serre fort et l'embrasse fougueusement, longtemps, jusqu'à ce qu'elle recule en éclatant de rire.

Mon Dieu, il n'y a pas de plus beau son sur terre.

– C'est génial ! s'exclame-t-elle en reposant les pieds par terre.

– Alors, c'est une bonne surprise ?

– C'est la meilleure surprise de ma vie ! répond-elle en saisissant ma main pour me tirer vers la porte.

Lorsque nous y sommes, je l'ouvre et la prends dans mes bras pour officialiser notre entrée dans notre nouvelle maison. Elle glousse joyeusement, je l'embrasse plusieurs fois dans le cou avant de la reposer. On enlève la laisse des chiens et j'appuie sur l'interrupteur, allumant le chandelier suspendu au-dessus de nos têtes.

– Chéri, on est chez nous, dit-elle en tournant sur elle-même, les bras ouverts.

– En effet. Viens, j'ai encore une surprise pour toi.

– C'est vrai ? Rien ne peut être mieux que d'entrer chez nous pour la première fois. Ça va être dur à battre.

Je ricane en prenant sa main pour l'emmener de l'autre côté de la maison, où se situe la suite parentale. Lorsque nous arrivons devant la double porte en chêne, je lâche sa main pour saisir les poignées et l'ouvrir en grand. Dedans se trouve l'immense lit traîneau que j'ai fait livrer hier soir. La tête de lit est en bois massif avec des sculptures florales que j'ai choisies pour elle, mais la structure en chêne foncé donne à l'ensemble un style plutôt viril. Le lit est fait, grâce à Wendy qui a acheté les draps les plus doux et les plus luxueux qu'elle a trouvés. Ça m'a coûté une fortune, mais maintenant que je vois le regard émerveillé de Skyler, je sais que j'ai eu raison. La nana de mes rêves est heureuse.

– Il te plaît ?

Elle regarde le lit, qui est le seul meuble de la pièce étant donné que c'est la seule chose dont je tenais à m'occuper, ravi de laisser à Skyler le plaisir de décorer le reste de la maison.

– S'il me plaît ? Chéri, je l'adore ! C'est le plus beau lit que j'aie jamais vu.

Je souris et l'enlace par-derrière.

– Je suis ravi qu'il te plaise, parce que je t'aime à la folie.

Elle se tourne et m'embrasse de nouveau en reculant vers le lit, un sourire aux lèvres. Elle lève le bras et défait le nœud de sa robe, laissant le vêtement tomber à ses pieds. Skyler se tient devant notre nouveau lit, vêtue d'un ensemble Wonderbra, soutien-gorge bustier rose pâle et culotte assortie.

– Je propose qu'on le baptise tout de suite, suggère-t-elle.

Je la regarde quelques secondes, puis je me ressaisis et me débarrasse de ma chemise. Son regard s'embrase. J'enlève mes chaussures, mes chaussettes, puis je défais mon jean et le baisse avec mon boxer. Ses yeux descendent sur mes cuisses, elle me lance un sourire aguicheur.

– Tu vois quelque chose qui te plaît, ma pêche ?

– Oh que oui ! Quelque chose qui me plaît terriblement.

Elle passe son bras dans son dos et défait son soutien-gorge, qui rejoint sa robe par terre.

– Je crois qu'il est temps d'être un peu sauvages, je dis en avançant lentement vers elle.

Elle baisse sa culotte et la dégage d'un coup de pied.

– Je crois qu'il est temps qu'on soit libres.

Lorsque je suis devant elle, je passe mon bras dans son dos et la ramène contre moi.

– Tous les jours, et à chaque instant, bébé.

Je lui prouve alors ce qui l'attend en étant libre avec moi, dans notre tout nouveau lit, dans notre toute nouvelle maison.

À SUIVRE…

Je la regarde quelques secondes [illegible] je me [illegible]
[illegible] regards [illegible] chaussettes. Dans [illegible] [illegible] les habits [illegible]
Je vois [illegible]
Observant [illegible]
Elle passe sa tête dans [illegible]
Je crois qu'il est temps [illegible]
Elle [illegible]
Je crois qu'il est temps [illegible]
Lorsque [illegible]
Tous les [illegible]
[illegible] toute la [illegible]

INTERNATIONAL GUY

#12 LOS ANGELES

À Jeananna Goodall.
Une année. Nous avons passé
une année entière sur ce projet.
Tu es ma plus grande cheerleader,
mon plus grand soutien,
celle sur qui je peux me reposer lorsque
je crains que ce ne soit pas suffisant.
Tu me rappelles chaque jour
pourquoi nous travaillons si dur.
Tout est dans l'histoire.
Tout est dans l'amitié.
Tout est dans l'amour, la lumière
et dans nos vies, que nous vivons
du mieux que nous pouvons.
Ensemble, nous vivons toujours
notre vérité.

CHAPITRE 1

SKYLER

Wendy s'affaire dans sa suite, ajustant sa poitrine dans sa robe de mariée, tripotant sa coiffure. Je me suis assurée que pas une seule mèche ne bougerait sous l'effet d'une brise en engageant le meilleur coiffeur de stars. Sur le dessus, ses cheveux plus longs sont bombés tandis que, sur les côtés, ils sont plaqués sur sa tête. C'est à la fois punk rock et chic, et c'est parfait pour Wendy Bannerman, désormais Wendy Pritchard.

– Alors, quand est-ce que toi et le boss allez vous marier ? demande-t-elle en retouchant son rouge à lèvres cerise.

Je réfléchis à sa question en me regardant dans la glace, admirant de nouveau mes escarpins Valentino Rockstud Garavani. Ils sont dorés, avec des clous sur la lanière en T et un talon aiguille de dix centimètres. Parker m'a annoncé ce matin qu'il fallait que je les garde quand il me ferait grimper aux rideaux ce soir. J'ai hâte.

La question de Wendy est sérieuse. Depuis que mon ancienne meilleure amie, Tracey, a été enfermée dans un hôpital psychiatrique en attendant son procès, j'ai eu deux mois pour me remettre et faire de ma nouvelle maison un cocon d'amour pour mon homme et moi.

Je n'ai aucun doute quant au fait que Parker est l'homme de ma vie. Je m'endors blottie contre son torse chaud tous les soirs et je me réveille tous les matins avec son sourire et ses « je t'aime ». Surtout, il me montre tous les jours qu'il m'aime avec des dizaines de petites attentions. Il me prépare un café et me l'apporte au lit, il m'embrasse dès qu'il me voit et avant de me quitter, même si c'est juste pour aller jouer avec les chiens dans le jardin. Il me montre sans cesse combien il tient à moi et à nous. Combien il croit en nous, pour toujours.

– Allô ! Reviens sur terre, Skyler ! Je t'ai demandé quand Parker et toi alliez passer le cap ?

Je fronce les sourcils et penche la tête pour admirer Wendy dans sa superbe robe de mariée.

– Tu es gonflée, dis donc. Ça fait quatre ans que tu es avec Mick et vous venez à peine de vous marier.

– Ce n'est qu'un détail. Il m'a offert un collier au bout de six mois. Et dans notre milieu…

Elle tire sur son tout nouveau ras-de-cou en platine. Sur celui-ci, le cadenas est un cœur en diamant noir. Mick le lui a offert en privé hier soir. Une fois qu'il est mis, le cadenas disparaît et il ne peut plus être enlevé, sauf en coupant le collier. Wendy était folle de joie quand elle me l'a montré ce matin, avant la cérémonie. Apparemment, Mick s'est fait tatouer le même collier sur le poignet. Je ne l'ai pas vu sous sa chemise et je n'ai pas demandé à le voir parce que ça ne me regarde pas. S'il veut me le montrer, il le fera. Néanmoins, le fait qu'un homme choisisse de porter à vie le symbole de son engagement auprès de sa femme est une sacrée déclaration d'amour.

– Dans notre milieu, le collier est la plus grande preuve d'amour. On n'avait pas besoin d'un bout de papier pour sceller notre engagement. Toutefois, lorsqu'on a décidé d'avoir des enfants, on a trouvé logique de se marier.

Je hoche la tête et pense à Parker et moi, et à l'idée de se marier et d'avoir des enfants. Il sait que je veux accepter moins de films après que la trilogie de Geneva James aura été tournée. On a beaucoup parlé de mon envie d'ouvrir une école pour jeunes acteurs, en particulier pour des enfants défavorisés qui ne pourraient pas se permettre des cours dans une école privée. Néanmoins, il faudrait d'abord qu'on officialise notre relation.

– Pour être honnête, Wen, on n'en a pas discuté. Notre avenir nous paraît évident. C'est toujours « quand » on aura une famille, « quand » on se mariera… pas « si ». Mais il n'a pas fait de sous-entendus quant à la possibilité qu'on se marie bientôt.

– Hmmm… Eh ben, dans ce cas, tu vas devoir t'en charger toi-même !

– Tu veux dire que c'est moi qui devrai le demander en mariage ? je dis, aussitôt séduite par l'idée de Wendy.

– Waouh ! s'exclame-t-elle en souriant. Pourquoi pas ? Je pensais plutôt que tu devrais lui faire passer le message que tu es prête en laissant traîner des magazines de mariage par-ci, par-là, ou ce genre de chose, mais ton idée est bien meilleure ! C'est parfait. Pourquoi ce ne pourrait pas être la femme qui demande la main de l'homme ? Ouais, ça me plaît ! De toute façon, ce n'est pas comme s'il allait te dire non, il est raide dingue de toi. Je suppose simplement qu'après tout ce qui s'est passé et tout ce que tu as dû affronter, il a peur de chambouler de nouveau ta vie.

– C'est vrai, je marmonne, consciente que Parker s'inquiète pour moi en permanence.

– Donc c'est à toi de le faire ! s'écrie-t-elle en tapant dans ses mains. Youpi ! L'opération Fiançailles SkyPark est lancée !

– Wen, n'oublions pas que nous sommes à ton mariage. Ton mari doit faire les cent pas dans le couloir en se demandant pourquoi tu mets autant de temps. Quant à mon mec, il doit être en train de picoler avec ses frangins, et toi, tu dois te préparer pour ta lune de miel ! Et si on est venues ici, c'est parce que tu avais envie de faire pipi !

– Ah oui, c'est vrai ! s'exclame-t-elle en croisant les jambes. Tu veux bien tenir ma robe ?

Je glousse et saisis le bas de sa jupe bouffante. Le haut de la robe est plutôt rock, avec un bustier ultra-sexy, mais la jupe est digne d'une princesse, avec des tonnes de froufrous.

Une fois qu'elle a fait pipi et qu'elle s'est lavé les mains, nous sortons bras dessus, bras dessous.

– Ton mariage était parfait, je lui dis en souriant.

– Ouais, c'est vrai. Mais maintenant, il est temps de passer à l'opération Fiançailles SkyPark ! répond-elle en même temps que son regard pétille de joie.

– Je sens que ça va être ta nouvelle obsession, je réponds en secouant la tête.

– Quand quelque chose est aussi bon et beau, il ne faut pas trop réfléchir. Pourquoi attendre ? Tu n'as aucune raison de peser le pour et le contre. Laisse de côté tout ce qui est négatif. C'est ce que Mick m'a appris. Il faut croquer la vie à pleines dents et cesser de se laisser guider par la peur. Il est temps de passer les rênes à l'amour !

– J'aime ta façon de penser, meuf.

– Tant mieux. Je sais que j'ai l'habitude de plaisanter de tout, mais je sais aussi être sérieuse, répond-elle en souriant jusqu'aux oreilles.

– Et moi, je ne plaisante pas quand je dis que tu ferais mieux de ramener ton petit cul à mes côtés tout de suite si tu ne veux pas que je te mette une fessée, grogne la grosse voix de Mick.

Wendy sourit, me lance un clin d'œil et rejoint son mari qui la regarde comme un aigle qui fixe sa proie. Une fois devant lui, elle baisse les yeux et exécute une petite révérence.

– Sir Mick…

Il ricane, glisse son index sous son collier et tire dessus. Elle pousse un petit cri et son regard s'embrase aussitôt. Bon sang, Mick sait s'y prendre avec sa femme. Cela dit, Parker n'a qu'à effleurer mon cou avec son nez et respirer mon parfum pour que je me liquéfie à ses pieds.

Wendy a raison. Quand c'est aussi beau, il faut foncer.

– Je vous laisse entre époux, je dis en souriant et en contournant le couple.

– Bonne idée, répond Mick sans quitter Wendy des yeux.

Je longe le couloir, descends l'immense escalier, traverse plusieurs pièces et arrive enfin dans le jardin, où la fête bat son plein sous des chapiteaux blancs dont chaque pilier et décoré de fleurs et de guirlandes lumineuses.

Lorsque j'entre dans la tente principale, je repère Parker qui parle avec ses parents. Son père est en fauteuil roulant, mais il semble heureux aujourd'hui. J'aime le voir sourire, ses séances de kiné l'épuisent et j'ai pris l'habitude de l'entendre râler et maugréer.

– Tout va bien, ma pêche ?

Je hoche la tête et le regarde comme si c'était la première fois que je le voyais. Il porte un superbe costume noir, une cravate en satin jaune et une pochette dorée à motifs cachemire, une chemise blanche et un gilet gris. Sa tenue est parfaitement assortie à ma robe jaune pâle. Il sourit jusqu'aux oreilles en venant vers moi et me regarde d'un air merveilleusement amoureux. J'ai l'impression que mon âme retrouve sa moitié lorsque je suis avec lui, et tout semble soudain très clair.

C'est lui.

Parker.

Ça a toujours été lui.

Ce sera toujours lui.

C'est à moi de faire en sorte que notre amour dure à jamais.

– Comment va la femme de mes rêves ? demande-t-il en me prenant par la taille.

Il baisse la tête pour respirer mon parfum, dans le creux de ma clavicule. Il inspire et je ferme les yeux, gravant dans ma mémoire le moment où j'ai décidé de faire de cet homme mon âme sœur, mon mari.

Comme l'a dit Wendy, l'opération Fiançailles SkyPark commence maintenant.

CHAPITRE 2

PARKER

– Tu sens divinement bon, ma belle, je murmure contre sa peau avant de l'embrasser.

Elle glousse et je savoure ce rire qui m'a manqué ces derniers mois. Mon inquiétude diminue à mesure qu'elle rit, de plus en plus souvent. Chaque jour, elle sourit un peu plus et son pas semble plus léger.

Le mariage de Wendy et le temps qu'elle a passé avec son amie l'ont beaucoup aidée à se remettre de l'enfer que nous avons traversé.

Elle se blottit contre moi et je caresse son dos nu.

– Est-ce que je t'ai dit combien j'aime cette robe ?

Elle éclate de rire, m'offrant l'occasion parfaite pour l'embrasser dans le cou, puis sur la bouche.

– Je crois que tu l'as mentionné une ou deux fois, oui, répond-elle en me serrant contre elle.

– Quant à tes escarpins… Tu te souviens de ce que j'ai prévu ?

– Mmm… hmmm, répond-elle en rougissant. Il me semble que tu veux que je plante les talons dans tes cuisses pendant que tu me fais grimper aux rideaux, c'est ça ?

Je caresse la peau nue de ses reins, conscient que c'est un endroit particulièrement sensible. D'habitude, quand elle est allongée à plat ventre sur le lit, je plaque ma bouche sur ce point et je le suce jusqu'à ce qu'elle hurle de plaisir. Ce n'est pas tout à fait la même chose avec ma main, mais le but est de lui rappeler ce qui l'attend ce soir.

Elle frissonne et son regard s'embrase… *message reçu.*

Elle pose sa tête sur ma poitrine et je la serre contre moi.

– Je suis content que Mick et Wendy aient repoussé la date de leur mariage, je murmure.

– Moi aussi. Tout le monde est bien plus détendu, maintenant que tout est réglé.

– Exactement. L'équipe d'*IG* est de nouveau réunie, on a une nouvelle maison, je me réveille à tes côtés tous les matins…

Skyler lève la tête et me sourit tendrement.

– C'est vrai que c'est génial. Et je suis ravie que Bo ait convaincu Annie de revenir et qu'on ait pu lui demander pardon autour d'une bière au *Lucky's*.

– C'est clair. Elle semble sortir de sa coquille et reprendre peu à peu sa place dans l'équipe. Je suis content qu'elle soit revenue, moi aussi.

Je reste silencieux quelques secondes en regardant Skyler.

– Tu es magnifique, Skyler. Je ne me lasserai jamais de te regarder.

Je caresse sa joue et suis sur le point de l'embrasser lorsque la grosse voix de Royce couvre la musique.

– Femme, si tu m'obliges à te courir après encore une fois, je vais devenir fou ! Bon sang, arrête-toi, tu veux ?

Sky et moi tournons la tête et voyons Royce saisir le bras de Kendra et l'attirer dans les siens. Elle ouvre la bouche pour parler, et à en croire sa grimace, ça n'augure rien de bon quand il saisit sa nuque et plaque sa bouche sur la sienne. Il l'embrasse fougueusement et elle ne semble pas s'en plaindre, elle se frotte à lui, suivant les gestes de Royce, tournant sa tête d'un côté puis de l'autre.

Skyler sort son téléphone de sa pochette et prend une série de photos.

– Qu'est-ce que tu fais ? je chuchote.

– Chéri, il nous faut des preuves. Si je ne l'avais pas vu de mes propres yeux, je ne l'aurais jamais cru !

– Ça ne va pas être facile… pour aucun des deux, je réponds en secouant la tête.

– Pourquoi tu dis ça ?

Je n'ai pas le temps de répondre, car Kendra rompt le baiser et regarde Royce d'un air sauvage et effrayé, puis elle recule sa main et le gifle de toutes ses forces.

– Aïe, ça doit faire mal, je murmure en grimaçant.

– Je t'ai dit de me laisser tranquille ! grogne Kendra.

– Arrête de t'enfuir, bon sang ! Il faut que tu me parles. C'est loin d'être fini, répond Royce alors que sa joue rougit déjà.

Kendra regarde autour d'elle et réalise que tout le monde les observe.

– Ce n'était qu'une série de mauvaises décisions. On était d'accord, insiste-t-elle.

– J'ai le droit de changer d'avis, rétorque-t-il en s'approchant d'elle jusqu'à ce qu'ils soient nez à nez.

– Lâche l'affaire. Je suis sérieuse, Royce, gronde-t-elle d'un ton agacé. Cette fois, notre histoire est finie avant même de commencer.

Elle tourne les talons et s'enfuit en courant malgré ses talons aiguilles, laissant Royce bouche bée et confus. Il baisse la tête et caresse son crâne chauve.

– Mince, pas encore, je marmonne.

– On devrait peut-être, euh… répond Skyler en désignant Royce d'un hochement de tête.

– Ouais, j'acquiesce en avançant vers lui. Roy…

Il lève la tête et je découvre son air abattu et son regard désespéré.

– Frangin, allons te trouver une bouteille de whisky. Tu as l'air d'en avoir bien besoin.

– Tu n'as pas tort, grogne-t-il en faisant rouler ses larges épaules.

Royce jouait au football américain, à la fac, et il en a toujours le physique, même à trente ans. Il est grand, il est noir, et c'est un dur à cuire. Jusqu'à présent, il ne laissait personne le mener par le bout du nez. Cela dit, Kendra n'est pas n'importe qui. Qu'elle le veuille ou non, Kendra était la femme de sa vie, celle qui lui a échappé, et à en croire ce baiser, et cette gifle, mon ami est toujours aussi dingue d'elle.

Or, elle ne semble pas du tout partager son point de vue.

Nous arrivons au bar où je commande deux whiskys, un pour Royce et un pour moi. Skyler et moi allons rentrer à pied, étant donné que nous habitons à quelques minutes du palace Pritchard.

Royce avale une longue gorgée alors que Skyler commande un verre de vin blanc. Elle s'assoit à côté de moi et me prend par la taille sans un mot.

– Tu veux en parler ?

– Pas vraiment, répond-il en buvant une autre gorgée.

– Frangin…

– Cette fichue femme ne veut rien entendre, gronde Royce.

Je hausse un sourcil, mais ne réponds rien. À l'évidence, il a besoin de se défouler, et comme je n'ai pas la moindre idée de ce qui se passe entre eux, j'attends qu'il m'explique la situation.

Il secoue la tête et regarde les invités discuter autour de la piste de danse. Apparemment, la plupart adhèrent au style de vie BDSM de Mick et Wendy. Ceux à qui Skyler et moi avons parlé sont tous très sympas et nous avons aimé rencontrer de nouvelles personnes. Ils semblent avoir été invités par Mick, tandis que l'équipe d'*IG*, mes parents, la mère et les sœurs de Royce sont les invités de Wendy.

– J'ai merdé, frangin, dit Royce en se massant la nuque et en vidant son verre.

Il le repose brusquement sur le bar et interpelle le barman.

– Un autre.

Je crois que Royce va aussi rentrer chez nous, ce soir.

– Pourquoi tu dis ça ? je demande d'un ton léger.

Je ne veux pas aggraver la situation en lui rappelant qu'on parle de Kendra et que, par le passé, elle était tout pour lui. Or, un jour, alors qu'ils parlaient de leur avenir ensemble, elle a disparu. Elle est partie sans plus jamais lui donner de nouvelles.

À l'époque, j'étais au fond du trou après avoir appris que ma copine me trompait avec un de mes meilleurs amis, donc je n'ai pas suivi la rupture entre Royce et Kendra. Je me rappelle seulement qu'il m'a dit qu'elle le quittait et qu'elle partait. Lorsque j'ai sorti la tête de l'eau, elle avait déménagé à Washington et Royce refusait d'en parler.

– On a couché ensemble, mec. Plusieurs fois. Et chaque fois était meilleure que la précédente. Quand je suis avec elle, j'ai l'impression de baigner dans une source d'eau chaude naturelle. Tout est parfait, mes sens et mon esprit sont enfin en paix après des années de tourmente. Mais, dès que je remets le nez dehors, je suis frigorifié et je frissonne de la tête aux pieds.

Il interroge Skyler du regard, puis se concentre de nouveau sur moi.

– Tu as déjà ressenti ça ? Un froid auquel tu ne peux pas échapper ?

– Non, mec, je réponds en secouant la tête. Je me blottis tous les soirs contre Skyler et la laisse me réchauffer jusqu'à la moelle.

– Tu as de la chance, mec. C'est comme ça que ça devrait être. Et toi, ma puce, il t'arrive d'être frigorifiée ?

– Pas quand je suis avec Parker. Il ferait n'importe quoi pour me protéger du froid.

– Exactement, acquiesce Royce. Quand je suis avec Kendra, on est tellement chauds que rien ne pourrait nous refroidir. Mais à chaque fois… ça se termine. Et chaque fin est plus difficile à encaisser que la précédente, parce que je retombe un peu plus amoureux d'elle. Elle m'envoûte. Je n'arrive pas à oublier son parfum et je n'en ai pas envie. Je veux son goût dans ma bouche jusqu'à la fin de mes jours.

– Bon sang, Royce…

Je bois la moitié de mon verre et savoure la sensation brûlante du whisky dans ma gorge. Mon frangin souffre de ne pas être avec la femme de sa vie. Je ne pourrais pas le supporter, moi non plus. Pendant la courte période où Skyler et moi n'étions plus ensemble, j'étais anéanti. Je ne pourrais pas vivre si je perdais Skyler.

Roy saisit le verre que lui tend le barman, et je me dis que c'est une bonne chose que ce soit un open bar, car Mick et Wendy ne servent que les meilleurs alcools et que les barmans ne lésinent pas sur les quantités. Je vide mon verre à mon tour et fais signe au serveur de le remplir de nouveau.

– Ne t'en fais pas, mec. Ça va aller. Je dois juste me ressaisir et décider de la marche à suivre.

– Tu vas la laisser partir ?

– Bien sûr que non ! Je vais panser mes plaies et réfléchir. C'est la femme de ma vie. Je dois juste trouver un moyen de la convaincre que je suis l'homme de sa vie.

Je souris et lève mon verre pour porter un toast.

– Trinquons à l'avenir que nous allons vivre, au côté des femmes qui nous sont destinées.

Skyler appuie sa tête sur mon épaule et se blottit contre moi tandis que je trinque avec mon meilleur ami. Il trouvera un moyen.

L'amour l'emporte toujours.

***

Après que Mama Sterling s'est immiscée dans notre conversation, j'ai laissé Royce entre les mains expertes de sa mère. La dernière chose que j'ai entendue est : « Cette Kendra est en train de replonger mon fils dans la tourmente. Quelle sorcière ! » J'ai donc décidé qu'il était temps pour Skyler et moi de nous éclipser et de nous diriger vers la piste de danse.

– Tu veux danser avec moi ? je demande en la faisant tourner et en l'attirant contre moi.

– Toujours, répond-elle en souriant et en m'offrant sa main.

Nous tournoyons au gré de la musique et au bout d'un moment, je vois Bo au bras d'une brune pulpeuse que je connais très bien.

– Geneva ! Je ne savais pas que tu étais ici ! je m'exclame en approchant d'eux.

Ça fait un mois qu'elle est à Boston pour rencontrer l'équipe du film et aider Skyler et Rick à se préparer avant le tournage qui débute dans trois semaines. Quand elle a appris ce qui nous était arrivé, elle s'est débrouillée pour repousser le programme de trois mois. Skyler n'était absolument pas en état de jouer dans un film d'amour, et Geneva refusait que qui que ce soit d'autre incarne le premier rôle de son film.

Geneva sourit et empoigne les fesses de Bo.

– Je n'ai pas pu assister à la cérémonie, mais je n'aurais raté la réception pour rien au monde. Je suis le « Plus 1 » de ce sauvageon en espérant avoir droit à plus qu'une petite danse. Qu'en dis-tu, cow-boy ? susurre-t-elle d'un ton lourd de sous-entendus.

– J'en dis… en selle !

Il la fait tourner et l'attire contre lui pour se frotter à elle sans vergogne.

– Mon Dieu, glousse Skyler en rougissant, trouvez-vous une chambre !

J'adore son côté pudique, ça la rend encore plus belle.

– Quelle bonne idée ! Qu'en dis-tu, cow-girl ? Prête à me chevaucher ?

– Je viens juste d'arriver ! s'exclame-t-elle en lui mettant une fessée. Tiens-toi bien, tu veux ?

Derrière eux, je vois Baylee faire les cent pas en se rongeant l'ongle du pouce, jetant des coups d'œil à Bo, comme si elle hésitait à l'interrompre. Elle est toute nouvelle dans notre groupe et elle passe peu de temps avec les mecs, même si je sais qu'elle a bu plusieurs verres avec Wendy et Skyler depuis qu'elle a commencé à travailler au *Lucky's* il y a deux mois. D'après ce que j'ai compris, on ne sait pas grand-chose à son sujet, seulement qu'elle cherchait un travail et qu'elle pouvait commencer tout de suite. Toute la catastrophe avec Tracey a pris fin à l'approche des fêtes de fin d'année, et mon père étant invalide, Bo a embauché deux extras au bar, dont Baylee.

Je découvre un tout nouveau côté de cette jeune femme, maintenant que je la vois dans sa robe bleu roi, ultra-moulante et très courte. Je savais qu'elle avait un beau corps en plus d'être très belle, et Bo ne l'aurait pas engagée si elle n'avait pas le potentiel de plaire aux clients, mais je crois qu'aucun de nous ne s'était douté qu'elle cachait un tel corps sous ses T-shirts trop larges, ses jeans et ses baskets.

En fait, cette femme est une bombe ! Ses jambes sont longues, sa peau bronzée, et ses cheveux blond foncé lui arrivent en bas du dos. D'habitude, ils sont relevés en queue-de-cheval et on n'y prête pas attention, or, ils sont si beaux et semblent si doux qu'on s'imagine les caresser pendant des heures. Sa robe lui va comme un gant, elle met en valeur sa poitrine imposante et sa taille fine.

– Tu peux arrêter de la regarder maintenant, chéri, dit Skyler en se plaçant devant moi pour que je ne puisse plus voir Baylee.

– Chérie, tu sais que je ne…

– Détends-toi, répond-elle en riant. Je te taquine. Cela dit, je t'ai surpris en train de reluquer la nouvelle.

– Je ne peux pas m'en empêcher, bébé. Je ne l'avais jamais vue comme…

– Un mannequin de lingerie ? propose Skyler.

– Ouais, c'est ça, je réponds en clignant des yeux.

– Chérie, c'est ma robe qu'elle porte, ricane Skyler.

Je me penche pour regarder de nouveau Baylee et j'écarquille les yeux en découvrant qu'elle a raison. J'ai déjà bavé en la voyant sur Skyler.

– Je dois admettre que ses atouts sont merveilleusement mis en valeur, dit Skyler en souriant.

– Je n'ai rien dit, je rétorque, sur la défensive.

– Je sais que tu m'aimes et que tu n'aimes que moi, mais tu n'es pas aveugle. Tu as le droit de regarder et d'apprécier une belle femme.

Elle s'approche et sa bouche survole la mienne.

– En revanche, tu n'as pas le droit de toucher, conclut-elle avant de m'embrasser en me titillant brièvement avec sa langue.

– Ce n'est pas fair-play, je réponds en lui pelotant les fesses.

– Eh, joli cœur, pas touche ! gronde-t-elle.

J'empoigne les plus belles fesses qu'il m'ait jamais été donné de toucher, de mordre et de fouetter, puis je repose ma main dans le creux de ses reins.

– Qu'est-ce qu'elle veut, à ton avis ? je demande en la voyant fixer Bo des yeux.

Elle hoche la tête et serre les poings et, alors qu'elle semble sur le point de l'approcher, Bo pousse un grognement et embrasse fougueusement Geneva, rivalisant avec le baiser de Royce et Kendra. Baylee le voit, titube et bouscule un homme, la pointe de son talon aiguille s'enfonce dans son pied.

– Aïe, putain, ça fait mal, rugit-il en se tournant pour saisir Baylee par les bras et la secouer. Regarde où tu vas, espèce d'imbécile !

Je suis sur le point d'intervenir lorsque Bo bondit sur l'homme.

– Surveille ton langage quand tu parles à une femme, espèce d'abruti ! grogne-t-il en attirant Baylee contre lui. Est-ce que ça va, Lee ? demande-t-il en caressant ses bras.

Je vois déjà apparaître la marque des mains du type sur ses bras.

Baylee regarde Bo, puis l'homme furieux, et ses yeux se remplissent de larmes.

– Je suis désolée… je suis tellement désolée. Je ne voulais pas vous faire mal, dit-elle, ne sachant plus où se mettre. Et, Bo, je ne voulais pas te déranger. Euh… je ne savais pas que… que… tu avais une copine. Je… je… Peu importe. Je m'en vais.

Une larme coule sur sa joue et elle l'essuie d'un revers de la main avant de reculer, de tourner les talons et de s'enfuir à toute vitesse.

Est-ce que toutes les femmes ont décidé de s'enfuir en courant, ce soir ?

– Bon sang, Baylee, reviens ma belle ! crie Bo avant de lui courir après.

Geneva croise les bras en faisant la moue.

– Bon, on dirait que je vais devoir trouver quelqu'un d'autre pour me réchauffer ce soir. C'est dommage, marmonne-t-elle.

Mick et Wendy arrivent, et le marié n'a pas l'air ravi.

– Qu'est-ce qui se passe ? gronde-t-il. Tu causes encore des problèmes, Oncle Neil ?

L'homme en question, qui ressemble étonnamment à Mick, fait mine d'épousseter sa veste comme s'il venait de se battre.

– Cette femme m'est rentrée dedans et m'a écrasé le pied avec son talon aiguille ! Elle m'a peut-être fracturé un orteil ! Il me faut un médecin, râle-t-il.

Mick semble sur le point d'exploser, mais il se ressaisit.

– C'est vrai, répond Skyler alors que je la prends par les épaules, mais vous n'aviez pas besoin de la secouer ni de lui crier dessus. Elle vous a bousculé accidentellement, c'est tout.

– Alors, cette petite idiote n'est pas seule ! aboie l'oncle de Mick.

– Bon sang, elle ne vous a rien fait, je gronde. Ressaisissez-vous et cessez de jouer les chochottes.

– Pour qui vous prenez-vous ? Jamais on ne m'a parlé ainsi, lance-t-il en levant la tête.

Mick fronce les sourcils et fusille son oncle du regard. Hélas, Wendy n'est pas du genre à se taire.

– Vous en faites un peu trop, Neil…

– Ma puce, chut, maugrée Mick en la prenant par la taille.

– Tu vas laisser ta femme me parler comme ça, fiston ?

– Je ne suis pas ton fils, et ma femme a le droit de parler comme elle veut aux invités de son mariage qui se tient dans son jardin. N'oublie pas qui est à la tête de cette famille. Tu n'as pas intérêt à me chauffer, sinon les affaires que nous faisons ensemble cesseront aussitôt, Oncle Neil. Ne l'oublie pas. Maintenant, si tu veux bien te rendre dans le salon avec ton amie, je vais dire au médecin de t'examiner.

– Bien, rouspète-t-il.

Il saisit le bras de la femme qui l'accompagne et s'en va d'un pas rapide. Je ne sais pas s'ils sont mariés, elle n'a pas la moitié de son âge.

– Si son orteil était vraiment cassé, il serait incapable de marcher, remarque Wendy en le regardant s'éloigner.

Mick ricane et embrasse Wendy dans le cou avant de la serrer dans ses bras.

– Peu importe. Ma femme est la plus belle de la soirée et je souhaite l'inviter à danser, en tant que mari et femme.

– J'accepte volontiers et tiens également à remarquer que mon homme est canon et que je suis prête à danser avec lui toute la nuit s'il continue de me regarder et de sourire comme ça.

Elle cligne rapidement des paupières et se déhanche alors que son regard s'embrase. Mick sourit de plus belle et l'attire contre lui pour danser.

Je regarde Geneva s'éloigner de la piste de danse à la recherche d'une nouvelle proie.

– Waouh, quelle soirée ! je murmure en reprenant Skyler contre moi pour nous remettre à danser.

– C'est clair. D'abord il y a Royce et Kendra, puis Baylee qui n'ose pas parler à Bo et qui s'enfuit en courant, puis Mick qui remet son oncle, dont je ne connaissais pas l'existence, à sa place ! C'est digne d'un véritable feuilleton ! Je demanderai à Wendy de tout m'expliquer.

– Sky, ne te mêle pas de ses affaires.

– Pourquoi pas ? Wendy se mêle constamment des affaires de tout le monde ! Pourquoi je ne pourrais pas fouiner un peu dans sa vie ? Hein ?

– Ça ne te regarde pas, et on a connu assez de problèmes pour toute une vie, on n'a pas besoin des histoires des autres.

– C'est vrai, répond Skyler, et son sourire disparaît. Je déteste quand tu as raison.

– Je préférerais avoir tort, ma pêche. Je veux juste nous protéger. On a traversé de sacrées épreuves et je ne veux pas que notre vie soit bousculée à nouveau. Je veux me concentrer sur toi, notre maison, nos chiens et notre vie. On ne peut pas se contenter de ça, quelque temps ?

– Bien sûr, chéri, répond-elle en m'embrassant sur la joue. Du moins jusqu'à ce que Wendy rentre de sa lune de miel.

– Bon sang, que vais-je faire de toi ?

Elle hausse les épaules et son regard pétille de malice.

– J'ai bien quelques idées…

– Mmm… Ça, je veux bien le croire…

CHAPITRE 3

SKYLER

Peu de temps après la débâcle sur la piste de danse, Bo se laisse tomber sur la chaise à côté de Parker et moi. Il tend le bras et saisit l'énorme part de pièce montée de Parker pour la faire glisser jusqu'à lui. Sans un mot, il prend une fourchette et en avale une grosse bouchée, couvrant sa moustache et son bouc de sucre glace.

– Une petite faim ? je demande en souriant.

Il grimace en découpant un autre morceau.

– Qu'est-ce qui se passe entre Baylee et toi ? demande Parker.

– Rien, mec. Je gère. Tout va bien, grogne Bo sans quitter son dessert des yeux.

– Alors, pourquoi tu fuis mon regard ?

Bo s'essuie la bouche avec sa serviette.

– On a couché ensemble, c'est vrai. Mais on était d'accord pour que ce soit une histoire d'un soir, et rien de plus. Y a pas de souci.

– Mais non ! je m'exclame, à la fois choquée et excitée.

Je me rapproche de Bo.

– Alors, pourquoi elle avait l'air d'une gamine à qui on a confisqué son jouet préféré quand elle t'a vu danser avec Geneva ? demande Parker d'un ton protecteur.

– J'en sais rien. Quand je l'ai rattrapée, elle a dit qu'elle n'était pas dans son assiette, qu'elle était désolée de m'avoir dérangé et elle est repartie en courant. Cette fois, je ne l'ai pas suivie. Je n'ai pas la patience pour ce genre de jeux. Si elle ne veut pas parler et me dire ce qui l'agace, je ne vais pas la forcer.

– Mec, elle s'est enfuie après t'avoir vu avec Geneva, explique Parker.

– Mais non, elle s'est enfuie parce qu'elle était gênée.

– Tu te trompes. Je connais les femmes, tu le sais bien. Baylee était clairement blessée. Et c'est toi qui l'as vexée, pas l'oncle de Mick.

– Tu ne comprends pas, Park. On s'entend bien, Baylee et moi. On est très proches. On bosse ensemble cinq ou six soirs par semaine. Elle travaille dur, s'occupe de ses affaires et ne se plaint jamais.

– Ouais, mais tu viens de dire que tu as couché avec elle, répond Parker.

– C'était il y a deux mois, la veille de Noël, juste après l'arrestation de Tracey. Je travaillais au bar et vous étiez tous occupés. Il y avait un monde fou. Elle est entrée après avoir vu l'annonce sur la porte disant qu'on cherchait une serveuse, et je l'ai embauchée sur-le-champ. Elle s'est occupée de prendre les commandes et de servir les clients, et on a gagné un max de pognon ce soir-là. À la fermeture, on était tous les deux crevés, alors on s'est installés sur le canapé et on a allumé la télé. On a regardé des films de Noël toute la nuit en buvant des shots. On a fini ivres morts, et une chose en a entraîné une autre. Ça n'est arrivé qu'une fois et on était d'accord pour en rester là. Elle a travaillé tous les jours, depuis, sans en reparler. Je ne sais pas pourquoi elle est venue ce soir et elle n'a pas voulu me le dire. Est-ce qu'on peut parler d'autre chose maintenant ?

Parker est sur le point de répondre quand Mick monte sur la petite scène où est installé le quatuor. Wendy est à ses côtés, souriant jusqu'aux oreilles.

– Ma femme et moi aimerions tous vous remercier d'avoir partagé cette belle journée avec nous. Cette dernière année a été sacrément mouvementée, dit-il en regardant Wendy. Ma femme est devenue la sœur d'une fratrie sans qui je ne m'imagine plus vivre, dit-il en se tournant vers nous avant de se concentrer de nouveau sur sa femme. Nous avons vécu une tragédie terrible, et nous avons aidé nos amis à surmonter les leurs… Or, nous voici en train de célébrer notre amour inébranlable. Un amour que je ne prendrai jamais pour acquis.

Il s'arrête pour essuyer la larme qui coule sur la joue de Wendy. Mon cœur bat la chamade et je serre fort la main de Parker, qui embrasse la mienne.

– Wendy, tu es tout pour moi. Sans toi, je n'ai pas de boussole, pas de chemin à suivre, pas de but à atteindre. Je ne suis rien. Je te promets que chaque jour jusqu'à la fin de ma vie, je m'efforcerai de te donner tout ce que je suis et de t'offrir tout ce dont tu rêves. Je tenais à te dire, devant toute notre famille et nos amis réunis, que tu es mon amour, mon âme et ma vie.

Il sourit jusqu'aux oreilles, mais ça ne suffit pas à Wendy. Elle le prend dans ses bras et l'embrasse fougueusement pendant plusieurs secondes, jusqu'à ce que toutes les convives se mettent à siffler et à faire tinter leurs verres. Wendy finit par reculer et essuie les traces de rouge à lèvres sur la bouche de Mick, qui sort sa pochette pour prendre le relais tandis qu'elle attrape le micro.

– Salut tout le monde… commence-t-elle en agitant la main. Je voudrais à mon tour remercier chacun d'entre vous d'être dans nos vies. J'ai grandi avec rien. Je n'avais pas de famille ni d'amis. Et quand je vous vois tous réunis ici, j'ai conscience de la chance que j'ai de tous vous avoir. Alors, merci à mes mecs, dit-elle en désignant notre table, à ma meilleure amie Skyler qui m'a aidée à tout organiser, à mes parents adoptifs, les Ellis et Mama Sterling, et à vous tous, nos amis du monde entier… Merci à tous.

Elle se tourne vers Mick et approche le micro de son visage.

– Mick, tu es la première personne que j'aie jamais aimée. Je ne savais pas ce qu'était l'amour avant de te rencontrer. Les choses ont été très vite entre nous, mais certains pensent que lorsqu'on rencontre son âme sœur, on le sait tout de suite. Le soir de notre rencontre, il a suffi que tu me regardes dans les yeux pour que je sache que personne sur terre ne me rendrait aussi heureuse que toi. Il suffit que tu souries pour que je fonde ; que tu m'embrasses pour que je m'envole au ciel ; que tu me fasses l'amour pour que la terre entière cesse de tourner. Ma vie a commencé le jour où tu es entré dans ma vie. Tu es l'homme de mes rêves. Et tu vas être le meilleur père au monde.

Un silence de plomb s'abat sur la salle tandis que Wendy prend la main de Mick et la pose sur son ventre.

– Je vais être papa ? chuchote-t-il en caressant la joue de sa femme.

– Oui, Sir Mick, répond-elle en baissant les yeux.

– Tu es enceinte de mon enfant. De mon fils, dit-il d'une voix rauque.

– Ou d'une petite fille. On ne le saura pas avant plusieurs mois, répond-elle en souriant.

Il secoue la tête d'un air incrédule tout en posant son autre main sur le ventre de sa femme.

– C'est le plus beau moment de toute ma vie. Je ne l'oublierai jamais.

Il l'embrasse tendrement sur les lèvres et elle ferme les yeux un instant.

– Sir Mick m'a mise en cloque, tout le monde ! Il est l'heure de fêter ça ! s'exclame-t-elle dans le micro.

– Wou hou ! Félicitations, Mick et Wendy ! je m'écrie en me levant et en les applaudissant.

Parker m'imite et tous les invités sont bientôt debout. Wendy rend le micro aux musiciens et Mick la prend dans ses bras, tournant sur lui-même tout en l'embrassant dans le cou.

– C'est génial ! je dis à Parker. Après sa fausse couche, c'est vraiment la meilleure nouvelle de l'année !

Parker me prend dans ses bras et m'embrasse sur la joue.

– Carrément. Je savais qu'ils essayaient d'avoir un enfant, mais elle n'en a pas reparlé récemment. Je suis soulagé que ça ait enfin marché. Comme l'a si bien dit Mick, leur amour est inébranlable.

Je souris joyeusement en regardant Mick s'agenouiller aux pieds de Wendy pour approcher son visage de son ventre. Il lève la tête vers sa femme et elle le regarde d'un air émerveillé tandis qu'il se met à parler à leur bébé. Wendy caresse ses cheveux pendant qu'il l'embrasse sur le ventre, et ils restent ainsi pendant plusieurs minutes.

Parker regarde dans la même direction que moi et sourit tendrement.

– En voilà un homme heureux !

– C'est clair. Il est presque aussi génial que mon mec. Je veux connaître ça, moi aussi.

– Quoi, un bébé ? dit-il en haussant les sourcils d'un air surpris.

– Oui, un jour. Tout, en fait. Le mariage, le bébé, une famille.

– On a le temps, ma pêche, pas besoin de se précipiter. On a tout le temps devant nous. Tu es en sécurité et on a une belle vie. On a une nouvelle maison, ton tournage commence bientôt, *International Guy* s'en sort mieux que jamais. Je ne veux pas que tu prennes de décision à la hâte parce que tu as eu une année difficile. Je ne veux pas te rajouter de pression supplémentaire.

– Et si c'est ce que je veux ? je réponds en fronçant les sourcils.

– Bébé, tu as eu une année cauchemardesque. Je veux savoir que tu es guérie avant de chambouler de nouveau ta vie.

Je penche la tête et caresse le revers de sa veste.

– Tu veux dire que tu ne veux pas m'épouser ?

– Mais non, pas du tout, bien sûr que non ! Je t'épouserais tout de suite si je pensais que tu étais prête. Mais, Sky, tu te remets tout juste d'un traumatisme sévère et je veux que tu aies le temps de t'en remettre.

– Alors, ce que tu veux dire, c'est que tu m'épouseras quand tu penseras que je suis prête ? je m'exclame avec un rire forcé.

– C'est ça.

– C'est un peu présomptueux, tu ne crois pas ? je réponds en haussant un sourcil.

– Peut-être, mais je ne pense qu'à ton bien-être, dit-il en me serrant contre lui. Que dis-tu de ça : menons une vie simple et tranquille pendant quelque temps. Tu continues d'aller chez le psy, et on verra ce que nous apporte l'avenir. Quand le moment sera venu, on le saura, d'accord ?

Je grimace, mais hoche néanmoins la tête. Wendy a raison. Je vais devoir prendre la situation en main.

– Allez viens, ma pêche. Allons féliciter nos amis et danser un peu.

Je le suis, mais je ne pense plus à Wendy et Mick. Je réfléchis plutôt au meilleur moyen de forcer mon mec à comprendre que je suis prête pour la prochaine étape de notre couple.

***

– Je t'interdis de bouger ce cul parfait, grogne Parker alors qu'il est enfoui en moi par-derrière.

Sa verge est tellement profonde que je me sens punaisée sur le matelas. Je tremble de tout mon corps en m'agrippant aux draps et en essayant de respirer. J'avais à peine détaché ma robe qu'il s'est jeté sur moi, prenant mon sein dans sa bouche et empoignant mes fesses. Une seconde plus tard, il s'était déshabillé à son tour et m'avait agenouillée sur le matelas, les fesses au bord du lit, m'empalant avec sa verge dure.

– Chéri… je ne peux pas…

Je me retiens de bouger comme je le souhaite et d'avancer et reculer le bassin pour me masturber sur son sexe jusqu'à ce qu'on crie tous les deux de plaisir. Il sait que c'est ce que je veux, mais il me l'interdit, cet enfoiré.

– Qu'est-ce que j'ai dit qu'il t'arriverait si tu jouais avec le feu, bébé ?

J'ouvre les yeux et ma vue s'adapte à la pénombre de notre chambre, éclairée par la seule lumière de la lune.

– J'ai dit que tu finirais par te brûler, poursuit-il en caressant mes fesses. Tu t'es bien amusée, ma pêche, en effleurant ma queue et mes fesses toute la nuit. Et je t'ai prévenue. Je t'ai promis que si tu continuais ton petit jeu… Eh bien, bébé, maintenant c'est moi qui joue, et j'ai décidé de te baiser !

Il recule les hanches et m'empale de nouveau.

– Oui !

– Tu aimes ça… grogne-t-il.

Il recule de nouveau, plus lentement, jusqu'à ce qu'il n'y ait plus que son gland en moi, puis il s'enfouit avec une puissance féroce.

– Mon Dieu !

Je lève les yeux au ciel et pousse sur mes avant-bras pour relever la tête, étouffant contre le matelas.

– Chéri…

– Y a pas de chéri qui tienne, Sky.

Ses mains descendent sur mes fesses jusqu'à l'endroit où nos corps se rejoignent, caressant mes lèvres et mon clitoris. Mon souffle se fait pantelant et tous mes sens sont concentrés sur les mouvements de ses doigts.

– Hmmm… J'adore te sentir mouiller pour moi, Sky.

Il écarte davantage mes lèvres et s'enfonce encore plus en moi.

– Putain, ce que c'est bon, grogne-t-il alors qu'il n'a jamais été aussi profond.

On n'a jamais été aussi proches.

– Bébé… je gémis en m'obligeant à ne pas bouger.

Parker dessine un cercle avec son bassin, touchant avec son sexe chaque millimètre du mien. Je frissonne des pieds à la tête et me cambre pour le sentir davantage. Avec Parker, ce n'est jamais assez.

– S'il te plaît… je murmure.

– S'il te plaît quoi, ma pêche ?

Je soupire et replonge la tête en avant pour reposer mon front sur les draps frais, m'octroyant un moment de répit.

– S'il te plaît… baise-moi, je supplie.

Les mains de Parker remontent sur ma taille et il saisit mes hanches.

– Tes désirs sont des ordres, bébé.

Il se retire et se met alors à me prendre sauvagement, brusquement, avec des va-et-vient rapides et déterminés. Je sens déjà le plaisir s'accumuler dans le creux de mes reins lorsqu'une de ses mains lâche ma hanche pour se fixer sur mon clitoris, qu'il frotte en dessinant des cercles.

– Putain, chéri, je vais jouir. Je jouis !

– Je sais, bébé. Continue de me prendre pendant que tu t'envoles. Vas-y, serre ma queue avec ta chatte ! grogne-t-il sans cesser ses coups de bassin.

Alors que je sens déjà un autre orgasme arriver, il se penche sur moi et passe un bras entre mes seins pour me relever, me plaquant contre lui. Il en profite pour titiller mon téton alors que son autre main ne lâche pas ma hanche, qu'il agrippe plus fort pour m'enlever et me rasseoir sur sa verge. Nous rebondissons sur le matelas, accentuant encore ses mouvements.

Je tourne la tête et découvre notre reflet dans le miroir de la commode. Son corps est brillant de sueur et scintille au clair de lune. Je n'arrive plus à quitter des yeux son visage fermé et concentré sur le plaisir inouï qu'il me donne. Je me penche en arrière et écarte les genoux, relevant les pieds pour planter mes talons aiguilles dans ses fesses, comme il l'avait fantasmé ce matin.

– Putain, oui !

Il sourit tandis que ses mains descendent entre mes cuisses.

– Je veux que tu me prennes encore plus, ma pêche.

– Je prendrai tout ce que je peux de toi… je gémis.

Il s'attaque de nouveau à mon clitoris et je me mets à me masturber sur lui. Il prend quelques secondes pour m'embrasser dans le cou et mordiller mon oreille et mon épaule comme je l'aime, puis il me penche de nouveau en avant et plonge deux doigts en moi, de sorte qu'il ne me baise plus seulement avec sa queue mais avec sa main également.

Soudain, il rugit comme un lion et se penche davantage encore pour enfoncer ses doigts et sa verge en moi aussi loin que possible.

– Vas-y, chevauche ça, ma pêche, grogne-t-il.

Or, je suis déjà tellement comblée que je me sens prête à exploser. Je ferais n'importe quoi pour jouir de nouveau.

Je repose mes pieds sur le lit et pousse sur mes mains pour rebondir sur sa queue.

– Magnifique. Tu es la femme de mes rêves. Tu me prends comme je veux, chuchote Parker. Tu es pleine à craquer, ma pêche. J'ai ma queue et mes doigts enfouis si loin en toi que demain tu ne pourras pas marcher.

Ses paroles me font enfin craquer. Il prend le relais et m'empoigne par la hanche pour me faire avancer et reculer. Je ne pense plus à rien, je suis hypnotisée par le plaisir qu'il me donne. Je jouis violemment sur sa verge et ses doigts, mais il n'arrête pas.

J'encaisse un nouvel orgasme, encore plus puissant et époustouflant.

Cette fois, mon sexe se verrouille et étrangle le sien, lui arrachant enfin un orgasme. Il s'enfouit en moi une dernière fois avant de frotter son bassin sur mes fesses en se déversant en moi. Il me tient contre lui, son front sur ma nuque, et je le sens panteler contre ma peau couverte de sueur.

– Je t'aimerai jusqu'à la fin de mes jours, Skyler, chuchote-t-il d'une voix rauque, après un long moment de silence. J'en fais la promesse solennelle.

– Chéri…

Je ne trouve pas mes mots. Il me penche juste assez pour retirer ses doigts de mon sexe et je cligne lentement des yeux alors qu'il dépose une série de baisers sur mes épaules et mon cou.

– Je suis sérieux, Sky. Je n'ai jamais osé me laisser aller au point de ne plus savoir où je m'arrête et où l'autre personne commence.

– On est faits pour être ensemble.

– Peu importe ce qui nous est arrivé et ce qu'on a traversé, ça nous a soudés davantage. Ça nous a rendus plus forts, Skyler, et je recommencerais sans hésiter si cela nous ramenait à ce moment précis.

Je tourne la tête sur le côté pour le regarder dans les yeux.

– Tu es l'homme de ma vie, Parker. Tu le sais, n'est-ce pas ?

– Oui, je le sais, répond-il en souriant. Et tu es la femme de ma vie, Skyler.

Il m'embrasse une dernière fois, puis il se retire lentement. Un grognement m'échappe et je tombe en avant, à quatre pattes sur le matelas. Je roule sur le côté tandis que Parker me rejoint et me soulève pour me remonter jusqu'à la tête de lit. Il m'embrasse avec une telle tendresse et une telle sincérité que si je ne venais pas de jouir quatre fois, je serais déjà en train de lui sauter dessus.

Hélas, mes muscles sont parfaitement et merveilleusement épuisés.

– Je reviens, dit-il en se levant pour aller dans la salle de bains.

Je l'entends allumer le robinet, il revient avec un gant mouillé.

– Écarte les jambes, dit-il.

– Je peux aller toute seule à la salle de bains, tu sais, je réponds en grimaçant et en me sentant rougir.

– Tu trouves ça trop intime, ma pêche ? Bébé, je viens de te baiser avec ma queue et mes doigts. Tu viens d'enfoncer tes escarpins dans mes fesses, et tu es gênée que j'essuie ton sexe avec un gant ?

– Mouais, tu n'as pas tort.

– J'ai toujours raison, répond-il en souriant. Allez, fais ce que je dis.

Je ferme les yeux et prends sur moi en écartant les jambes. Avec une délicatesse infinie, Parker plaque le gant chaud sur mon sexe. Quand il a fini, il retourne dans la salle de bains et je prends le temps de mater ses fesses, où je vois les deux ronds violets laissés par mes talons aiguilles.

Lorsqu'il revient, il s'assoit sur le lit et défait les lanières de mes chaussures, qu'il jette dans le dressing.

– Je n'arrive pas à croire que tu aies jeté des escarpins à deux mille dollars comme une vulgaire paire de chaussettes ! je m'exclame en me relevant sur mes coudes.

Parker se glisse sous la couette et m'attire contre lui, saisissant ma jambe pour la poser sur les siennes.

– Tu t'en remettras, ne t'en fais pas.

– Je ne crois pas, non, je râle en fronçant les sourcils.

Je pose ma tête sur son torse et bâille. Il caresse ma cuisse d'une main, mes cheveux de l'autre.

– Je serai plus gentil avec tes chaussures, promis, dit-il en m'embrassant sur le front.

– Merci, je réponds en souriant, ravie d'avoir gagné la dispute avant même qu'elle ait commencé.

Si c'est ainsi que sera notre mariage… je signe demain !

– C'est sans doute une question idiote, mais… tu es vraiment obligée de dépenser deux mille dollars pour des chaussures ?

Quoi que…

– Roh… tu es tellement chiant.

– Mais tu m'aimes, dit-il en riant et en me serrant contre lui.

– Ouais, je t'aime.

– Et tu as dit que j'étais l'homme de ta vie.

– Tu essaies vraiment de m’agacer ? je marmonne, alors que mes paupières se font lourdes.

– Je t’aime encore plus, chuchote-t-il.

– Mmm… rêve de moi, je soupire en repensant à notre partie de jambes en l’air.

– Skyler, je rêve toujours de toi. Cette fois, rêve plutôt de moi, tu veux ?

– Mmm… hmmm, ça marche, chéri. J’y suis déjà…

C’est la dernière chose dont je me souviens avant de sombrer dans un profond sommeil, rêvant de mon homme vêtu d’un costume trois-pièces semblable à celui qu’il portait aujourd’hui. Toutefois, dans mon rêve, il m’attend à l’autel, les yeux rivés sur moi, tandis que je marche lentement vers lui, vêtue d’une superbe robe blanche.

CHAPITRE 4

PARKER

– Mon cher, je t'en supplie, dis-moi que ta vie est désormais totalement ennuyeuse maintenant que les maisons n'explosent plus autour de toi, qu'aucun membre de ta famille n'a été blessé et que Skyler et toi êtes heureux dans votre nouvelle maison ?

Je ris et tourne mon fauteuil pour admirer la skyline de Boston par la baie vitrée.

– Oui. Mais je ne dirais pas que ma vie est ennuyeuse. Wendy s'est mariée la semaine dernière, nous avons tous repris le travail, mes chiens s'habituent à leur nouvelle maison et Skyler change tous les jours d'avis sur la couleur qu'elle veut attribuer aux différentes pièces de la maison. En ce moment, elle veut peindre la cuisine en violet. En violet, Soso.

– Hmmm, je ne pense pas que cette couleur soit très appétissante, j'espère qu'elle va changer d'avis.

– Merci. Quoi de neuf ?

– Eh bien, mon cher, je me suis jetée dans la mare, soupire-t-elle.

Je cligne plusieurs fois des yeux et regarde mon gros chat roux attraper une mouche, tout en essayant de comprendre ce que veut dire Sophie. Elle semble avoir mélangé les expressions « se jeter à l'eau » et « jeter un pavé dans la mare ».

– Soso, tu veux dire que tu t'es jetée à l'eau, je crois. Tu as pris une décision importante ?

– Roh, je mélange toujours les expressions. Hélas oui, j'ai pris une décision.

– D'accord, mais c'est très vague, tu veux m'en dire plus ?

– J'ai accepté d'épouser Gabriel, répond-elle d'un ton nonchalant.

– C'est vrai ? je m'exclame en me levant, et je sens mon cœur battre plus vite.

– Oui. Tu avais raison. Depuis qu'il est revenu vivre à la maison, il y a quelques mois, je ne pense plus qu'à ça. Je n'en reviens pas d'avoir été prête à le quitter parce que j'avais peur. L'autre soir, nous nous sommes assis pour un dîner aux chandelles et je lui ai demandé quel était son souhait le plus cher. Sais-tu ce qu'il m'a répondu ?

– J'ai ma petite idée, oui, je réponds en souriant.

– Il a dit que rien ne lui ferait plus plaisir que de m'épouser et d'avoir des enfants avec moi.

– Bien joué, Gab ! je m'exclame en riant.

– Hmmm… oui. Eh bien, je l'ai regardé dans les yeux et…

– Et…

Je déglutis, mourant d'envie de savoir ce qu'elle a répondu.

– Je lui ai demandé s'il avait une bague de fiançailles.

Elle ne dit rien de plus et j'éclate de rire.

– Et qu'a-t-il dit ?

– Ce n'est pas ce qu'il a dit, *mon cher*, c'est ce qu'il a fait. Il s'est levé au beau milieu de notre dîner, il a disparu dans son bureau et il est revenu avec un écrin en velours. Puis il s'est mis à genoux devant moi.

– La classe, Gab ! Je suis fier de lui, il a pris la situation en main pour obtenir ce qu'il voulait.

– Mmm.

– Alors ? Il a gagné ?

– Ce n'est pas un jeu, chéri. On parle de mon avenir.

– Sophie ! Bon sang, tu as dit oui, ou pas ?

– *Mon cher*, c'est justement pour ça que je t'appelle.

– Et alors ? Tu es exaspérante, parfois. Crache le morceau !

– J'ai accepté ! s'exclame-t-elle en riant. On a fixé une date pour septembre, et je compte sur ta présence.

– Bien sûr ! Je ne raterais ça pour rien au monde !

– J'espère bien, puisque tu seras mon témoin.

Waouh.

– Sophie, tu veux que je sois ta demoiselle d'honneur ?

– Les Américains sont étranges. Gabriel et moi ne souhaitons pas de cérémonie religieuse. Le mariage se fera à la mairie, et toi et le frère de Gabriel serez nos seuls témoins. Cela dit, Skyler peut venir si elle le souhaite. Ensuite, nous irons célébrer cela autour d'un somptueux dîner au *Buddha Bar*.

Le *Buddha Bar*. C'est là que Sophie avait décidé de tenter sa chance en amour et de laisser à Gabriel une chance de la rendre heureuse.

– C'est parfait, Sophie. Envoie-moi les détails et je serai là. Sky sera en plein tournage, mais si elle peut obtenir des congés, elle viendra aussi. Je m'assurerai que les mecs aient le temps de venir à la réception, également.

– *Magnifique !* Maintenant, parle-moi de toi. J'ai été très inquiète d'apprendre tout ce qui vous est arrivé. Est-ce que tout est réglé, à présent ? Vous n'êtes plus en danger ?

– Oui, tout est rentré dans l'ordre, en tout cas, on essaie tous de reprendre le cours de nos vies. Bo travaille encore au pub de mon père et Royce s'occupe de la comptabilité du bar. Je remplace Bo le week-end, mais c'est lui qui en fait le plus. Cela dit, Baylee l'aide énormément.

– Baylee ?

– La nouvelle serveuse et barmaid du *Lucky's*. Elle nous a sauvé la vie. Elle travaille dur, elle n'est jamais en retard et ne cause jamais de problème.

Quand mon père pourra retravailler, je suis sûr qu'il voudra la garder.

– C'est super. Et Bogart ? Comment va ce chenapan ?

Je souris, conscient de ce qu'elle sous-entend.

– Comme à son habitude. Il saute sur tout ce qui bouge.

– Un jour, sa frivolité finira par le rattraper.

– À qui le dis-tu ! Je l'ai mis en garde, mais il est déterminé à croquer la vie à pleines dents en fuyant les responsabilités.

Je repense au fait qu'il a couché avec Baylee et je grimace. J'espère sincèrement qu'il ne va pas y avoir d'histoire, elle sera d'une grande aide à mon père si Bo ne gâche pas tout. Néanmoins, en tant qu'ami, je dois lui faire confiance, même si je pense qu'il se voile la face.

– Tu veux plutôt dire qu'il veut croquer toutes les femmes qui lui passent sous le nez, répond Sophie.

– Exactement.

– Et Royce, comment va-t-il ?

– Très bien. Lui et Kendra continuent de jouer au chat et à la souris et j'attends de voir comment ça se terminera. Je crois qu'ils sont faits pour être ensemble, ce n'est qu'une question de temps.

– Et toi et Skyler ?

– Comment ça, moi et Skyler ?

– Vous allez officialiser votre relation ?

– Soso, je vis avec elle. J'ai acheté une maison avec elle et je dors à ses côtés tous les soirs. Je ne crois pas que ça puisse être plus officiel que ça ne l'est déjà.

– Est-ce qu'elle partage ton avis ?

– De quoi tu parles ? je demande en regardant de nouveau la skyline de Boston.

– *Mon cher*, une femme comme elle ne déménage pas dans un autre État pour y acheter une maison et adopter des chiens à moins d'avoir un objectif caché.

L'idée que Skyler pourrait avoir un projet néfaste me tord le ventre.

– Skyler n'est pas comme ça, Sophie. Elle ne me ferait jamais un sale coup.

– Mais non, tu ne comprends pas. Vous n'avez pas parlé de vous marier ou d'avoir des enfants ? De votre avenir ?

Ah, je vois, Sophie se marie, donc elle veut savoir quand je vais passer le cap moi aussi. Est-ce que tous les gens qui se fiancent sont ainsi ? Wendy venait à peine de se lancer qu'elle a commencé à nous harceler. Et quand ma mère a su que Sky et moi achetions une maison sans qu'on se marie, elle a trouvé ça dingue.

– On a parlé de notre avenir, bien sûr, et on veut tous les deux se marier et avoir des enfants. C'est juste qu'avec tout ce qui nous est arrivé cette année, je veux savoir que Skyler est prête à s'engager auprès de moi. Je ne veux pas qu'elle le fasse simplement pour se sentir rassurée et en sécurité. L'épouser sera la meilleure décision de ma vie, je veux que ce soit parfait.

– Alors, ça veut dire que tu veux l'épouser ?

– Bien sûr. Je ne m'imagine pas vivre sans elle. Je veux juste savoir qu'elle va bien. Je ne veux pas être égoïste ou profiter qu'elle soit dans un moment de faiblesse. Je veux que son esprit soit tranquille quand elle me dira oui.

– Peut-être que pour se sentir libre, elle a besoin de s'accrocher à quelque chose de beau ? propose Sophie.

Je réfléchis à ses paroles et me demande si elle n'a pas raison. Peut-être que demander la main de Skyler guérirait ses blessures pour de bon.

– Je ne sais pas, Sophie. Je vais y réfléchir. Merci de m'en avoir parlé. Et je suis flatté d'être ton témoin. Gab est un mec super et il est gaga de toi, ça se voit à des kilomètres.

– Je sais, *mon cher*. Ça va être merveilleux. Je vais dire à mon assistante de t'envoyer les détails par mail. Je suis contente de t'avoir parlé. Prends soin de toi et de ta chère et tendre.

– Tu sais bien que je n'y manquerai pas.

– Je sais. Et embrasse les garçons de ma part.

– Sans problème.

– *Je t'aime. Au revoir.*

– Je t'aime aussi. *Bye*, Sophie.

Je raccroche et range mon téléphone dans ma poche en repensant à ma conversation avec Sophie.

Elle passe le cap du mariage.

Qu'est-ce que j'attends, moi ?

***

Le lendemain, je pense encore à ma discussion avec Sophie en relisant le contrat que Kendra a rédigé pour notre prochaine cliente. J'ai évité de voyager ces derniers mois, préférant rester à Boston avec Skyler, mon père et Nate, pour les aider dans leur rétablissement. La guérison de Nate est digne d'un miracle. Il prouve chaque jour un peu plus que c'est un dur à cuire. Il a terminé ses séances de kiné en un temps record et il a déjà repris le travail auprès de Skyler. Même s'il n'est pas encore au top de sa forme, je sais que Skyler est en sécurité avec Rachel et lui.

Hélas, mon père ne s'en sort pas aussi bien. Sa remise en forme est douloureuse et très lente. À plus de cinquante ans, il ne se remet pas facilement d'avoir eu les jambes et les hanches broyées par une voiture. Son médecin pense qu'il va devoir aller chez le kiné pendant une bonne année. Ça fait déjà trois mois, et il est à peine passé au fauteuil roulant. Il n'a plus les jambes dans le plâtre, mais il ne peut pas encore mettre de poids dessus. Il va falloir qu'il apprenne de nouveau à se tenir debout, puis à avancer lentement. Il n'est pas près de retourner derrière le bar.

Je lève la tête vers Bo, qui lit les informations qu'Annie nous a transmises à propos de la prochaine cliente.

– Cette mission est extrêmement simple, dit Kendra. Il n'y a pas de souci à se faire. Vous êtes engagés par l'émission *Mix and Match*, pour aider les participants à se préparer et la production à s'assurer que tout se déroulera sans problème. Vous serez également les juges durant la première émission, afin d'aider les participants à faire le bon choix. Ils nous paient une fortune. Ça m'ennuie de le dire, mais c'est surtout à cause du scandale avec Tracey et du rôle que Parker et toute l'équipe ont joué dans cette histoire.

Je secoue la tête tandis que Royce grimace.

– Ça ne me plaît pas. On n'a pas besoin de cet argent si ça doit réveiller l'intérêt de la presse.

– C'est vrai, répond Kendra, mais les prévisions que vous avez établies sur deux ans ne seront pas atteintes si vous refusez cette mission. Nos revenus ont beaucoup baissé ces derniers mois, puisqu'on a décidé de ne pas travailler.

– On trouvera un moyen de compenser, répond Bo en haussant les épaules.

– On jetterait un million de dollars par la fenêtre, rétorque Kendra.

Royce fronce les sourcils en la regardant.

– Waouh, c'est beaucoup d'argent. Mais bon, à quel prix ? poursuit Bo.

– Je suppose que tu en as parlé à la manager de Skyler ? je demande à Annie.

Elle est assise sur une chaise, à quelques mètres de mon bureau, et elle prend des notes. Ses cheveux blonds sont lâchés et tombent sur ses joues. J'ai remarqué, depuis qu'elle est revenue au bureau, qu'elle évite de me regarder dans les yeux. Elle ne s'habille plus comme Skyler et, aujourd'hui, son style est très simple. Je n'ai pas hâte de découvrir ses tenues tous les matins, comme c'est le cas avec Wendy, mais j'aime voir qu'elle se cherche et qu'elle s'affirme peu à peu.

– Oui, Parker. C'est Mademoiselle Black qui nous a déniché le contrat. Apparemment, la réalisatrice de l'émission est une amie à elle, répond Annie en levant les yeux vers moi, l'espace d'une demi-seconde, baissant aussitôt la tête pour se reconcentrer sur ses notes.

– Merci, Annie, je dis en me tournant de nouveau vers mes associés. Alors, est-ce qu'on veut faire de cette mission ?

– La question est surtout de savoir si tu es prêt à partir en déplacement, répond Royce. Si tu as besoin de plus de temps, on peut refuser cette mission. La priorité est la famille. On l'a toujours dit.

Je soupire et m'accoude sur mon bureau.

– Il faut que je bouge. Skyler doit pouvoir être de nouveau seule, et les voyages font partie intégrante de notre métier.

– Comme tu veux. Je te soutiendrai, quoi que tu décides, répond Royce.

– Moi, je ne peux pas partir, les gars. Je ne peux pas laisser le bar.

– Je ne veux pas que tu te sacrifies, mec. Vas-y, toi. Je m'occuperai du bar… je réponds à Bo.

– Euh… excusez-moi, les garçons, mais le contrat tombera à l'eau si Parker n'est pas là en personne, intervient Annie.

– Merde !

– Ne t'en fais pas, Park, insiste Bo. Je m'occupe du bar. Kendra, tu gères *IG* avec Annie ?

– Bien sûr, acquiesce Kendra.

– Ils ont dit que ça devrait être très rapide, explique Annie d'une voix fluette.

– Il faut que j'en parle à Skyler pour m'assurer que ça ne la dérange pas, mais elle a besoin de reprendre une vie normale. Ça va beaucoup mieux depuis qu'elle va au studio et qu'elle répète avec Rick, et sa thérapie se passe très bien. Elle semble heureuse et je crois que j'ai retrouvé la Skyler que j'ai rencontrée. Ça va nous faire du bien. Mais il faut quand même que je lui en parle. Si elle est d'accord, Roy, tu peux signer les contrats. Je te dis ça dans quelques minutes.

Royce hoche la tête et avance vers la porte tandis que Bo et Kendra se lèvent à leur tour.

– Faut que j'aille ouvrir le bar pour Baylee.

– File-lui une clé, je propose.

– Tu crois que ton père serait d'accord ? demande Bo.

– J'en sais rien, mais il faut bien que tu puisses aller et venir entre le bar et ici, et tu dois pouvoir te reposer sur quelqu'un. Le cuistot a déjà une clé. Donnes-en une à Baylee et vois comment ça se passe. Si elle devait voler quelque chose, elle l'aurait déjà fait, et Roy dit qu'il ne manque pas le moindre dollar dans les caisses. Aucun de vous n'a eu de trou de caisse, pour l'instant.

– Pourtant, tu sais combien j'aime les trous, ricane Bo en jouant des sourcils.

– Tu es répugnant, rouspète Kendra.

– Allez, sortez tous d'ici, je réponds en riant. Ah, Bo, attends… j'ajoute alors que mon ami est sur le point de sortir.

Il s'arrête, la main sur la poignée de la porte.

– Je voulais juste te dire merci, mec. De tenir le bar, d'être là pour moi et pour nous tous. Tu gères, et j'apprécie énormément tout ce que tu fais. Tu as ma reconnaissance éternelle, frangin.

– Je te rappellerai que tu as dit ça le jour où je serai en galère et que tu devras venir me sauver.

– Sans problème. Je serai là si tu as besoin. Pour n'importe quoi.

– Parfait, conclut-il avant de sortir et de refermer la porte derrière lui.

Je gonfle mes poumons et expire lentement avant de prendre mon téléphone.

– Salut chéri… répond Skyler.

– Salut, ma pêche, tu as une minute ?

– Pour toi, toujours.

Je souris et fais tourner mon fauteuil tout en claquant des doigts. Zeus me regarde depuis son perchoir sur l'accoudoir du canapé et il se lèche lentement la patte en me regardant de cet air ennuyé que les chats maîtrisent à la perfection. Je claque de nouveau des doigts et tapote ma cuisse. Il lève la tête puis la penche sur le côté, comme s'il essayait de décider s'il veut bouger ou pas.

– La mission à Los Angeles approche et… Annie dit que c'est ta manager qui nous a recommandés.

– Ouais, répond-elle d'un ton inquiet. Il y a un problème ?

– Non, je me demandais juste si elle pensait que le fait qu'on me voie dans une émission télé serait bon pour toi. Je ne veux pas que les journaux prétendent que j'essaie de te remplacer, ou quelque chose comme ça, je dis en me massant la nuque.

– Tu sais, je trouve qu'après ce qui nous est arrivé, les journalistes sont assez cléments avec nous, au contraire. Ils t'ont tous décrit en héros et ont tous adoré raconter ce que tu avais fait pour me sauver.

– C'est vrai, mais je ne veux pas que tu te retrouves de nouveau sous le feu des projecteurs alors que tu n'es pas prête. Et puis, cette mission nous oblige à aller à Los Angeles pendant au moins une semaine. Ce sera la première fois que tu seras seule et je veux être sûr que ça ne te dérange pas et que tu te sens en sécurité.

– Tu veux dire chez nous, avec Rachel et Nate dans la maison d'à côté ? Et nos énormes chiens de garde ? Ça ira très bien, chéri, ne t'inquiète pas. Je vais bien, je te le promets ! Je veux que tu prennes cette mission. D'ailleurs, je vais faire un spot publicitaire pour l'émission. Je vais annoncer que mon copain va apparaître dedans, mais que les spectateurs doivent attendre de le voir pour découvrir ce que tu fais.

Elle glousse joyeusement et je savoure de l'entendre, aussitôt serein à l'idée de partir.

Zeus décide enfin de descendre du canapé et il vient vers moi après s'être étiré lentement. Il se frotte à mes mollets quelques secondes, puis il saute sur mes cuisses, tourne sur lui-même et s'étale sur mes jambes. Lorsqu'il est installé, je le caresse et il se met aussitôt à ronronner. Sa présence m'apaise presque autant que la voix de Skyler.

– Alors, ça ne te dérange pas que j'accepte cette mission ? je demande, pour être sûr qu'on est sur la même longueur d'onde.

– Pas du tout. Chéri, je sais que j'ai beaucoup eu besoin de toi ces derniers temps, mais c'est surtout à cause de tout ce que j'ai perdu. Ta famille, nos amis et toi êtes toute ma vie, à présent. Je vais bien et, honnêtement, je crois qu'il est temps. On a besoin d'un peu d'espace pour nous manquer l'un à l'autre.

– Ma pêche… tu me manques dès que je te dis au revoir le matin.

– Tu es mignon, mais je crois que ça va nous faire du bien. Tu vas de nouveau faire ce que tu fais de mieux, et moi je vais avoir le temps de me consacrer au prochain film. Tout rentre dans l'ordre. En tout cas, on s'en approche.

– C’est vrai, on s’en approche, je réponds en soupirant.

– Bientôt, on pourra dire que tout est bien qui finit bien.

– Tu sais, Skyler, chaque jour qui commence à tes côtés est un jour qui finit bien.

CHAPITRE 5

SKYLER

– N'oublie pas ce qu'on a dit, je répète à Nate pour la troisième fois. Il ne doit pas savoir ce que je fais ni où je vais.

– Tout d'abord, tu me l'as déjà dit. Ensuite, je n'aime pas mentir à ton homme. Je n'aime mentir à personne, mais surtout pas à Parker. C'est ma famille, marmonne mon garde du corps avant de tourner la tête.

Je lève les yeux au ciel et m'installe plus à l'aise dans mon fauteuil, attendant que le pilote du jet privé annonce le décollage. Rachel est assise à côté de Nate, je la regarde poser une main sur son bras.

– Bébé, ce n'est pas méchant. Quand Parker t'appellera, et tu sais qu'il va t'appeler tous les jours pour s'assurer que Skyler va bien, fais ce qu'on a dit : elle va bien, elle est heureuse et on traîne à la maison. Rien de spécial.

– Je n'aime pas du tout ça, gronde Nate en fronçant les sourcils.

Je regarde Elliott Black, ma nouvelle manager et chargée des relations presse, s'installer à côté de moi. C'est mon nouveau bras droit et on s'est entendues à merveille dès qu'on s'est rencontrées, grâce à Geneva James dont elle est également la chargée de communication. Elliott vient de Nixa, dans le Missouri. Elle est jeune et c'est un véritable requin, mais elle a un côté très doux qui doit venir d'avoir grandi dans le Midwest. Elle est grande et mince, avec des cheveux châtains, coupés au carré. Ses lunettes rouges en écaille de tortue sont toujours assorties à son rouge à lèvres, elle dit que c'est son clin d'œil à la mode, étant donné qu'elle est en tailleur tous les jours. Cela dit, je ne dirais pas qu'elle est ringarde, tous ses costumes sont haute couture et semblent faits sur-mesure.

Quoi qu'il en soit, je suis ravie que Geneva ait bien voulu la partager avec moi. Elle a été cruciale dans la mise au point de mon projet. Sans elle, je n'aurais pas su par où commencer.

– Peu importe que ça ne te plaise pas, Nathan, grommelle Elliott.

Elle appelle toujours les gens par leur prénom, pas par leur diminutif. Elle ne m'a jamais appelée Sky. C'est toujours Skyler, même après deux mois de collaboration.

J'ai vite découvert combien cette femme était intelligente. Elle s'est débrouillée pour que le scandale avec Tracey soit relaté par les médias sous l'angle de « Parker le héros » venant à la rescousse de sa demoiselle en détresse, et le public a adoré ça. Cela dit, c'est vraiment ce qui s'est passé.

Je ne peux empêcher ma gorge de se nouer lorsque je pense à mon ancienne meilleure amie et au fait qu'elle va finir ses jours dans une cellule de six mètres carrés, au sein d'un hôpital psychiatrique hautement sécurisé. Malgré tout ce qu'elle a fait, je ressens toujours de la pitié pour elle, à l'inverse de Parker, pour qui l'amputation de sa main et son internement à perpétuité ne suffisent pas. Si la peine de mort était appliquée dans notre État, il aurait lui-même demandé à appuyer sur le bouton, tout comme Bo, Royce, Randy Ellis et Wendy. Parker déteste tellement Tracey qu'il grimace dès qu'il entend son prénom.

– Bébé, il faut que tu joues le jeu, dit Rachel, interrompant mes pensées lugubres.

– Ça ne durera pas longtemps, ajoute Ellie en souriant.

Je me penche pour tapoter la main de Nate, simplement ravie qu'il soit en vie et qu'il aille assez bien pour m'accompagner à Los Angeles.

– Nate, je te promets que tout ça en vaut la peine.

Il fronce les sourcils, mais il hoche la tête.

– Merci, je dis en lui souriant.

Elliott fouille dans son attaché-case et en sort un dossier qu'elle feuillette avant de me montrer les photos qu'il contient.

– Ce sont les participants que l'équipe d'*IG* rencontre en ce moment même.

Elle tourne la dernière page et je pousse un petit cri en découvrant une femme qui pourrait être ma sœur jumelle.

– Waouh ! C'est qui ?

– Tara Darling, répond Elliott en souriant. Une jeune actrice en herbe qui est aussi cascadeuse.

– Sans rire ! Elle me ressemble comme deux gouttes d'eau !

– Je sais. Je lui ai demandé de se teindre en blond foncé et de mettre des lentilles de la couleur de tes yeux. Normalement, elle est blond vénitien aux yeux bleus.

J'ouvre la bouche puis la referme, ne sachant quoi dire, ne parvenant pas à quitter la jeune femme des yeux.

– Hélas, elle est beaucoup plus grande que toi. Elle mesure un mètre quatre-vingts, mais elle ne portera que des ballerines sur le plateau.

– C'est toi qui l'as embauchée ? Pourquoi ?

– Bien sûr ! Quand tu m'as parlé de ton projet et qu'on a eu cette idée, j'ai commencé à chercher des candidats pour m'assurer que l'émission serait un succès. Louise Gonzalez, la réalisatrice, est une de mes meilleures amies. Elle connaissait Tara, c'est elle qui me l'a proposée. Ce sera parfait : une des candidates te ressemblera comme deux gouttes d'eau et Parker va devoir la juger. Avec un peu de chance, il pensera à toi quand il lui dira quoi dire ou quoi faire, et tu lui manqueras encore plus, conclut-elle en me faisant un clin d'œil.

J'éclate de rire et saisis la photo pour la montrer à Rachel.

– Regarde cette nana !

Rachel écarquille les yeux et ouvre la bouche en se précipitant pour prendre la photo.

– Mais noooon ! Roh, j'ai hâte de voir Parker mal à l'aise ! s'écrie-t-elle en souriant.

Je me mords la lèvre et étudie de nouveau le visage de la jeune femme. Ses yeux sont un plus écartés que les miens et son menton plus pointu, mais elle me ressemble énormément. J'ai hâte de voir comment Parker va réagir en découvrant mon sosie. J'ai des papillons dans le ventre en pensant à mon homme et à ce qui l'attend. Je n'ai jamais autant cru en notre amour et en notre avenir. Il va être choqué, au début, mais je sais que son côté romantique l'emportera.

– Ça va être tellement amusant ! je dis en rendant la photo à Ellie.

– On ne peut pas dire que je fasse ça tous les jours, mais c'est digne d'un conte de fées et j'adore ça. Ton homme et les médias n'en reviendront pas.

– Du moment qu'on ne commet pas d'erreur et que Parker n'apprend pas que je suis à L.A., tout ira bien.

– Fais-moi confiance, conclut-elle en refermant son dossier.

Le pilote annonce que nous sommes prêts à décoller et j'attache ma ceinture avant de fermer les yeux et d'imaginer la suite des événements.

Le décor est prêt et les pions sont en place. Il ne manque plus que la victime, et je la connais déjà : le bel homme musclé, aux yeux bleus et à la mâchoire carrée, que j'aime plus que tout au monde.

Tout va se dérouler comme prévu, j'en suis sûre !

***

Lorsque nous arrivons au studio, Ellie me fait entrer par la porte arrière et m'emmène discrètement dans une pièce, à l'étage, d'où je peux observer le plateau sans être vue.

– Salut, Louise !

Elle prend une jeune femme aux longs cheveux noirs dans ses bras.

– Je suis contente de te voir, meuf. Comme tu peux le voir, tout se passe comme prévu. Avec le travail qu'ont fait Royce et Parker ces derniers jours, nous sommes presque prêts. Tu avais oublié de me dire que Roy était canon ! Parker n'est pas mal non plus, bien sûr, mais je sais qu'il est pris, ajoute-t-elle en me souriant. Je lis les magazines people, SkyPark y sont mentionnés toutes les semaines. Ça va être génial pour nos taux d'audience.

– Je suis contente qu'on puisse s'entraider, dit Ellie en se tournant vers moi. Je te présente donc

Skyler Paige. Skyler, voici une très bonne amie à moi, Louise Gonzalez.

– Enchantée, je réponds en serrant sa main. Merci infiniment de m'aider pour mon projet.

– Vous plaisantez ? Le fait que vous et Parker veniez dans mon émission est une chance inouïe, les patrons de la chaîne vont être fous !

– Oui, mais c'est seulement pour le premier épisode.

– Peu importe, un seul suffit pour accrocher les téléspectateurs. Je veux marquer l'histoire de la télé avec ce pilote, et grâce à vous et vos hommes, je sais que je vais y arriver. Regardez-les, dit-elle en désignant la vitre.

– Est-ce qu'ils peuvent nous voir ? je demande en regardant en contrebas.

Pendant que j'observe les caméramans et les assistants de production s'affairer sur le plateau, soudain, mon homme arrive par la gauche.

Waouh, ce qu'il est beau !

Parker est vêtu d'un pantalon bleu marine, d'une chemise blanche sans cravate et d'une veste de costume beige avec des coudières en cuir. Je suis ravie de voir qu'il porte les Ferragamos marron que je lui ai offertes. Malgré les dégâts de l'incendie dans mon penthouse, la plupart des vêtements du dressing ont survécu et nous avons pu les récupérer après un passage au pressing.

Parker agite les mains et secoue la tête, l'air exaspéré.

– Le filtre du miroir est activé, ne vous en faites pas. Les candidats sont nerveux s'ils ont l'impression d'être observés.

– On ne peut pas entendre ce qui se dit sur le plateau ? je demande.

Parker parle avec un des candidats et il désigne une des chaises. Il se dirige vers elle avec un léger déhanché, puis il se tourne, sourit à l'équipe et s'assoit. Il croise les jambes, recule dans sa chaise et caresse sa lèvre avec son index.

Waouh, est-ce que c'est moi ou il fait chaud tout à coup ?

Il se lève de nouveau et pointe du doigt un des participants, qui imite ce que Parker vient de faire.

– Si, tenez, répond Louise en appuyant sur un bouton qui allume les haut-parleurs.

– Parfait, Josh, c'est exactement ça, dit Parker en frappant dans ses mains.

– Au suivant ! Lamar Williams, déclare Royce en désignant un grand homme noir, vêtu d'un jean et d'un polo rouge.

Il est grand et semble très musclé, comparé à Royce, qui n'a pourtant pas à rougir de sa musculature.

– Allez, séduis-nous, mec.

Il avance à grandes enjambées vers le milieu de la scène et regarde la caméra en hochant la tête d'un air séducteur. Il s'assoit à côté de Josh, mais au lieu de croiser les jambes, il les écarte.

– Non, mec, gronde Royce, n'oublie pas que tu es à la télé. La caméra enregistre tous tes mouvements.

Les spectateurs doivent voir tout de toi, de la pointe de tes cheveux à celle de tes pieds. Tu comprends ?

– Oui, Monsieur.

Je ricane alors que Royce baisse la tête et caresse son crâne chauve.

– Sois un peu moins détendu. On dirait que tu es chez toi dans ton salon. Des millions de personnes vont te regarder. Ils n'ont pas envie de voir ton entrejambe.

Le jeune homme fronce les sourcils, ramène ses pieds sur le barreau de sa chaise et joint ses mains entre ses cuisses.

– Ça va, comme ça ?

– Ouais, c'est parfait. Cool.

– Suivant : Jimmy Jones, déclare Parker en lisant le nom sur sa liste. Jimmy Jones ? C'est ton vrai nom ? demande-t-il au jeune homme aux cheveux et à la barbe roux qui attend sur le côté de la scène.

Il porte un chapeau melon, une chemise à carreaux, un pantalon gris et un gilet bleu foncé. Je ne sais pas trop comment on appelle ce look.

– Ouais, bien sûr, répond-il à Parker.

– Je ne crois pas que ça sonne bien à la télé. Tu veux être acteur ?

– Carrément !

– Alors, j'ai un conseil à te donner, et tu sais que je suis bien placé puisque je travaille avec beaucoup de gens célèbres, sans parler du fait que je sors avec une star…

Mon cœur bat la chamade en l'entendant parler de moi. Je retiens mon souffle pour ne rien rater.

– Bien sûr, Parker, ton aide me sera précieuse, répond Jimmy.

– Tu devrais changer de nom. Ton prénom ou ton patronyme, peu importe. Jimmy Jones sonne comme le nom d'une saucisse, pas celui d'un jeune homme branché de vingt ans. D'accord ?

Jimmy hoche la tête en se léchant les lèvres.

– Je ne veux pas vexer tes parents, mais dans ce milieu, même les plus célèbres ont un pseudonyme. Ils choisissent quelque chose qui sonne mieux à l'écran et qui colle au rôle qu'ils veulent incarner. Si tu veux jouer dans des pubs pour des saucisses, Jimmy Jones est parfait, sinon je te conseille vivement de changer.

– Cool, ouais, merci mec, acquiesce Jimmy.

– Bon, très bien. Montre-moi ce que tu as dans le ventre, dit Parker en désignant la troisième chaise.

Je pose ma main sur la vitre en observant mon homme au travail. En l'occurrence, il semblerait qu'il doit apprendre aux participants à paraître plus confiants devant les caméras. Il forme une super-équipe avec Royce, échangeant leurs rôles pour mettre en valeur les qualités de l'un puis de l'autre. Soudain, un des caméramans fait un signe de main vers nous et quelqu'un dans la pièce appuie sur un bouton. Le filtre noir sur la vitre disparaît, et je devine qu'on peut nous voir.

– Merde ! je m'exclame en me cherchant un endroit où me cacher.

J'ai l'impression que tout se déroule au ralenti. Parker et Royce se tournent et Royce lève la tête, croisant aussitôt mon regard.

– Ma puce… murmure-t-il de sa grosse voix, amplifiée par le haut-parleur.

Non, non, non, non !

Parker regarde Royce en fronçant les sourcils, puis il suit son regard, pile au moment où un homme immense se lève devant moi et me cache.

– Qu'est-ce qui se passe ? demande Louise.

L'homme qui se tient devant moi mesure presque deux mètres et il a un gros ventre rond comme celui du père Noël. Il tient mes bras sans me faire mal, m'empêchant de bouger pour que je reste cachée.

– Ne t'en fais pas, ils ne te voient pas, chuchote-t-il, remuant sa moustache et sa grosse barbe.

Je plonge mon regard dans ses yeux verts et lui souris.

– Merci !

– La caméra numéro deux a un bug. Il faut qu'on la répare avant le live dans deux jours, dit un des techniciens du plateau à quelqu'un qui est dans la pièce avec moi.

Je respire lentement, essayant de calmer mon cœur alors que j'ai été à deux doigts d'être découverte. Cela dit, je sais que Royce m'a vue.

– Faites une pause et on reprendra après avoir diagnostiqué le problème, répond Louise en appuyant sur le bouton pour réactiver le filtre.

– Waouh, on l'a échappé belle, dit Ellie en s'appuyant contre la vitre.

– Je suis sûre que Royce m'a vue. Il va dire à Parker que je suis ici.

– T'en fais pas, on lui dira qu'il a vu Tara, ton sosie. Problème réglé.

– Ah ouais ! C'est parfait ! Ils ne l'ont pas encore rencontrée ?

– Non ! s'exclame Elliott.

– Les candidates n'arrivent que cet après-midi. On en a sélectionné plusieurs pour choisir les deux meilleures pour le premier épisode. J'ai hâte d'assister à la rencontre, maintenant que je sais combien Tara te ressemble. Ça va être un grand moment !

– Je l'espère, oui, je soupire. Je compte beaucoup sur cette émission !

– C'est vrai, pardon. Et si on allait dans mon bureau pour passer les détails en revue et réfléchir à ce qu'on peut mettre en place pour que ton rêve devienne réalité ?

– Parfait ! je réponds en souriant et en emboîtant le pas à Louise et Elliott.

Nate et Rachel m'attendent dans le couloir et ils ferment la marche tandis que nous empruntons un long couloir puis un escalier qui mène au joli bureau de Louise, rempli de fleurs et d'affiches.

Certaines sont très vieilles : il y a un poster des *Enquêtes de Remington Steele*[2], de *Clair de lune*[3], de *Love Connection*[4], mais mon préféré est celui d'*X-Files* représentant Mulder et Scully. Quand j'étais petite, j'adorais voir Gillian Anderson courir en talons aiguilles pour faire la peau aux méchants. Ma mère et moi regardions la série ensemble, même si certains épisodes me faisaient peur. C'est d'ailleurs cette série, et le temps que je passais avec ma mère en la regardant, qui m'ont donné envie de devenir actrice.

Louise nous invite à nous asseoir quand mon téléphone sonne dans ma poche.

– Merde, c'est Parker ! je m'exclame, et mon cœur se met à battre la chamade.

– Déstresse ! dit Ellie en tapotant mon épaule. Respire et réponds. Fais comme si tout était normal, sinon ton plan est foutu.

Je gonfle mes poumons et m'efforce de me calmer avant de décrocher.

– Salut, chéri.

– Salut, ma pêche.

---

2. Série télé américaine des années quatre-vingt diffusée en France sur Antenne 2. (NdT, ainsi que pour les notes suivantes)

3. Série télé américaine des années quatre-vingt diffusée en France sur M6.

4. Jeu télévisé américain des années quatre-vingt, dans lequel les célibataires essayaient de trouver le meilleur rendez-vous ou un point commun avec quelqu'un d'autre. Adapté en France sur La Cinq sous le nom de *Télé Contact*.

– Qu'est-ce que tu fais ? C'est l'après-midi chez vous, non ?

– Oui, il est seize heures, on fait une pause. Une des caméras a un problème.

– Ah oui, ça arrive. Ils vont vite régler ça, j'en suis sûre.

– Ouais. Et toi ? Qu'est-ce que tu fais ?

– Oh, rien de spécial, je mens. Vous avez rencontré tous les participants ? je demande pour changer de sujet.

– Non, les femmes devraient arriver d'une minute à l'autre. On a commencé à s'occuper des hommes, je pense qu'ils passeront bien à l'écran.

– Mmm, super, je réponds en faisant les cent pas dans le bureau.

– Tu ne vas jamais le croire… commence-t-il d'un ton faussement amusé.

Merde.

– Quoi donc, chéri ?

– Il y a quelques minutes, on travaillait et Royce jure qu'il t'a vue dans un des observatoires. C'est fou, non ? Je lui ai dit qu'il fallait qu'il aille chez l'opticien, parce que ma nana est à cinq mille kilomètres en train de se languir de son homme.

– Je ne me languis pas ! je ricane en grognant comme un cochon.

Il éclate de rire, et ma poitrine se gonfle de joie, on a vécu tant d'horreurs que chaque éclat de rire m'est désormais précieux.

– Je voulais juste m'assurer que tu m'écoutais. Mais je te jure, Skyler, il m'a suffi d'entendre parler de toi pour que tu me manques encore plus. J'aurais adoré que ce soit vrai.

Je souris jusqu'aux oreilles, comme une imbécile. J'enroule une mèche sur mon index tandis que des papillons se mettent à voler dans mon ventre.

– Tu me manques aussi. Tu rentres quand ?

– Dans quelques jours, je crois. On doit tourner le pilote dans deux ou trois jours, si on avance comme prévu.

– Je comprends. J'espère que tu t'amuses, même si je ne suis pas là, je dis en l'imaginant seul dans sa chambre d'hôtel.

Néanmoins, je me vois déjà me glisser sous les draps avec lui. Je ferme les yeux et effleure sa jambe avec ma bouche, remontant sur ses cuisses jusqu'à trouver son gland chaud et ferme, le léchant lentement, lui arrachant un gémissement tandis qu'il soulève son bassin pour s'enfoncer dans ma gorge.

– Je ne dirais pas que je m'éclate, mais c'est sympa. J'aime surtout savoir qu'à la fin de la mission, je vais retrouver la femme que j'aime, mes chiens et ma vie à Boston. J'ai juste envie d'avoir une vie normale avec toi, bébé. Une vie simple et ennuyeuse.

– Moi aussi, je veux une vie simple et ennuyeuse avec toi.

Je regarde Ellie et Louise et découvre qu'elles écoutent tout ce que je dis, sans s'en cacher. Cela dit, je ne fais rien pour être discrète. Je n'arrive pas à chuchoter lorsque j'entends la voix de Parker et que je ne l'ai pas vu depuis plusieurs jours.

C'est un peu comme lorsqu'on se retrouve face à un énorme sundae au caramel. On ne pense pas aux calories : on plonge. C'est ainsi que je me sens quand je parle à mon homme : je ne peux rien me refuser.

– Euh, Parker, il faut que j'y aille. Elliott essaie de me joindre. On s'appelle demain ?

– Ça marche, bébé. Dors bien ce soir.

– Promis. Je t'aime.

– Je t'aime encore plus.

Je raccroche et glisse mon téléphone dans ma poche en haussant les épaules.

– Il m'aime, je dis à Elliott.

– Ça, c'est évident, ma belle, répond-elle en haussant un sourcil et en souriant.

– Je déteste lui mentir. Ça gâche un peu notre plan.

– Ne stresse pas, Skyler. Ce coup-ci, la fin justifie les moyens, tu ne crois pas ? dit Louise.

– J'espère bien, en tout cas !

– Mais oui, ne t'en fais pas. Aie confiance, ajoute Elliott d'une voix douce.

– Quand il s'agit de Parker, je ne doute jamais de rien.

CHAPITRE 6

PARKER

– Ça va, frangin ? chuchote Royce en posant une main sur mon épaule.

– Ouais, ouais. Je ne pensais pas que je souffrirais autant d'être loin d'elle…

Royce prend un air pensif en mordant sa lèvre inférieure.

– Ça fait longtemps que je n'ai pas ressenti ça pour une femme, mais je comprends. J'avoue que j'envie votre relation. Ma vie sentimentale est sens dessus dessous, mais j'espère trouver une issue joyeuse. En tout cas, je n'ai pas envie de traverser la même chose que Sky et toi pour être heureux, même si votre histoire est spéciale. Vous avez affronté des épreuves terribles, et le fait que ça vous ait rendus plus forts signifie que vous êtes faits pour être ensemble. Tu ne peux pas angoisser chaque fois que tu dois t'absenter pour le travail. Tu dois te dire qu'aucun dieu ne vous obligera à revivre de tels traumatismes. C'est à votre tour d'être heureux, mec. Tu dois prendre sur toi, et tout ira bien, crois-moi.

Je ferme les yeux et réfléchis à ses paroles. Il est normal de voyager et d'être séparés. On doit reprendre le cours de notre vie en sachant que nous avons laissé le pire derrière nous.

– Merci de m'avoir remonté le moral, mec. J'apprécie.

– C'est quand tu veux, répond-il en souriant. Je suis avec toi. Toujours.

– Moi aussi, je suis avec toi, je conclus avant de regarder derrière lui au moment où six jeunes femmes montent sur le plateau.

Je secoue la tête et me concentre sur l'une d'entre elles, je n'en reviens pas.

Des cheveux dorés, des yeux caramel… Elle est grande et élancée, avec un corps de rêve…

– C'est quoi ce bordel ? je m'exclame.

– Merde. Est-ce que c'est…

Je n'entends pas la fin de sa phrase, car je suis déjà parti dans leur direction.

– Arrêtez-vous, les filles, j'ordonne d'une voix autoritaire.

Elles se figent sur place et j'avance vers la dernière femme de la file. Je réalise soudain que ce n'est pas elle, mais bon sang, elle lui ressemble comme deux gouttes d'eau.

– Qui es-tu ?

La jeune blonde cligne des yeux, pose sa main sur sa poitrine et regarde autour d'elle avant de river ses yeux sur moi.

– Euh… moi ?

– Ouais, toi, je gronde.

– Euh… Je suis Tara Darling. Je suis une des candidates à l'émission.

Je fronce les sourcils et la regarde des pieds à la tête, de ses longs cheveux blonds à ses ballerines. Elle est plus grande que Skyler, ses yeux sont un peu plus écartés et son menton est plus pointu, mais elle lui ressemble à s'y méprendre.

– Qui t'a demandé de venir ici ? je demande tandis que Royce me rejoint, il croise les bras en la dévisageant.

– Euh… c'est Louise Gonzalez qui m'a retenue au casting. Il y a un problème ? répond-elle en enroulant une mèche sur son index.

C'est le même tic que Skyler, et je serre les poings pour me retenir de lui sauter dessus.

– Tu ressembles beaucoup à Skyler Paige, marmonne Royce.

– Oui, on me l'a déjà dit, répond-elle en faisant la moue. Est-ce que c'est un problème ?

– Quelqu'un t'a payée pour postuler à ce rôle ?

Ma peau se couvre de chair de poule et ma gorge se noue à l'idée que le cauchemar que Skyler et moi avons vécu n'est peut-être pas terminé, que quelqu'un nous en veut encore et veut me faire oublier Skyler et craquer pour son double.

– N… non… Je ne sais pas ce qui se passe ni de quoi vous m'accusez… Je me suis présentée au casting, on m'a rappelée et me voilà.

– Pourquoi tu as choisi cette émission ? je demande en peinant à maîtriser ma colère.

– Parce que j'ai besoin d'apparaître davantage à l'écran, que c'est payé et que ça me donne une super-occasion de trouver l'amour. Quelle femme refuserait une telle opportunité ?

Elle cligne rapidement des yeux et je me retiens de lui dire de partir tout de suite. Hélas, ce n'est pas pour cela que nous sommes ici. Royce et moi devons préparer ces femmes à séduire le public et les candidats masculins. Nous devons nous assurer que l'émission sera un succès dès la diffusion du pilote.

Royce pose sa main sur mon coude et me fait signe de le suivre à quelques pas.

– Je sais ce que tu penses, mais même si elle a été choisie pour sa ressemblance avec Skyler, je ne crois pas que ce soit dangereux.

Je suis sur le point de répondre lorsque Louise, la réalisatrice en chef, arrive à son tour sur le plateau.

– Est-ce qu'il y a un problème, Messieurs ?

– Louise, mon ami et moi sommes surpris par le physique d'une de vos candidates.

– Ah, vous parlez de Tara ?

Tiens, c'est étonnant qu'elle sache de quoi on parle.

– Oui, je réponds en croisant les bras.

– À cause de sa ressemblance avec Skyler Paige ? poursuit-elle.

– Cela me semble évident, Mademoiselle Gonzalez, répond Royce. Pouvez-vous nous dire pourquoi vous avez choisi une candidate qui est le portrait craché de l'actrice la plus prisée d'Hollywood ?

– La réponse est dans votre question ! s'exclame-t-elle en riant. Skyler Paige est une star, et Tara Darling lui ressemble comme deux gouttes d'eau. Les spectateurs vont être dingues en vous voyant tous les deux dans le jury. C'est un coup de génie ! De toute façon, c'est moi qui l'ai choisie et c'est moi qui vous paye, donc Tara reste. Est-ce que le fait de travailler avec quelqu'un qui ressemble à votre copine vous dérange, Monsieur Ellis ?

Je ne m'attendais pas à ce qu'elle retourne la situation contre moi. Néanmoins, je n'ai pas le temps de répondre.

– Honnêtement, le fait que cela vous pose un problème en dit davantage sur votre incapacité à mettre votre vie personnelle de côté que sur moi et mon émission. Est-ce qu'il va y avoir un problème ?

J'ouvre la bouche et la referme, choqué, et je plonge mes mains dans mes poches en étudiant Tara Darling. Elle ressemble tellement à Skyler qu'il m'est difficile de la regarder… mais ce n'est pas elle. Je ne dois pas l'oublier et me concentrer sur ma mission.

– Non. Mais j'imagine que vous êtes au courant des drames que ma copine et moi avons vécus cette année.

Louise hoche la tête.

– Je suis désolé d'avoir imaginé le pire en découvrant Tara Darling.

– Monsieur Ellis, elle est ici à cause de sa ressemblance avec Madame Paige, parce que cela attirera davantage de spectateurs, justement.

Je respire lentement et m'efforce de me calmer. Elle n'est pas ici pour me faire du mal, elle est seulement là pour gonfler les taux d'audience. Je peux gérer. D'ailleurs, je suis sûr que Skyler trouvera ça hilarant.

– Très bien. Continuons comme prévu.

– Super. Je vous laisse faire. Ces demoiselles doivent être prêtes dans quarante-huit heures. Ensuite, on fera quelques tours de chauffe en s'assurant que les hommes et les femmes ne se voient pas, et on choisira les candidats pour la première émission en live.

– En live ? Je croyais que vous alliez l'enregistrer ? demande Royce.

– Oui, c'est ce qui était prévu, mais la direction a décidé qu'il serait plus intéressant de profiter de votre présence dans le jury pour filmer les réactions du public en direct et faire monter l'audimat.

Je ferme les yeux et grince des dents en me rappelant que nous sommes payés une fortune pour cette mission, et que le monde entier voudra toujours profiter de Skyler pour gagner de l'argent. Et puis, plus nos clients sont contents, plus il y a de chances qu'ils nous recommandent à d'autres. Tout le monde est gagnant. Je dois me concentrer pour rentrer chez moi dès que possible. S'ils préfèrent lancer l'émission en live, c'est leur prérogative.

– Merci d'avoir pris le temps de nous parler. On s'y remet tout de suite, dit Royce en tendant la main à Louise.

Elle se tourne ensuite vers moi et j'en fais de même.

– Ça va être fun, Monsieur Ellis, dit-elle en souriant jusqu'aux oreilles tout en repartant vers les loges.

Fun. Ouais, tu parles. Quelque chose me dit que Royce et moi ne savons pas tout, et j'en ai la chair de poule.

Je me tourne vers les six candidates qui patientent sous les projecteurs, attendant nos instructions.

Royce me regarde et hoche la tête dans leur direction.

– Très bien, Mesdemoiselles, je lance en tapant dans mes mains. Présentons-nous rapidement pour savoir ce que chacune cherche en participant à *Mix and Match*.

***

– Si j'ai bien compris, Crista, tu t'es inscrite à *Mix and Match* parce que tu souhaites te marier et avoir un bébé dans les deux années à venir ?

La jolie rousse aux longs cheveux bouclés et aux courbes généreuses hoche la tête.

– Exactement ! Ce que tu me connais bien ! s'exclame-t-elle.

– Pas du tout, tu l'as écrit dans la partie « Centres d'intérêt » de ton formulaire d'inscription.

Elle fait la moue et je dois admettre que c'est une expression qui lui va bien. Mais je doute qu'elle ait du mal à obtenir des rencards. Cela dit, j'ai ma petite idée quant à la raison pour laquelle ses relations sont toutes sans lendemain, ou presque.

– Est-ce que dès le premier rencard, tu dis aux hommes que tu veux te marier et avoir un enfant ?

– Ah oui ! répond-elle en souriant. Je suis persuadée qu'il faut toujours être honnête, alors je le leur dis tout de suite.

Mon Dieu !

– Et… euh… combien de seconds rencards as-tu obtenus récemment ? je demande d'une voix douce.

– Euh… pas beaucoup… D'ailleurs, maintenant que j'y pense, ça fait très longtemps.

– Et tu ne devines pas pourquoi ?

Crista grimace d'une façon qui me laisse penser qu'elle a beau y réfléchir, elle ne voit pas de quoi je parle.

– Laisse-moi t'expliquer quelque chose à propos des hommes. On aime rarement penser au mariage et aux enfants, et encore moins au premier rendez-vous. Peut-être qu'au bout de six mois d'une relation stable, quand on connaît vraiment la femme et qu'on a passé du temps avec sa famille, et qu'on a pu voir à quel point on est compatibles dans d'autres domaines de la relation…

Je ne termine pas ma phrase volontairement, espérant qu'elle verra où je veux en venir. Toutefois, Crista fronce les sourcils et tire sur sa minijupe, bien trop courte à mon goût. J'aime voir les jambes des femmes, mais quand on cherche un homme avec qui avoir une relation à long terme, la dernière chose à faire est de mettre en avant ses atouts physiques. Cette jeune femme doit séduire un homme par son esprit, en plus de son corps, si elle veut que ça dure.

– C'est-à-dire…

– Au lit.

Elle sourit jusqu'aux oreilles et gonfle la poitrine, toute fière.

– Oh, mais je couche avec eux le premier soir s'ils me plaisent, donc il n'y a pas de souci de ce côté-là.

Je pousse un grognement et me masse les tempes.

– Crista, je vais être direct, tu ne devrais pas coucher avec un homme qui te plaît dès le premier rencard. Ça donne l'impression que tu es une femme facile, même si tu ne l'es pas.

– Mais alors, comment vont-ils savoir que ce dont je suis capable au lit est si bon qu'ils voudront le garder toute leur vie ?

– Chérie, la relation physique est un bonus pour les hommes, c'est clair, surtout si la femme sait s'y prendre. Mais ce n'est pas la seule chose qui compte.

Malgré ce qu'on peut croire, tous les hommes ne pensent pas avec leur sexe. Je sais que pour moi, c'est le sourire, le rire et la générosité de cœur de ma nana qui m'ont fait tomber amoureux d'elle.

– Tu veux dire que je cède trop vite au sexe et que je fais peur aux hommes en leur disant ce que je veux, c'est-à-dire me marier et avoir des enfants.

Je prends sa main dans les miennes et la regarde dans les yeux d'un air compatissant.

– Laisse les hommes tomber amoureux de toi et pas de ce que tu peux faire pour eux. Concentre-toi sur ce que tu cherches chez un homme, surtout si tu comptes finir tes jours avec lui. Sors avec eux, amuse-toi, détends-toi et arrête de penser à l'avenir.

– Mais toi, tu n'es pas marié et tu sors avec Skyler Paige depuis des lustres ! répond-elle en faisant la moue. Je ne veux pas attendre des années avant d'avoir une famille.

– Tu n'es pas obligée d'attendre longtemps, je dis en secouant la tête. Mais il n'est pas inhabituel pour un couple d'attendre un an, voire plusieurs années, avant de passer le cap du mariage.

– Alors, tu ne veux pas épouser la plus belle nana de la terre et avoir des enfants avec elle ? Si Skyler Paige n'arrive pas à te convaincre de t'engager à long terme, je n'ai aucune chance d'y arriver avec un homme, rouspète Crista d'une voix tremblante qui me laisse penser qu'elle est sur le point de pleurer.

– Crista, tu ne m'as pas compris. J'ai la ferme intention d'épouser ma nana quand le moment sera venu. Chaque couple est différent. Il n'y a pas de durée précise à attendre, mais il vaut mieux apprendre à se connaître avant de s'engager pour la vie, tu comprends ?

Elle renifle et sa lèvre inférieure se met à trembler, mais elle retient ses larmes.

– C'est juste que… je veux désespérément trouver le bon mec. Je ne rajeunis pas, et je sais que je suis faite pour être mariée et avoir des enfants. C'est ce dont j'ai toujours rêvé et plus je vieillis, moins j'ai de chance de trouver un homme qui voudra de moi.

– Chérie, ce n'est pas vrai. Je parie que tu n'as pas plus de vingt-cinq ans.

– J'ai vingt-six ans, en fait.

– Eh bien moi, j'en ai trente et ma copine à ton âge. Ça fait un an qu'on sort ensemble et on prend notre temps pour construire l'avenir qui nous plaît et qui nous convient. Je te promets que tu trouveras l'homme de ta vie, mais ne révèle pas ton jeu dès le premier soir. Laisse-le te séduire et te courir après, tu me suis ?

Elle penche la tête et semble réfléchir à ce que j'ai dit.

– Ouais, je suppose que je peux essayer ta méthode et voir comment ça se passe.

– Super. Quant à l'émission, choisis le mec qui te semblera le plus marrant et le plus susceptible de te proposer un rencard qui sera fun. Oublie les questions sur le mariage et les enfants, sinon tu feras fuir les trois candidats.

Elle glousse et je découvre qu'elle a un très joli rire.

– D'accord.

– Super. Maintenant, va voir Royce pour qu'il t'aide à préparer ta posture à l'écran.

Crista se lève et tire sur sa jupe.

– Ah, et pour le live, mets une jupe un tout petit peu plus longue, tu veux ? je demande en jouant des sourcils. Les hommes aiment devoir imaginer ce qu'ils découvriront… de préférence au cinquième rencard !

Elle éclate de rire et agite la main en s'éloignant, perchée sur ses sandales à talons.

Royce n'a pas encore fini avec sa candidate, alors je sors mon téléphone de ma poche et remarque que mon frère a essayé de me joindre sans laisser de message.

Je le rappelle, il décroche en aboyant, comme à son habitude.

– Yo, Parker.

– Tu m'as appelé ? Qu'est-ce qui se passe ? Comment va papa ?

Paul soupire et je l'entends bouger. J'entends une porte s'ouvrir, puis un bruit que je connais par cœur, celui de la moustiquaire de la porte d'entrée de mes parents.

– Cet enfoiré est plus ronchon que jamais. Il en a marre d'être enfermé chez lui. Il fait de son mieux avec le kiné, mais il a la cinquantaine et il n'aime pas qu'on lui dise quoi faire, comment le faire et à quel point il doit pousser son corps pour progresser. Il est furax, et on est tous obligés d'encaisser sa mauvaise humeur. Il aimerait se rétablir comme s'il avait vingt ans, mais ce n'est pas aussi simple, hélas.

– Et les séances de kiné ?

Connaissant mon père, qui est un malade affreux quand il a un léger rhume, j'ose à peine imaginer ce qu'il pense de devoir aller chez le kiné trois fois par semaine.

– Roh, frérot, il déteste ça, mais il s'améliore. Il a pu s'appuyer un peu sur ses jambes aujourd'hui, avec mon aide et celle du kiné.

– C'est bien, ça. Et maman ?

Mon frère rit brièvement.

– Elle lui donne des ordres sans arrêt, comme toujours. Sauf que, maintenant, elle profite qu'il soit coincé dans son fauteuil et qu'il ne puisse pas s'enfuir. Mais en fin de compte, il écoute ce qu'elle dit. Il lui répond et râle sans cesse, mais il ne baisse pas les bras. Papa est combatif, il le restera toujours.

– C'est ce qu'il nous a appris, de ne jamais abandonner quand on désire désespérément quelque chose. J'apprécie énormément ce que tu fais, Paulie, en t'occupant de papa et maman…

Je me passe la main dans les cheveux et me lève pour faire les cent pas, saisi d'angoisse et de remords.

– C'est normal, frangin. Toi et les mecs vous occupez du *Lucky's*. Et j'habite ici pour l'instant, alors je n'ai aucune raison de ne pas mettre la main à la pâte.

– Ouais, c'est vrai, mais ça ne sera pas facile quand toi et Denny lancerez officiellement *Ellis Import*. Je n'arrive toujours pas à croire qu'il donne ton nom à son entreprise.

– Ouais, je crois que c'était un moyen subtil de sous-entendre qu'il veut qu'on s'appelle tous les deux Ellis, répond mon frère en riant.

– On peut dire que Denny fonce tête baissée quand il veut quelque chose, c'est vrai. Et cette chose, c'est toi, frérot ! je dis en riant à mon tour.

– D'ailleurs, à ce propos, j'ai une bonne nouvelle !

– Quoi ?

– Non seulement on a presque fini notre business plan pour *Ellis Import* mais on a trouvé une petite maison !

– Sérieux ?

– Ouais ! On a enfin trouvé notre chez-nous. Denny est fou de joie. Je le croyais heureux quand il a acheté l'entrepôt pour notre entreprise, mais je n'avais rien vu. Ce n'était rien comparé à sa réaction quand on a trouvé notre maison.

– Dis-moi tout, elle est où ? Elle est près de chez Sky et moi ?

– Ha ! Votre quartier est bien trop huppé pour nous. Elle a deux chambres, deux salles de bains, un jardin assez grand pour avoir un chien et une cuisine ouverte sur le salon pour que Denny vous reçoive tous à manger aussi souvent qu'il le voudra. Il dit qu'il a hâte de vous inviter à dîner. Et je veux que ce soit aussitôt que possible pour que mon mec soit heureux d'avoir quitté son pays pour le mien, ok ?

– Bien sûr ! Tu peux compter sur Sky et moi. Je suis ravi pour toi, mec. J'aime savoir que tu poses tes valises et que tu montes ta boîte avec l'homme que tu aimes.

– C'est ce dont tout le monde rêve, non ? L'*american dream* ! Ce qu'il y a de plus beau, c'est que le rêve de chacun est différent, mais que tous sont fondés sur le fait de pouvoir vivre librement.

– C'est pour ça que tu t'es battu, frangin. Maintenant, c'est à toi de profiter. Tu as défendu ton pays avec honneur, aujourd'hui il est temps que tu en fasses de même avec ton mec. Vous méritez la vie dont vous avez toujours rêvé.

– Carrément. Tu as raison.

– Je sais.

– Denny veut savoir quand tu rentres pour te montrer la maison. Et il veut parler à Skyler de la déco, il dit qu'il adore votre maison et qu'il veut profiter de ses talents pour rendre notre maison aussi agréable que la vôtre.

Je souris jusqu'aux oreilles. C'est vrai que ma nana a parfaitement saisi ce qu'il nous fallait. Même si ses choix m'ont parfois semblé un peu fous, j'ai appris à lui faire confiance. En plus, on pourra toujours repeindre les murs d'une autre couleur. Je préfère la laisser s'amuser et profiter du spectacle.

– Denny et Sky pourront dresser la liste de leurs idées pendant que toi et moi nous nous occuperons du barbecue. Peut-être que je pourrai faire sortir maman et papa de cette fichue baraque, aussi.

– Un barbecue avec mon frère pendant que nos deux âmes sœurs parlent de déco et que papa et maman mettent le nez dehors pour se détendre, ça me semble parfait. On fera ça dès que je serai rentré. En attendant, je suis vraiment content pour toi, Paulie. Tu mérites d'être heureux après ce que tu as fait pour notre pays. Tu mérites d'avoir tout ce que tu désires.

– Je ne veux pas grand-chose, mec. Juste mon mec à mes côtés, ma famille en bonne santé, une bonne bière fraîche et un endroit où me détendre le soir. Le reste n'est que du bonus.

Il a raison. Le bonheur est dans les choses simples.

– On fixera ça bientôt. Je suis vraiment ravi pour toi, je répète.

– Merci, Park. Appelle-moi quand tu seras de retour, ok ?

– Ça roule. Je t'aime, frérot.

– Je t'aime aussi, petit frère.

Je ris en raccrochant, mais mon sourire disparaît quand je me tourne et découvre que Tara Darling est assise dans la chaise face à la mienne.

– Tu vas me faire subir un interrogatoire comme Royce ? demande-t-elle tandis que j'avance vers elle.

– Absolument.

CHAPITRE 7

SKYLER

– Calme-toi, Skyler. Tu me rends nerveuse, or je ne le suis jamais, dit Ellie en ouvrant le minibar de l'hôtel pour me servir un verre de vin rouge. Tiens, bois ça et détends-toi. Elle va arriver d'une minute à l'autre.

Je hoche la tête et bois une gorgée du vin délicieux aux notes de cerise et de mûre. Je recule sur le canapé et me force à mettre le stress de ma journée de côté à mesure que je vide mon verre.

– Tu sais, on a réfléchi à tous les aspects de ce plan. Au pire, Parker apprendra ce que tu manigances et il saura que tu lui as menti ces derniers jours.

– Non, le pire serait qu'il l'apprenne et qu'il me quitte parce que je lui ai menti, justement. On s'est promis de toujours être honnêtes l'un envers l'autre, je réponds en me mordant la lèvre.

– Skyler, est-ce que tu envisages de tout laisser tomber ?

– Pas vraiment, non, c'est juste que plus je dois attendre avant de tout lui révéler, plus j'ai peur de faire quelque chose qui le poussera à me quitter. Parker est toute ma vie, Ellie. J'aurais préféré que Tracey me tue plutôt que de vivre sans lui.

– Je t'interdis de penser ça, gronde Ellie. Le plan est en marche, on ne peut plus reculer. Tout est en place, et plein de gens sont impliqués, à présent. Il est temps que tu te laisses aller et que tu fasses confiance à notre projet, insiste Ellie en posant sa main sur sa hanche. Honnêtement, Skyler, si j'avais pensé que ta surprise ne plairait pas à Parker, je n'aurais jamais accepté de t'aider. Cet homme est fou de toi. Vous vivez ensemble, vous avez des animaux et vous avez les mêmes amis. Tu n'as aucune raison de t'inquiéter, d'accord ?

– D'accord, je réponds en soupirant. Je crois que j'avais juste besoin que tu me remontes le moral. Ça va mieux. Je suis à fond.

Ellie rit joyeusement au moment où quelqu'un sonne à la porte du penthouse. Bien sûr, nous avons pris un hôtel différent de celui des garçons pour éviter tout risque de les croiser.

J'avale une énorme gorgée de vin pour me donner du courage en attendant que Rachel et Ellie aillent ouvrir. Elliot revient dans le salon, suivie par une grande blonde et Rachel.

– C'est bon, déclare Rachel. On l'a fouillée au corps et j'ai vérifié son sac.

Elle se rassoit au bar de la cuisine et se concentre de nouveau sur ses mots croisés. D'où elle est, elle peut garder un œil sur nous ainsi que sur le balcon et la porte du penthouse. Nate est dans sa chambre, où il profite d'une sieste bien méritée. Il n'aime pas l'admettre, mais il doit faire attention à ne pas trop se fatiguer pour ne pas compromettre son rétablissement.

– Mon Dieu ! je chuchote en voyant Tara Darling avancer vers moi.

Elle me tend la main en souriant alors que je la dévisage, bouche bée.

On ne croise pas son sosie tous les jours !

– Mademoiselle Paige, c'est un honneur de vous rencontrer, je suis complètement fan de vous, déclare-t-elle en serrant vigoureusement ma main. Je n'arrive pas à y croire !

– Waouh, vous avez une sacrée poigne, je réponds en agitant ma main endolorie.

– Oh, pardon ! Mon père dit toujours que j'ai la poignée de main d'un lutteur professionnel, dit-elle d'un ton navré.

– Eh bien, merci d'être venue, Mademoiselle Darling, dit Ellie. Est-ce que je peux vous offrir quelque chose à boire ?

– Un Coca serait super, si vous en avez. Et appelez-moi Tara, je vous en prie.

– Pas de problème. D'ailleurs, je propose qu'on se tutoie, non ?

Ellie sort une cannette du frigo, verse des glaçons dans un verre et revient pour donner le tout à Tara. Elle prend ensuite son verre de vin et s'installe sur le canapé à côté de la jeune actrice.

– On apprécie que tu sois venue nous parler, dit Elliott.

Tara range une mèche derrière son oreille, se lèche les lèvres et déglutit.

– Mais tout le plaisir est pour moi, répond-elle en me regardant. Je suis ravie de travailler avec vous, Mademoiselle Paige. Je ne sais pas comment vous remercier pour cette occasion.

– Y a pas de quoi ! Mais je t'en supplie, tutoie-moi et appelle-moi Skyler, ou Sky.

– Sky… répète Tara d'un ton admiratif.

Je souris et pose mon verre sur la table basse.

– Parlons de ce qui s'est passé aujourd'hui, tu veux bien ?

Elle ne se fait pas prier.

– Bien sûr. Je suis restée super-cool. Au début, j'ai cru que Parker allait me virer du plateau. Il n'avait vraiment pas l'air ravi de voir ton sosie parmi les candidates. En tout cas, il était très mal à l'aise.

Mince… La dernière chose que je souhaite est de mettre Parker mal à l'aise. Je sais qu'il n'a pas aimé me quitter après tout ce qui nous est arrivé… Peut-être que je me trompe ?

– Mais Louise est arrivée et elle a annoncé qu'elle avait fait exprès de m'embaucher parce que je suis ton sosie, alors il a semblé soulagé, même si je n'ai pas compris pourquoi.

– Il a dû croire que quelqu'un nous jouait encore un sale tour, je dis à Ellie, et mon ventre se noue.

– Skyler, ce n'est rien, répond-elle en secouant la tête. Est-ce qu'il a paru rassuré, en fin de compte, Tara ?

– Oui, carrément. Cela dit, son collègue, au passage, est-ce que vous avez déjà vu un homme à qui un costume allait mieux qu'à lui ? s'exclame-t-elle en s'éventant avec sa main.

– Bien sûr, Parker, je réponds automatiquement.

– Il n'était pas en costume aujourd'hui, alors je vais devoir attendre pour me faire une idée sur la question ! répond Tara.

Je serre les poings en grinçant des dents.

– Tu disais, à propos de Royce…

– Ah oui ! Il m'a fait subir un véritable interrogatoire. Il a voulu savoir d'où je viens, qui sont mes parents, où j'ai été à l'école, pourquoi je veux être actrice et aussi pourquoi je veux être dans cette émission.

– Et que lui as-tu répondu ? je demande alors que mon cœur bat la chamade.

– J'ai dit la vérité sur tout, sauf pour l'émission. Je leur ai dit que je voulais être vue à la télé, ce qui n'est pas totalement faux, mais aussi que je voulais tenter ma chance en amour.

– Et tu penses qu'ils t'ont crue ? demande Elliott.

– Carrément. Je suis une bonne actrice, vous savez. J'ai gagné plein de prix chez moi, dans le Tennessee, répond Tara en levant fièrement le menton.

Je saisis mon verre et le tapote avec l'ongle de mon index.

– Ils vont vérifier si elle ment, je dis à Elliott. Ils découvriront qu'elle ne me ressemble pas vraiment autant et ils se demanderont pourquoi elle a modifié son apparence.

– Tu n'as pas dit que Wendy était en lune de miel ? Qui d'autre peut enquêter sur Tara, si ce n'est elle ?

J'adore ma nouvelle chargée de com.

– C'est vrai ! Mick a interdit à Wendy d'apporter son ordinateur et son téléphone. Ils seraient obligés de passer par lui en cas d'urgence, et s'ils l'appelaient pour ça, Mick leur raccrocherait au nez !

J'éclate de rire en levant la main vers Ellie, qui tape dedans. Je me tourne ensuite vers Tara, qui en fait de même, alors qu'elle ne sait pas vraiment de quoi je parle.

– Rach ! je m'exclame en levant la main vers elle.

Sans même lever la tête, elle fait mine de taper dans ma main, puis elle retourne à ses mots croisés. Cette nana est trop cool. Elle est toujours consciente de tout ce qui se passe autour d'elle, je trouve ça un peu flippant, mais vraiment génial !

– Ok, je me sens un peu mieux. Que t'a demandé Parker ?

Tara se déplace de sorte à adopter la même position que moi, observant tous mes gestes. Pas mal ! Les acteurs apprécient d'avoir l'objet de leur rôle sous la main pour noter ses nuances, ses mimiques, son langage corporel et ses intonations, afin de l'imiter du mieux possible.

– Il m'a demandé quel genre d'homme je cherchais et pourquoi.

– Et qu'as-tu répondu ?

– En gros, commence-t-elle en riant, j'ai décrit tout ce que je voyais chez lui. Un grand brun, aux yeux clairs, avec un corps de rêve, doué dans son métier, qui sait reconnaître une femme pleine de qualités et qui fait le nécessaire pour obtenir ce qu'il veut.

– Comment il a réagi ?

– Il a éclaté de rire et il m'a demandé si je t'avais parlé avant de venir. J'ai fait comme si de rien n'était, mais je sais que j'ai tapé dans le mille.

Je ne peux m'empêcher de sourire, même si je sais que Parker est mal à l'aise. Tara n'a d'autre but que de faire avancer sa carrière, et elle n'en fait pas trop. Tout ça va être génial… du moment que l'issue est bonne pour moi.

– Skyler, je crois que Tara fait ce qu'on lui a demandé. Est-ce que tu as des inquiétudes ? demande Ellie.

– En dehors du fait que mon mec va être furax de savoir ce que j'ai fait ? Non, je réponds en vidant mon verre. Tu fais du bon boulot, Tara. Du très bon boulot, même.

– Merci ! Si vous avez besoin de quoi que ce soit, je suis votre homme ! s'exclame-t-elle en souriant.

– Merci beaucoup, Tara. On apprécie ton travail. On te rappellera si on pense à quoi que ce soit, dit Ellie en se levant, sous-entendant que l'entretien est terminé.

– Encore merci, j'ajoute en lui tendant la main.

Cette fois, elle la serre sans la broyer.

– Surtout n'hésitez pas. Je suis à votre service ! lance la jeune femme en se dirigeant vers la porte, où l'attend déjà Rachel.

Lorsque ma garde du corps revient, je saisis mon verre pour le remplir de nouveau.

– J'ai envie d'une pizza avec un supplément fromage et pepperoni, je marmonne en me servant un grand verre de vin.

Je me tourne vers Ellie et vide la bouteille dans son verre.

– Tu crois vraiment que Nate va te laisser manger une pizza ? Tu es complètement folle, gronde Rachel. Et c'est sans parler du fait que tu as vidé les trois quarts d'une bouteille de vin alors que tu es censée t'entraîner pour le tournage qui, je te le rappelle, commence dans deux semaines, conclut-elle en retournant à ses mots croisés.

– J'ai le droit de manger une pizza ! je râle d'un ton hautain.

– Tu as le droit, oui. Et tu auras aussi le droit de faire trois fois le nombre d'abdos, de pompes et de kilomètres. C'est toi qui vois, ajoute-t-elle en haussant les épaules.

– Pas si tu ne lui dis pas…

Rachel lève la tête et me fusille du regard.

– Ah ouais ? lance-t-elle d'un ton sarcastique et plein de défiance.

– Je suis sûre que tu peux trouver un moyen de faire oublier ma condition physique à ton homme en lui donnant d'autres idées… non ? je réponds en souriant.

– Est-ce que tu proposes que j'offre à mon mec une partie de jambes en l'air tellement sauvage qu'il oubliera ton régime ?

Je hausse une épaule et bois une grande gorgée de vin.

– À moins que tu ne penses pas en être capable, je soupire.

– Oh, j'en suis capable, ne t'en fais pas pour moi, répond-elle en se levant, les poings sur les hanches. Ne doute jamais de mes capacités à satisfaire mon homme.

– Eh bien… il va falloir que tu nous le prouves pendant qu'Elliott et moi engloutissons une pizza XL, ma belle, je ricane en regardant ma manager.

– XL ? Sans rire ? Tu ne peux pas en prendre une normale ? Aux légumes ?

Je fais non de la tête en attendant sa réponse.

– Bon sang, je vais devoir sortir l'artillerie lourde, je parle de CrossFit et de yoga. Ne nous attendez pas aux aurores, demain. Mon homme va avoir besoin de dormir après ce que j'ai prévu pour lui.

J'éclate de rire en me couvrant la bouche.

– Mais je t'interdis de dire que je ne te rends jamais service, poursuit Rachel. Des pizzas XL, grommelle-t-elle. Tu as intérêt à te rattraper demain avec une grosse dose de protéines, ma belle. Tu ne mangeras rien d'autre qu'une omelette au blanc d'œuf avec des épinards ! gronde-t-elle en adoptant un air féroce. Très bien. Défi accepté. Commande ta pizza, comme ça, je peux partir. J'ai hâte de passer à l'attaque maintenant que tu m'as défiée.

Elle sort de la cuisine pour venir dans le salon et elle fait une série de pompes. Ellie et moi la regardons ensuite s'étirer, comme si elle se préparait à courir un marathon.

– Allez, commande ta pizza avant que je change d'avis, ordonne-t-elle. Bon sang, tu as vu ce que je fais par solidarité féminine ?

– Roh, ça va, ce n'est pas comme si Nate n'allait pas te rendre la pareille, je réponds en levant les yeux au ciel.

– C'est vrai que pour chaque orgasme que je donne, j'en ai trois en retour, dit Rachel en souriant d'un air machiavélique. Nate pense qu'un homme qui n'est pas capable d'un tel ratio n'est pas un homme.

Waouh. Sacré Nate. J'ai envie d'applaudir, mais je me retiens de le faire pour ne pas perdre ma pizza.

– Est-ce que Nathan a des frères ? demande Ellie, déjà au téléphone avec le livreur de pizzas.

Je regarde Rach, qui s'arrête en plein étirement pour me dévisager, puis nous regardons toutes les deux Elliott en éclatant de rire.

***

– Bébé, tu ne le croiras jamais. Une des candidates te ressemble tellement que j'étais persuadé que c'était toi. Quand j'ai vu que ce n'était pas le cas, j'étais furax, j'ai imaginé qu'une nouvelle catastrophe était sur le point de nous arriver, dit Parker alors que je frotte mon ventre gonflé par l'énorme pizza que j'ai engloutie.

– Waouh, c'est bizarre. Mais la productrice t'a rassuré, n'est-ce pas ? Elle t'a dit que c'était juste pour booster l'audience ?

Il soupire et je nous imagine blottis dans notre lit, ma jambe sur la sienne, sa main sur ma cuisse, le mouvement de sa poitrine me berçant à chacune de ses respirations. J'entends presque l'écho de son rythme cardiaque, celui qui me fait sombrer dans un sommeil paisible tous les soirs. En général, on n'arrive même pas à la fin d'un épisode de série avant de nous endormir, surtout après une partie de jambes en l'air.

– C'était vraiment étrange. Cette femme te ressemble et elle a les mêmes mimiques, mais ce n'est pas toi. J'ai eu l'impression qu'on me faisait une mauvaise blague, marmonne-t-il en me faisant culpabiliser.

– Chéri…

Je veux qu'il sache que je suis là pour lui. Il semble si perturbé que j'ai presque envie de tout annuler, mais je ne peux pas reculer maintenant.

– Je sais ce que tu vas dire… grogne-t-il. Que je dois arrêter de stresser pour un rien et que tout le monde n'essaie pas de nous faire du mal.

– Pas tout le monde, non. Seulement une ou deux personnes, je réponds d'un ton enjoué.

Il rit et soupire de nouveau.

– Je ne pensais pas qu'être loin de toi serait aussi dur.

– Moi non plus. J'ai l'impression qu'une partie de moi a disparu et que j'attends désespérément de la retrouver.

– C'est ça… Raconte-moi quelque chose de positif à propos de ta journée, tu veux ?

Je souris, appréciant qu'il essaie de nous détendre tous les deux avant de dormir.

– Eh bien, Ellie et moi avons partagé une pizza XL avec un supplément pepperoni et fromage, et on a fait passer le tout avec une bouteille et demie de vin !

– Je parie que ça n'a pas plu à Nate, comment tu as réussi à le faire fléchir ?

– J'ai défié Rach de le faire grimper aux rideaux pour l'occuper pendant qu'on se goinfrait.

– Waouh ! Nate va être furax s'il l'apprend, répond Parker en riant.

– Il n'en saura rien, c'est une question de solidarité féminine. J'ai promis à Rachel une grasse matinée si elle faisait en sorte qu'il oublie de me demander ce que j'ai mangé ce soir.

– Pas mal, tu crois que ça va marcher ou tu vas le payer à la salle de sport demain ?

– Hmmm, je ne sais pas, mais ça en valait la peine. Maintenant, ma pizza et moi allons dormir comme deux petits loirs, je réponds en me massant le ventre.

Parker éclate de rire et me remplit de joie.

– Ma pêche, tes expressions me manquent.

– Moi, c'est ta queue qui me manque.

Hein ? J'ai dit ça à voix haute ? Apparemment, je suis encore sous l'emprise des nombreux verres de vin que j'ai bus. J'ai l'impression de ne pas pouvoir empêcher ma bouche de dire ce que je pense.

– Oups ! Mais c'est vrai, ta queue me manque. Si t'étais avec moi, je n'aurais pas eu besoin de me goinfrer et de me saouler pour passer une bonne nuit.

– Mince, ma pêche, si t'étais là, tu verrais que l'objet de tes désirs est déjà au garde-à-vous. Ce n'est pas facile pour moi non plus, physiquement et émotionnellement. Mais… je sais ce qui peut aider.

– Quoi ? je demande en souriant.

– D'abord, je veux que tu glisses tes doigts dans ta culotte et que tu t'en débarrasses. Ensuite, relève ton débardeur par-dessus ta poitrine exquise. Tu sais, je suis sans cesse émerveillé par la perfection de tes seins. Ils ont pile la bonne taille pour mes mains, juste assez gros pour qu'ils débordent quand je les empoigne. Ensuite, je veux que tu raccroches et que tu joues avec tes tétons, comme je le ferais si j'étais là.

– Tu veux que je raccroche ? Mais…

– Pas de mais, bébé. Pour l'instant, je veux que tu raccroches et que tu te tripotes les seins. Et je t'interdis de toucher ta chatte. Tu m'as compris ?

– Et toi, tu vas faire quoi ?

– Je vais te rappeler avec une surprise, d'accord ? Écoute-moi et attends que je te rappelle dans quelques minutes. Tu peux faire ça ?

– Chéri, je ferais n'importe quoi pour toi.

– Alors prouve-le, ma pêche. Prouve-le.

CHAPITRE 8

PARKER

Ma verge est déjà moite quand j'enlève mon boxer et que je l'empoigne pour m'atteler à mon projet. Je m'assois contre la tête de lit et j'écarte les genoux, les laissant tomber sur le matelas tandis que ma queue se dresse fièrement.

Je prends mon téléphone dans mon autre main et dirige la caméra entre mes jambes avant de lancer la vidéo.

Je ferme les yeux et saisis mon sexe, imaginant que c'est la petite main chaude de Skyler. Des frissons de plaisir parcourent déjà mon ventre et mon dos, et mes abdos se contractent tandis que je me branle lentement, caressant mon gland avec mon pouce pour étaler mon liquide préséminal. Un grognement m'échappe et je soulève mon bassin pour suivre le rythme lent de ma main.

J'imagine Skyler me branler et lécher le sommet de ma verge en gémissant. Elle adore me sucer, elle adore le pouvoir que ça lui donne sur moi.

Ma main accélère et mon corps se couvre de chair de poule tandis que des décharges électriques se précipitent dans mes veines, jusque dans ma queue dure comme fer et gonflée à bloc.

– Putain, oui, je grogne en regardant le mouvement de ma main.

Je fais de mon mieux pour ne pas bouger celle qui tient mon téléphone afin d'offrir la meilleure vue à Skyler. Je veux qu'elle voie ce qu'elle me fait, combien je bande en l'imaginant me branler et me sucer.

Je n'ai jamais été obsédé par une femme à tel point que je ne pense qu'à elle chaque fois que je me masturbe, chaque fois.

Je serre les dents en empoignant mes testicules pour les serrer jusqu'à ce que je sois sur le point de jouir. Je reprends alors ma verge plus fermement, comme si j'essayais d'extirper ma semence avec ma main.

Des étoiles voilent ma vue et mes abdos se contractent à chaque coup de bassin, jusqu'à ce que je m'envole de la plus belle façon qui soit. Mes testicules se gonflent et se tendent et ma queue se déverse en des jets puissants qui couvrent bientôt ma main et mon ventre, révélant tout mon désir pour Skyler.

Mon souffle est haletant et je suis parcouru de spasmes jusqu'à ce que je n'aie plus rien à offrir. J'ai déjà tout donné… pour elle.

J'arrête l'enregistrement, pose mon téléphone et saisis des mouchoirs pour me nettoyer. Ensuite, je vais à la salle de bains pour me laver les mains et je reviens me coucher. J'ouvre les messages de mon smartphone et affiche ma conversation avec Skyler pour lui envoyer la vidéo. Lorsque je vois qu'elle l'a reçue, je la rappelle.

– Chéri… soupire-t-elle d'une voix suave.

– T'as fait ce que j'ai dit ? Tu as joué avec tes seins et rien d'autre ?

– Bébé… je suis en feu… J'ai envie…

– Je sais ce dont tu as envie, Sky. Je sais toujours quand et comment te satisfaire.

Elle gémit et je sais qu'elle me désobéit, touchant son sexe avant que je l'y aie autorisée.

– Tu touches ta chatte ?

– Hmmm-mmm.

– Est-ce que ma voix t'excite ?

– Tellement…

– Allume ton haut-parleur et regarde tes messages. Lance la vidéo que je t'ai envoyée, mais laisse le haut-parleur. Je veux t'entendre.

– Euh, d'accord, dit-elle d'une voix essoufflée.

Je sais qu'elle découvre la vidéo, car elle pousse un petit cri.

– Tu vois ma queue, bébé, je dis de la voix grave qui l'excite.

– Oh oui…

– Regarde-moi me branler pour toi. Et pendant que tu regardes, je veux que tu te caresses.

Je me mords la lèvre en m'imaginant entre ses cuisses, son parfum à la bouche et son goût sur la langue.

– Mon Dieu, Parker… gémit-elle en haletant.

– Tu vois ma main sur ma queue et mes testicules…

– J'aimerais tellement les toucher…

– Je sais… Plonge tes doigts en toi comme je le ferais. Masturbe-toi avec, bébé.

Elle pousse un cri et ma verge tressaute, bon sang, elle est déjà prête pour un second round.

– C'est tellement bon de te voir te caresser. Mon Dieu… !

– Maintenant, enlève tes doigts et joue avec ton clitoris. Frotte-le en faisant des cercles.

– Parker, bébé… Je…

– Mmm, tu vas jouir, ma pêche ?

– Ouais… chuchote-t-elle.

– Alors, vas-y, jouis. Je veux t'entendre.

Un grognement torturé lui échappe et je ne peux me retenir d'empoigner ma queue pour la branler lentement.

– N'arrête pas, ma pêche.

– Qu… quoi ? Mais… gémit-elle.

– Encore un. Est-ce que j'ai joui dans la vidéo ?

– Non, mais je…

– Continue de me regarder. Tu vois ce que tu me fais ? Combien je suis dur pour toi ? Enfonce trois doigts dans ta chatte.

– Chéri…

– Fais-le, je grogne.

Je sais lorsqu'elle le fait, car elle pousse un nouveau cri, long et rauque.

– Est-ce que tu imagines que c'est ma queue ou mes doigts ?

– Tes doigts. Ta queue est trop grosse pour que mes doigts la remplacent.

– Bien. Regarde-moi me caresser, regarde mes hanches se soulever. Imite mes gestes.

J'obéis à mes propres instructions tandis que je me masturbe pour la seconde fois de la soirée.

– Maintenant, frotte ton clito avec ton pouce, comme je le ferais.

– Mon Dieu, Parker !

– Plus fort, Skyler. Je veux t'entendre mouiller en me voyant me branler. J'ai tellement envie de toi, Sky, que je me caresse de nouveau en t'écoutant. Est-ce que j'accélère, dans la vidéo ? Dis-moi ce que tu vois, bébé.

– Ouais, ouais, je crois… Oh, j'ai tellement envie de te prendre dans ma bouche et de te sucer. Je te sucerais tellement fort, chéri.

– Putain ! je grogne en l'imaginant faire.

J'écoute son souffle rapide, attendant le moment pour lui donner de nouvelles instructions.

– Forme un crochet avec tes doigts, bébé. Prends ta chatte comme je le ferais et jouis en même temps que moi.

Je ferme les yeux et écoute ses plaintes divines.

– Mon Dieu, tu jouis dans la vidéo ! C'est tellement sexy, je vais… ahhhhh…

– Putain ! je crie à mon tour en éjaculant de nouveau.

Nous passons alors plusieurs minutes à respirer dans le téléphone, écoutant le souffle de l'autre en revenant sur terre.

– Ma pêche ?

– Mmm.

– Ça va, bébé ?

– Mmm, soupire-t-elle. C'était trop bon. Je t'aime, chuchote-t-elle d'une voix endormie.

– Dors bien, Sky.

– Mmm… mmm, rêve de moi, marmonne-t-elle.

– Toujours, bébé. Bonne nuit.

Son souffle devient régulier et je devine qu'elle dort profondément, ma voix dans son oreille, son téléphone près de sa tête. Je ne raccroche pas, augmentant plutôt le volume pour l'entendre respirer pendant que je me nettoie. Lorsque j'ai fini, je me couche, éteins la lumière et roule sur le côté en serrant un coussin, imaginant que c'est Skyler. Je pose le téléphone sur le matelas à côté de ma tête.

– Je t'aime, Skyler. Je t'aime tellement.

– Je t'aime, Park, répond-elle dans son sommeil.

Je souris, ferme les yeux et m'endors, bercé par la respiration lente de ma femme, comme tous les soirs lorsque nous sommes chez nous.

C'est la meilleure nuit de sommeil que j'ai eue de toute la semaine.

***

– Très bien, jeunes gens, à vos places, s'il vous plaît. On va commencer par ce groupe, puis on passera au second. Demain est le grand jour, et on ne veut pas que vous manquiez de préparation, dit Louise d'un ton autoritaire.

Royce et moi sommes assis à droite de la scène, à la place du jury.

– Bon. Action.

Le présentateur porte le micro à sa bouche tandis que les caméras zooment sur lui. Ses cheveux sont parfaitement coiffés et son costume lui va comme un gant.

– Voici enfin venu le moment tant attendu ! La nouvelle génération d'amoureux qui restera longtemps dans l'histoire de la télé sur… *Mix and Match* ! déclare-t-il en souriant à la caméra avant de lever la tête vers les gradins vides. Merci à notre public d'être là et merci à vous tous qui nous regardez depuis chez vous. Je suis Rod Gentry, votre présentateur, et vous regardez *Mix and*

Match ! Allons à la rencontre de nos trois premiers candidats. Tout d'abord, voici Lamar Williams…

Lamar entre sur scène comme on le lui a appris. Il s'arrête devant sa chaise, lance un sourire séducteur à la caméra et s'assoit. Heureusement, il n'écarte pas les cuisses comme hier, préférant poser un pied sur le barreau et l'autre par terre, jambes rapprochées. Il porte un short et un polo, mais il sera vêtu d'un costume ultraclasse pour le live, Royce et moi nous nous en sommes assurés.

– Bienvenue, Lamar !

Rod attend quelques secondes que cessent les applaudissements enregistrés, puis il s'adresse de nouveau à la caméra.

– Ensuite, voici Joshua Tipton !

Ses cheveux blonds coiffés en arrière et ses yeux bleus pétillent de joie. Il fait un signe de la main en direction des gradins et s'assoit en posant une cheville sur le genou opposé, comme on le lui a dit, prenant une pose détendue et attirante.

– Merci d'être venu, Joshua, dit Rod. Enfin, voici notre dernier candidat, Jimmy Candle !

Jimmy Candle ? Mais à quoi il pense ? Il est passé de Jimmy Jones, qui ressemble à une marque de saucisses, à un nom de bougie ?

Je secoue la tête en soupirant tandis que Royce se couvre la bouche pour rire, conscient que je vais devoir m'entretenir une énième fois avec le candidat.

Jimmy traverse lentement la scène. Il porte toujours son chapeau melon, mais sa barbe et sa moustache sont parfaitement taillées. Il sourit jusqu'aux oreilles en s'asseyant sur sa chaise, il a l'air d'un véritable imbécile. Il lui suffirait de troquer son chapeau contre un bonnet pointu pour passer pour un nain de jardin. Je lève les yeux au ciel et me masse les tempes.

– Bon sang, gronde Royce, il fout la trouille, non ? Il va falloir qu'il fasse un effort pour le live.

– Je sais, je vais lui parler… encore une fois.

Royce sourit et baisse la tête.

– Maintenant, à ces demoiselles ! Vous reconnaîtrez peut-être notre première candidate si vous l'avez vue dans certains de ses films et de ses comédies musicales. Voici Tara Darling !

Rod regarde Tara entrer de l'autre côté de la scène, cachée des hommes par un rideau qui sépare le plateau en deux. Elle marche face caméra avec un superbe déhanché, et Rod se lèche les lèvres, comme s'il n'était pas contre de prendre la place d'un des candidats. Il ne la quitte pas des yeux et la reluque des pieds à la tête avec tant d'insistance que c'est à se demander s'il ne voit pas à travers ses vêtements.

Tara s'arrête devant la caméra et lui fait un clin d'œil avant de tourner sur elle-même pour regagner sa chaise, faisant voler ses longs cheveux blonds derrière elle.

– Messieurs, si vous pouviez voir cette femme, vous seriez impatients de la rencontrer, commente Rod en continuant de mater Tara.

Aujourd'hui, les candidates vont poser les questions que les scénaristes ont rédigées, mais demain, elles pourront poser les questions qu'elles veulent, même si elles auront été validées par le producteur pour éviter les questions inappropriées comme « Aimes-tu le sexe anal ? » ou « À quel légume comparerais-tu ton pénis ? »

– Merci de m'avoir sélectionnée, Rod, lance Tara d'une voix séductrice.

– Mais tout le plaisir est pour moi, répond Rod du tac au tac, écarquillant aussitôt les yeux, comme s'il réalisait ce qu'il a révélé. Je veux dire, euh, tout le plaisir est pour vous, Messieurs, n'est-ce pas ?

Cette fois, c'est à moi de rire dans ma barbe.

– À propos de messieurs, nous avons le privilège d'avoir avec nous ce soir deux juges très spéciaux. Vous reconnaîtrez sans doute l'un d'entre eux étant donné qu'il a fait la une des magazines people, ces derniers temps…

Je me force à sourire, alors que je meurs d'envie de lui mettre ma main dans la figure.

– Voici Royce Sterling et Parker Ellis, de *International Guy* ! C'est eux qui ont aidé nos candidats à se préparer à rencontrer l'amour ! Comment allez-vous, Messieurs ?

– Très bien, répond Royce en souriant. On a hâte de voir les candidats à l'œuvre.

Je souris à Tara, puis je regarde les trois hommes qui attendent ses questions.

– J'ai hâte de voir qui choisira Tara. Je n'ai qu'une chose à vous dire, Messieurs, c'est que l'un d'entre vous est sur le point d'être un sacré veinard !

Les hommes applaudissent et sifflent en souriant, se lâchant un peu avant le live de demain.

– Bon, il est temps de passer aux choses sérieuses, dit Rod avant d'expliquer aux quatre candidats et au faux public le déroulement de l'émission.

– Très bien, Tara, et si tu commençais par poser une question à l'un de ces messieurs ?

Elle sourit à la caméra et lit le carton bleu qu'elle tient dans la main.

– Candidat numéro un : à tes yeux, qu'est-ce qui rend une femme belle ?

Lamar masse son menton quelques instants, réfléchissant à sa réponse.

– Eh bien, chérie, je dirais qu'elle doit avoir de l'assurance et de l'impertinence. Rien n'est plus beau, selon moi.

– Super, répond Tara en gloussant. Candidat numéro deux : même question.

– Tara, j'entends déjà à ta voix que tu es magnifique. Donc pour moi, je dirais qu'une voix aussi suave et sensuelle que la tienne est un énorme bonus.

– D'accord… Candidat numéro trois : pour toi, qu'est-ce qu'un rencard idéal ?

Jimmy se tient plus droit sur sa chaise.

– Avec toi, Tara, je crois que j'irais à un festival de musique. J'emporterais mon banjo, une couverture et un super pique-nique préparé par mes soins. On écouterait la musique, assis sous le ciel étoilé, entourés de toutes sortes de gens, et je te jouerais un des airs que j'ai composés.

– Waouh, ça a l'air super ! s'exclame Tara d'un air surpris.

– Choisis-moi, chéri, et c'est ce qu'on fera.

Les questions se poursuivent pendant une demi-heure, entrecoupées par la réalisatrice qui dit ce qu'elle aime ou non.

Quand le premier groupe en a terminé, les hommes sont emmenés dans leurs loges avant de passer au second groupe, sans qu'aucun ne voie jamais Tara. La deuxième session est encore meilleure que la première, car les candidats semblent avoir retenu tout ce que nous leur avons dit et paraissent véritablement investis dans l'émission.

Lorsque les répétitions sont finies, Tara vient vers nous.

– Salut les gars, je voulais avoir votre avis sur ce que vous pensez que je dois changer ou pas. Je suis un peu nerveuse pour demain.

– Ne le sois pas, je réponds. Tu t'en es très bien sortie.

– Merci, dit-elle en souriant joyeusement.

– Est-ce que tu as décidé quel candidat tu allais choisir ? demande Royce.

– D'après leurs réponses, je crois que j'ai une préférence pour Jimmy.

Je regarde Royce, qui semble aussi surpris que moi. Eh bien, il va vraiment falloir que je m'assure qu'il sera au top pour demain.

– Il semble fun et très gentil. Avec lui, il se pourrait que je m'amuse… ! Lamar et Josh semblent un peu trop sûrs d'eux à mon goût. Et puis… ce n'est pas comme si tu étais sur scène, Parker. Sinon, les autres n'auraient qu'à rentrer chez eux, avoue-t-elle en me regardant droit dans les yeux.

– Euh… c'est très gentil, Tara. Mais comme tu le sais, je suis en couple et très heureux de l'être, je réponds alors que je me couvre de chair de poule.

Elle fait quelques pas vers moi et pose sa main sur mon genou.

– Oh non… grogne Royce en regardant ailleurs.

– On pourrait… tu sais… s'amuser sans que personne ne le sache, chuchote-t-elle.

Je saisis sa main et l'enlève.

– Comme je te l'ai dit, Tara, je te remercie du compliment, mais je suis fou de Skyler. Aucune autre femme ne m'intéresse.

Elle recule un peu et dégage ses cheveux de son épaule.

– Est-ce qu'elle le sait ? Parce que d'après mon expérience, les hommes ne disent jamais aux femmes ce qu'ils pensent. En général, on apprend surtout que notre mec n'est pas aussi amoureux qu'on le pensait quand on découvre qu'il couche ailleurs.

Waouh, cette nana a de sérieux problèmes avec la gent masculine. Elle va devoir creuser et affronter ses peurs si elle veut une chance d'être heureuse en amour.

– Je suis ravie d'entendre que tu es un mec bien. Il est rare qu'on me rejette, même quand le type est en couple. J'espère que Skyler sait combien tu tiens à elle, surtout que vous n'êtes pas mariés.

Sa remarque me perce le cœur et me glace le sang.

Est-ce que toutes les femmes pensent ainsi ? Je comprends qu'une nana veuille que son homme soit si amoureux qu'il est prêt à s'engager pour la vie, mais Sky et moi avons déjà une maison et des chiens ensemble, on partage tout. On a parlé de l'avenir et je sais qu'elle veut se marier, mais j'ai peur qu'elle le fasse pour compenser tout le mal qu'elle a vécu ces dernières années, et en particulier ces derniers mois. Maintenant que ça va mieux, j'aimerais qu'elle soit heureuse et qu'elle sache que je ne la quitterai jamais. Je suppose qu'une bague de fiançailles l'aiderait à le comprendre, en tout cas, mieux que de simples paroles.

– Tu ne devrais pas retourner dans ta loge ? demande Royce en désignant l'autre candidate, qui reçoit ses instructions pour demain.

Tara sautille sur place en tapant dans ses mains, comme le fait Skyler, et ma poitrine se serre en pensant à elle, toute seule à la maison, attendant mon retour.

Je pousse un grognement et passe ma main dans mes cheveux en regardant le plafond du studio.

– Cette nana ne sait rien de Sky et toi, mec, dit Royce en tapotant mon épaule. Ne l'écoute pas, d'accord ?

– Ouais, mais ça n'empêche que ça me fait réfléchir…

– C'est bien, de réfléchir. Et tu as géré, tu l'as repoussée en restant poli et personne n'a été vexé. Tu as apprécié son compliment et tu lui as expliqué qu'il n'y a que ta femme qui t'intéresse.

– Ouais, mais elle n'a pas tort. On parle de se marier et d'avoir des enfants, Sky et moi.

– Et vous avez décidé quelque chose ?

– Pas vraiment. Elle semble prête à aller de l'avant, mais…

– Quoi, tu vas me dire que tu n'es pas prêt ? s'exclame Royce. Mec, tu es prêt depuis Londres, quand vous avez passé la semaine à vous tripoter.

– Ouais, mais après ça, tout a tourné au drame. Je ne veux pas précipiter les choses tant qu'elle ne s'est pas complètement remise. Je veux qu'elle me dise « oui » parce qu'elle n'a d'autre envie que de construire une vie avec moi, pas pour contrebalancer l'enfer qu'elle a vécu récemment.

Royce se mâche la lèvre quelques instants.

– Je pense que tu devrais avoir davantage confiance en elle. Skyler est intelligente. Elle n'est pas du genre à mentir. Si elle dit qu'elle est prête, c'est qu'elle l'est. Les nanas ne plaisantent pas avec le mariage, mec. Si j'étais toi, je l'écouterais et je lui achèterais un énorme diamant pour lui montrer que tu es à fond avec elle.

– C'est ce que tu ferais, toi ?

– Absolument. D'ailleurs, c'est ce que j'ai fait, il y a toutes ces années, quand je pensais avoir tiré le gros lot. Je regrette amèrement de ne pas avoir épousé Kendra avant qu'elle ne disparaisse.

Je tends la main et la pose sur l'épaule de mon frangin.

– Rien n'arrive par hasard, mec. À l'époque, ce n'était pas le moment. Peut-être que cette fois-ci non plus, l'avenir nous le dira. Mais je suis sûr d'une chose…

– Ah ouais… quoi ?

– Je vais adorer vous regarder galérer, je réponds en souriant jusqu'aux oreilles.

– Va te faire foutre, gronde Royce en me repoussant avant de s'éloigner.

J'éclate de rire et lui cours après.

– Tout compte fait, je retire ce que j'ai dit, rouspète Royce. J'espère que Skyler te quittera pour une rock star. Un type efféminé avec les cheveux longs, un piercing au nombril et un tatouage qui dit « Maman » sur le cœur. Tu l'aurais bien mérité.

Je me retiens de rire de plus belle et j'en ai les larmes aux yeux.

– Pardon, mec. Je ne le pensais pas. Enfin si, mais c'était sympa !

J'essaie de le rattraper, mais je ris trop fort pour m'aligner sur ses pas rapides. Sans se retourner, Royce lève le bras et me fait un doigt d'honneur, me faisant hurler de rire.

CHAPITRE 9

SKYLER

Ça y est, le moment tant attendu est arrivé. Mes mains sont moites et mes genoux s'entrechoquent. Je serre les dents et je regarde le public en délire lorsque le présentateur annonce l'arrivée de Royce et Parker dans l'émission. Tout est en place. C'est le grand jour. Je ne peux plus reculer.

Royce et Parker s'assoient et Rod présente les trois premiers candidats ainsi que la participante qui devra choisir l'élu de son cœur. C'est une jolie femme brune au style simple, qui devrait plaire aux spectateurs, car chacun pourra aisément s'identifier à elle.

Le présentateur est en train de décrire le parcours de chaque candidat lorsque, soudain, Louise et un homme en costume se précipitent vers Royce et Parker et se baissent pour leur chuchoter quelque chose à l'oreille. Royce et Parker se lèvent, mais Louise secoue la tête. Parker finit par la suivre tandis que Royce se rassoit aux côtés de l'autre homme, qui remplace Parker.

Louise vient de leur expliquer que Jimmy Jones Candle, quel que soit le nom qu'il a choisi, a eu une urgence familiale et a dû partir. Bien évidemment, c'est un prétexte, mais Royce et Parker n'en savent rien. Louise fait semblant de paniquer en coulisse, expliquant à Parker que tout est foutu et que sa carrière est ruinée, espérant qu'il propose alors de l'aider d'une manière ou d'une autre.

J'ai l'impression que le temps tourne au ralenti lorsque, comme prévu, Parker et Louise ne reviennent pas sur le plateau. Les candidats continuent l'émission et au bout d'une demi-heure, la jeune femme choisit son prétendant sous les applaudissements du public.

– Tu es prête, ma belle ? demande Elliott en saisissant mon bras pour m'emmener vers la scène.

Je la suis en retenant mon souffle, espérant que Louise a réussi son coup. Lorsque nous arrivons derrière le rideau où attend Tara, celle-ci me sourit en levant les pouces.

Lamar entre sur scène, vêtu d'un costume noir et d'une chemise blanche impeccable. Le public le siffle et il embrasse son index et son majeur avant de tendre la main en direction des gradins, ce que je ne comprends pas. Ça veut dire *peace and love* ? Bizarre.

Ensuite arrive un jeune homme blond qui semble tout droit sorti du catalogue *Abercrombie & Fitch*, avec un pull en laine noué sur les épaules, un sourire étincelant de gosse riche et une peau bronzée qui fait ressortir ses beaux yeux bleus.

Nous y voilà. Enfin. Le public reste silencieux, car le troisième candidat n'arrive pas. Je croise les doigts en espérant que Louise a réussi. Soudain, de l'autre côté du plateau, je vois des bras pousser mon homme sur scène. Il s'arrête et regarde la caméra, puis il lisse sa veste bleu marine et la boutonne en avançant vers le milieu du plateau.

– Et voici Jimmy Candle ! dit Rod sans regarder ce qui se passe.

Un technicien de plateau secoue la tête et désigne Parker.

– Oh, waouh… eh bien, voilà une belle surprise pour le public et les téléspectateurs ! Le troisième candidat n'est autre que le P.-D.G. d'*International Guy*, Parker Ellis ! Apparemment, il a troqué sa place dans le jury contre une nouvelle chance en amour !

Le public est hystérique tandis que Parker dégaine ce sourire ultra-sexy qui me fait instantanément mouiller, surtout quand il est à poil sur moi. Il fait coucou aux spectateurs, et les femmes du public crient si fort que je dois me couvrir les oreilles. Il leur fait signe de se calmer, puis il s'assoit aux côtés des autres candidats.

– Après cette joyeuse surprise, il ne me reste plus qu'à vous présenter notre candidate ! Je suis sûr qu'elle n'a pas la moindre idée de qui se cache sur scène, alors ne lui gâchons pas la surprise, d'accord les amis ? Bien. La jeune femme qui va tenter sa chance en amour ce soir s'appelle… Tara Darling !

Un cri de surprise parcourt le public lorsque Tara entre sur le plateau et qu'il découvre combien elle me ressemble. Rod fait signe aux spectateurs de se calmer pour que le jeu puisse commencer.

C'est à moi de jouer, à présent. Je fais le tour du plateau par les coulisses, accompagnée par Ellie, tandis que Tara pose sa première question aux candidats, question que j'ai rédigée moi-même.

– Candidat numéro un : si tu pouvais tomber amoureux n'importe où dans le monde, où souhaiterais-tu que ce soit ?

Lamar se lèche les lèvres et hoche la tête.

– Très bonne question. Je dirais Paris, parce que c'est la ville la plus romantique au monde.

– Aaah, très bien, répond Tara. Et toi, candidat numéro trois ? demande-t-elle à Parker.

Il hausse un sourcil et regarde la caméra.

– N'importe où : New York, Londres, Rio… La seule chose qui compte, c'est que je sois avec la femme de mes rêves.

– Oh… C'est trop mignon, dit Tara en posant une main sur sa poitrine.

Pendant que Tara pose sa deuxième question, j'entre sur scène à mon tour. Un des techniciens de plateau fait signe au public de ne rien dire tandis qu'un autre apporte un écran à Tara pour que nous puissions toutes les deux voir la réaction des garçons.

Je colle mon index sur ma bouche, faisant signe au public de ne rien révéler, tandis que je rejoins Tara à pas de loup. Elle tourne la tête vers moi en souriant jusqu'aux oreilles, et je lui tends la question spéciale que j'ai rédigée.

– Candidat numéro deux : si tu pouvais sortir avec n'importe quelle célébrité, qui choisirais-tu ?

Josh sourit à la caméra avant de répondre.

– Dakota Johnson. Il faut la voir dans *Cinquante nuances de Grey*… Waouh. Elle est canon.

Je hausse les épaules et acquiesce en regardant les gradins, puis je me désigne moi-même, faisant glousser le public.

– Candidat numéro trois : même question.

Parker sourit en secouant la tête, et le public rit de plus belle.

– Facile : la nana de mes rêves est Skyler Paige. Aucune femme ne lui arrive à la cheville en matière de beauté, d'intelligence et de générosité de cœur.

Des larmes me montent aux yeux, mais je les retiens et plaque mes mains sur ma poitrine avant de tendre une autre question à Tara.

– Dans ce cas, candidat numéro trois, si Skyler Paige était ici et qu'elle te déclarait son amour, sa confiance et son engagement à tes côtés en se mettant à genoux pour te demander de l'épouser, que répondrais-tu ?

Les caméras zooment sur Parker et je ne vois plus que lui. C'est comme si nous étions seuls au monde, lui et moi, l'homme que j'aime plus que tout. J'ai du mal à me retenir de caresser l'écran. Je le regarde se lécher les lèvres, fermer les yeux, inspirer et rouvrir les paupières. Il fixe la caméra, révélant dans son regard un amour à toute épreuve, une détermination sans limite et une honnêteté sans faille.

– Je répondrais oui, bien sûr.

Je souris jusqu'aux oreilles, saisis le petit écrin en velours que j'ai posé à côté de Tara et descends les marches pour contourner le rideau.

Parker me voit et se lève brusquement, regardant autour de lui, conscient qu'il se passe quelque chose, sans comprendre.

– Bébé, qu'est-ce que tu fais là ? demande-t-il d'un ton inquiet. Ils m'ont forcé à participer, tu n'as qu'à poser la question à Louise ! Je ne serais jamais sortie avec cette femme, je te le jure !

Je souris de plus belle et tends la main vers lui. Il la prend et avance vers moi sans hésiter.

– Qu'est-ce qui se passe ? demande-t-il en souriant d'un air confus.

Les caméras se concentrent sur nous, mais je les ignore. La gorge nouée, je regarde Parker droit dans les yeux.

– Parker James Ellis, tu es entré dans ma vie alors que je pensais avoir tout perdu. Grâce à ton sourire, ton soutien et ton amour, j'ai retrouvé ma joie de vivre et je suis désormais plus heureuse que jamais.

Parker pose une main sur ma joue et la caresse, tout en plaquant ma main sur son cœur.

– Nous avons connu l'année la plus difficile de nos vies. Nous avons failli perdre des personnes qui nous sont chères, mais tu m'as épaulée pendant toutes ces épreuves. Tu es resté mon havre de paix et tu as toujours été là pour moi, à mes côtés, allégeant ma souffrance avec ton amour et ton espoir. Je veux que cela dure toujours, je dis alors que ma voix se met à trembler et qu'une larme coule sur ma joue. Je te veux, toi, pour toujours.

Je prends une profonde inspiration, puis j'expire lentement.

– Aujourd'hui, devant ce public et des millions de téléspectateurs, je tiens à te prouver combien je crois en nous et je te demande de me le prouver aussi.

Je fais un pas en arrière sans lâcher sa main et je m'agenouille devant lui.

Il écarquille les yeux et tire sur ma main.

– Ma pêche… chuchote-t-il.

Je secoue la tête et me racle la gorge pour que mes paroles soient bien audibles.

– Non, chéri. Je veux m'agenouiller devant toi pour te montrer, à toi et au monde entier, qu'aucun autre homme ne pourra me rendre heureuse. Je veux que ce soit officiel. C'est toi et moi contre le reste du monde. Pour toujours. Parker James Ellis… je dis d'une voix rauque, veux-tu m'épouser ?

J'ouvre l'écrin pour révéler la bague en platine toute simple que j'ai choisie pour lui, et il déglutit avant de regarder le plafond.

– Mon amour, tu as toujours un temps d'avance sur moi, chuchote-t-il, ébahi.

– Alors… ?

J'attends, saisie d'angoisse, tandis qu'il tient mon destin entre ses mains.

– Viens ici !

Il m'empoigne sous les bras et m'attire dans les siens. J'entoure sa taille avec mes jambes, contente d'avoir choisi de mettre une combinaison pour l'occasion. Il empoigne mes fesses d'une main tandis que l'autre tient ma nuque, et il s'empare de ma bouche pour m'offrir un baiser langoureux et plein de passion.

– Skyler, dit-il enfin en posant son front contre le mien. Je t'épouserais aujourd'hui même. Je t'épouserais demain et chaque jour de notre vie jusqu'à la fin de mes jours, si c'est ce que tu souhaites. Je te donne tout ce que j'ai et tout ce que je suis. Je suis tout à toi.

– Je t'aime, je dis en souriant.

– Je savais que je ne m'ennuierais jamais avec toi, répond-il avant de m'embrasser sur le bout du nez.

Il plonge la tête dans le creux de mon cou, où il respire mon parfum pendant quelques secondes. Il finit par reculer et me regarder avec un sourire narquois.

– Maintenant, donne-moi ma bague, déclare-t-il, faisant hurler de rire le public.

Je pose les pieds par terre et sors la bague de son écrin, puis je prends sa main et la glisse sur son annulaire gauche.

– Voilà !

– Je suis honoré de porter ta bague, Skyler. Désormais, tout le monde saura que je suis à toi, dit-il en plongeant sa main dans mes cheveux. Tu es complètement folle. Follement belle. Follement à moi.

– Follement amoureuse de toi, je dis, juste avant qu'il ne m'embrasse de nouveau.

Il finit par me libérer et le public s'emballe, chantant « SkyPark, SkyPark, SkyPark » aussi fort que possible.

Parker m'embrasse sur la tempe, puis il chuchote dans mon oreille.

– Tu sais, maman et papa ne vont pas me lâcher en découvrant que c'est toi qui m'as demandé en mariage.

– Je suis sûre qu'ils seront juste ravis qu'on soit fiancés.

– Oui, je pense que tu as raison.

Je me blottis contre lui tandis que des confettis tombent tout autour de nous et que la musique de fin d'émission retentit. Le présentateur remercie le public et les téléspectateurs de l'avoir suivi, les invitant à regarder la suite, la semaine prochaine.

– Tu es heureux, chéri ? je demande en passant mes bras autour de son cou et en regardant ses beaux yeux bleus débordants d'amour.

– Plus qu'heureux. Je suis fou de joie, et pour être honnête… je suis un peu soulagé. J'aurais été terrifié de demander Skyler Paige en mariage devant le monde entier ! plaisante-t-il.

– C'est pas faux, je réponds en riant.

– Merci de m'avoir épargné un tel traumatisme, bébé.

– Attends, tu n'es pas sorti d'affaire pour autant ! je réponds en fronçant les sourcils.

– Comment ça ?

– C'est à ton tour de me demander en mariage, maintenant. Mais bon, j'ai fait le plus difficile. Et puis… moi aussi je veux une bague ! je m'exclame en lui mettant une fessée.

Il secoue la tête et me prend dans ses bras pour nous faire tourner tandis que les confettis multicolores continuent de tomber autour de nous comme de la neige.

C'est le moment le plus magique de toute ma vie.

Jusqu'à plus tard dans la nuit…

***

– Jésus Marie Joseph ! Skyler !

Parker me martèle contre la tête de lit. Il est sur les genoux, une main sur ma nuque, l'autre sur ma taille. Mes bras sont tendus le long de la tête de lit, agrippant le bois sculpté, et mes jambes entourent sa taille, chevilles jointes dans son dos.

On n'a pas arrêté depuis qu'on est rentrés à l'hôtel il y a quelques heures. Pour faire simple ; ma combinaison n'a pas survécu, elle est désormais en lambeaux quelque part entre l'entrée et la cuisine.

– Chéri, je t'en supplie. Je n'en peux plus ! je m'extasie tout en le suppliant.

Toutefois, Parker ne veut rien entendre. Il est sans relâche. Son front est couvert de sueur et il grimace en accélérant les coups de bassin. Les muscles de ses épaules, de ses bras et de son torse sont gonflés et ses veines sont saillantes.

– Encore. Toujours plus, grogne-t-il en enfouissant sa tête dans le creux de mon cou pour y sucer ma peau.

Des frissons parcourent mon corps, et ma peau se couvre de chair de poule tandis qu'une nouvelle vague de plaisir déferle dans mes veines.

– Je veux que tu jouisses encore une fois. Je veux que tu étrangles ma queue une dernière fois, bébé. Allez. Tu peux le faire. Donne-moi tout.

Il pousse un cri guttural qui vibre dans mon dos et jusque dans mon clitoris, qui se met à pulser. Je lâche la tête de lit et plonge mes doigts dans ses cheveux, faisant un effort surhumain pour soulever mon torse et accompagner ses mouvements de bassin avec le mien, pour le prendre aussi loin que possible dans ma chair brûlante. Parker siffle de plaisir ou de douleur, la différence est tellement ténue que je ne sais plus. Tout ce que je sais, c'est que les deux sont merveilleux.

Parker se fraie un chemin entre mes seins pour s'emparer d'un téton, qu'il suce si fort que je pousse un hurlement. Mes yeux se remplissent de larmes et je me noie dans un océan de plaisir exquis, de bonheur inouï. Je sens que ma peau est trempée par la sueur et la salive de Parker après qu'il m'a couverte de baisers, et je me cramponne si fort à lui que je ne ressens plus la douleur dans mes muscles épuisés. J'ai la sensation de flotter lorsque, soudain, il plaque son bassin contre mon clitoris, m'arrachant un dernier orgasme. Mon sexe se verrouille sur sa verge et je crie, encore et encore, lâchant tout dans cet ultime instant d'extase.

Parker émet une série de cris gutturaux et plonge son visage dans le creux de mon cou, respirant bruyamment tandis que son corps est parcouru de spasmes.

Il avance le bassin une fois, deux fois, trois fois… puis il mord ma peau si fort que je ne serais pas surprise de saigner. J'aurai un bleu demain, c'est certain. Il tremble en se déversant en moi pour la centième fois de la soirée, puis il me serre contre lui pour se laisser tomber en arrière sur le lit. Il roule sur le côté sans me lâcher, refusant de rompre notre connexion charnelle. Une de ses mains empoigne ma fesse tandis que l'autre agrippe mes cheveux et je suis emprisonnée contre lui, ravie.

Lorsque nos respirations se calment enfin, j'arrive tout juste à garder les yeux ouverts, assez longtemps pour voir les siens se fermer, et je l'accompagne bientôt, sombrant dans un sommeil merveilleusement heureux et paisible.

CHAPITRE 10

PARKER

Je suis réveillé par la sonnerie incessante d'un téléphone. Elle cesse quelques minutes, puis elle recommence de plus belle. Le sien, le mien. Le sien, le mien. C'est une boucle infinie et agaçante.

Je prends quelques instants pour évaluer ce que ressent mon corps. J'ai chaud. Super-chaud. Tout mon corps est chaud, et un poids écrase mon bras au point qu'il fourmille. J'ouvre lentement les yeux et je découvre que je suis face à la plus belle femme de la terre. Ma Skyler, profondément endormie, collée à moi. Je remue un peu et ma verge glisse de son sexe chaud.

Merde ! Je pousse un grognement alors que nos liquides intimes coulent entre ses cuisses et sur la mienne. Je baisse la tête et regarde cette preuve de notre amour avec une fascination étrange. J'adore voir ma semence se propager sur sa peau. J'étudie alors son corps attentivement et grimace en voyant la marque de mes doigts sur sa peau et celle de mes dents sur son cou.

Waouh. C'était quand, la dernière fois que je me suis emporté au point de faire un suçon à une femme ? Mais, après tout, c'est l'effet que me fait Skyler. Après qu'elle m'a demandé en mariage, je ne pouvais pas me retenir. Je lui ai fait l'amour jusqu'à ce qu'on tombe d'épuisement, littéralement. Nous avons connu des marathons de sexe par le passé, surtout lorsque nous nous sommes rencontrés, mais ce n'était rien comparé à hier soir. Je lève la main et remarque le poids inhabituel de la bague qu'elle m'a passée au doigt. C'est un anneau très fin avec un tortillon au milieu, comme deux lignes qui ont fusionné, comme Skyler et moi. Nous étions deux individus, chacun sur son chemin de vie, et nous sommes désormais indissociables.

Je souris jusqu'aux oreilles jusqu'à ce que le téléphone sonne de nouveau. Skyler marmonne dans son sommeil et me frappe paresseusement le torse.

– Tu baises trop, soupire-t-elle en faisant une moue ultra-sexy.

Je ris dans ma barbe et la regarde respirer doucement. Mon Dieu, je suis un sacré veinard. Elle a fait de moi l'homme le plus heureux sur terre en me demandant de l'épouser. Je n'oublierai jamais l'image d'elle à genoux, déclarant son amour pour moi au monde entier. Hier soir, chaque fois que j'y repensais ou que je regardais ma bague, je bandais de nouveau et il fallait que je la prenne.

Elle ne m'a jamais repoussé, même quand elle m'a supplié d'arrêter de la faire jouir. Bien sûr, j'ai ignoré sa demande, la faisant chanter autant de fois que possible. Je suis sûr que j'ai battu un record.

Le téléphone sonne encore, et cette fois, ma princesse l'entend. Elle ouvre un œil et ses yeux caramel trouvent les miens.

– Chéri, qui essaie de faire exploser nos téléphones ?

Elle repose sa tête sur mon bras et elle m'embrasse plusieurs fois. Je la prends par la taille et la ramène sur moi, faisant rencontrer sa fente humide et mon érection.

– Chéri, tu as brisé mes parties intimes, râle-t-elle d'un ton amusé tandis que ses hanches commencent déjà à osciller lentement.

J'empoigne ses fesses et me frotte alors à elle tout en la laissant faire. C'est tellement bon que je me fiche de ne pas être en elle.

– Mon Dieu, chéri, tu es tellement bon… je ne peux plus m'arrêter !

Sa fente s'ouvre sur mon gland et elle pousse un petit cri rauque. Je serre plus fort ses fesses et continue de me frotter à elle, l'aidant dans ses va-et-vient, m'assurant que le sommet de ma verge rencontre son clitoris à chaque aller-retour, jusqu'à ce qu'elle accélère ses mouvements et que sa respiration devienne laborieuse.

– Park… gémit-elle contre ma bouche. Chéri, tu vas me faire jouir.

– Putain, je l'espère, sinon j'aurai l'air d'un pauvre ado en éjaculant partout sur toi.

Je m'empare de sa bouche et plonge ma langue dans sa gorge. Elle la suce fermement et se cambre, perdant pied. Elle crie, et son corps se raidit, tandis que je continue à frotter son sexe au mien et ses seins à mon torse, jusqu'à ce que je jouisse à mon tour. Nous retenons notre souffle, l'un contre l'autre, savourant cette nouvelle connexion charnelle, cette fois à la lueur du jour.

Le téléphone se remet à sonner. Skyler lève la tête et m'étudie avec un regard endormi et langoureux.

– Eh bien, voilà qui était… euh, différent.

– Différent… en bien ? je demande en haussant un sourcil.

– Bien sûr ! Ça m'a replongée dans ma jeunesse, plaisante-t-elle, comme si elle était une vieille femme.

Elle n'a que vingt-cinq ans.

– Étant donné que ton anniversaire est la semaine prochaine, je suis ravi de t'avoir rendu ce service, je réponds en lui mettant une fessée.

– Il nous faut une bonne douche, dit-elle en roulant sur le côté. Et de nouveaux draps, ajoute-t-elle.

– Ouais, mais d'abord il faut qu'on regarde qui nous emmerde avec ces coups de fil… je grogne en me levant pour trouver mon pantalon.

Skyler glousse et s'étire dans le lit, les bras au-dessus de la tête, les orteils pointés vers la tête de lit. Bon sang, on n'a même pas dormi dans le bon sens, on s'est écroulés là où notre partie de jambes en l'air a pris fin.

Je frissonne en me revoyant la prendre contre la tête de lit et le mur. Je saisis mon pantalon et sors mon téléphone de ma poche. L'écran affiche « Maman et Papa », et je décroche aussitôt.

– Allô ?

– Tu vas te marier ?! Les infos ne parlent que de ça ! Mon Dieu ! s'écrie ma mère.

Je jette le téléphone à Skyler, qui a entendu la voix de ma mère et sourit jusqu'aux oreilles.

– C'est pour toi, bébé, je dis en me rendant à poil dans la salle de bains.

Je me tourne une dernière fois vers ma fiancée, agenouillée sur le lit, un sourire radieux sur les lèvres.

– Salut Cathy, c'est moi, Skyler. Je sais ! Il a dit oui ! Ce n'est pas génial ? J'ai hâte de faire partie de votre famille.

Ma famille.

Moi, Skyler, mon père et ma mère, Paul et Dennis, et le reste de notre bande de tarés.

Skyler Ellis. Ça sonne bien. Maintenant, tout ce qu'il me reste à faire, c'est lui acheter une bague et lui demander sa main en retour. Soudain, la réalité me rattrape. Skyler m'a fait sa demande en public, parce qu'elle voulait que tout le monde sache que je suis l'homme de sa vie. C'était une déclaration magnifique, non seulement pour moi mais pour le monde entier. Or, Skyler a besoin d'appartenir à quelque chose. Elle veut m'appartenir. Elle veut appartenir à ma famille et faire partie d'un tout essentiel qui durera à jamais.

Je souris, alors que l'idée prend forme dans mon esprit. J'ai l'endroit parfait pour la demander en mariage, et je sais quand le faire.

J'ouvre la porte de la douche, j'allume l'eau chaude et je laisse la vapeur délier mes muscles noués.

Il va me falloir des renforts.

***

– Tout est prêt, mec, fais-moi confiance. Je gère, dit Bo dans mon oreille tandis que je fais les cent pas dans le hall d'entrée de notre maison, attendant que Skyler ait fini de se préparer.

Ça fait une semaine que nous sommes rentrés de Los Angeles, et c'est son anniversaire. Il faut que tout se passe bien, sinon je suis foutu.

– C'est le grand jour, mec, il faut que tout soit parfait. Assure-toi que tout le monde est là.

– Nate et Rach sont avec toi, c'est ça ?

Je regarde Nate sur le porche, qui surveille la maison, attendant qu'on sorte pour nous escorter à la voiture. Rachel est assise sur le banc du hall de l'entrée, elle refait sa tresse.

– Ouais, ils sont là. T'as maman et papa ? Les Sterling ? Mick et Wendy, Annie, et Kendra ? Paul et Dennis, Baylee, Elliott, Geneva et Rick l'abruti ?

– Oh, mec, c'est pas cool, Rick est génial ! rouspète Bo.

– Boogie, ce type a vu Skyler à poil, il l'a couverte de baisers et tripotée des dizaines de fois, et il fait régulièrement semblant d'être fou d'elle, je rétorque.

– Ouaais, tu n'as pas tort. Je comprends que tu le détestes !

– J'ai appris à vivre avec, je soupire en m'efforçant d'oublier ce détail de la carrière de ma femme. Mais Rick est son ami. Et Sophie ? Elle et Gabriel allaient tout juste arriver à temps…

– Mec, détends-toi, bon sang. Tu m'as donné la liste et Annie s'est assurée que tout le monde serait là à temps. Sophie est en train de discuter avec Mama Sterling et les sœurs de Royce, qui l'adorent toutes. Il ne manque plus que toi, Skyler et les deux molosses.

– Ne répète pas ça devant Nate ou tu vas avoir des ennuis, je réponds en riant.

– Ce n'est pas de lui que j'ai peur. Rachel ferait trembler Wonder Woman dans ses cuissardes rouges…

Je secoue la tête et me masse les tempes.

– Bref. Le buffet est prêt ?

– Ouaip. Le porc effiloché cuit lentement au four et le cuistot a préparé la salade de pommes de terre que Skyler adore, en plus de tout le reste, et le champagne est au frais. Maintenant, ramène tes fesses, j'ai des trucs à faire, gronde Bo avant de raccrocher.

Je range mon téléphone dans ma poche et recommence à faire les cent pas.

– Park, tu me donnes le vertige, tu ne veux pas t'asseoir ? Tout va bien se passer, arrête de stresser.

– C'est important, je veux que ce soit parfait. Pour elle.

Rachel sourit jusqu'aux oreilles et ses yeux bleus pétillent. Elle se lève pour venir vers moi et elle pose une main sur mon bras.

– Ce n'est pas comme si tu ne connaissais pas déjà la réponse, ne l'oublie pas ! Tu portes déjà sa bague. Détends-toi, sinon tu vas gâcher la surprise.

Je hoche la tête et m'assure que la bague est toujours dans ma poche. Parfait.

J'entends un bruit dans l'autre pièce et soudain Skyler est là, ravissante comme toujours. Elle tourne sur elle-même, révélant ses longues jambes bronzées. Elle porte une minirobe noire, de style bohémien, qui est nouée à la taille et dont le décolleté en V arrive sous ses seins. Sa brassière en dentelle Wonderbra bleu électrique cache néanmoins sa poitrine et est assortie aux fleurs bleues de sa robe.

– Tu es superbe. Comment tu appelles ce look ? Rockeuse chic ? je dis en effleurant le bas de sa jupe alors que mon cœur bat la chamade et que je rêve déjà de la déshabiller.

– J'appelle ça boho[5] chic. Ça te plaît ?

Son regard pétille quand elle le plonge dans le mien. Ses longs cheveux sont lâchés et coiffés avec une raie au milieu. Sur un côté, une barrette avec des plumes de toutes les couleurs relève ses cheveux pour dégager son visage.

– Tu es ravissante. Maintenant laisse-moi t'emmener au restaurant pour fêter ton anniversaire.

Elle avance vers la porte en sautillant et Rachel lui tend son sac à main.

– Merci, Rach, je l'oublie tout le temps.

– C'est mon boulot, meuf, répond Rachel en souriant. Tu oublierais ta tête si je n'étais pas là pour te rappeler de la prendre.

– C'est vrai !

Je leur ouvre la porte et les laisse passer avant d'enclencher l'alarme et de fermer la porte à clé. Nate est déjà à la voiture, il nous ouvre la portière et dès que nous sommes installés, nous prenons la route.

***

Il nous faut peu de temps pour nous rendre au *Lucky's* par un dimanche après-midi. Lorsque nous nous y arrêtons, Skyler regarde par la fenêtre et grimace.

– Tu m'emmènes au *Lucky's* ? demande-t-elle d'un ton moqueur. On vient ici tout le temps !

5. Bohémien.

Je pensais qu'on essaierait un nouveau resto ! Un endroit où on n'a pas été des dizaines de fois !

Je caresse tendrement la peau de son cou.

– On boit juste un verre avec mes parents. Maintenant que mon père a retrouvé le moral, ils voulaient te souhaiter un joyeux anniversaire.

– Pourquoi tu ne l'as pas dit plus tôt ? Allez viens, ne les faisons pas attendre, déclare-t-elle en souriant et en sortant de la voiture.

Nate fait le tour du véhicule avant que j'aie pu en descendre. Même si les paparazzis nous laissent tranquilles, ces derniers temps, je suis assez surpris de ne pas en voir un caché quelque part, alors qu'ils savent forcément que c'est l'anniversaire de Skyler. Je me dépêche néanmoins d'ouvrir la porte du bar, au cas où, et nous avons à peine posé un pied dedans que tout le monde crie « SURPRISE ! ».

Skyler se fige sur place et se couvre la bouche. Elle se tourne vers moi et perd l'équilibre sur ses talons hauts, mais je la rattrape.

– C'est toi qui as fait ça ? Une fête surprise, pour moi ?

Je baisse la tête et suis surpris de voir qu'elle a les larmes aux yeux, ce n'est pas la réaction que j'attendais.

– Bébé, qu'est-ce qui ne va pas ?

Elle se mord la lèvre tandis que deux larmes coulent sur ses joues. Je la prends par la taille et la ramène contre moi, où elle pleure en silence sous le regard inquiet de nos amis.

– Sky, qu'est-ce qui se passe ?

Elle se blottit contre moi et secoue la tête avant de la reculer suffisamment pour que je la regarde dans les yeux.

– La dernière fête surprise que j'ai connue, c'était quand j'avais cinq ans et que mes parents étaient en vie. On n'avait jamais le temps, quand je travaillais, et je n'avais pas vraiment d'amis, puis ils sont… tu sais…

– Tu es mal à l'aise ? je chuchote. On peut faire demi-tour et leur dire que tu ne te sens pas bien, si tu veux. On ira au resto juste tous les deux.

– Non, je vais bien, je suis heureuse ! Très heureuse, même. Je suis juste stupéfaite devant tant d'amour.

Je souris jusqu'aux oreilles et me tourne vers notre groupe d'amis.

– Skyler est un peu émue de tous vous voir réunis ici. Maintenant, qui va nous servir à boire ? Et mettons de la musique, il est temps de faire la fête !

Tout le monde applaudit pendant que Baylee appuie sur le bouton de la télécommande pour allumer le juke-box. La première chanson à jouer est *Girl Like You* des Maroon 5.

Je prends la main de Skyler et la fais tourner avant de la ramener contre moi pour la pencher en arrière et l'embrasser. Elle répond à mon baiser en riant, et quand je la soulève de nouveau, elle sourit jusqu'aux oreilles.

– Je t'aime, chéri.

– Je t'aime encore plus, ma pêche. Maintenant va dire bonjour à tout le monde.

Elle sautille et pousse un cri aigu en voyant Wendy et Mick de l'autre côté de la salle.

– Mon Dieu ! Je n'arrive pas à croire que vous êtes ici ! Vous êtes censés être en lune de miel !

– Je ne pouvais pas rater l'anniversaire de ma meilleure amie ! Parker a appelé Mick qui a aussitôt pris le jet, et nous voilà !

– Je suis tellement contente de vous voir ! s'exclame Skyler en regardant autour d'elle d'un air émerveillé. Je suis ravie de vous voir tous ici. C'est le plus bel anniversaire de toute ma vie !

Je savais qu'avec Skyler, plus c'est simple, mieux c'est. J'espère juste que ma prochaine surprise lui plaira autant, mais je vais d'abord la laisser se détendre et s'amuser.

Pendant qu'elle salue tout le monde, je sens un regard sur moi de l'autre côté du bar. J'avance vers Sophie et Gabriel, les bras ouverts, et elle se blottit aussitôt contre moi, m'enveloppant dans son parfum de sucre et d'épices.

– Soso, je suis content que tu sois là. Tu m'as manqué.

– Tu es très beau ce soir, *mon cher*, répond-elle en me faisant la bise. L'amour te va à ravir.

Je souris en étudiant ses longs cheveux bruns et ses joues rosées.

– À toi aussi…

Elle fredonne et se tourne vers son fiancé, qui attend à quelques pas de nous.

– Je suppose que ton homme a quelque chose à voir avec ça ? j'ajoute en tendant la main vers lui. Gab, c'est toujours un plaisir de te voir.

– Toutes les occasions sont bonnes pour passer du temps avec la grande famille de Sophie, répond-il.

Une grande famille. Je regarde autour de moi et comprends que c'est en effet ce que nous sommes. Une famille qui s'est trouvée et soudée au gré des circonstances. Nous avons choisi d'être unis, et je pense que nous sommes plus forts en tant que groupe que séparément en tant qu'individus.

– Félicitations, au fait, je dis en désignant Sophie, qui tapote mon torse en retour.

– À toi aussi, à ce qu'il paraît. Ça fait la une des journaux, répond Gabriel d'un ton très fier.

Après notre dîner à Paris, Sophie a montré les films de Skyler à Gabriel, et il a eu honte de ne pas avoir entendu parler d'elle. Ils se sont donc abonnés à des magazines people américains pour être au courant de notre actualité, et Sophie m'appelle sans cesse pour savoir si telle ou telle info est vraie, apparemment, elle n'a pas encore compris que la plupart de ce qu'elle lit est un tissu de mensonges. Je finis par m'excuser auprès d'eux pendant qu'ils parlent à Bo, et je me dirige vers Baylee qui est derrière le bar.

– Hey, Baylee, tu ne devrais pas faire la fête au lieu de travailler ? Tu fais ça tous les jours !

Elle hoche la tête. C'est une très belle femme avec de grands yeux bleu clair et de superbes mèches blondes et bouclées qui lui arrivent aux fesses. C'est rare de voir ses cheveux lâchés et je trouve cela dommage, car ils sont incroyables.

Je baisse la tête et remarque qu'elle est vêtue comme à son habitude, avec un jean trop ample et un t-shirt du *Lucky's* trop grand pour elle.

– Tu sais, on pourrait commander des t-shirts pour femmes, si ça te dit.

Elle regarde derrière moi, où Bo et Sophie discutent, puis elle se concentre sur moi.

– Euh… tu veux un Gin Tonic ?

– Ce serait super, merci.

Elle se met sur la pointe des pieds pour attraper la bouteille de Gin qui est sur l'étagère la plus haute. Je suis sur le point de tourner la tête lorsque je remarque quelque chose d'étrange : à l'avant, son jean est retenu par un élastique épais qui est attaché au bouton et au trou de la boutonnière. Sa braguette est ouverte, comme si elle cherchait à se donner plus de place après avoir grossi.

Bizarre.

Baylee prépare mon verre et me le passe, avec une coupe de champagne pour Skyler.

– Et toi, tu ne bois rien ?

– Je ne peux pas… Enfin, je ne bois pas ce soir.

– Ah bon. Merci !

Je me prépare à tourner les talons lorsqu'elle saisit mon bras.

– Euh, juste comme ça… Est-ce que Bo est en couple avec Geneva, ou… euh… avec l'autre brune ?

Merde. C'est pour ça qu'il ne faut jamais coucher avec ses collègues.

– Bo n'est en couple avec personne et il ne souhaite pas l'être. Il passe simplement de bons moments avec… euh… des amies. Geneva est une amie, et Sophie est fiancée à Gabriel, l'homme qui est à sa droite.

– Ah, d'accord, répond Baylee en tirant sur son T-shirt. Merci. Amuse-toi bien ce soir, Parker.

La conversation est déconcertante, il faudra que j'en parle à Sky ou Bo, ou peut-être les deux. Je ne veux pas me mêler de la vie de Baylee, mais pourquoi met-elle un jean qui ne lui va pas en essayant de le cacher ? Et les questions qu'elle pose à propos de Bo me laissent penser qu'elle désire plus qu'une seule nuit avec lui. Ce n'est pas de bon augure si elle s'entiche de lui. Il ne veut pas de relation sérieuse, loin de là.

Je rejoins Skyler et lui donne sa coupe de champagne.

– Oooh, miam, merci chéri ! dit-elle en trinquant avec moi, les yeux dans les yeux.

– Joyeux anniversaire, bébé.

– C'est le plus beau de toute ma vie, répond-elle d'un ton tout excité.

– Tu n'es pas difficile à satisfaire ! On est au bar de mon père avec notre famille et nos amis, et tu réagis comme si je t'avais offert la lune.

Elle passe ses bras autour de mon cou et m'embrasse tendrement.

– Pour moi, c'est le cas, Parker. Je ne peux rien imaginer de plus beau que cette fête.

– Ah ouais ?

– Ouais, répond-elle en souriant.

– Pourtant, je pense que je peux faire mieux, je dis en haussant les épaules.

– J'en doute. J'ai mon mec, mes amis, ma famille et du champagne. Et je sens le porc effiloché d'ici. Qu'est-ce que je pourrais vouloir de plus pour mon anniversaire ?

– Tu verras… je ricane en me tournant vers la salle. Tout le monde, est-ce que je peux avoir votre attention ? Baylee, tu peux éteindre la musique ?

La musique est coupée et tout le monde se tourne vers nous.

– Tout d'abord, je tiens à vous remercier d'être venus ce soir. Je n'ai pas trouvé de meilleur moyen de montrer à la femme de mes rêves combien je l'aime.

Je pose mon verre sur une table, prends les mains de Skyler dans les miennes et pose un genou à terre.

CHAPITRE 11

SKYLER

– Mon Dieu ! Tu vas vraiment…

Je regarde autour de moi, tous les invités ont les yeux rivés sur Parker qui est agenouillé devant moi.

– Mais oui, tu vas faire ça maintenant ! je m'exclame en tapant du pied. Je pensais que j'y serais préparée !

Les larmes me montent aux yeux pour la deuxième fois ce soir.

– Détends-toi, bébé, répond-il en souriant.

– Je t'aime tellement ! je m'exclame, faisant rire tout le monde.

– Sky, bébé, laisse faire ton mec. Arrête de parler et écoute-moi ! gronde-t-il d'un ton enjoué en dégainant son sourire charmeur.

Mes mains me paraissent lourdes dans les siennes alors que mon corps me semble tout léger. S'il ne m'arrimait pas à terre, je m'envolerais sur un nuage de bonheur.

– Skyler, tu m'as fait la plus belle surprise de ma vie en demandant ma main à la télévision. Comme tu le sais, je m'inquiétais que tu ne sois pas prête et que tu veuilles m'épouser pour compenser toutes les souffrances que tu as endurées ces derniers temps. Je sais, désormais, que c'était idiot de ma part.

– Carrément ! s'exclame Bo.

– Bref. J'ai compris que lorsque j'étais loin de toi, je détestais ça. Je veux passer le restant de mes jours à me réveiller à tes côtés et à m'endormir près de toi le soir. Et je veux le faire en étant qu'époux, pas seulement en tant que mec. Je serai celui qui te protégera et qui t'aimera jusqu'à mon dernier souffle.

– Chéri… je veux cela, moi aussi.

– Tant mieux, parce que tu vas être à moi. Je ne te demande pas de m'épouser, je te le dis. Tu n'as pas le choix. Tu es la femme de ma vie et je suis l'homme de la tienne. Le hasard, le destin, ou quel que soit le nom que tu veuilles lui donner, l'a décidé à la seconde où tu m'as ouvert la porte en sous-vêtements, dit-il en souriant. Non, je plaisante.

Je me sens rougir tandis que tout le monde éclate de rire.

– C'était un malentendu ! je dis aux autres alors que Parker serre plus fort ma main pour attirer mon attention.

– Skyler Paige Lumpkin, tu as toujours été la femme de mes rêves. Et tu le seras toujours. Je ferai tout mon possible pour t'offrir une vie sublime.

Ce soir, devant les personnes que nous aimons le plus, je serais honoré que tu acceptes de devenir ma femme. Veux-tu m'épouser ?

Il sort de sa veste un écrin de chez Tiffany, vert anis avec un nœud blanc sur le dessus. Ma gorge se noue quand il l'ouvre, révélant un anneau infiniment fin, couvert de diamants, avec une superbe émeraude au milieu. N'ayant pas de comparaison, le bijou me semble énorme et il brille comme la pleine lune dans une nuit étoilée.

J'effleure la bague, retirant vite ma main, comme si je craignais d'être brûlée.

– Oui. Du moment que tu n'oublies pas que c'est moi qui t'ai posé la question la première !

Parker éclate de rire et sort la bague de son écrin pour la glisser à mon doigt. Il se penche ensuite en avant pour l'embrasser, puis il lève la tête pour me regarder dans les yeux.

– On ne peut plus faire marche arrière. Dorénavant, c'est toi et moi contre le reste du monde.

Je souris si grand que j'en ai mal aux joues.

– Je refuserais qu'il en soit autrement.

– Allez, embrasse-la, espèce d'imbécile, s'écrie Randy Ellis.

– Ça va, j'y viens ! s'exclame Parker en se levant.

Il me prend dans ses bras et m'embrasse avec tant de passion que j'en oublie où nous sommes. Je lève une jambe pour entourer sa cuisse et plaquer mon entrejambe au sien quand Cathy nous interrompt.

– Ça suffit ! Mon Dieu, s'ils continuent à cette allure, je vais être grand-mère avant le mariage !

Parker ricane contre ma bouche.

– Elle parle déjà de petits-enfants.

– Tu sais bien que je suis partante, je réponds en haussant une épaule.

– Attendons que tu aies fini la trilogie de Geneva, et on en reparlera, d'accord ? dit-il avant de respirer mon parfum dans le creux de mon cou. J'aimerais t'avoir pour moi tout seul quelque temps, si ça ne te dérange pas.

Il ne dit pas non, il dit simplement qu'il préfère attendre quelques années.

– Ça me va. Mais je compte beaucoup en parler ! je m'exclame en souriant.

– En parlant de bébé, c'est pour quand, ma puce ? dit Mama Sterling.

Je me tourne et découvre qu'elle regarde Baylee, derrière le bar, qui fait de grands yeux en triturant un torchon.

– Euh…

– Inutile de le nier, chérie, poursuit la mère de Royce. On peut voir que tu as la nausée à des kilomètres. Tu n'arrêtes pas de courir aux toilettes et tu pâlis chaque fois qu'on parle de porc. Ça passera, ma puce. J'ai connu ça, moi aussi, mais ça ne dure pas très longtemps.

Baylee ouvre la bouche et s'accroche au bar comme pour éviter de tomber, or Mama Sterling n'en a pas terminé avec elle.

– On a toutes employé cette astuce sur nos jeans, quand ils ne nous vont plus mais qu'on n'est pas encore prêtes pour les vêtements de grossesse. Tu en es où, à onze ou douze semaines ?

Bo recule bruyamment sa chaise et avance vers le bar d'un pas lourd et rapide.

– C'est vrai ? Tu es enceinte ?

Une larme coule sur la joue de Baylee, et ce n'est pas une larme de joie.

– C'est le mien ? On a baisé le soir de Noël. C'était il y a combien de temps ? s'exclame-t-il en se tournant vers nous.

– Ça fait douze semaines ! s'écrie joyeusement Wendy. Je le sais, parce que j'en suis à onze semaines et que je suis tombée enceinte le soir du Nouvel An ! Trop bien, on va tout découvrir en même temps !

Bo tend une main derrière lui pour faire taire Wendy sans la regarder.

– Je t'ai posé une question, Baylee. Tu es enceinte ?

Cathy pousse un petit cri tandis que Baylee regarde autour d'elle, évitant de croiser le regard de Bo. Il frappe violemment sur le bar et elle fait un bond en arrière, couvrant son ventre et son visage en même temps.

Merde. Elle a peur.

Je quitte les bras de Parker, mais il me retient et me ramène contre lui.

– Non, Sky. Ce ne sont pas nos affaires.

– Elle est morte de trouille ! je gronde en dégageant ses bras.

J'avance vers le bar et passe derrière pour serrer Baylee contre moi.

– Chérie, on forme tous une famille. Tu n'as rien à craindre.

– Est-ce que tu es enceinte de moi ou pas, bon sang ! aboie Bo. Je n'en ai rien à foutre, que tu aies peur ! J'ai le droit de savoir !

– Bogart ! s'écrie Mama Sterling. Calme-toi tout de suite avant que je t'y oblige. Tu lui fais peur, pauvre chérie. Calme-toi et laisse-la parler.

Baylee se met à trembler contre moi, mais elle hoche vaillamment la tête.

– Je suis désolée. Je n'ai pas fait exprès. Ne… ne me fais pas mal, je t'en supplie, bégaie-t-elle en pleurant à chaudes larmes.

Lui faire mal ?

– Oh non, pauvre puce, murmure la mère de Royce en secouant la tête.

Bo fait un pas en arrière et bouscule Parker qui pose une main sur sa nuque. Royce les rejoint et pose la sienne sur son épaule.

– Ça va aller, frangin. On va en discuter. Tout va bien, dit Royce.

– Tout ne va pas bien, non. Je vais devenir père. Un père merdique que je n'ai jamais voulu être ! gronde-t-il en pointant son doigt sur Baylee. Ça n'aurait pas dû arriver. Jamais !

– Je suis désolée ! Tellement désolée, sanglote Baylee en courant à la porte.

Kendra se lève et la suit dehors alors que Bo regarde ses pieds. Ses épaules s'affaissent et il laisse tomber ses mains le long de ses cuisses. Il semble anéanti.

– Allez, mec, on va te servir un shot… ou quatre, dit Parker en s'approchant du bar.

Je me tourne et attrape la bouteille de tequila et un verre. Je n'ai pas eu le temps de refermer la bouteille que Bo a déjà bu son shot.

– Un autre, gronde-t-il. Encore, ajoute-t-il après qu'il l'a vidé d'un trait.

– Je ne crois pas que…

– Je ne te demande pas ton avis, rétorque-t-il en me regardant dans les yeux. Contente-toi de remplir mon verre.

Je regarde Parker, qui hoche la tête, alors je m'exécute. Cette fois, Bo le boit lentement.

– On va t'aider, dit mon homme à son ami.

– Il n'y a rien à faire, mec. Je savais que ça m'arriverait un jour. C'est mon destin. C'est arrivé à mon père, à mon grand-père et à son père avant lui. Peu importe le nombre de capotes que j'ai utilisées, il y avait toujours un risque que je me retrouve dans cette situation. J'aurais dû avoir une vasectomie. J'ai voulu le faire, une fois, mais le toubib m'a dit que j'étais trop jeune. Il voulait que j'attende d'avoir trente ans. Eh bien, merci beaucoup ! Je vais avoir trente ans cette année, et surprise, je vais être père.

– Ça va aller, frérot, dit Royce de sa grosse voix.

– Ben non, mec. Ça n'ira plus jamais, justement.

Bo descend de son tabouret et se dirige vers la porte. Mick l'empoigne par le bras et secoue la tête.

– Tu ne prends pas le volant, Bo. On t'emmènera où tu veux.

– Je ne vais pas conduire, je veux juste marcher. Longtemps, rétorque Bo, tapotant le torse de Mick avant de passer la porte.

Il croise justement Kendra, qui fait non de la tête, indiquant qu'elle n'a pas pu rattraper Baylee.

– Bon, tout le monde, dit Cathy à toute la salle. Je sais que c'est un peu gênant, surtout pour Bo et Baylee, mais passons à autre chose. C'est censé être une fête, bon sang ! On est là pour fêter l'anniversaire de Skyler et les fiançailles de mon bébé ! Je crois qu'il est l'heure de déguster le meilleur porc effiloché de la ville !

J'adore cette femme. Ma mère l'adorerait, aussi, tout comme elle serait folle de Parker.

Mon fiancé s'assoit sur le tabouret laissé par Bo, et Royce s'installe à côté de lui. Comme je suis derrière le bar, je saisis trois verres et nous sers un shot de tequila à tous.

– Merci, dit Parker.

– Merci, ma puce, acquiesce Royce.

Nous vidons nos verres et Royce se tourne vers Parker.

– Alors, qu'est-ce que tu en penses ?

– Je crois qu'on a encore une sacrée année devant nous, rétorque Parker d'un ton qui laisse entendre qu'il n'est pas ravi que de nouveaux drames se pointent à l'horizon.

Royce sourit et regarde Kendra par-dessus son épaule, qui ne le quitte guère des yeux.

– Ça, c'est clair, frangin.

– Au moins, on est là pour se serrer les coudes, dit Parker. On dirait qu'on va avoir besoin les uns des autres.

J'attends qu'un silence s'installe entre eux pour remplir nos verres.

– Alors… je suppose qu'il est trop tôt pour être contente que deux de nos amis attendent un bébé ? je demande en frappant dans mes mains sans un bruit.

Parker éclate de rire et Royce pousse un grognement.

– Tu n'es pas près de t'ennuyer avec elle, dit-il en me faisant un clin d'œil.

Parker me regarde amoureusement et sourit jusqu'aux oreilles.

– Ça, c'est clair. La femme de ma vie. Ma future femme.

Il me fait signe de venir à lui et tourne son tabouret vers la salle. Je fais le tour du bar pour le rejoindre et je me blottis contre lui, face à nos amis, qui discutent en riant. Cathy et Wendy servent d'énormes assiettes de porc effiloché tandis que Mama Sterling glousse avec ses filles, Paul et

Denny. Rachel et Nate se font un câlin dans un coin, pensant que personne ne les voit. Gabriel embrasse tendrement Sophie, et Mick ne quitte pas sa femme des yeux, clairement inquiet qu'elle tienne une assiette alors qu'elle est enceinte. Rick, mon ami, et sa copine discutent avec Geneva et Elliott en riant.

Il n'y a qu'une personne qui ne semble pas s'amuser, c'est Kendra. Elle est assise à côté d'Annie, mais elle ne cesse de jeter des coups d'œil à Royce. Parker m'a dit qu'ils recouchaient ensemble et que leur relation semblait compliquée et explosive. D'après mon homme, je ne suis pas censée en parler avec Kendra ni avec Royce. Je n'ai pas le droit de m'en mêler. Toutefois, j'ai déjà décidé d'attendre que Wendy rentre de sa lune de miel pour mettre au point une stratégie avec elle, en dépit de ce que dit Parker. On forme une famille, et quand un de ses membres souffre, il est de notre devoir de l'aider.

Néanmoins, la priorité est d'abord d'épauler Bo et Baylee. Aucun des deux ne semble heureux qu'elle attende un bébé. D'ailleurs, que sait-on de la jeune femme ? Son nom. On sait qu'elle est gentille et très belle, mais qu'elle cache son corps sous des jeans et des T-shirts trop larges. Elle travaille dur, et sans elle, le *Lucky's* ne s'en sortirait pas aussi bien. Quoi d'autre ? On ne sait même pas où elle habite. On n'a jamais rencontré sa famille et aucun de ses amis ne vient la voir au bar, ce que je trouve très étrange.

Je tapote mon verre avec mon index et bois une gorgée de tequila. Je n'ai jamais eu autant besoin de me mêler de la vie de quelqu'un d'autre. De plusieurs personnes, même. Je souris et croise le regard de Wendy qui vient vers nous avec deux assiettes pleines.

– Tenez, prenez-les avant que Mick ne m'attache à une chaise. Il pense que les assiettes sont trop lourdes pour une femme enceinte. Je lui ai dit d'aller se faire foutre.

– Ah, et ça s'est passé comment ? demande Parker en riant.

– Plutôt bien, dit-elle en souriant. Je lui taillerai une pipe dans la limousine quand on rentrera chez nous ce soir.

Elle nous fait un clin d'œil et s'éloigne, juchée sur ses cuissardes à talons aiguilles.

Je glousse et embrasse Parker sur la tempe.

– Tu es heureuse ? demande-t-il.

– Le bonheur est un choix, et je choisis tout ça, tous les gens qui sont ici, je réponds en caressant sa joue. Surtout, je te choisis, toi, parce que tu es celui qui me rend la plus heureuse.

– Notre vie va être merveilleuse, ma pêche, chuchote-t-il d'un ton solennel.

Je lève la main pour lui montrer mon bracelet en cuir. Il en fait de même et colle le sien au mien.

– On a fait confiance à nos cœurs et vécu nos vérités, je murmure contre ses lèvres.

– Absolument. Et c'est ce qui nous a emmenés jusqu'ici. Tu es ma vérité, Skyler. Mon cœur.

– Tu sais bien que toi aussi, Parker. Tu es mon cœur et ma vérité.

ÉPILOGUE

Trois ans plus tard…

Je n'ai jamais rien vu d'aussi beau de toute ma vie, et j'ai été sacrément chanceux durant mes trente-trois années sur cette terre. Même le jour où la femme de mes rêves m'a dit oui à l'église ne peut rivaliser avec cet instant.

Skyler lève la tête et me regarde, je suis debout à la porte de sa chambre, un café bien mérité entre les mains. Elle affiche un sourire épuisé, mais radieux, puis elle baisse la tête. Je referme doucement la porte et m'assois au pied de son lit pour ne pas la déranger. Elle tient ce que nous avons de plus cher dans ses bras, caressant sa joue rose tandis qu'il tète le sein de sa mère.

Une larme coule sur sa joue et sa voix n'est guère plus forte qu'un murmure.

– Je ne pensais pas pouvoir aimer un autre être autant que toi, Parker. Jusqu'à présent. Comment est-ce possible que je ne le connaisse que depuis une heure et que je l'aime déjà si fort que je ne sais pas comment contenir mon amour ?

Je pose mon café sur la table et m'assois à ses côtés pour la serrer contre moi. Je l'embrasse sur la tempe et elle soupire.

– Je crois que c'est ainsi que Dieu l'a souhaité. Quand on reçoit un cadeau aussi précieux, il faut le chérir. Il est le résultat de toi et moi, et c'est la plus belle chose qu'on fera jusqu'à ce qu'il ait un frère ou une sœur.

Ma voix devient tremblante quand je tends la main pour caresser la tête de mon fils. Après une ou deux minutes, il lâche le sein de Skyler et son souffle devient régulier.

– Ah non, mon chat d'amour, la sage-femme dit que tu dois rester éveillé pour manger, dit Skyler tandis que je chatouille sa joue.

Il ouvre la bouche et reprend le sein de Skyler.

Il est incroyable. Comme sa mère.

Nous regardons notre fils téter jusqu'à ce que nous ne puissions plus le maintenir éveillé. Skyler le met délicatement dans mes bras pour pouvoir aller aux toilettes, et je lui fais faire le tour de sa petite chambre d'hôpital, tapotant son dos jusqu'à ce qu'un petit rot lui échappe.

Je profite d'être seul avec lui pour l'admirer, notant ses cheveux bruns et ses longs cils. J'enfouis mon visage dans son cou et respire son parfum, le gravant à jamais dans ma mémoire. Je n'oublierai jamais l'odeur de mon fils. Elle est sucrée, un peu poudreuse, avec un soupçon du parfum de pêche et de crème de sa mère, comme une enveloppe protectrice.

Mon fils.

Montgomery Sterling Ellis.

Nous lui avons donné les noms de deux hommes extraordinaires que nous avons choisis pour famille.

– Tu es profondément aimé, mon fils. Je ne saurai jamais te dire à quel point, mais je passerai ma vie à te le prouver.

***

Cinq ans plus tard...

– Monty, ta mère et moi voulons te présenter quelqu'un ! je dis en lui montrant le petit paquet d'amour que je tiens dans mes bras.

Ma mère se lève du tapis sur lequel elle jouait avec mon fils, tandis que mon père quitte le canapé, d'où il observait sa femme et son petit-fils.

– Maman ! Papa ! s'écrie Monty en se précipitant vers Skyler, qui s'accroupit vers lui.

– Tu m'as manqué, mon chaton d'amour. Tu m'as tellement manqué... dit Skyler en embrassant notre fils partout où elle le peut.

Il essaie de s'accrocher à elle pour qu'elle le prenne dans ses bras, mais elle ne le peut pas si tôt après l'accouchement.

Elle le serre très fort contre elle.

– Allons sur le canapé. On a quelqu'un à te présenter, mon cœur.

Ma mère aide Skyler à se lever et à s'installer. Mon père s'appuie sur sa canne pour soulager ses jambes, mais il se tient bien droit.

– Tu as l'air heureux, mon fils, me dit-il d'un ton fier.

– Chaque fois que je ne pense pas pouvoir l'être davantage, la vie nous offre une nouvelle bénédiction.

– Je comprends. C'est précisément ce que j'ai ressenti quand on vous a eus, Paul et toi. Cela dit, je ne m'attendais pas à être aussi fier de voir mon fils ramener ses propres enfants à la maison. Je suis vraiment fier de toi, fiston, dit mon père en essuyant une larme.

– Papa ! s'écrie Monty.

– D'accord, petit homme, tu es prêt à rencontrer ta petite sœur ? je demande en donnant ma fille à Skyler.

Elle lève la tête et je l'embrasse tendrement sur la bouche, suivi de près par Monty qui nous embrasse avec toute sa maladresse de petit garçon. Il ne rate jamais une occasion de nous montrer son amour.

– Tu dois faire attention, Monty. Elle est fragile. Tu te souviens comment maman t'a appris à faire avec ta poupée ?

Monty écarquille les yeux, descend du canapé et court à sa caisse de jouets pour prendre sa poupée. Il lui prend la main et la ramène avec lui.

– Bébé ! dit-il en serrant sa poupée contre lui.

Mince. Peut-être n'était-ce pas une bonne idée, finalement ? On ne peut pas dire qu'il soit très délicat avec elle, et je ne veux pas qu'il pense pouvoir prendre sa sœur de la même façon.

– Câlin, dit Skyler.

Il se rassoit et prend sa poupée dans ses bras avec toute la délicatesse qu'il peut du haut de ses deux ans.

– C'est bien, mon chaton. Maintenant, regarde… dit-elle en lui montrant sa sœur.

– Sœur ! s'exclame-t-il en tapant dans ses mains.

– Oui, c'est ta sœur, mon chéri. Ta petite sœur. Jillian Catherine.

Derrière nous, ma mère réprime tout juste un sanglot. C'est la première fois qu'elle entend le second prénom que nous avons choisi pour notre fille. Nous voulions lui faire la surprise. Comme Monty est petit, nous avons demandé à mes parents de le garder jusqu'à ce qu'on puisse lui présenter sa sœur, préférant le faire à la maison plutôt qu'à l'hôpital.

Ma mère se retient à peine de venir prendre sa petite-fille dans ses bras, et si elle ne le fait pas, c'est seulement parce que mon père la tient par la taille.

Je lève la tête vers eux et leur souris.

– On l'a appelée comme ses deux grands-mères, fiston. Jillian pour sa mamie qui est au Ciel et le prénom de mamie Cathy.

– Mamie Caï ! s'exclame Monty en désignant ma mère.

– C'est ça, fiston. Mamie Caï.

– Sœur ! s'écrie-t-il alors en se baissant pour embrasser sa sœur sur la tête. J'aime sœur.

Je me racle la gorge et essuie mes larmes.

– Oui, petit homme. On aime ta sœur. Et on t'aime aussi.

Monty tend les mains et je le prends dans mes bras.

– J'aime papa, dit-il en collant son front à mon torse.

– Je t'aime aussi, fiston. Plus que tu ne peux l'imaginer.

Il m'offre un baiser baveux sur la bouche, puis il agite les pieds pour me dire qu'il veut descendre. Je regarde Skyler, ému de la voir aussi heureuse.

– Tu as fait du beau boulot, ma pêche. Un de chaque. On a enfin tout ce qu'on désire, je dis en souriant, parfaitement détendu maintenant que je suis chez moi avec toute ma famille.

Elle lève la tête vers moi en fronçant les sourcils.

– Tu crois vraiment que je vais m'arrêter à deux ?

J'écarquille les yeux et m'appuie sur l'accoudoir du canapé.

– Ah, je croyais…

– Non, répond-elle en secouant la tête. J'en veux plus. Deux de plus, je crois.

Ma mère lève les mains vers le plafond et ferme les yeux.

– Dieu soit loué !

– Ma pêche…

Je ne finis pas ma phrase, car elle baisse la tête pour embrasser notre fille sur les joues. Elle plonge ensuite son regard dans le mien, et je fonds.

– On en reparlera dans six semaines, dit-elle en me faisant un clin d'œil.

– Merde.

Elle va utiliser le sexe pour obtenir ce qu'elle veut. La bête tressaute dans mon jean, rien qu'à l'idée de nos retrouvailles. D'ici-là, ma main gauche sera ma meilleure amie.

– Merd… merd… merd… s'écrie Monty en frappant le sol avec ses pieds.

– Chéri… gronde Skyler en me fusillant du regard.

J'attrape mon fils et le prends dans mes bras.

– Et si on allait jouer avec Midnight et Sunny ? Tu veux leur jeter la balle ?

– Balle, balle, balle ! s'exclame-t-il.

– On avait dit deux ! je dis à Skyler d'un ton ferme en fronçant les sourcils.

Néanmoins, ma grosse voix n'a strictement aucun effet sur ma femme. Elle hausse les sourcils et rapproche son visage de celui de notre fille.

– Ma petite Jailli et Monty ont besoin d'autres frère et sœur avec qui jouer, dit-elle.

– Tu as de la chance que je t'aime, Sky, je dis alors que Monty essaie d'attraper mon nez.

– Je sais. Je suis la femme la plus chanceuse de la terre.

***

Dix ans plus tard...

Le soleil brille tandis que je regarde la tripotée d'enfants jouer dans notre piscine sous les regards attentifs de leurs oncles et grands-parents. À sept ans, Monty est grand et mince, et il plonge dans l'eau avec la grâce d'un nageur olympique. Ses cheveux bruns sont bouclés sur le dessus, comme moi quand j'étais petit. Sa petite sœur, Jillian, est sur les épaules de son oncle Paul, jetant la balle à sa cousine Paula, qui n'a qu'un an de plus qu'elle. Les deux filles sont insérables.

Après que nous avons eu Monty, Denny était désespéré de ne pas avoir un enfant à lui, et il s'est mis à harceler Paul. Comme tous les Ellis, mon frère n'a eu d'autre choix que de faire tout son possible pour rendre son homme heureux.

Il a trouvé une jeune veuve qui avait besoin d'argent pour s'occuper de ses trois enfants. Denny voulait un enfant avec les traits de son mari, donc ils ont décidé que Paul serait le père biologique. Elle est tombée enceinte par fécondation in vitro, et leur a donné une petite fille qu'ils ont baptisée Paula. La situation était tellement parfaite que la mère a accepté d'avoir un autre enfant d'eux, deux ans plus tard. Cette fois, c'est Dennis qui est le père biologique de Luca. Ils s'entendent tous si bien que Sheila et ses trois enfants font partie intégrante de leur vie. Ils passent les fêtes ensemble et Paul l'aide à bricoler dans sa maison tandis que Dennis est devenu son meilleur ami. Elle est directrice d'une crèche, et c'est elle qui garde Paula et Luca pendant que Paul et Dennis sont au travail.

Au bord de la piscine, Rachel et Skyler jouent avec nos jumeaux de trois ans. Nous les avons nommés Randy Lynn – le prénom de mon père et le second prénom de Wendy – et Pritchard Steven, pour Mick et le père de Skyler.

On peut dire que l'arrivée des jumeaux a été une sacrée surprise. Quand les médecins nous l'ont annoncé, j'ai tout de suite dit à Skyler qu'ils seraient les derniers. Quatre enfants sont largement suffisants. Des jumeaux, en plus d'une fille de deux ans et d'un garçon de quatre ans. J'ai failli tomber dans les pommes lors de l'échographie. J'ai donc eu une vasectomie après la naissance des jumeaux pour être sûr que je ne tomberais plus sous le charme ravageur de ma femme. J'adore mes enfants, mais quatre c'est assez.

Lorsque Monty est né, Skyler a mis sa carrière en suspens et s'est concentrée sur la création de son école pour acteurs. Elle a engagé un directeur et des professeurs pour pouvoir se consacrer à nos enfants et, si elle pense reprendre sa carrière d'actrice un jour, elle ne s'y sent pas encore prête.

De mon côté, je continue de travailler à *International Guy*, mais nous avons embauché des consultants qui sont chargés des missions et des voyages. Royce s'occupe toujours de la comptabilité et Bo est chargé de former les nouvelles recrues.

J'observe Nate au barbecue, accompagné de son fils aîné. Leurs deux enfants sont la copie conforme de leurs parents. Theodore, que nous appelons « Thor », a neuf ans, il a le caractère de son père et la voix douce et le sourire facile de sa mère. Leur fils de sept ans, Jack, est une véritable crapule, à tel point qu'ils l'appellent « Joker », comme le personnage de Batman. Il est fou, charmeur et très charismatique.

Je me tiens sur la terrasse et je regarde ma famille en me demandant où sont les gars. Royce et Bo devraient bientôt être là avec leurs familles respectives. Je vois justement Wendy et Mick arriver avec leurs deux enfants, descendant à pied la colline qui sépare nos deux propriétés.

J'entre dans la maison pour prendre des serviettes propres, une IPA pour moi et une bière blanche pour ma femme. En passant devant notre chambre, j'aperçois le rouge à lèvres sur le miroir de la coiffeuse de Skyler. C'est le message que nous y avons écrit le soir où je l'ai demandée en mariage, il y a dix ans. Elle refuse toujours de l'effacer, pensant que cela pourrait nous apporter la poisse.

Aujourd'hui, comme chaque matin, je me réveille avec ce message que nous nous sommes écrit, et cela continue de me remplir de joie et de sérénité. Les mots ont toujours autant de sens qu'il y a dix ans et me rappellent chaque jour de ne jamais prendre ma merveilleuse vie pour acquise.

À la nana de mes rêves...
À mon dream maker...
Le bonheur est un choix...
Love,
Nous

LA VÉRITABLE FIN

INTERNATIONAL GUY

UN HOMME AU SERVICE DES FEMMES

#1 PARIS
#2 NEW YORK
#3 COPENHAGUE
#4 MILAN
#5 SAN FRANCISCO
#6 MONTRÉAL
#7 LONDRES
#8 BERLIN
#9 WASHINGTON DC
#10 MADRID
#11 RIO DE JANEIRO
#12 LOS ANGELES

Composition et mise en pages
Nord Compo à Villeneuve-d'Ascq